自然、性别与文明

——一个女性学男学者的体验与思考

凤凰树下随笔集

叶文振 著

厦门大学出版社

XIAMEN UNIVERSITY PRESS

国家一级出版社

全国百佳图书出版单位

图书在版编目(CIP)数据

自然、性别与文明:一个女性学男学者的体验与思考/叶文振著.—厦门:厦门大学出版社,2020.11
 (凤凰树下随笔集)
 ISBN 978-7-5615-8020-2

Ⅰ.①自… Ⅱ.①叶… Ⅲ.①随笔—作品集—中国—当代 Ⅳ.①I267.1

中国版本图书馆 CIP 数据核字(2020)第 236694 号

出 版 人	郑文礼
丛书策划	蒋东明　王日根
责任编辑	刘　璐
装帧设计	李夏凌
技术编辑	朱　楷
出版发行	厦门大学出版社
社　　址	厦门市软件园二期望海路 39 号
邮政编码	361008
总　　机	0592-2181111　0592-2181406(传真)
营销中心	0592-2184458　0592-2181365
网　　址	http://www.xmupress.com
邮　　箱	xmup@xmupress.com
印　　刷	厦门集大印刷厂
开本	720 mm×1 000 mm　1/16
印张	22
插页	2
字数	338 千字
版次	2020 年 11 月第 1 版
印次	2020 年 11 月第 1 次印刷
定价	75.00 元

厦门大学出版社
微信二维码

厦门大学出版社
微博二维码

本书如有印装质量问题请直接寄承印厂调换

编者的话

　　厦门大学,一所闻名遐迩的高等学府,经过近百年的岁月洗礼,她根深叶茂,茁壮成长。厦大校园背山面海、拥湖抱水,早年由南洋引入的凤凰木遍布校园的各个角落,于是,一级又一级的海内外求知学子满怀憧憬地相聚在凤凰树下;一届又一届的毕业生依依惜别于凤凰树下。"凤凰花开"成了学子们对母校的青春记忆,"凤凰树下"成了厦大人共同的生活空间。

　　建校近百年的厦门大学现已成为学科门类齐全的国家"211""985"工程重点大学。厦大人秉承"自强不息,止于至善"的校训,铭记校主陈嘉庚建设一流大学的嘱托,在较少政治喧闹、较多自由思考的相对安静环境中,做着相对纯粹的真学问,培育着一代代莘莘学子。一大批厦大人在不同的学术领域里成果卓著,他们除了发表论文、出版专著,贡献自己高深的科研成果之外,亦时有充满灵性的学术感悟文字、感时悯世的政治评论短札,时有思索道德人生的启示益智言语、情感迸发的直抒胸臆篇什。这些学术随笔其文字之精练,语言之优美,内容之丰富,思想之深刻,不仅体现了厦大学人深厚的学术积淀,而且也是值得传承的丰富文化宝藏和宝贵的出版传播资源。

厦门大学出版社秉承"蕴大学精神,铸学术精品"的出版理念,注重挖掘厦门大学的学术内涵。我们将以"凤凰树下随笔集"的形式,编辑出版厦大学人的学术随笔、学术短札,在凤凰树下营造弥漫学术芬芳的书香氛围,让厦大校园充满求真思辨的探索情怀。年轻学子阅读这些书札,或能获得体悟,受到激励,走向深邃的学术殿堂;社会大众阅读这些书札,或能更加切实地品读我们这所大学的真实内涵,而不至于停留在"厦门大学是个大花园"的粗浅旅游观感层次。

我们更期待"凤凰树下随笔集"走出校园,吸引全球更多的学者走入这片凤凰树下,让读者感受到这些学者除了不断有高精尖的科研成果问世外,还有深沉的文化艺术脉搏在跳动,还有浓郁的人文精神、科学精神在流淌。

厦门大学出版社

序一

　　叶文振同志是一位从事人口学和妇女理论研究的资深学者，从 20 世纪 90 年代我就与他相识，二十多年来，在学术研讨会、论坛等各种场合多次与他见面交流。当前，在妇女理论研究领域中，男性参与为数不多。叶文振同志一贯热心参加与妇女发展和性别平等相关的学术活动，并且取得了有价值的研究成果，确实难能可贵。

　　叶文振同志扎根现实，以敏锐的目光关注社会生活的方方面面，以朴实生动的笔调，把自己所见所闻及心路历程写成了一系列散文，发在微信朋友圈中，得到大家的点赞，引发热议和评论。其中有些文章曾经发表在《中国妇女报》《福建日报》等报刊上。近来他又把这些散文精选后编辑成这本《自然、性别与文明——一个女性学男性学者的体验与思考》。他的散文抒发了人文情怀，弘扬了社会主义核心价值观，传播了中华优秀传统文化。特别是把一位男性学者对妇女发展和性别平等的体验与思考娓娓道来，体现了对实现男女平等、促进社会文明进步的强烈的社会责任感和使命感，充满了真知灼见。他在一些散文中阐述了人类孕育生命的意义，分析了当代一些女性尽可能少生育甚至放弃生育的原因，指出只有贯彻男女平等的基本国策，尊重、善待、爱护女性，切实保障她们的合法权益，男女共同承担家庭责任，才能营造一个快乐、宽松的生育环境，形成生育数量适度、质量优良、性别结构均衡的新时代生育观念与行为,实现我国人口可持续发展。这些见解值得人们深思。

中国特色社会主义进入了新时代,在中华民族从站起来、富起来到强起来的历史进程中,我国妇女地位发生翻天覆地的变化。今天站在新的历史方位上,为了实现两个一百年奋斗目标,共建共享一个对所有人更加美好的世界,需要深入研究妇女发展面临的新情况新问题,彻底消除对妇女的歧视和偏见,充分调动占人口半数的广大妇女的磅礴力量,在新时代谱写巾帼新华章。这就必须推动社会各方面包括男女同志齐心协力,衷心希望有更多的同志积极投身到这个伟大的事业中来。

彭珮云

2020 年 3 月 26 日

序二：叶文振教授新书读后

3月初的一天，叶文振教授发来微信消息——他的微信随笔即将结集出版。作为文振教授的微信朋友，常常在朋友圈读到教授的随笔分享，常常被他贴近生活，贴近人性的文字感动，对于这个消息，当然是特别高兴、由衷祝贺！文振教授是中国少有的男性妇女问题研究大家，学识丰厚，学界早有盛名，此番文集的出版，必将为各位读者带来别样的文字饕餮盛宴。

作为第一批读者，有幸在文集出版前通读了文振教授的《自然、性别与文明——一个女性学男性学者的体验与思考》书稿，尽管有些篇章在朋友圈读过，仍然被文振教授数十年学术生涯和人生体悟，所酝酿出的醇厚又自然的文风深深触动，仿佛是小溪流水，春风拂面；四时景色，笔下栩栩；人情温暖，触动人心。这里没有佶屈聱牙的专业术语，也没有直白翻译的长难句，全然是人间烟火中的学术思考，真切鲜活、细致纯美，更让人读起来津津有味。

这是人生景象的大观园。第一章是自然与人的和谐共处，草木繁荣，生机盎然。第二章开始转入人文世界，笔下各国女性人才辈出，在各个领域发挥了中流砥柱的作用，令所有有志于女性进步的学者和大众感到欣慰和振奋。第三章与第四章从一个社会学学者的视角观察家庭的生活，赞颂了美好纯真的爱情，也思考了人类婚姻制度的演变与发展。第五章聚焦的生育问题是近年来社会讨论的焦点，文振教授写出了生儿育女的喜怒哀乐，也讨论了国家计划生育制度的前世今生。在文振教授笔下，家庭的柴米油盐也温馨而可爱，只要家人同心共担责任，也能把平凡的日子过出精彩。读万卷书，行万里路，第七、八章中文振教授的足迹遍布祖国的江左塞外，也远渡重洋给我们带来了异国他乡的风物。第九章是文振教授多年学术道路的反思，也是人生阅历的精华。

文振教授的学术思考寓于日常生活之中，所以读起来常有生气。对于距离学术界很远的读者来说，如果不仅要使他们发生对知识本身的兴趣，并且试图鼓励他们过上一种富有知识的生活，那么主要的视角就不再是站在学术的高点居高临下，而是俯身于日常生活之中发掘思想的闪光。在向读者展现知识之前，首先要证明这类生活是可能的。

学术创新不易，知识传播犹难。在学术越来越专业化、越来越细分的当下，轻松的学术发想可能是这个时代最难能可贵的东西。学者对真理孜孜不倦的追寻决定了人类知识的边界与可能，而大众的人文素养则决定人类文明的基本范围。在伸手摘星的同时，也需要有人弯下腰来，用平易近人的语言和社会公众谈论学术问题，所谓是"旧时王谢堂前燕，飞入寻常百姓家"。文振教授的这种精神和追求令人敬佩！

这种学术"亲民化"绝不是"低幼化"，文振教授始终保持着学者的高格局和优雅，却抛掉了学者常患上的"高冷病"。不管是学术界，还是其他领域的社会沟通中，中国都需要这种"亲民化"的学术表达，去化解一些学术传播中的紧张，消除社会中积累的戾气。我常常叹息，学术研究中的正襟危坐，形成了巨大的学术壁垒，把多少"不合资质"的社会大众挡在了门外。

自然、性别和文明是人类社会发展永恒的主题。文振教授在文集《蓝色》一文中对此作了诠释："如洗的蓝色，不仅是一个简单的环境指标，她更是一种生产模式和生活方式，她显示人类生命质量的改善与幸福感水平的提升，她还可能化解矛盾让一个婚姻关系免于解体，促成醒悟让一个急功近利的民族与自然重归于好、和谐相处！"。也体现为文中对构建"平等意识、真爱意识、家庭意识、发展意识、健康意识、诗情意识"等社会性别意识文化的呼唤！的确，人类社会的和谐发展与繁荣进步，需要全体人类的共同意识和行动。比起灌输和说教，纯粹的动人更能让人学会如何包容性地生活。如果有更多的知识通过这种方式，如同涓涓细流一般浇灌着社会，何乐而不为呢？我们的社会便可以进入一个常常思考、永远进步的良性循环了，相信这也是每一位学人衷心的希望。

道阻且长，行则将至。社会教化任重而道远，好在一路风光旖旎。如果每个人都带着学术的思想而生活，生命的体验将更加深邃；而如果每个人都能在日常的生活中发现思想，人类追求智慧的脚步也会变得越来越轻盈。

再次庆祝文振教授文集出版！也祝愿阅读本书的各位读者收获满满！

春暖花开季，正是读书时！

叶静漪

2020 年春于燕园

序三：文以修行

——为老友叶文振《自然、性别与文明》一书序

正值融融春日，老友文振的学术随笔雅集付梓，为这万物勃发、人欲躁动的流光平添了一份雅趣和斯文。

文振学神，八闽才俊，术业广谱，学识超群。早年修读经济统计于厦门大学，后负笈西行，在美国犹他大学和普林斯顿大学次第荣撷社会学博士和人口学博士后花翎。学才所向，如铁斩荆，汤城难抵其锐，神仙不面其锋。归国后笃心精研女性人口学，历二十余年，文章累牍，名满天下，得誉一代女学北辰。

然其终究寄食于凡界，交际于人伦，故其常移学术幽思、随笔于田园山水、衣食儿女，格俗相以究天理，斋素心以体万生，于担水砍柴中参悟人生妙谛，两性婚姻里觉慧菩提梵音。文集冠名以《自然、性别与文明》，深切其要，深得其真。

文振酷爱自然，时常寄情于山水林泉，喜乐于草木春秋，并浓墨溢美以纪文。武夷春水，白云远上，秋山红叶，满目缤纷，莫不令人幽生遐想，心醉如临。所谓自然本色，正是心中本色，其文中所美岂独眼中所见，何尝不是心中所见？正如阳明之谓岩中花树，原是心外无物，心外无美，因了我心光明，得见世界光明。

或为专业所系，文振察物多有性别之意识，随笔多以女性为目引。近写爱女慈母，远及同行邂逅，乃至村丫农妇，皆以由衷敬意和真诚尊重娓娓道陈。细读其叙事，品味其感兴，女性之凡与不凡，女性之情感世界、婚姻本质、生育意义和家庭景观，皆成笔

底波澜，醒世恒音。身为女性，或曾心驰于那位美丽孤傲的舞者，"身心独舞，自爱复活"；立为男士，或可钦敬于山东女院"坤德含弘，至善尚美"的著名校训。女性至功，女人至伟。想人生来去，因缘轮回，何人不是由女人处起相，又或许终归要到女人处涅槃、归真。

女性之尊，即文明之尊。欲兴国祚，先齐家益。诚有家庭文明，始得社会文明。文振不啻振振君子，敬母至孝，爱女至深。其回忆母亲的文字情真意切，读之潸然；叙写女儿更是惟妙惟肖，舐犊情深。正是家风泽润，一双女儿不仅学业卓群，能力独当，尤是心偎乃父，羡煞旁人。

遥想八十年代，京城业训，尝与文振同窗一载。倏忽三十五年过去，几多人事，早成烟尘，唯此君笑靥，时常住念住心。风云际遇，发展殊异。万里归来，少年还是其人。

最喜文振热诚和善，秉性率真，笑容接目，如沐春风。尤其近年卸了顶戴，回归学者本真。没了贪嗔，其眼中世界更是一派平和安宁。无论自然，性别与文明，随处见美，随心见性，充满正觉智慧，平静圆融和莲花光明。其眉目文丛或已自成法相，见斯人，或为一种加持；读斯文，便是一种修行。

是为序文。

杨成钢

庚子初春于成都

序四：诗意人生之行者

　　《自然、性别与文明——一个女性学男性学者的体验与思考》，清新淡雅，幽香沁人。这是福州才子、著名社会性别专家和人口学家叶文振教授的新作，书名平实蕴藉，却有品、有情、有学、有思。

　　作品，往往是作者思想感情的直接映射，而思想感情大抵又与作者的经历、教养、性格和气质相关联；作者的人格，每每烙印在他的作品中。透过一部作品，读者或可窥见作者生活的轨迹和思想情操。而熟识文振教授的人，或多有同感：温暖、温和、儒雅、斯文。这既是他待人行事的基本风格，也是他为学作文的情怀基调。我常有不惑，却耻于发问：一位前有九位姐姐的男性学者，何以养成这般的"温度"，何以总能以平等的姿态与女子共情共鸣、感同身受？天然禀性或不可知，但由本书中后天的多种修为、大姐的温馨呵护与后来厦门、福州、盐湖城和普林斯顿的各种滋养，或可得其端绪。

　　一部作品要能让读者沉浸其中，必须能让读者产生共鸣，而这正是文振教授独到的能力和魅力。166篇随笔，观其内容，横跨多个领域，涵盖社会万象：从自然本色、旅途风情，到情感婚姻、生育家庭，再到人生百态、似水流年，谋篇布局、锤字炼意、借古观今、借事喻理、生机勃然、珠玉交辉。最美的自然、最美的女性、最美的文明、最美的社会，在他的笔下，一一展开。简单的设定，娓娓的笔触，叙述出的，却是意想不到的精彩，带给人的，却是言语难以传递的力量。

作为一位人口学和女性学领域的男性学者，文振教授的性别平等意识浸于表里。因为认同，所以有感，所以有行。在"百年回望"这一篇，他用一种历史的触角，饱含深情地回望了五代女性的故事。"外婆给我钱的时候，表情安然，似乎还有一份淡淡的满足，那是自己的劳动所得呀。"外婆从一个养尊处优的大家闺秀到一个菜市场摆摊的菜贩，在给外孙 5 分钱时，竟有一份"淡淡的满足"；而外孙从这份淡淡的满足中，看到了"共和国给了外婆自食其力的性别启蒙，还有表达亲情的经济能力"。母亲虽然依旧有些重男轻女，却在共和国的情境中，"对孩子的教育投入，不但有进步的想法，而且还有在行动上的坚持"；"体会到一份正式职业对于一个女性成长的人生价值，还有从户外就业中获得的怎么做一个合格母亲的社会启示"。大姐更是经常出现在他笔下的人物，大姐虽然学习很好，却"懂事"地为弟妹能继续就学而放弃学业，尽管如此，大姐依旧自尊自信自立。是不是可以说，文振教授虽然诞生于依旧重男轻女的时代，但他内化于心、外化于行的平等的社会性别意识启蒙，既来自大姐，也来源于烧菜做饭、让家更有"家的气氛"的父亲的熏陶呢？两位女儿事业美好、家庭幸福，则更是性别平等的鲜活教材；而平等不正是社会文明进步的一个表征么？

文振教授长期从事婚姻家庭研究，对婚姻的意义、生育的本质、家庭的稳定、人生的幸福等方面的深入思考，都在书中一一分享。他的性别意识总是与"家庭""亲情"联系在一起。家与情，总是永恒的话题。书中最多的关键词，怕要数"家""情"了。亲子情、姊妹情、祖孙情、同学情、感恩情；夫妻、婆媳、祖孙、姊妹、邻里和社区。外婆、母亲、大姐、女儿和女儿的女儿、外孙，都是那样有血有肉、有情有致。对于大姐，文振教授似乎更是有一份独特的情感。时也运也。"母亲只管生孩子,而照顾带好弟妹则是大姐的任务,特别到了夏天,我们5个弟妹都是排着队,等着大姐给我们洗澡。"这样的画面时时跃于眼前纸上,"解落三秋叶,能开二月花",姐弟之情,流入毫端。大姐出嫁之后,文振教授承担起照顾弟妹的责任,延续着亲情的传递。两位女儿是他的骄傲;像很多父亲一样,文振教授对女儿的爱护弥散于墨香之中。他对在外工作的父亲着墨不多,但过年之时,父亲总会把年货准备好,大年三十下午回家之后,不事休息,"就通宵达旦地把厨房里的所有桌面都摆上烧煮好的过年大菜,厨房装不下的香味都跑到卧室来,年味一下子就这样变浓了",简短的刻画,让读者见到了一个父亲的担当,一个在外打拼却又顾家的男人。街头小贩、送货工人、同学同事、干部学生,一个个都是那样鲜活生动,千人千面,丰满而美好,充满了人情和人性。

文振教授对于性别平等,有着一般人所没有的敏感、执着和坚守。谈情人节和七夕节,他能联想到出生性别比的失衡,关联到鲜花和巧克力背后不平等的性别文化制度,反思性别平等的真正要义;看到一个"爱"的雕塑,他会回溯到几百年前的美洲,那种摒弃文化差异、种族差别、本土与国际的藩篱的大爱……这样由表及里,由现象到本质的思考,《思考》之中比比皆是。通过女儿的实例,叙说工作与家庭的关系,探讨性别平等的基本要义,探求家庭友好政策的社会效应。本应是生硬、枯燥、单调、艰涩甚至空泛的学理,教授却以拉家常的方式,和风细雨,触动人内心最柔软之处,透视出智者的沉思和旷达之情怀。所以,在文振教授的眼里,一个"好男人"必须具有六个意识:平等、真爱、家庭、发展、健康、诗情。是的,我所认识的文振教授,就是这样一位对生活充满了热情、对他人充满了温暖之人。文振教授也对女性提出建议,希望女性在对待男性的性别态度上,秉持信心,以耐心拨动男性心底最柔软之处,唤起对女性的尊重与爱护;同时,营造一种具有女性力量的温暖氛围,让对方心存愉悦和感恩,两性之间成为真正的合作伙伴,一起去维护这种平等的性别互动和互悦的氛围。

物在他的笔下,也是有生命的。明月、清风、春花、秋月、乌江、长堤;山在悦动,水在浅吟,风在低唱,月在清幽,云在轻流,雨在滋润。自然的神奇和人文的独特让他流连忘返,一咏三叹。哪怕是雾霾、飓风,也点染了诗意的色彩。当然,文振教授也并非不食人间烟火。他身上那股浓浓的烟火味,通过善于观察之慧眼、工于钩玄提要之思辨,出尽其妙之笔触,一点一滴地流露出来。对亲人朋友的日常关怀,每个节假日温暖的问候,每天早晨在朋友圈的美图,是烟火味;大年初一早晨六点起床,冲热水澡,换红色衬衫,煮一碗两个鸡蛋的开春太平面,"随后开水浇鸭肉慢火煮鸭汤,把一年的美好期许和祝福都煮进去",是烟火味;期待一种能对视、对话、分享悲欢、共度时光的陪伴,是烟火味;对"这一生我最服姓马的人……马化腾改变了我的交流方式……如今,马克龙改变了我对婚姻、爱情和子嗣的哲伦观念"等段子的关注,是烟火味;对外孙"小太阳"那种不加掩饰的隔代之爱,也是烟火味;开着车,放着震耳欲聋的摇滚乐,吃着必胜客、派派思炸鸡与汉堡包横跨美国大陆,还是烟火味。当这些烟火与他的笔墨相遇,我们看到的是平常人的生活,是生活的真谛,是生命的意义,是人性的执念,也是社会的不断文明与进步。

似水流年,总会让人心生怅惘,伤韶华之不居,慨时光之不再,有一种拂拭不去的落寞。而文振教授却用生花妙笔,感恩春节有家不归却在建设洪塘大桥的工人,感恩高考时给他烹煮太平面的母亲,感恩在流逝的岁月中说着"当年同窗轶事"的老师和同学们,感恩那些儿时温暖的记忆,感恩给他送黄檀木书桌的四川工人,感恩所有流逝的岁月……。一个情感如此丰沛细腻的教授,当然也会有些许的感伤:年岁的增长带来的腰痛,"让身体憔悴了""让日子寂寞了"。但是,意想不到的是,作者一笔宕开,竟用一个总括性句子接起:"情怀并没有零落"。的确,人往往因岁月流逝和身体有恙的交叠,心生"寂寞",更何况还是家人团聚的节日,但作者不做"韶光易逝、人生苦短"的感叹,反求诸内心的充盈,"心灵并不孤单";进而再递进一层,"人们对于昨天、今天和明天的态度,很大程度上取决于年龄或者处于生命周期的哪一个节点",但不论年龄和人生际遇,组成生命的昨天、今天和明天,"今天又是最重要、最关键的……不虚度、不快闪每一个今天,善待和过好每一个今天,都是对一次性生命的珍惜,都可能无限地提高和拉长你我生命的质量和长度"。从外婆到外孙女,五代人的生命历程,五代人的阅历故事,正是时代的投射,正是文明的进步,也更是"人生代代无穷已"的生命不息。

感谢文振教授,让我有幸在第一时间拜读这部充满诗情、富含理性且令人解颐的《思考》。灵动的笔触,真实的情感,丰富的世界,感人的情节,美丽的文字,深刻的反思,平淡却惊艳,无波却震撼。清晨午后,倚于摇椅,低回音乐,三两朋友,一盏清茗,相关学子和普罗大众,都能从中品味出一个躁动社会中的从容与优雅、温厚与绵长、睿智与学理、诗情与画意!

是为序。

杨菊华

2020 年 3 月 15 日

于中海·安德园

Contents

目　录

第一章　自然本色

3　〉立春

4　〉木棉花开

6　〉绿色世界

8　〉绿意盎然

9　〉叶子

10　〉护花的意义

11　〉小松鼠做客太阳座

13　〉乌龙江的源头

15　〉夜幕下的美丽

17　〉再上武夷山

19　〉红叶谷

21　〉"玛莉亚"

23　〉雾霾

25　〉蓝色

26　〉自然与诗意

第二章 性别意象

29 〉 三八妇女节

29 〉 沂蒙红嫂

30 〉 三女之美地

32 〉 纳凉之旅

34 〉 上街梅香

36 〉 沙县小吃技艺传人

38 〉 有爱长乐

40 〉 闽剧大家

43 〉 白衣天使

45 〉 向女教师致敬

47 〉 女性的力量

49 〉 巾帼不让须眉

52 〉 高空遐想

54 〉 独舞人生

56 〉 百年回望

58 〉 梦想成真

60 〉 过程才是美丽的

62 〉 是她温暖了世界杯

64 〉 也说好男人

第三章 情感世界

71 〉 匆匆那年

71 〉 情人节的思考

73 〉 爱的雕塑

75 〉 美德之美

77 〉 七夕

79 〉 发小

81 〉 祖孙情

84 〉 西行记（1）

86 〉 西行记（2）

89 〉 西行记（3）

91 〉 西行记（4）

93 〉 西行记（5）

96 〉 西行记（6）

第四章　婚姻本质

101 〉 婚姻幸福

102 〉 父母爱情

104 〉 马克龙婚恋选择的联想

107 〉 平等与稳定

109 〉 陪伴

111 〉 婚生之忧

113 〉 大姐

115 〉 成熟的婚姻

116 〉 一个丰收的五年

118 〉 四川女工

121 〉 音乐之门

123 〉 山东好男人

第五章　生育意义

127　〉母亲节的随思

129　〉生命的感恩节

131　〉生日快乐

133　〉又尝汉堡王

135　〉红与蓝

137　〉美丽时光

139　〉预产期

140　〉二孩生育

141　〉小太阳

142　〉小太阳50天

143　〉第一次旅行

144　〉小太阳半岁了

146　〉又见小太阳

148　〉小太阳一周岁了

150　〉小太阳出国记

152　〉小太阳两岁了

154　〉春天的使者

156　〉小太阳3岁了

158　〉小太阳上学记

160　〉生育成本

162　〉生儿育女

164　〉少年强,中国强

166　〉小欢喜

169　〉人生扩建

171　〉晒太阳

173　〉敬畏生命

第六章　家庭景观

179　〉什么是家

181　〉哪里是家

183　〉母亲万岁

185　〉母爱

186　〉生命中第一个朗读者

187　〉父爱

188　〉父亲节

189　〉没有父亲的父亲节

190　〉清明节

192　〉清明念想

194　〉小姑妈

195　〉姐弟情

196　〉莆田阿嫲（1）

197　〉莆田阿嫲（2）

198　〉四季园

200　〉秋月之光

202　〉父女京城游

202　〉牙科学院

203　〉冈比亚归来

204　〉春假

205　〉牙科门诊

206　〉重返

第七章　风土人情

213　〉兰州之行

214　〉高原的呼唤

216　〉大理印象

218　〉海南之爱

220　〉齐鲁大地

222　〉北大毕业季

223　〉绿色漳州

225　〉难忘的武夷之旅

228　〉闽清游记

229　〉雨后榕城

230　〉三代同江

232　〉绿道

234　〉福道

236　〉国庆长假

237　〉小年

239　〉祭灶

241　〉乡下过年

243　〉咖啡与茶

245　〉生命之桥

第八章　社会经纬

251　〉第 30 个教师节

252　〉为人师表

253 〉 又一个国庆节

254 〉 感恩节

255 〉 劳动节随记

257 〉 纳凉

258 〉 晨走

260 〉 慢一点

262 〉 自得其乐

264 〉 共享单车

266 〉 洪塘开工

268 〉 洪塘第一墩

269 〉 又走洪塘

271 〉 五月红

273 〉 微笑

275 〉 幸福的放大

277 〉 诚信是福

279 〉 生命历程

281 〉 开学

283 〉 闽侯二中

285 〉 云大呈贡

287 〉 学报之缘

289 〉 街区的情感

291 〉 里约奥运会

292 〉 祖国万岁

第九章　流年似水

297 〉 年龄

298 〉 高中时光

301 〉 幸福记事

302 〉 岁末盘点

303 〉 情系南强

304 〉 太平面

306 〉 "十一"感怀

308 〉 过年拾记

309 〉 闽都十年

311 〉 秋之歌

313 〉 温暖岁月

315 〉 地铁 2 号线

317 〉 节前游福州

319 〉 健康 2019

321 〉 善待每一个今天

324 〉 后记

自然本色

第一章

凤凰树下随笔集

立　春

与越来越丰盛的年夜饭、越来越大额的压岁钱、越来越响亮的鞭炮烟火所组成的春节不同,立春多了一种对物化的超越,多了一份对意义的追求,尤其那通过微信共享的关于立春的诗作、散文和美照,更是让春熟而立充满着诗情画意!

其实,在我的想象里,立春是一个多纬度的命题,为什么要立春、都是谁在立春、到底要立什么样的春,以及选择哪些方式来立春,都在立春这个概念的含义之中。如果说以前立春的意义与立什么样的春是大家长期热衷的立春话题,那么这些年的兴趣点已经慢慢转移到如何立春的形式层面,是传承古时仪式感浓厚的程序立春,还是接纳现代自由化倾向的个性立春,是延续过去文人墨客的诗画立春,还是徒步郊外野山走进复苏世界的自然立春,是一人吟唱春天的芭蕾的独自立春,还是若干好友煮茶论业的集体立春,都在引发大家更多的思考与议论!

时至今日,我以为,我们更需要把主要的关注放在"谁在立春"这个问题上! 在雾霾挥之不去、地球变暖升温的现实面前,人类开始意识到,立春的真正主人是我们赖以生存的自然界,让自然界作主、遵循自然规律的冬去春立的四季轮回,才是人类能够走进健康春天的唯一希望。值得欣慰的是,我们正在把立春的权力返还给自然界,不论是国际绿色 GDP 的核算、联合国2015 年后全球发展议程的提出,还是我国新环保制度体系的建立,都在让立春回归自然,展现不受人为因素影响的立春本色!

从独生子女到单独二孩,再到全面二孩的生育政策的时代变迁,国人再次感受到孩子与家庭、孩子与国力、孩子与未来之间的神圣关联。从这个意义上来说,生养孩子是人类自身绵延不绝这条长河的立春。然而遗憾的是,我们也没有自觉地让孩子成为立春的主人。冒健康之风险的生育在推高新生孩子的缺陷率,我们的孩子还没出生就已经丧失了立春的基本能力。还有望子成龙的家族压力、无所不包的家教压力、应试教育的制度压力,一方面拉开成长中的孩子与春天的距离,感受不到冬去春来、四季轮换的生命意义与生活乐趣,另一方面还削弱孩子与自然、社会之间开放往来、和谐相处的自主能力,按成人世界设计的温室效应不仅扭曲孩子对立春的价值判断,而且还淡化了与成长年轮紧密相扣的对立春的自我意识与个人责任!而今中年父母,甚至老迈父辈出于孩子考虑的立春紧迫感反而加强了,其实是我们孩子不自觉不主动立春或立春观念淡漠的一种社会反照,也是我们没有从小让孩子自立人生春天、对自己未来负责的一种代际回应。

立春,万物复苏,世相更新;立春,一年之计,一生之欣!我们既要对立春初心依旧、不失诗情画意,更要融入新的视角,在向自然界返还立春权力、向我们孩子赋予自主立春意识与能力方面,多一些冷静的思考和积极的行动!

木棉花开

入春以来,忙于几处奔走,居然不像以往时而立足阳台,俯身看花,时而下楼驻足花下,闻香识人。前天一早,上农贸市场买菜回来,突然被落下的一朵花砸中了,才知道冷落了一树盛开如火的木棉花。

春天的闽都大庄园是一个花的世界,最引人入胜的是延伸约千米的太阳座和月亮座的迎宾路上的木棉花红,还有围着中心会所一大半圈的梨花飘香。平常未曾对花树做出任何的养护,却年年收获春天的艳丽芬芳,心中留住的只是一片庆幸与感恩。

木棉树是一种在热带及亚热带地区生长的落叶大乔木,李时珍在《本草纲目》中又称斑枝花、古贝,至今,世界上已发现木棉树有200余种,但一半以上都只开花不结果,属于异木棉种类。据记载,木棉最早出现在汉代刘歆著述、晋代葛洪辑抄的《西京杂记》,传西汉时,南越王赵佗曾向汉帝进贡烽火树,"高一丈二尺,一本三柯,至夜光景欲燃"。木棉树一般生于山地阳坡及村边、路旁,主要分布于福建、台湾、广西、广东、海南、贵州、四川、云南等省区。木棉还被多地命名为县树或市花,如福建金门县的县树,台湾高雄市、四川攀枝花市和广东广州市的市花。尤其是广州人特别喜爱木棉树和木棉花，古时在越秀山麓学海堂一带的木棉树，"花开则远近来视，花落则老稚拾取，以其可用也"，蔚为壮观。早在1931年，木棉花就被定为广州市花，时隔51年的6月，广州市再次将木棉花定为市花。广州人还称木棉花为英雄花、木棉树为英雄树，正如1959年，广州市市长朱光所作的《望江南·广州好》中的"广州好，人道木棉雄"，由此广州也被称为英雄城。

与其他花种相比，木棉花开得更加自信和富有气势。她绽放在老枝上，不需新叶衬红，芳华自燃。木棉树势挺拔高昂，树冠总是高出周围的树群，吸收最好最充分的阳光雨露，开在高高枝头的木棉花得以奋发向上，雄霸群芳，红遍苍天，如同清人陈恭尹在《木棉花歌》中形容的一样，"浓须大面好英雄，壮气高冠何落落"。

早于长叶、开在落叶枝近顶端的木棉花花冠五瓣，色泽以橙黄或橙红色为主，花期约二到三周左右，让人敬佩的是，木棉花拥有强烈的集体主义精神和感恩情结，五朵花瓣总是紧紧地聚集在一起，在凌空的枝头协同传递春色，即使不得已要告别高枝，从20多米的高处落下时，她依然保持着五瓣一体的完整仪态，绝少缺瓣或碎瓣的，更令人感动的是，落地的木棉花有着非同一般的对树根的依恋，她们紧紧地贴着根须，风刮不走雨水冲不散，哪怕被路人踩着了，她们也把浑身的香汁留在原地，渗入把自己送上高枝的大树源头。

独特的木棉花不仅有着极高的观赏价值，而且还颇具各种经济与社会效用。木棉花可入药，把新鲜掉下来的木棉花晒干，可以用来煮粥或煲汤，解暑解毒清热利湿的药用效果明显。木棉花蕊还是很好的织物材料，据古书记载，"木棉树高二三丈，切类桐木，二三月花既谢，芯为绵。彼人织之为毯，洁白如雪，温暖无比"。在香港的金钟有一条红棉道，位于香港公园的红棉道婚姻注册处是香港人结婚的热门地点，火红的木棉花既是爱恋与婚庆的最好象征，又是对百年好合、爱情绵长的最美好的祝福。海南黎族后人还用木棉花寄托对民族英雄吉贝的怀念与崇敬，每逢男女结婚之日，都要精心种植一棵木棉树，用以表达正义与关爱，相传宋代苏东坡被贬海南时，当地黎族人民曾赠他用木棉制成的吉贝布衣，苏东坡以诗回谢："遗我吉贝衣，海风令夕寒。"盛开的木棉花久久地温暖着落魄诗人的一腔情怀。

　　从传统春节到早春三月，再到四月天，不论早开还是后放，木棉花总是竭尽全力，把花开到最艳处，留香最好时。她不介意有没有绿叶的陪衬，更在意是否开在高枝上；她不介意是否能有更长一点的花期，更在意能开花的时候是否开到极致；她不介意花开花落的起伏，更在意是否保持感恩情怀，把最后的花香留在生命的根须处。

　　在我们的生命里也种上一棵木棉树，让木棉花绽开在心坎上，从此让我们的人生不流于物质世俗，而立足更高的精神境界；让我们的人生不只纠结生理学的长度，而在意更好的社会学质量；让我们的人生不模仿西方世界的你追我赶的接力赛，而传承东方社会的双向互助、反哺式的感恩情怀！

绿色世界

　　春去夏至，只给这片土地留下了一个颜色，还有被它轻轻撩开的意念，那就是绿意！

　　不论你左顾右盼，还是抬头俯身，不论你入户多久，还是出走多远，你看到的、闻到的，都是像海一样漫开的绿色，都是晨露吻过、太阳照过、割草机割过、一阵风吹过的绿色的味道！

　　当你被绿色包围的时候，当你被绿味穿透的时候，我想，每一个人都可能引发对绿色的思考，或者更确切地说，是情不自禁地被绿色带着，走进关于绿色的遐思！

　　在我的遐思里，绿色打通了时光隧道，让这个世界从此没有了年龄。踏着绿色，我们回归自然，我们改写了五千年的文化测算，我们放弃了只对人的历史回望，在把人类推回了无可记录、也无法记录的过往的同时，也把自己重新放回到大自然的摇篮里。踏着绿色，我们还敬畏和感恩自然，尽管一路走来，我们都在抹去绿色，但都被慈悲的大自然悄悄地修复，甚至我们还凌驾于自然之上，不停地伤害着它，但还是被宽容的大自然拥入绿色的怀抱。我们终于被绿色唤醒了，珍惜绿色、保护绿色，与大自然一起用绿色书写未来，这个世界才有永恒的希望！

　　在我的遐思里，绿色打通了人际隔离，让这个世界从此没有了仇恨。绿色是一个生命的共同体，如同一个四通八达的水系，既滋润着高天厚地，又保持着自己的生机，所以它在意真诚的融入与合作，期盼善意的维护与共享。可想而知，谁都想占一段水路为己有，填一节水域为他用，结果必将被积水淹没，污化绿色，或者断了水源让绿色变枯黄。没了绿色，我们的个人拥有还有意义吗？没了绿色，你我还能躲过雾霾与干旱的威胁吗？

　　其实，绿色本身是最富有外部经济性的，甚至这种外部性就是绿色不老的一个源起。在小区里，稍微留意，你就会看到，一方绿色总会越围墙跨篱笆伸向户外通道和公共空间，愉悦着更多人群，它通过这种延伸与小区的绿色共欢，在让自己拥有更大的成长空间和放大他人幸福的同时，还多少引发户主对绿色空间的重新理解和对绿色私人化的自我反思。所以，面对绿色，我们会更多地想到，互通比隔离重要，多向普惠比独自占有高尚，谅解释怀比结仇记恨伟大！每个人都尽可能让自己拥有绿色是自爱，每个人都能够与他人共享绿色才是境界！

　　在我的遐思里，绿色更是打通了我们每一个通往自己的路径，让这个世界从此没有了抑郁。经常走进绿色的自然环境，进行全身心的绿色沐浴，经常走进绿色的人际关系，铺开全方位的绿色往来，你也一定会主动地敞开心扉，让绿色由外及里，在内心深处铺就一片绿地。有了这块绿地，自然会缩小产生抑郁的心理空间，从总量上限制抑郁的身心影响。有了这块绿地，还能提供横向比较的参数，绿色带来的快感也会增加对抑郁发作的理性控制。有了这块绿地，还会通过外部效应，在心灵内部向外扩散和漫化，挤占甚至全部占领可能产生抑郁的地盘，当绿色歌声全面唱响之际，便是抑郁哭泣彻底消停之时！更让人期待的是，绿色外部效应还能由里及外，把内心深处的绿色往外输出，去帮助缺乏绿色的他人，去绿化整个社会。

　　绿色不可取代的价值非常值得我们如同置身沙漠一样去珍惜它，去保护它，并尽一切可能去绿化沙漠和整个世界。是时候对自己的内心深处和居家环境做一次彻底的绿化重建了，一方面给绿色足够的空间和均衡的布局，另一方面养成习惯，把养护保绿纳入每天必修的生活程序。也是时候改变坐享其成或者事不关己的心态了，主动参与到居住小区、工作学习单位，还有整个社会的绿化工作，不仅不要轻易破坏既有的绿地和绿化设施，还要成为绿化维护和绿意共享的推动力量！

一碧千里，风景无际。让绿色进入生命，让人生充满绿意！

绿意盎然

从已经入夏的福州来到美国新州，才发现地理空间的转换不仅拉开 12 个小时的时差，还退回到早晚低温冻人的早春，有时只穿福州的短袖 T 恤和短裤真的还不能移步户外。

但有意思的是，来美不到两周，似乎经历了两个春天，一个是花色的春天，一个是绿意的春天。刚来时，到处可以听到花开的笑声，闻到花熟的馨香，看到一树又一树在寒风中绽放、开态各异和色彩缤纷的鲜花，那遮天盖地的花团锦簇让你好像感觉不到树枝和叶子的存在，真是一个无处不飞色，无处不留香的花季！

一周以后，不少花儿不约而同地悄然退去，取而代之的是如同泼染过的一天比一天丰盛起来的绿意，绿得你无处藏身，每一次的生命呼吸都带绿，每一回的身体移动都沾绿，整个人似乎也变成一抹绿色，加入这个无时无处不绿的世界。

新州的绿意是立体的。有紧贴着大地的绿草，或者漾开一望无际的绿野，或者绣出前庭后院的绿居。还有与你齐身的灌木绿丛、栅栏绿挂、低垂绿枝，如影相随，绿绿相亲。更有借经年大树直指高空的绿枝，恣意地把绿色涂抹在一尘不染的蓝天上，让你抬头望去，也是满目绿色！

绿意新州还是多彩多姿的。它绿得不单调、不呆板，而是绿得色彩纷呈、姿态万千，如同画家手中的画板，可以调出无法用语言形容的众多绿彩，绿态繁盛。可以说这里有多少植物，也就呈现多少绿色、展示多少绿态，加上由于各自的生命周期转换的速度不一样，还会生出不同植物交错在一起的、各显风采的新州绿意。

新州的绿意还富有人文情怀和外部经济。伸向天空的绿枝并不仅仅代表植物与蓝天、白云竞美，而是更多地把感恩与敬意献给百年站立只为一季绿染天际的巨大树木。四季不落针叶的杉松用绿色承接年轮、彰显风骨,陈年针叶历尽沧桑、绿深如墨,甘为新绿而守护,新季针叶初露新喜、绿浅似翠,只为古脉而伸延。而更多的绿色或者静静地藏在万花丛中,衬托着开在枝头的艳丽花色,或者连成一片绿荫,给大地遮住长长夏期的日晒,或者撑开一把绿伞,为路人挡住突然而至的降雨,甚至变成一个庞大的绿色净化器,留给人类一个洁净的生息空间。

在新州数日,我还发现,日出清晨是分享绿意的最好时分,此时的绿意最清新剔透,也最生动活泼。沾着露珠的草叶、树叶更显绿色的质朴素颜和连接天地的柔软情愫;与晨曦交接的绿色更是仪态万方、色彩缤纷,尽显绿色的丰富内涵与美彩能力;如果还有一阵轻轻的晨风吹过,所有的绿色还会随风跳动和发出声响,把绿意变成一段优美的舞蹈,奏成一曲动听的诗乐。

当你有机会沉浸在新州绿意里,我想,你也会和我一样,重新认知到绿色对于一个居所、对于一个生命的意义和价值,油然而生起营造绿色、爱护绿色、拥有一个绿色世界和绿意人生的责任与愿望! 当我们一起把这些意义、责任与愿望变成实实在在、每时每刻都坚持和践行的绿色生活方式的时候,一个绿意盎然的人类与自然共享的新时代就和我们亲密握手了!

叶　子

秋天是叶子的季节。

落叶与秋风摩擦发出的声音,既是对季节转换一个忠诚的预报,又是给文人墨客提供一个感动的时刻静静地听秋赋诗;落叶归根则是叶子感恩大地的一种情怀表达,你给我春夏的绿色,我回你冬天的温暖;还有那五颜六色的叶子,替代曾经的花儿缤纷,让成熟的世界依然繁花似锦……是啊,我们离不开叶子,我们赞美叶子!

今天下午一场阵雨后,把我从空中楼阁吸引到到处滴着水珠的闽都大庄园的大小路径和树林草地上。走着走着,我才发现,这里的花儿入秋不谢,这里的叶子见秋更绿。不管是宽大的叶子、细小的叶子,不管是和哪一种花儿相伴的叶子，也不管是在业主阳台上、通道路边，还是成片的树林里，它们还是没有随秋而去，依旧绿意盎然，淡绿、翠绿、深绿、墨绿……在不同绿色的陪衬下，闽都的花儿带着一直受宠的幸福，在那里尽情地展示着、挥洒着自己的艳丽与芬芳，并骄傲地告诉做客闽都的朋友，这里没有秋天，只有春意！

我还知道，幸福的花儿是心存感激的。因为没有叶子的忠于职守，没有叶子的奉献与陪伴，花儿是很难久开不谢的，也是不可能远离孤独的；因为没有叶子推迟秋天里最壮美的展示，或者俏不争秋，哪有我们花儿在秋季里还能美艳不减啊！所以，我们还要学习和仿效叶子，为了一种天职，也为了一份爱情，保持我们的绿意本色，让这个世界永远与春天相伴，与花儿共芳香！

护花的意义

下班前一个不小的阵雨把闽都大庄园里路两旁的一树鲜花吹落成一卷五颜六色的地毯，让你不忍心落脚啊！

雨还在零星下着，我跟随着满地缤纷，把花的世界留在我的手机里……

我发现花的生命力不是一阵风雨就能轻易摧毁的，还有不少花儿依然含笑在枝头，甚至开放在粗黑的树干上。

即使飘落地上，她们或者仍然保持着一朵朵的骨架完整与开放时的美丽姿态，哪怕落在不是很整洁的尘土上，她们也在所不惜地守护着自己的仪态与洁净！或者花瓣分离，各飘一方，但那一片片花瓣还是骄傲地舒展着，保持着结伴成朵时的集体美感！

更让人感动的是，她们借助雨水的力量，把风中的分离又演变成水流中的集结，那铺天盖地、依然留香的落花世界告诉人们，真正怜惜花儿的是她们自己，这种怜惜才是花开不败的力量和意义啊！

面对树枝撑起的花的王国和落瓣汇聚的花的世界的变化，我心里升腾起来的都是对花儿的敬意。我以为，我们不能跟着季节坐享花儿的艳丽与芬芳,我们要珍惜,要投入,更要细心地呵护!

我们是否可以更勤勉一些,让我们的树为花儿更持久的绽放提供更为坚实壮硕的枝头;我们是否可以更减耗一些,为花儿的美好保持更舒适的温度和更洁净的环境;我们是否可以,更感恩一些,用隆重的仪式和礼节来善待落地的花瓣,让她们更加体面地再次融入她们的故乡——大自然,实现美丽与芳香的再生与轮回……

我想,这是应该的,因为花儿的盛放与落地,都是外部经济的行为,是利他的奉献,既然花儿都能自觉地持守如此高尚的伦理,那我们呢?!

是时候把花种在我们的心田上了!

小松鼠做客太阳座

据百度百科介绍,小松鼠是松鼠的幼崽,属哺乳纲啮齿目一个科,一般体形细小,以草食性为主,食物主要是种子和果仁,特征是长着毛茸茸的长尾巴。随着时间的推移,小松鼠被逐渐文学化、市场化和网络化了,分别有了儿童文学作家葛翠琳的作品《小松鼠》,迪森公司的小松鼠壁挂炉,还有小松鼠网络,等等。

在美国,不论是在我自己费城西边的郊居,还是在大女儿落户新泽西中部的新家,都会不时看到活蹦乱跳的小松鼠,而且都显得比较大胆,只有靠得太近后,小松鼠才一跃而起,非常迅捷地上了树,和我们拉开距离。

今天一早,大约 6 点 10 分左右,我被一位不速之客——一只小松鼠闹醒了,住进闽都大庄园整整十年了,这还是第一次啊!

我的第一个反应,就是它怎么上到九楼?楼下一排木棉树最高的只把树枝伸到六楼,还有三层,小松鼠如何登高啊?

为了接风纳凉,这几天晚上我都不关门睡觉,小松鼠乘虚而入不足为奇,但为什么就上了离床铺很近的窗台呢?而且一直在那里上蹿下跳,希望夺窗而出。

看它那么紧张,我隔着床铺静静地观察,不时用手机拉近拍照。和在美国看到的小松鼠相比，这只小松鼠体形更瘦小，通身毛皮显黑没有光泽，尤其是尾巴不长不耸，而且很少骄傲地翘起来，我猜测，可能是看到主人醒来非常紧张，不敢示美，或者不好意思擅自闯入，夹着尾巴以示歉意。我看它几次伸出前爪，扶着窗户玻璃站立起来，外面绿树成荫，不是很轻易逃脱吗？接着下来，它就更加拼命地往窗台上方跳跃，可是塑钢的窗框太滑，抱不住又掉下来，看它翻过身来缓一口气，又聚集力量再往上跳跃。多次冲刺和摔打让我不忍心了，我走过去开了一扇窗户，可是它就不往那里跳出去，也许它已经觉察到那样更危险，如果抓不住树枝，那可就没命了。最后我抄起长长的扫把，轻轻地把它往开着门的南向阳台赶，这回它没有拒绝，很快就跑了无影无踪了。

小松鼠的不约而至，给日渐秋意的清早添加了一种人与自然和谐相处的别样愉悦。我推迟准备早餐，把拍下来的小松鼠发给一些一样早起的朋友，还附上一句话："一早被擅自入室的小松鼠闹醒了……呵，秋意有趣啊！"

朋友的微信回复放大了小松鼠给太阳座带来的快乐：

"哇，好可爱！大家早，小松鼠早！"

"生态！"

"你的生活总是充满情趣，连松鼠都招惹来了，好生令人羡慕啊！"

"这只小松鼠情商一定很高！"

"有没有赏赐点吃的东西给它，说不定明早小东西又要来扰你清梦了，不亦乐乎！"

我也认真地说："是啊，应该友好地陪着它游览太阳座，甚至邀请它留下来一起欢度中秋佳节！"

小松鼠的不请自来，似乎还改变了我对小区一些现象的态度和看法。在平常走路锻炼中，我看到，自己走路都有点吃力的老人却牵着一只小狗出来溜达，几次都忍不住想询问对方，您这样不累吗？现在我可能这样理解，正是因为有只小狗，老人才有出门走路的愿望。邻居隔着篱笆喂养了好几只鸡鸭，一阵风吹过都会带起不好闻的气味，过去我旁敲侧击地提醒过，现在我也觉得不必介意了，当年在老家的时候，紧依厨房的空地不是也放养着更多的鸡鸭吗？几次路过几家别墅，突然冲出非常凶猛的大狗，隔着围墙和门槛大声狂叫，总是把我吓一跳，我常在情绪上流露出对主人不好好驯服家狗的不满。现在我也不会这样心理应对的,只要不出现被咬伤的危险,几声狗叫至少还添加居家的热闹,甚至还可以起到防盗的安全作用。

从这个意义上来理解,一个小区的功能不仅要从社会层面去拓展,把退休而居的、还不太老迈的老人组织起来,来承接双职家庭现在无法解决的孩子上下学接送和放学后的照看,设立公益的小区诊所和食堂,举办免费的孩子才艺培训班,定期组织文艺体育活动,等等,把过去各种需要远距离、高付费的市场服务小区化、公益化和志愿者化,而且还要从自然层面去开拓,把小区的各家各户动员组织起来,通过小区自然环境友好型的文化与制度的建立,一起给绿地、给花草树木腾出更大的空间,提供更加持续细心的园林呵护,让更多的小松鼠、小天鹅,还有各种鸟类来到小区与我们和谐相居,相信今天一早发生在太阳座的与小松鼠同乐秋意的情景也会出现在更多的小区住家里!

乌龙江的源头

今早走路锻炼方向很明确,就是到位于淮安半岛附近的闽江分流,也就是乌龙江开源的地方去看看。几次路过,都是因为水位比较高、灌木丛生而绕开的!

伫立江岸,凭栏远望,落潮的闽江分流处被一片金黄色的细沙滩环绕,长长伸到闽江深处的是石头堆出来的一段堤坝。来到近处才发现,其实这是一片沙洲,当地农民已踩出几道不是很明显的路径,带你走向水中的堤坝,他们还在这里各自划地为域,种上地瓜、花生,还有简易搭架上已经开花还未见果的丝瓜!

再往堤坝走时,路径却消失了,坝上石头也不规则堆放,高低不平,而且常年泡水,浅色的青苔四处可见,不论直接沿堤坝走到江心,还是顺着沙滩绕走,然后拾级登上石坝,都觉得难免会踩滑,把脚扭伤。但我还是小心翼翼地尽可能向闽江的分流处靠近,发现坝南的乌龙江开源处的水流是很湍急的,似乎还听得见水浪声;而坝北的闽江水势却依然从容,一片平稳,清澈的江水轻轻地接住许多岸上的倒影。这里还停着一艘讨海的小渔船,船主正在水里,一只手举着小塑盆,一只手伸入水中,不时抽出手来,往盆里放东西,几声呼喊,才知道船主在摸从小吃着长大的蚬子。我说,有沙吗?他说,这里的蚬子不含沙,而且壳薄肉肥!

北上闽江过淮安大桥、洪山桥,既孕育福州主城区,又和南下的乌龙江怀抱南台岛,最后再汇聚到一起,一路奔向大海,把榕城变成一个通江达海、绕山拥岛的八闽之首府! 而南下的乌龙江不仅向南延伸闽江的流脉、合力构筑南台岛——仓山,而且还连接西岸的旗山山脉、五虎山山脉,浇灌出闽侯县最富有的沿江几个大镇:大学城上街镇、高新区南屿镇、农贸城南通镇,还有我祖居的地方——汽车城青口镇!

在不是很长的流域内,乌龙江还用自己的江水湿地喂养了肉鲜味美的白刀鱼等一系列江产品;用自己的脊梁支撑起便利两岸交通的九座大桥,其中有当年福州水位最深的乌龙江大桥、桥身最长的洪塘大桥;用自己的身躯围堰出沙滩公园、湿地公园、沿江绿道林荫、水中金山寺等江岸人文景观。

如同我们每一个人、每一个家庭和家族一样,每一条河流与山脉也都有她们的生命历程,而且在很大程度上,自然的生命历程决定着我们每一个人的生命历程。以前,我们闽侯七里喝着乌龙江水长大,乘着乌龙江船走向世界各地,乌龙江成就了我们让家乡感到骄傲的生命历程。今天,我们依然收获和分享着乌龙江给家乡带来的繁荣与风光,期盼着乌龙江继续给予两岸更多的平安与福泽!

但是,非常遗憾的是,我们却没有给予乌龙江与获得相匹配的感恩与爱护,在关注和强调我们人类的生命历程的同时,却无视甚至破坏乌龙江的生命历程。我们把生活污水生产废水任意排入江里,把生活垃圾生产废料偷偷倒到江边,甚至把人为的意志强加给乌龙江,随意挖沙取土进行江中江边的建设,一味改变江水路径、缩小湿地面积、狭窄江面流域……而所有这些都可能把无限的江河生命历程变成有限的,把良性平稳的江河生命历程变成恶性起伏的。长此以往,江水大面积重度污染、整个流域洪涝频发、海水倒灌江河断流等江河生命历程的无序与终结,都可能直接导致我们个人和家庭生命历程的失序与毁灭啊。

亲爱的朋友,抽空多去看看给我们带来童年欢乐、青年成长、中年丰硕、

老年安康的母亲河吧,去追溯她的起源,去重走她的流域,去宣传她的意义,去防范和消除所有可能对她造成伤害的隐患,让祖国的每一条江河都碧水长流!

夜幕下的美丽

从西向流来的福建母亲河——闽江,在紧挨着接官道、千年榕树和提统抚麻府三相公庙的分水岭,衍生出南北走向的乌龙江之后,继续由西向东,形成长达 30 公里穿榕城而过的闽江下游,以及由北江滨和南江滨联袂构成的黄金旅游带!

西起淮安大桥、东至马尾大桥的南江滨,由南江滨生态公园、烟台山万国博览园以及绵延 10 公里之长的南江滨东大道组成,其中尤以烟台山园区的中段南江滨最为引人注目,这里除了万国建筑博览园,还有闽江公园南园、江心公园、福州花海公园、福州早期贯通江两岸的解放大桥和闽江大桥、江对岸北江滨的福州 CBD、古榕城的台江区上下杭和高楼林立的台江金融街。

几天前的一个下午,我开车到 CBD 对面的融侨外滩 C 区,信步漫游南江滨中段,一直走到面对台江万达金融街快到福州花海公园的闽江南岸,往返近 2 万步,共用了 3 个多小时。

走到解放大桥附近,自然想起当年骑着从远房大舅借来的自行车,从而今已是青口汽车城的尚干古镇沿着老福峡路,一路进城,来这里的几家物品回收店购买旧书报,运回家制作包装糖盐等副食品的纸袋,数十公里的路程,一般 100 斤左右的旧书报分放后架的两旁,再加上近中午的烈日,都不是现在还干得动的体力活了。

再往闽江大桥前行不远南拐,就接近当年的福州市第二医院,记得是一个下午陪着母亲把呼吸都有困难的最小弟弟送到这里,经查是因为吃蚕豆不小心掉到气管,需要动手术才能取出,还在上幼儿园的孩子就要进行颈部切割,母亲害怕有风险都哭了,也许是充满母爱的哭声感动了医生,最后是用长长的夹子把蚕豆夹出来了,没被开刀的小弟今天却成为天天动手术的福建省肿瘤医院外科主任医师。

到了台江金融街对面的南江滨,我记起来这是当年的福州造纸厂的旧址,那里的社区住着我的舅婆一家,每一次舅婆回乡下,都打扮得不拘一格的美丽,让我们一眼就看出来城乡的区别,每一次进城去舅婆家,都特别希望能进隔壁的电影院去看场在乡下看不到的电影。

除了儿时的记忆,整个南江滨中段给我的印象是:夜晚的闽江要比白天好看,而且富有情调;入夜的北江滨要比南江滨明亮,而且五彩缤纷;南江滨中段的西端比东头热闹,而且人声鼎沸!如果再精准一点说,舞乐最升腾的是江边舞场、情调最浪漫的是江心公园、灯火最辉煌的是台江金融街,还有人车最混乱的是解放大桥头。

为了让母亲河落潮时依然保持美丽,河床的清淤平凸整治、绿洲的灌木整体置换、伸向江中乱石堤坝的美感功能添加都是不可忽视的。南江滨中段还有两处不小的排污出口,一处在闽江公园的雕塑园里,还有一处在台江金融街对面,排向闽江的水又黑又臭,不仅污染水流,而且还沉淀下来,把附近的河床也弄黑了,我们不能再熟视无睹,任其继续排污了!另外,江边环境的治理也有很大的改进空间,江岸还停靠不少破旧的小渔船,有的是废弃的,只剩下骨架,有的还有住船的船主,前者要清理拖走,后者可以公私合作,把小舟油漆一新,换上新篷,挂起风帆,成为江面移动的新景观!整个中段还有不少卫生死角,缺乏经常性的清洁,当初也许是为了稳固江堰,江边都有两级栈道,水平高的是人流的主通道,接近水位的一般不让进入,但容易积污留下垃圾,所以通过高水平栈道往外拓展,两级合一,可以提高江景的观赏性!沿江还有一些随意搭盖的码头、游泳水域、舞场和龙舟存放处,既影响景观,又存在安全隐患,需要统筹治理,把它们转换成一个个具有益民助游美化江景等多功能的景观亮点!

闽江是孕育八闽的母亲河,需要我们用敬重生身母亲一样的情怀来回报闽江;南江滨是闽江的黄金流段,也需要我们用热爱黄金一样的态度来对待闽江。这种情怀与态度要转化为一种爱河护河与江河同生共荣的文化与制度,融入闽江两岸管理与建设者的设计理念和服务意识之中,细化为所有市民与游客每一次亲近闽江的举动,把我们的母亲河变成夜晚璀璨白天也明艳的一道风景线！

再上武夷山

盛夏时节，我再次走进武夷山。

惊叹高铁只用 85 分钟，就把我从持续高温的乌龙江畔送到离第一次到来已经 33 年之久的九曲溪边。

回想那次的初旅，令人感慨不已！那是福建省计生委与省人口学会联合举办的人口专题培训班，为我们提供服务的是可以推窗远眺玉女峰的九曲宾馆，在这里刚刚毕业留校任教的我拥有了平生第一次的讲学经历。感谢过早离世的吴矶端教授，感谢已经高龄的黄志贤教授，感谢不复独立存在的省计生委，没有你们，我的治学生涯也许又是另外一种景象。

这次武夷之旅是从红色大安源起步的，那么完整的一个苏区根据地把我们带进闽北历史的红色年代，也把我们对先烈们的缅怀与崇敬永远留在心里。

接下来的游程丰富多彩，不断增添武夷山在我心中的自然与文化融合的分量与美感：

和缓的黄岗山大峡谷，温润的山岩怀里缓缓地流淌着清澈的溪水，在阳光明媚里，变换着色彩，诉说着眷恋……

陡峭的玉龙谷，多级瀑布奔腾而下，如同几只腾云而来的玉龙，携雾气带树绿，欢乐无限……

有点失修的下梅村，仍然可见当年的辉煌：雄伟的邹氏门楼是《乔家大院》拍摄主景点，醒目的路口碑岩书写着《晋商万里茶路起点》，还有高耸的祖师桥下轻轻流过的带着历史茶香的溪水，都在不动声色之中把路人和游客带进清代武夷茶叶贸易集市的繁荣！

从星村出发的竹排，让我们拥有一个半小时与九曲一起漂流的浪漫与温馨，你既悄悄地暗示九曲的时代变迁，因为举杆站立排头把握方向的已是美丽的排姑，又依然习惯地把流程拉长，不希望我们过早地去打扰矗立你心中近千年的爱神玉女……

一样缺乏保护的五夫镇,藏青色的紫阳楼遗址碑石被无序经营的小商小贩所包围,古老樟树的浓翠遮不住朱熹古居的年久失护,隔壁一长排邻里民居也少了理学文化的生机。如此重要的古镇以这样的状态迎接游人,有点出乎意料。

倒是不远的万亩荷田,花好接青山,叶圆罩绿水,让人目不暇接,流连忘返啊! 我来不及擦一下满脸流淌的汗水,也不惜可能会脏了双鞋,甚至整个人落入泥水里,硬是把脚深入湿软的细细田埂,把握着手机的手尽可能地往前伸展,力图把千姿百态、美艳无比的荷花都收入镜头。

最后是两场演出让我们的武夷印象与夜色共梦幻、与光电同辉煌、与时空齐穿越。张艺谋制作的《印象大红袍》山水实景演出,如同一副长长的历史画卷,随着观众席的缓缓旋转,陆续走进玉女与大王的爱情故事、制茶与泡茶的工艺过程,以及朱熹与朱学的精神内涵……而《武夷水秀——梦之泉》的演出,则借用多媒体技术,用九个故事对武夷进行国际化的现代诠释。相比之下,前者具有更多的中华文化元素,更贴近武夷人文风貌,更符合本土游客的阅美口味,因而吸引多于后者几倍的游客前来观看!

游览之余,还有幸近距离地听了一场高层次的中医学养生之道,演讲者关于健康的"三不主义",即不想吃的不吃、不想动时不动、不明白的不猜,关于动态平衡的生活方式,关于顺应自然规律的养生原则,都值得深入理解其意,并转化为更健康的日常生活理念和过程。

就要离开武夷前往上海看望在那里的大女儿一家了。在这依依惜别之时,我特别感谢诸位游伴共同拥有这几天的山水缘分,感谢老王、老刘、其他年轻朋友和热情导游的悉心陪伴,都是因为你们,这次的武夷之行才变得如此温暖与难忘……

绿水、红袍、排姑、朱学……我还会再来武夷的。

红　叶　谷

　　"看万山红遍,层林尽染。"昨天上午在济南东南郊的红叶谷,从最先出现的视觉冲击到由外及里的内心震撼,我强烈地感受到"染"的季节诗意和力量。一叶知秋,秋染万叶。

　　离济南市区约 40 公里,位于历城区仲宫镇锦绣川乡南部山区的红叶谷,海拔高度 500 米左右,山地面积 4000 余亩,植被覆盖率高达 97%,空气中负氧离子的含量是市区的 300 多倍,自古以来是济南泉水的主要涵养补给地,又称是"泉的源头、云的故乡、花的世界、林的海洋、天然的氧吧和休假的天堂"。定位为"生态旅游"的红叶谷于 2001 年初秋正式对外开放,现在是国家 4A 级旅游景区,至今已经举办 19 届的红叶谷红叶节,更是给这片绚丽山地"染"上一道开发者和旅游人口共同绘就的文化色彩!

　　我们没有坐商用摆渡,也没有徒步入谷,而是直接把车开进景区。上山道路有点陡,加上人多车多,不时还得耐心等待通行,停车场已经没有空位了,只能把车停在离景点入口处还有一段距离的路边。跳下车,放眼望去,与尽染层林交错在一起,时而又被红叶淹没的是拥挤的人流和车群。

　　红叶谷风景区以野生的灌木丛黄栌为主,黄栌还有红叶、红叶黄栌、黄栌材、黄栌柴、黄栌会等别名,是红叶谷独有的观赏树种,也是我国如北京香山等地重要的观赏红叶树种。黄栌单叶互生,叶片全缘或具齿,秋季变红如火焰,鲜艳夺目,而且黄栌花后久留不落的不孕花的花梗呈粉红色羽毛状,也在枝头形成似云似雾的动人景观。

　　我们首先穿过一段大约近千米的宽阔步道,两边黄栌红叶扎成一道又一道彩色拱门,如同进入一个布满鲜红火焰的隧道,一阵风吹过,那火焰就跳跃在你身上、燃烧在你眼里。道路两旁是长长的红叶节的文化景象,有一字排开的案几,案几上摆放的具有齐鲁特色的喝的、吃的、卖的礼品玩具、还有一个连一个的红叶节灯笼、一幅接一幅的红叶节挂牌、一张又一张与红叶一样美丽的红叶节年轻服务人员的笑脸,特别吸引我的是她们披在身上的红叶节工作围裙,我问,能拍一张围裙的近照吗?小姑娘非常和善地笑着说,可以呀!刹那间,我觉得,她们也是一枚可以夹在书香里的红叶!

走出红叶步道,我们来到绚秋湖。这湖是在红叶谷建设过程中拦河蓄坝围合而成的约 15 亩大小的水域,秋日时湖光山色尤为绚丽多姿,故名绚秋湖。驻足坝中,举目远望,满山红叶,尽收眼底。当你收回视野,投入湖中,那里又是一个荡漾着的红叶满山,那微微波涌,送过来的,也都是黄栌变红的秋意、红叶摇枝的气息。绚秋湖是一片水中红叶,用潜入厚地的细细脉络,和红叶谷的层林连接在一起,接聚南山红叶香气,滋润济南百泉净水。

绕湖而上,我们一边读着与红叶交相辉映的石刻诗句,一边走向人头涌动的万叶塔。七层万叶塔是一座我国传统的六角飞檐尖顶石塔,登临万叶塔,能尽揽红叶谷的全景。遗憾的是游客密集,排队很长,我们就不登塔览胜了。但这里地势突出,视野仍然可以越过坡边的树木,远及四周被秋叶染红的山地。其中一座高高突起的岩石山头,特别像从战场凯旋的儿子,被家乡的父老乡亲亲切地簇拥着,怀里抱着的欢迎鲜花就是漫山遍野的红叶。此时的红叶让我触摸到已经年迈的胶东乳娘脸上的皱纹,让我耳边再次响起原北京军区战友文工团青年京剧演员丁晓君领唱的《天下乡亲》……

走过万叶塔不久,又回到那千米的红叶步道。这时我放慢了脚步,尽可能更靠近一点去领略红叶的个性美丽,去探寻红叶的生命意义。我惊叹,有不少的红叶有着很强的集体主义精神,表现出"一秋一树红"的统一节奏感,它们好像有约在先,不留一叶的全部变红,不仅换红的时间划一,而且红的深浅极其趋同,根本分不出在色彩上有什么不一样。我发现,红叶的变红有秩序有合作,似乎有意识地展示它们变色的生命过程,或在一枝上从靠近树身到枝梢渐进变红,淡红、浅红、深红,直至枝梢处的暗红,告诉人们,即使已经到了生命末梢,也别忘了曾经的辉煌和美丽!或在不同的树枝上,呈现变色的不同速度,努力给人一个更加色彩斑然、对比强烈的视觉观感,突出生命变化的多样性意义和人生互相衬托的美感增值!我还观察到,每一片红叶变红的模式是从外延开始的,也就是叶子的中心地带是最后脱绿变红的,而且随着秋意的加深,每一片红叶都不同程度地表现出叶子的情感伦理,那就是对树枝的不舍和对树根的回归。没有枝丫的伸展就没有新叶风采,即使秋风再大,我也不愿落地而去,让枝丫孤独面对寒天;没有树身的健壮就没有新芽长出，即使再有去处，我也不选择离开，与根同在、与树共荣，一生踏实与荣耀！

红叶谷，我已经把你留在心里了！

"玛莉亚"

据福州气象报道，台风"玛莉亚"于 11 日 9 时 10 分在连江沿海登陆，登陆时中心附近最大风力 14 级（42 米/秒，强台风级），成为 7 月登陆福建的历史风王，同时还是今年以来登陆我国的最强台风。下午玛莉亚日渐减弱，将于晚上离开福建进入江西省域。

"玛莉亚"有福之州"一日游"，在给福建带来一定程度损害（还有待官方数据的公布）的同时，也让我们看到，最大限度地减少自然灾害的希望与出路，这种希望可以出现在灾前、灾中和灾后！

灾前减灾寄希望于对自然灾害的精准预测和对自然灾害到来之前的高效应对。相对准确地预测生成后台风未来几天移动的路径、登陆的地点、速度和强度的变化，以及相伴随的大风与降水分布等状况，是最大限度防灾减灾的关键，而这个关键又建立在台风预测理论与技术的进步上。从 20 世纪 50 年代以前主要根据经验性的非客观定量的台风预报，到今天客观定量预报方法的普遍应用，台风预报的准确性和可靠性都有明显的改善，但如何从历史上台风移动、变化以及与其他气象因子关系的统计学分析向利用大气运动方程和热力学方程进行联立方程的流体动力学数据估算转化，确实还存在较大的创新与改进预测方法的空间。

在台风应对方面，倒是看到令人欣慰的长足进步。地方第一把手的亲自指挥把组织层次提升到最高级别，不仅可以在省一级整合抗灾智慧与资源，还有利于形成由上到下、全民协同的抗灾机制，确保抗灾的任务和资源逐级化解到第一线和第一责任人。以人的生命安全为最高原则的抗灾理念的形成和坚持，极大强化了抗灾设计与组织的生命情怀与人性化追求，有效避免了过去过于强调财产的价值或者总想在人与物安全上兼顾，而让干部群众的生命安全面临潜在的风险。

灾中的减灾主要体现在对台风运动变化的提前把握和对具体抗灾的及时调整与跟上。这就要求台风预报人员全天候的跟踪与预知,并把台风运动的变化信息尽快上传下达,指导一线力量更加及时有效地抗灾减灾。而抗灾人员真正地负起伦理道义与社会责任,坚持在位在岗在线在行也非常重要,也才能全面落实既定的抗灾任务和及时执行与灾俱进的临时应对。从这个意义上来说,抗灾减灾是一个处处化险的动态过程,亲临一线、现场把握、临时调整、果断应急,都可以把抗灾发挥到极致,把减灾推到最大的可能。

也许到了地球变暖、人与自然关系越发紧张的今天,灾后减灾显得更为重要。除了注意防范次生灾害,及时清除断墙倒树避免人身伤害,尽快恢复生活生产环境与秩序,防止"三停一休"拉长带来社会经济损失等,更为关键的是我们灾后的反思与检讨,通过这种痛定思痛的反思,来自觉地用"对自然心存敬畏""与自然和谐相处"的观念替换"与天斗与地斗其乐无穷""人定胜天"的想法,来主动地调整现存的生产和生活方式,以减缓甚至转变地球变热的危险过程,阻止灾害越发频发、也越发不可测的自然界继续恶化下去,在人和自然界之间重建良性、友好和人更自觉地顺应与遵从自然界运行规律的可持续发展和命运共同体关系。我以为,灾后深刻反思和彻底改变人类试图主宰和超越自然界的思想倾向、生活和生产方式,这才是减灾化险的根本出路。

其实,减弱的"玛莉亚"昨天还没离开,福州就井然有序地开始灾后消害、恢复重建工作了!闽都大庄园一度被停掉的水电很快又接通了,洪塘大桥上被成片刮倒的扩建围板转眼就被移走了,上街金屿村街上已有起重机把吹翻的铁质屋顶拆卸下来,还有到处可以看到来自美城环境集团各项目公司的工人正在进行灾后的清理整治……

我想,来自观念转变和生产生活方式变革的灾后减灾也一定会在山清水秀的有福之州越来越发挥主导的作用,并抒写一个又一个善待地球的动人故事,创造一个又一个保护自然的成功经验,让近海而居的全世界居民享受更多的自然界向人类传递友好的和风细雨!

雾　霾

　　早上 7 点 56 分出门,才知道整个济南被雾霾包围了。据大雾预警显示,此时的济南是重度雾霾,PM2.5 值高达 229,相比同一时段的福州,该值是 43,高出 4.33 倍;这还是入冬以来覆盖较大区域的一次雾霾,影响地区还涉及安徽、河南、河北和东北三省。

　　好像还是第一次遭遇如此高浓度的雾霾。虽然是晴天,但看不到太阳,大约 15 米以外的一切都被雾霾遮蔽了,目光所及都是一个只闻声响但不见人和物的深灰色混沌。所以雾霾第一个干扰的是人的视野,即降低空气的透明度,恶化眼睛的能见度,结果本来只要半个小时的济南城内外互通,却拉长到两个小时,而且还要小心翼翼,力防追尾和碰撞;来自雾霾的第二个影响应该就是对健康的,大约 2000 步距离的室外跨越,感觉喉咙有点干涩,浓雾环绕还让你身体有点轻飘,而心情却有点压抑与沉重,这跟小时候遇到的大雾天气和现在福州出现的有雾气象确实很不一样。

　　来到办公区域,先倒一杯水漱漱口,再用清水擦一把脸,然后打开电脑,进入百度,想增加一些对雾霾气象的了解。

　　根据空气湿度水平,我们可以区分雾、雾霾和霾三种气象状态,其中湿度大于 90% 时,导致视野模糊的大气混浊是雾,相反,湿度小于 80% 时,严重恶化能见度的大气混浊是霾,而雾霾则是湿度介于 80%～90% 之间时出现的大气混浊,它所造成的视野模糊、视程缩短和视力失效是雾和霾的混合物共同造成的。

　　雾霾主要是由二氧化硫、氮氧化物和可吸入颗粒物这三个物质要素组成的,前两者为气态污染物,最后一项颗粒物才是加重雾霾天气污染的主要原因,它们与雾气结合在一起,让天空瞬间变得阴沉灰暗,如果没有刮风或者风速小风力弱,如果不遇持续强降雨水,雾霾将很难稀释以致最后散去,就像现在已是午后时分,雾霾仍浮游在济南的上空,没有表现出消散的迹象。又如出现在 2014 年 2 月的北京市,数年来空气质量受损最严重的重度雾霾天气则持续了 7 天之久。持续时间比较长的雾霾天气对健康的影响远比我个人今天感受到的还要严重得多,除了对呼吸系统功能和肺部结构的影响外,还会阻碍正常的血液循环,诱发心血管系统的病变;致使空气中的传染性病菌活性增强,推高传染病发风险;导致日照减少和紫外线照射不足,延缓和减慢儿童生长发育;损伤大脑组织,引发老年痴呆症;甚至还会降低精子在体外受精时的成功率,影响男性的生殖能力。所以和扫盲、扫贫一样,扫霾的社会治理一刻都不能耽误和放松。

要削减颗粒状的大气污染物,关键在于减少或者彻底切断污染源。北京的调查表明,北京市四分之一的 PM2.5 是"输入性"的,四分之三则是"自产"的。其中,汽车尾气的"贡献率"在 22% 以上。而美国洛杉矶环保部门更表示,约 85% 的雾霾来自汽车尾气,即没有燃烧完全的汽油,雾霾的罪魁祸首实际上是汽车尾气。当地的媒体说:"这是洛杉矶人第一次意识到,原来给他们带来威胁的雾霾就出自自己心爱的汽车里,他们每个人自己就是污染源。"所以,减少燃油机动车使用量和提高汽油的燃烧率或者生产更加清洁的石油是两个重要的扫霾途径。

在减少机动车辆使用方面,我国相关城市推出限号通行的制度约束,在美国纽约,对满座车辆设置快速专道通行,在德国,如果空气出现严重污染,则所有车辆全面禁行,在罗马,则实行"绿色周日"活动,只有电动汽车等环保车才能上街行驶。在解决汽油燃烧不完全问题方面,美国洛杉矶早在 20 世纪 60 年代末催化式排气净化器(Catalytic Converter)的发明就从技术上解决了这个问题,到 1975 年所有的汽车全部安装净化器;2003 年,东京立法要求汽车加装过滤器,所有出租车都改用天然气;2013 年,德国大力鼓励机动车安装尾气清洁装置,安装过滤器的车主可获得国家补贴。

实际上,在我国人口比较密集居住的条件下,大力发展清洁型、低成本的公交服务是最有效的办法。还有小型机动车的纯电动化或者天然气化也是一种很好的替代。2019 年 7 月和小女儿开着特斯拉电动车,从东部新泽西到西部旧金山横穿美国大陆的长途自驾搬迁,让我真正体验到电动车的诸多优越性,如经济性,全程 5800 多公里的电费只是原来油费的三分之一;承载性,车身腾空,有了前后两个大车箱;快速性,其 0—96 公里/小时加速时间在 5 秒之内;当然,最重要的是清洁性,没有汽油燃烧的味道,更没有不完全燃烧遗留的颗粒物。

从雾霾产生、危害和治理的整个过程来看,我们人类扮演着多种类型的角色,甚至互相冲突的角色,好多现在需要高成本去治理的社会问题实际上是人类自己造成的。只有以人类自身安全为出发点来考虑技术发明、社会发展和环境保护,这种恶性循环才会终止,不再出现!

蓝 色

一夜的冷雨居然清洗出一个蓝色的榕城,真是让这座城市的主人个个处在惊喜、感动和骄傲之中,微信上、报纸上、手机上,甚至在大家的心里都是那透明如镜、纯净如洗的蓝天……

我一早醒来,顾不得洗漱,就随意套上一件厚衣,冲到顶楼,打开南北东三个阳台,用手机记录各个方向的蓝色,还有俯瞰我们的蓝天。

来到学校,我也没有像往常那样直奔办公室,而是漫步在安静的校园里,再次用手机拍下一起被蓝色包围的那种温暖清新的感觉。

午饭时分,又和几位同事提早下楼,不直接赶去教工食堂,而是绕着湖边缓缓地走着看看,手里的手机一直跟着蓝色,不停地按着快门……

如洗的蓝色,不仅是一个简单的环境指标,她更是一种生产模式和生活方式,她显示人类生命质量的改善与幸福感水平的提升,她还可能化解矛盾,让一个婚姻关系免于解体;促成醒悟,让一个急功近利的民族与自然重归于好、和谐相处!

在分享蓝色之美的时候,是否应该行动起来,为把蓝色永远留在这个世界,留在我们心里,用爱护我们的生命一样,去爱护自然,去呵护一草一木、一山一水……

自然和诗意

今天的有福之州格外清丽，把数日阴天压抑的心情一整个转换过来，变得轻盈与通透，也让这个周末变得富有情调与诗意！

尽管还得伏案阅读弟子的论文，还有其他文章要修改，我还是忍不住不时来到阳台，呼吸一口清新的空气，拍下几张美丽的江景，思考着到底是心情影响我们对自然的感受，还是自然改变着我们的心情！

我以为，主观的意识虽然也能从恶劣的天气里寻找诗意与美感，但很大可能是有限度的，只有良好的自然环境才会呼唤，并长久地保持人类的精神美感与心理愉悦啊！

所以我们既要以一种诗人的潇洒去面对一时的雾霾与狂风暴雨，更要用一种宗教式的敬畏和自觉的行动去爱护孕育我们的自然界，让一样拥有生命与情感的地球始终都有一个好心情，和我们共享蓝天、白云，还有青山绿水……

性別意象

第二章

凤凰树下随笔集

三八妇女节

一年一度的女性节日——国际三八妇女节正伴随着既欢欣又沉重的旋律向我们走来！

欢欣，是因为在这一天她们得到全世界的关注；沉重，是因为她们还是要用364天的辛劳才换来这一天的休息！为此，我给《中国妇女报》写了一篇文章，以表达对女性最真诚的节日祝贺与生命感恩！

我以为，没有女性，我们男性失去的，不仅是生活的激情，还有生命的全部意义！

让我们一起好好地善待与呵护她们吧！

沂蒙红嫂

冒着初夏的细雨，更带着一份久违的敬意，5月28日，我走进位于山东沂南县城西北23公里处马牧池乡的沂蒙红嫂纪念馆。

四个独立展室对红嫂原型明德英、沂蒙母亲王换于、沂蒙大姐李桂芳、拥军妈妈胡玉萍的分别展示，以及一个展区对沂蒙红嫂的集体推出，让我深深地沉入当年血乳交融的沂蒙军民鱼水情里，沉入对沂蒙红嫂这个特殊集体的无限敬意与思索之中！不知谁说过，战争让女人走开，可是此时，面对着伟大的沂蒙红嫂，我想说，女性的力量不仅可以避免一个个战争，即使一定要打的话，也将稳操战争胜券，无敌于天下！

通过图文和实物，通过场景与视频，我含泪的眼里，收入的不只是明德英的乳汁救护亲人、王换于的战时托儿家园、梁怀玉的"谁第一个报名参军，我就嫁给谁"、李桂芳的小脚站立水中，扛起一座部队过江的人桥……还有一个又一个一样令人感动与欣慰的反哺与报恩的举动：

"被祖秀莲舍命救护的八路军侦查参谋郭伍士,1947年复员后不回山西老家,到祖秀莲身边生活,视她为亲生母亲,为她养老送终。"

"被德英乳汁救活的八路军战士庄新民年老后,嘱托两个儿子每年轮流来看望老人,定时给老人寄钱和生活用品,从没间断过,每次探望都是搭地铺睡在奶奶身旁,晚上给她洗脚,清早给她梳头。"

"新中国成立以后,遍布祖国各地的王换于的'儿女们',纷纷前来看望这位恩重如山的老妈妈,每一位当年在这里喝过沂蒙母亲奶的'孩子'来到她面前都是长跪不起,一行行感恩的泪水洒在当年曾经养育过他们的土地上。"

被大家永远记住并讴歌的沂蒙红嫂,祖秀莲活了66岁,明德英活了84岁,王换于活了101岁……

我以为,一部沂蒙红嫂参加战争、抒写家国情怀的历史,也是一部受惠于沂蒙母亲的革命人及其后代思恩报恩、弘扬感恩文化的历史,更是一部认知女性、敬重女性、善待女性、培育性别平等文明的历史!

沂蒙红嫂的情怀感天动地!

沂蒙红嫂的精神永垂不朽!

三女之美地

这里有"千古第一才女"李清照诵读的千年词韵;

这里有抗战时期胶东"乳娘"哺育的人间大爱;

这里还有以新女学文化造就女性专才的女子课堂耕耘的三女之美地。

在绿意和阳光都越发明快的五月,我再次走进这里——我国女校当中办学规模最大的山东女子学院。

和山东女院结缘要推到十多年前,在北京参加由中国妇女研究会举办的一次妇女发展研讨会上,和该院科研处长兼学报主编王全斌巧居一室,气质文雅、为人友善的山东汉子和"福州好男人"一见如故,学术相识转换为随后更多的人际交往和对山东女院科研活动的合作介入,每年国家社科基金项目的申报、妇女生存与发展国际论坛的举办、中国妇女研究会年会的参会都带来再次聚集在一起的亲切与欢乐。

在一千多亩的女院校园里,最让我驻足忘时的是位于图书馆西侧一片绿荫中特别耀眼的爱的红色雕塑,由美国波罗艺术家罗伯特·印第安纳创作的爱的雕塑不仅形象地突出了女院办学的宗旨,即这里倡导的是爱的教育,还拉近了我与被称为"友爱之城"的美国东部大城市费城的情感距离,位于费城西区的美国常春藤名校宾夕法尼亚大学校园里也有一座一样的爱的雕塑,我的两个女儿在那里顺利地实现了大学生活与社会参与的生命转折,爱的雕塑一定程度上消除了两个大学在教育制度上的差异。

在这里也让我流连忘返的还有绿意盎然的好媛广场、气势恢宏的巾帼广场、以八闽女杰命名的冰心路和巧稚路,还有峭壁平湖旁的"天道酬勤"石刻,所有这些校园文化景观,都在传说着从这片"三女美地"走出了一代又一代年轻女性成才的故事,还有富有使命感的山东女院人秉承"坤德含弘、至善尚美"校训,为女性成才所做出的近70年的各种尝试与努力!

这片土地的美还在于在这里生息和劳作的山东女院人。她们意识到自己的最大优势和短板,正在用自省、自勉和自强的风范走一条特色发展的道路,在文化先行、观念转变、惯性止停的共同推动下,根据以女学为主的办学立校特点,让所有行政职能重构和学科专业建设围绕女学形成有别于一般高校的服务方式和发展战略,大家一起聚焦和着力的是如何培养出专业素养向名校看齐、综合素质超越名校的一代女性人才。在这里你不仅会看到在晨曦里整齐走过的凸显女院品牌的一代空乘的综合美丽,看到以"纸婚"电视剧原作者为代表的年轻女教师那种把知识自信的微笑与性别情怀的温暖自然融合的集体魅力,而且还会看到,一拨年富力强、颜值不低、温文尔雅的男学者正在形成一道和女教师和谐媲美、共谋发展的风景线!

在三女之美地溢彩的还有富有特色和韵味的各种活动。"清照讲坛"拉近了与坐落在章丘的李清照故居的空间距离,更把一代词宗的千年传承引入现代课堂;妇女研究基地正在联合各种学术力量全力打造具有辐射能力的女学体系,带动女学对各传统学科的交叉和融合,培育更多具有女学特色的学科增长点;正在校园拉开的第二届文化艺术节也越发凸显出当代女院的办学特色和先进女学的育人功能,拥有社会性别意识的女院学子更能把这些意识带入到文化艺术节的办节宗旨、设计理念、内容组合甚至活动过程中,而每一次的艺术节举办又都是最生动活泼的先进性别意识教育和传播,这次艺术节还适逢母亲节,作为未来母亲的女生,我们是不是更多一份对生身母亲的感恩? 是不是对自己未来要成为什么样的母亲多一份思考呢? 随着毕业季的即将到来,怎么把一年一度的毕业典礼办出女院的特色,或者应该给绝大多数都是女大学毕业生建构什么样的毕业典礼仪式文化,也成为一个重要的校园话题,正在引起女院师生更多的关注和深层次的思考。

在众多的全国本科院校当中,女校只有三所。耕耘好这片美地、办好山东女院不仅仅在于培养更多的具有先进性别意识的女大学生,更为重要的是通过具有女学特色的办学实践,显示出女院办学的性别优势和先进性,女学专业的性别特色与追加值,还有女学人才的性别质地和竞争力。

走过巧稚路,又到冰心路,从妇产科学到儿童文学,这些跟人间大爱相伴相随的校园穿行始终是这里的教育主旋律和办学大格局。如果这个世界只有爱才不会有性别歧视、隔离和对立,那么用爱来办学的女院一定是大学教育的未来,也一定是母亲得到更多尊重、儿童获得更多爱护的希望!

纳凉之旅

虽然持续中雨放慢了游览的脚步,但穿短还觉有点凉意的气温确实让人对风花雪月的大理充满了爱意,甚至还有一份没有言表的感恩,感谢苍洱还在整个世界都酷暑难耐的季节留一处可供纳凉清心的宝地!

没有想到从 5 月 20 日至今,我居然三次来到大理:第一次是陪同学成归来的小女儿,来到苍山的洗马潭边——我生命中从未达到的海拔 3920 米的高度;第二次是接受学友的邀请,第一回走进依苍面洱的大理大学校园,连续为大学生就业创业做了两次指导讲座;第三次是实在忍受不了福州的火热,应邀加入一个闺蜜团队,冒雨攀登海拔 3240 米的"华夏第一佛山"鸡足山,在香气袭人、诵经委婉的金顶寺把大理风光尽收眼底。

这个闺蜜队伍是来自个旧一中的 5 位同班女同学和她们的先生组成。

出生于20世纪60年代末的她们通过三年高中苦读,分别考上哈尔滨工业大学、重庆大学、云南大学和昆明医科大学等高校。成功的高考还带给她们影响一生的三个迁移:区域的迁移,她们都纷纷离开家乡或读大学的城市来到昆明;社会的迁移,用所学专业找到工作,现在她们当中有大学教授、医生、科技工作者和企业家;还有情感的迁移,不论有无发生过校园恋情,她们都在昆城找到一生所爱,牵手进入能够向婚姻迈进的恋爱关系。有意思的是,其中一位闺蜜找到的对象还是我的福州老乡、民族英雄林则徐的后裔。而今她们都是拥有一个上大学或大学刚毕业的孩子、婚姻发展态势平稳的职业女性,如果二孩生育政策提早10年出台,她们也许还是更加忙碌的二孩母亲!

多事甚至沉重的中年却被这个闺蜜团队过出笑声和风景来,一路一起游走,分享着她们的人生故事,更预想着祝福着她们的未来!在不同场景下,叙说共同的过往和毕业后个人的经历是她们一个重要的中年欢乐之源。其中一位先生,绘声绘色地谈起当年追求她们闺蜜的过程,让大家既开心又为之感动。这位老兄从研究厕所开始他的追求行动,他知道女友胃不太好,时常要上厕所,每次约会前都会预先了解附近的厕所分布和准确的距离,使得需要时就能够把女朋友带到离得最近的厕所。我把他的恋爱实践上升为"急为恋人所急"的厕所恋情理论。

闺蜜抱团为生存与发展整合资源、群策群力是她们同学情谊不流于形式的一个实践方略。小到一次快乐出游或家庭聚会,大到恋爱选择、婚姻危机或者家人健康、孩子深造,都可以从闺蜜联盟中众筹资源、寻找良方。她们的一个孩子就是在当教授的闺蜜的指导下,一直保持着对哲学的专业热情与进取,今年刚刚考取南京师范大学的研究生,成为这次出游集体分享的一个喜庆。婚姻经营、危机防范的经验交流与共享,更是常说常新的话题,抱团闺蜜不仅互相提醒和支持,更重要的是把每一个婚姻的成长放大为大家对配偶的彼此善待和对婚姻的共同信心。一位既是医生又开着一家医院的闺蜜,在事业上做得风风火火、有声有色,同时又为从来没有接送过孩子上下学而感到作为一个母亲的内疚,她以为妻子不能只甘为小草绿叶,否则就不会落在已长成大树的丈夫的视野里,并排而立、比翼双飞才是婚姻的不败之道。如此的婚姻体验势必成为闺蜜交流和分享的集体财富,力保她们婚姻家庭的平安和幸福！

也许更为重要的是，几乎每周都有一次活动的闺蜜联盟已发展成为日常生活一个不可或缺的组成部分，是跳出传统家庭生活状态的一种形式和内容的性别创新，是提高自身生存质量、保持自我生命质感的现代精神追求！她们把闺蜜活动参与时间的经济价值淡化了，把精神层面的收益看重了；把闺蜜活动参与目的的实际功能逐步转换成越发纯粹的个人愉悦与集体放大；尤其是把在职业岗位上、家庭角色上被严重格式化的性别建构回归到越发尊重自我、能够自由放飞的原生状态。是啊，一路上我看到这种样式的提升和回归，并为之感动，还油然而生作为男人的愧疚。让女性，特别是我们喜欢的女性，能够自由地放飞、成为她所渴望成为的自己，恐怕应该成为现代好男人不可或缺的一个条件。

在从昆明去大理的路上，不时降落的大雨几次让车轮打滑，在登山的途中又遇一场不小的阵雨，但都没有挡住闺蜜团队集体出游上山登顶的初衷。我要把伫立金顶寺所迎来的雨后晴天、所看到的五彩大地献给个旧一中的闺蜜们，在她们如此明确的人生路线上，一定会走出一个又一个拥有健全的自我、能够家庭和事业良好兼顾的当代女性！

上街梅香

今天一早，用 2400 多步，走过国宾大道，进入上街镇大街，来到镇政府附近的阿梅理发店，做了过节前的一次预约理发。

来自四川的店主阿梅，30 多岁，身材匀称，依然用她真诚的微笑和一直都像过节一样的盛装迎接新的一天的第一个顾客，让你感觉即使不放暖气，也比寒冷的店外温暖许多。

据大家一起回忆，自开张以来，阿梅已经在这里为大家服务整整 12 年了。这些年间，阿梅几乎天天开门，平均每天为 20 多位顾客理发修发染发，过节前或周末甚至可以让多达 40 多位的顾客带着一头秀发和满心愉悦离开理发店。随着时光推移，发屋的牌匾已经不那么醒目了，但它却越发成为大街上一道靓丽的乡俗风景线,把曾经在这里理过发的人们似乎都变成同生共长的乡亲了!

　　阿梅的理发修发以成熟的技艺、诚实的服务和尽可能的便利深受顾客认可与欣赏。她那剪刀下出美人的活计已成为一种技艺常态,有时还会结合顾客个性化的要求,变成更加别具一格的发型呈现!

　　阿梅的诚实体现在不管有多少人等待,从不赶工或在程序上简约压缩。她一般不给顾客推介更贵的染发服务,如果推出的话,那一定是更适合你的或者更环保的,而且货真价实。尤其让大家赞赏的,是处处为顾客着想,在不知不觉中传递善良经营爱心服务的阿梅开店之道。天冷了,她细心地给染发待干的顾客头上包上一层透明的薄膜,以帮助你御寒保暖;她开通预约服务热线,为你减少等待的时间,增加接受理发服务的灵活性;春节前,她一定提前通报回四川过年的时间,并加班加点尽可能为更多的人提供节前服务,她说,看到大家都能理发过年修发过节,心里的欢愉常常可以抵消一天的劳累。最让人心生敬意的是,阿梅还悄悄地推出为 70 岁及以上老人免费理发的爱心服务,以倡导助老爱老的小微服务业的社会责任。在进入老龄社会的今天,这方面的理发需求还是不小的,可是阿梅并没有太在意这种义务服务对理发店生意的影响,一直用爱心给老年人送去美的享受和精神上的慰藉,一位老人还为阿梅这个爱老敬老的举动,赋诗一首以示感谢:

赞四川阿梅理发店

发店门开镇府边,

梅师扬善丽质妍。

爱心义理古稀辈,

奉献无私惠民牵。

　　每天如此辛苦的阿梅,心中还装着近在这里和远在四川的家人乡亲,用一次一次辛苦梳剪、吹洗、色染积攒下来的收入,给远方的孩子送去压岁红包,给婚嫁的亲人送去贺礼与祝福,给遇到困难的亲友老乡送去问候与帮助,甚至在理发店早上开门之前,阿梅还起大早去帮忙照应她姐姐设在上街农贸市场的生意。阿梅还在店里带出好几个从四川出来的年轻理发师,用理发技艺让她们进入自食其力的生活历程!

在理发中,阿梅还告诉我们,以前回四川过春节挺不容易的,坐火车要坐近30个小时,还要去火车站排队买票,坐飞机又觉得太贵,现在有了动车和高铁,有了互联网购票服务,回家过节方便轻松多了,如果坐动车,时间可以省下一半,如果选择走高铁,路程更压缩到10个半小时,无形当中拉近了和家乡四川以及亲人之间的地理空间和乡情亲情的距离。

一个来自遥远西部的女子,就是这样靠着自己的一手技艺、一份勤劳和一颗爱心,在流入地立足,并赢得当地居民的喜欢与尊重,写下了可以让自己无悔并感到光荣的人生故事! 从这个意义上来说,阿梅是成功的,因为她不仅养活了自己,还富裕了孩子未来;阿梅还是幸福的,因为她还多了一个家乡,是这里生出又一份乡愁,也是这里让她无愧于养育自己的那片土地。

感谢你,梅香上街! 祝福你,四川阿梅!

沙县小吃技艺传人

初见沙县小吃还是回国在厦大任教的时候,记得那时西村还没拆建,一家沙县小吃就开在那里,吃了几次没有在舌尖上留下美感,只觉得味道不那么对劲,尤其是拌面调料的口感有点怪。

到福州任职后,离老家尚干近了,一次回去看望母亲,偶然走进看上去不是很整洁的尚干小吃店,我才发现八闽最好吃的拌面、扁肉和元宵非尚干莫属,自那时起,我就再也不尝沙县小吃了。

可是人生就是如此巧合,远离了沙县小吃,却在省里组织的各类专家学者武夷山调研中和沙县小吃技艺传人、省优秀农村实用人才凤珠相遇。她年轻匀巧,温静谦朴,丝毫看不出她是一个身怀技艺的沙县小吃女企业家。短暂度假之后,我们谋划的第一个专家服务社会的活动,就是组队前往沙县,以凤珠的沙县小吃店为现场考察点,为沙县小吃的发展建言献策!

一个多小时的动车,我们落地三明北,不久就入座位于沙溪水畔的凤珠和她先生一起经营的李记小吃店,很快七八个沙县小吃就上桌了,里面就有一小盘久违的拌面,我首先落筷的就是这份拌面,第一口就和 20 多年前吃过的不一样,也和常吃的尚干拌面有别,那味道有舒放乡愁的亲切,有童年倍受母爱的娇宠,那面质柔软流滑、线细不团,还有那细切零洒的葱花,把整个乡野的翠绿都收入盘里,让人品尝的是拌面,回味的是这面里的一方山水、一道乡俗、一个人生!

下午凤珠夫妇把我们拉到沙县小吃文化城,在这里我们强烈地感受到,沙县小吃真不小,不仅源流悠久,还盛名远播。

占地 7.5 万平方米,以沙县传统的明清建筑风格为基调的 20 余栋古建筑群,颇有气势地展现了沙县作为"中国小吃之乡""中国小吃文化名城"的饮食文化古村古城风貌。这里汇聚了李记酒楼、庙门扁肉店、丽英板鸭、万家嘴、知味居等颇具特色的沙县小吃酒家和明档,它们是经过反复筛选最终选定的最具特色的沙县名小吃,品种多达五六十种,有李记锅贴、葱肉饼、豆腐丸、水晶烧卖、米果、泥鳅粉干等。小吃文化城还在每年 12 月 8 日举办 1997 年开始设立的中国(沙县)小吃旅游文化节,到今年已经整整 20 年了!

在写有沙村的塔门外,有四座方形的立式石柱,上面是这样记述沙县小吃的:沙县小吃,源于汉晋、兴于唐宋、盛于明清,被誉为中华传统饮食活化石,原料米面杂、加工蒸煮炖、口味清淡鲜,宜于养生。据记载,沙县小吃实际上属于古代中原饮食文化传统的一个分支,同中原住民历史上的多次南迁有关。族谱显示,沙县境内各姓居民,无一不是中原各省(河南、河北、山西、安徽)的后裔。分布极广的各地汉人在迁居沙县的过程中,也把沙县变成了中国传统饮食文化的聚集地和小吃城。

上百种的沙县小吃大致可分为节令小吃、地域小吃和常规普通小吃,并归合为两大流派,一是口味清鲜淡甜、制作精细的城关小吃流派,代表品种有扁肉(面食)、烧卖、肉包等;二是口味咸辣酸、制作粗放的夏茂小吃流派,如米冻、喜粿、米冻皮(粳籼面)、牛系列等名吃。历史上,夏茂人基本上属于客家,喜外游,也就形成了出外游市、原料加工与经营服务分离的沙县小吃;而沙县城关人是山区文化,喜好加工与经营并举,即"前店后坊"的家庭式经营模式,由于制作精细、品种多样,逐渐成为安营扎寨唱起沙县小吃这台大戏的主角。所以到过沙县的人必尝沙县小吃,吃了沙县小吃都会有"沙阳归来无小吃"之感叹。目前沙县小吃在全国各地的经营连锁店超过 2 万家,从业人员 6 万多人,年营业额超过 60 亿元。

紧依小吃文化城广场的是凤珠夫妇经营的李记小吃连锁 1 号店和李记酒楼,酒楼三层叠高,可供五百多人同时共食。入夜,灯光辉煌,食客满座,美食飘香! 宁静的凤珠居然花中独秀,和丈夫一起把沙县小吃唱出名声、唱响海内外! 这对"70 后"的初中同窗夫妻,于 2005 年始创李记沙县小吃,凭着勤劳与智慧的合力,借助同学加夫妻的情爱,一路走来,获奖无数,风采无限:被中国烹饪协会认定为"中华名小吃"的李记玉米锅贴、金包银、泥鳅粉干的荣誉制作人,沙县小吃技艺传承人,湖南卫视《天天向上》的中国街头美食三巨头争霸赛冠军,香港"展示八闽特色文化"荣誉证书获得者和"福建省优秀农村实用人才"称号等。特别让凤珠她们倍感自豪的是,2010 年李记沙县小吃曾代表福建饮食界亮相上海世博园中华美食街做展示经营,获得上海世博局颁发的周冠军和月冠军,为我国传统饮食文化走向国际社会亮起了一面旗帜。

面对凤珠的成功,我除了由衷的祝贺,还有深深的感激,谢谢你们为年轻人的成才成功展示了一条许多人都可以模仿的路径,即一技之长,追求卓越;一业之路,执意领先!

面向凤珠的未来,我除了充满着期待,还有美好的祝福,祝愿你们引入全过程的概念,通过前移和后延,对地里原材的长成一直到小吃上桌进行全过程的质控,确保绿色、优质和原汁原味;引入标准化的概念,通过服务环境、服务方式以及服务硬件做足沙县小吃文化,有地域特色文化的服务才是最没有区域疆界的消费;引入高科技的概念,通过可以应用于饮食业的最新科技发展成果的转化,突破设点经营的单一模式,让沙县小吃也像游走四方的夏茂流派一样,用高科技把李记沙县小吃送到全世界的家庭餐桌上!

有爱长乐

说到长乐,人们首先想到的是它始设于唐武德六年的久远历史,快乐起降的福州空中门户,还有远在美国纽约曼哈顿东百老汇大道上的年轻但成长迅速的长乐街区，以及每年规模可观的外汇流入。当然，文学界的朋友还会告诉我们，这里是"文坛祖母"冰心的出生地，城区中心还建有国家 3A 级文化旅游景区——冰心文学馆。

前天上午在长乐朋友老陈夫妇的陪同下，冒雨步入南山公园，才知道这里才是面积 658 平方公里、人口 70 多万的长乐的城市胜景和未来希望。占地 200 公顷，今年 2 月刚建成开放的南山公园依山而上，错落有致地摆开了 8 个主题景区，2.2 公里的登山人行栈道和 10 公里的休闲步道如同两条彩带把这些景区连接成一只正在放飞的风筝。整个公园勾画完好、用材优良、建设精美，既富有建筑质感和园林特色，又不失文化韵味和时代气息，让人对只是一个县级市的长乐平添一份好感和敬意。

如果说园中园是南山布局的基本格调，那么通过"情山意海"强烈表达的爱才是南山园的人文主题。在这里被绿树掩映的石雕石刻上，我看到怀抱亲子的母爱、情系远方的相思，看到邹有开和孟庆云合作的歌曲《大爱暖千秋》，还看到"世纪老人"冰心题写的诗句"有了爱，就有了一切"。特别是在"关爱女孩文化公园"里，我读到铭刻在花岗岩上的《关爱女孩宣言》："……给予力量，张扬自尊情怀；给予智慧，激发自信气概；给予机遇，把握自立命脉；给予空间，展示自强风采……天地有情，关爱女孩！你我共约，关爱女孩！"有了这种天地情怀，有了这种社会约定，长乐这片土地一定会赋予女孩一样的生命意义，长乐女孩也一定会健康地成长为拥有"四自"精神的一代新女性。

其实，在长乐是有这种传统的，不论是在公园里长长拉开的"巾帼文化长廊"，还是列示在"乡土文化长廊"上的长乐名人录，都告诉我们，漫长的乡土历史上也出现过不少优秀的女性，如宋治平元年变卖家产去莆田筑陂防治木兰溪水患的钱四娘，在上海创办第一所中国红十字总会护士学校、1928 年被选为中华护士会第八届理事会会长的"中国护士之母"伍哲英，还有中国 20 世纪杰出文学家、历任中国作协名誉主席冰心，等等。尤其是进入 20 世纪的后期，长乐女性把人生舞台拓展到太平洋彼岸的美国，和长乐男人一样非常豪迈地开始新的生命历程，甚至凭借着自己的语言优势、市场意识和营销天赋，把每一个成功男人背后都站立着一位默默奉献的女性的传统经典改写成每一个异地崛起的家庭都有一位在前方冲锋陷阵的女性的今天故事。西迁后的性别格局变化还影响着当年流出的故里，激活长乐女性一样精彩的乡土传统，涌现出越来越多的更加年轻的女企业家、女能人和女名人！好朋友老陈对我们说，当年从部队转业回乡，经人介绍见了好几个女孩子，都没有感觉，可一看到我老婆，竟然浑身一热……后来如果她不来美，我也不会去开餐馆，就更不可能现在三个儿子和媳妇在美各经营着一家日本或欧式料理。

　　带着南山公园留下的好感，我们驱车来到梅花镇，拜会朋友 90 岁高龄的堂姐。在一双儿女的陪伴下，这位老妈妈真的是优雅登场，让我们眼前一亮啊：认真梳理过的右边发髻插着一枝淡紫的秋菊，脸上岁月留下的痕迹都被一副眼镜转化为居村女性的特别阅历，暗红碎花的薄薄秋袄把老人衬托得更加匀称端庄。她喜欢说话，语速快，而且思路清晰，慈爱满满，她说，一棵树生长需要好根须，大人带好头非常重要，你善待亲人近邻，不说东道西，我们的子孙也会处好人际关系，形成和谐的共事氛围。我给他们拍摄团圆照时，已经年近 70 岁的老陈情不自禁地把头靠在堂姐的肩上，脸上笑出当年得到堂姐疼爱的幸福。老人家一生生了十个儿女，其中两个儿子很早就开始经商，现在各经营一个规模不小的鳗鱼、对虾的养殖场，分别发展为国家特色淡水鱼产业技术体系区域综合试验站示范基地和省级现代渔业工厂化设施养殖示范基地。他们心怀母亲和长乐这块土地的养育之恩，让自己的产业致富惠及邻里乡亲，用市场与技术的智慧融合、用合作共富的乡土情怀成功地讲述着就地创业致富的生动故事。

　　年迈的堂姐并没有因为儿子的成功而沾沾自喜，她依然那样平静地向大家举杯敬茶，和大家说着想说的话，如同白发上静好的秋菊，悄悄地、淡淡地散发着自己的清香！祝福你，尊敬的堂姐！也祝福你，有爱的长乐！

闽剧大家

　　一场话剧的分享，却让我有机会认识了福建省实验闽剧院周虹院长！这位从福清走出来的闽剧名家，很年轻的时候就获得福建省中青年演员比赛银奖,随后新剧频出,获奖无数,直至 2006 年进京主演闽剧《潘金莲》,登上中国戏剧最高奖台,光荣摘取"梅花奖"。周院长一身青春打扮,清丽、热情与亲切,犹如福州方言讲得很好听的邻居女孩!

周院长领军的福建省实验闽剧院和福州闽剧院是福建地方戏闽剧的领头羊,这两个"闽剧大班"带领着闽剧人和闽剧票友执意理想、一路走来,没有她们,就没有闽剧的今天!

唯一用福州方言演唱、念白的闽剧又称福州戏,是福建 23 个地方戏当中,区域分布广泛、方言人口众多、剧史记载丰富的地方剧种。她始于明末清初,经过三次融合,即闽中民间小戏与江西弋阳腔融合成"江湖班","江湖班"又和"平讲班""唠唠班"三流归并,最后再和起自明万历年间的儒林戏合二而一,催生了"闽班"或闽剧。漫长的闽剧源流分别在 20 世纪 20 至 30 年代、50 年代至"文革"前以及 80 年代以后激起三次的繁荣浪花,第一时期的福建省闽剧改良会和《闽剧月刊》,第三时期的"振兴闽剧"战略和被国务院批准列入第一批国家级非物质文化遗产名录,都是在闽剧发展史上留下巨大影响的里程碑!

对于老福州的居民来说,闽剧如同家族血脉一样,流进了他们日常生活,流进了他们精神世界。我外公外婆生了一对儿女,虽然他(她)们的正业都是会计,但都对闽剧一往情深、爱不释手。舅舅的全部业余生活就是不断地创作闽剧剧本,当咳嗽声有点急,催舅妈给他添水时,也一定是他写得不太顺手的时候!受舅舅的影响,我大表哥表嫂也都是闽剧迷,表嫂还是当年祥谦公社闽剧团的台柱呢!

我妈从小就喜欢看戏,可以说是看着闽剧长大的福州女。由于孩子众多,不能经常带我们去看戏,但我们却离闽剧很近,当妈妈不忙的时候,会给我们整整本本地讲述她多次看过的经典闽剧。可以说,除了孩子和会计工作以外,看闽剧讲闽剧是她人生的最大乐趣!

2005 年调回福州工作后,空间距离的拉近让我有了更多的机会陪母亲一起看闽剧。前几年回乡下和母亲过周末,有时还要到附近的村庄会堂才能找到她,老人家正在那里看闽剧演出,甚至还会和着台上演员一起唱上一段。后来有一年正赶上福建省获奖优秀剧目展演,我开车把母亲从乡下接到福州,在福建省闽剧艺术中心观看最高水准的闽剧表演,已经 80 多岁高龄的母亲居然不疲劳也不上洗手间,一剧看到演员谢幕。再后来,我是用小推车推着母亲去尚干祠堂看戏,可是没过一会儿母亲就累了打瞌睡了,怕老人家着凉只好提早退场回家了!

在陪母亲看闽剧的这些年间,我也发现这个传统的地方剧种所面临的由社会变迁带来的挑战!人口远距离迁徙拉长了通婚半径,不同方言家庭组合造成普通话替代与方言断代,说福州方言的人口减少必定引发闽剧观众的流失。还有生活节奏加快、生存压力加大、互联网对日常生活的全方位侵入、娱乐生活结构的多元化甚至交通堵塞停车不便等,也都让新的受众培育不起来。所以闽剧观众出现明显的老龄化、女性化的结构变化,即使压低票价以惠观众,也仍然看到不少空置的座位和难以形成的台上台下热烈互动的观剧气氛!从过去一台闽剧就是一个节日,到时逢节日才请来一个"闽班",再到我们现在需要遗产保护、基金支持、惠民票价、高雅艺术下乡镇进学校等多元办法来维持闽剧的生存与发展,确实值得我们在担忧的同时还要多一点思考与行动!

我以为,福州方言的代际传承需要进家庭、进学校和进公共媒体,要用一系列的激励机制包括乡规民约等支持方言文化的发展与普及,爱看闽剧应当再度成为福州市民家风的一道特色风景线!

另外,闽剧文化资源要进一步整合、优化和延伸。福州两个闽剧院要么区位不好,要么功能单一,还没有形成复合集聚的文化吸引力。可以通过置换,在一个交通便利的地方建一个闽剧艺术广场,集创作、表演、展览、旅游、研究和人才培养等功能于一体,让我们福州市民为拥有闽剧文化而感到无上光荣,把经常观看闽剧演出变成一种新的生活方式,把对外宣传和推介闽剧文化变成一种自觉的市民举动。

感谢与周院长的遇见,引发我对闽剧事业的联想,对过往母爱的追忆!也衷心祝福闽剧的未来!

白衣天使

今天是第一个中国医师节,她是全国 1200 多万卫生健康工作者盼望已久、殊荣必归的节日,也是和他们一起付出的家属们的节日,更是中华民族感恩仁心医者、健康更有保障的共同节日！在这支队伍里,有相当比重的女医师、药师和检验师,再加上超过 400 万的女护士,我们的健康水平和生命安全实际上离不开女性医务工作者的爱心和服务。社会与家庭对她们的善待与爱护,其实就是对我们自己的善待与爱护。

我的学术好友,现在已是分管卫生健康工作的一位省领导是这样发出节日的祝贺:值此第一个医师节,向医卫界各位同仁朋友致以崇高的敬意！尤为感念幼时把我从死亡线拉回来的李占魁医生！

还是学术朋友发出这样的评论:医者父母心,能够将生命托付的人除了父母就是医生了。

是啊,生命只有一次,疾病不能不医！以仁心施医济世,用生命守护生命,这么神圣的事业难道不应该得到全民的推崇吗?！这么伟大的医者难道不应该得到全民的尊敬吗?！

从父亲这一辈算起,我这个家族有 6 个医生,约占总人口的 16%,特别是最小弟弟一家都是医生,成为名副其实的医者之家！

当年,我妈是英雄母亲,由于孩子众多,只能采取粗放式养育。疏于看护的后果之一,就是小弟吃蚕豆不小心掉到气管,被误认为卡在食道,一直用吞干饭、咽馒头等土办法来处置,结果不仅不能见效,反而越发气滞,都有点挺不住了。最后赶到福州市第二医院,医生要求立即开喉取豆,把我妈吓得签字的手抖个不停,那么小,万一出现意外,我妈禁不住哭出声来。也许是母亲的哭声改变了医生最初的手术设想,改用细长夹子深入口腔,居然非常幸运地把豆子取出来了。整个过程包括随后的住院观察,都有一位态度温暖、服务细致的护士陪伴着,不仅有效地纾解了我们的紧张,而且还增加了如同在家里一样的亲切感。一个本来要被开刀的孩子,因为医者仁心的看护,在十几年以后居然考上上海第一医学院,最后成为福建省肿瘤医院的外科主任医师。

大家熟悉的我的小女儿,也是从小接受牙科医生的爱护和医治,而立志长大后也做一个牙科医生,即使高考失误选学了会计专业本科,最后还是不忘初心,通过非常艰苦的努力,考上宾夕法尼亚大学牙科学院的研究生,并于今年5月学成毕业,成为纽约一家医院的住院牙科医生。医者仁心和大爱,不仅直接敬佑生命、救死扶伤,而且还传播济世精神,让医学事业后继有人。

最让我对医者仁心肃然起敬的,是一次请求小弟的帮忙而被他婉言拒绝。我以大哥的身份给他打电话,希望把一位近亲的手术排在他认为精力最充沛的时候,因为那一天外科给他安排了多台手术。几次联系都没有得到他的积极回应,我有点火了,他才开口对我说:"大哥,他们都是我的病人,不分远近,在我手术刀下都是一样的人命关天,所以我要保持精力的一直充沛,确保把每一台手术都做好,让他们都能够尽快康复!"

还有这次中暑感冒去福建省第三人民医院就医,我冲着一位拥有博士学位的副主任医师而去,还以为可能会很快被打发,没想到她是那么平易温和,一点不给人匆匆应对的感觉,她问得很细,记得很全,字迹工整可读,语气和缓可亲,尤其是我选用颗粒冲剂服药方式时,她还不忘叮嘱我:"请用保温杯加盖泡一会儿,这样会增加药效。"当我花费近180元从药房拿到12小袋中药冲剂抱怨有点贵时,又是一个没想到,我只服用了一半,就感觉好得差不多了。

现在回味起来,我更加强烈地感觉到,当你和仁心疗术兼具的医者在一起的时候,你就有一种健康得到守护和生命得到依托的踏实和放心,你还有一种即使受伤患病也会很快康复的坦然和信心。医生不仅是传送大爱、添加人间温暖的白衣天使,而且还是确保健康、绵延生命长度的妙手圣贤。

设立医师节,不只是局限于营造一种尊医爱医的社会氛围,它要落在用法律和政策保障的、进入每一个都可能成为患者的公民的文化自觉和行为实践中,真正把过去被扭曲的、充斥着不信任甚至仇恨与暴力的医患关系彻底地扶正和修复起来。

要把医生行医的人身安全和医院运行的空间秩序放在法律的高度来全

力维护，任何伤医乱院的行为都必须零容忍！

要把医生的身体负荷和医效最优与行医环境优化、单位诊量控制联系起来，确保医生不仅不疲劳作业，而且还有足够时间恢复医能存量，提升医术水平。

要用生命的无价、健康的价值和医术的水平作为医生劳动报酬的定价基础，让医生成为最富裕的新生中产阶层，也未尝不可！

我相信，一个尊医爱医富医的时代到来，才是我们健康的真正福音，一曲充满安全感的生命欢歌也才能真正唱响！

向女教师致敬

虽然第 35 个教师节已经过去好几天了，精致花瓶里的节日插花还依然绽放着，时闻散发出来的余香仍旧带来一份感动。

今年碰巧身处女院，应该为女教师写点什么。一番搜索，以下这些统计数据足以说明，我国的教育事业已经离不开女性了："根据有关调查显示，近 8 年来，学前教育阶段女教师占比一直维持在 97%～98%，小学阶段女教师占比从 2010 年的 57.95% 提高到 2017 年的 67.19%；同期初中阶段女教师占比从 49.48% 提高到 55.64%，普通高中阶段女教师占比从 47.66% 提高到 53.07%"；"而普通高等院校专任教师中女教师占比也从 1979 年的 26.2%，增加到 2013 年的 47.7%，再到 2018 年的 50.32%，占比已经突破半数"。尽管小学特别是学前教师女多男少的性别结构需要得到调整，高校在迎接更多女教师的同时需要提升她们的职称结构，但也许更为重要的是，在各级教育占比如此之大的女教师的生存状态和发展趋势应该得到更多的关注，她们的身心健康、职业与婚姻家庭的平衡和人力资本积累的持续性，都在很大程度上影响着她们在教育岗位上的职业激情和行为表现，进而决定着我国教育事业的内涵发展和人才培养的整体质量。

已经是一个高校副教授的女博士告诉导师，她一天要接送上小学的女儿至少 4 次，这种早中晚间隔式的接送，把自己的教学与科研时间给碎片化了,尤其是早上赶时间送和下午提早接,担心错过上课时点和中断学校事务处理,甚至会在夜里做噩梦,带来很大的心理压力,也很影响心情。

在城郊建设大学城,虽然带来高校办学空间的拓展,但却大大拉长了女教师家校之间的往返距离,加上大学城的通勤大部分集中在某一个时段,交通的堵塞又增加了在路上的时间和行车的疲劳,等回到家,忙完照顾孩子吃饭做作业洗漱睡下,已经筋疲力尽了,要再坐在书桌前挑灯读书做学问,真的十分勉为其难,久而为之,一定是身心资源的过度透支,亚健康甚至不健康是一种很难避免的后果。

难得有机会出国访学,因为孩子的关系,高校女教师还很难轻松地做出决定只身前往,在异国高校边照顾孩子边听课做学问是一种常见的模式,甚至一心分成多地,还要牵挂在国内的老人起居和健康,注意力集中不起来,处于明显的分裂状态,结果一年访学很快过去,在回国的路上聚集起来的不是一种留念情怀,而是没有利用好访学机会的遗憾和不踏实。

有机会到几个二级学院走进女教师群体,近距离的观察和对话之后,挥之不去的是对她们美好期待落空的遗憾与同情。整体看过去,她们都比较累。身心没有得到及时恢复,有着不同程度的憔悴,专业知识和国外留学经历并没有给她们留下别具一格的服饰和气质,有心情和时间去个性化美甲、去适度化妆的较少,素面朝天恨不得把所有时间和精力都掏出来满足多方需要的偏多。但是,也就是这样一个特殊的集体,她们没有影响人民教师的社会声望,没有辜负广大父母对她们的职业期待,每天提前赶到教室都只为了能准时地站在讲台上;为了在开学典礼暨军训总结大会上让自己带的班级有最好的表现,辅导员抱着孩子早早来到现场;为了自己的教师职业发展,她们不惜错过了传统上认为的最好的结婚年龄,甚至怀着身孕也没有放下博士论文撰写和科研课题申报……习总书记在 2014 年的教师节指出:"一个人遇到好老师是人生的幸运,一个学校拥有好老师是学校的光荣,一个民族源源不断涌现出一批又一批好老师则是民族的希望。"是啊,女教师应该是一批又一批好老师中最值得全社会尊敬的好老师。

在把感激的鲜花献给女教师的时候,我们是否还要把尊敬转化为一种对女教师的职业理解,用更加客观和全面的调查研究,了解女教师的生存与发展的状况,聚焦她们所面临的各种职业挑战和困难,站在女教师的利益角度,从政府、社区和学校等多个层次,协同各方力量和资源,一个问题一个问题地应对解决,满足和提升她们作为教师的基本生存和发展需要。

对女教师的尊敬还要提升到一个更高的境界,那就是全社会的性别爱护,自觉地把社会性别意识贯穿到与女教师相关的一切服务之中,从自然和社会的性别差异中体现对女教师的关爱。考虑到女学者的生育需要,国家基金委适度延长她们所承担课题的结题时限,就是一种对女教师有性别意识的爱护。为了避免回家后疲劳备课做研究,各个高校都可以创造条件,让她们在校内都有一个办公室,把熬夜的身体透支变为在校时间的有效利用。可否尽快取消法定假期后的补课制度,那是女教师最辛苦也最纠结的日子。还有女教师处于例假的时候,婚姻出现危机、孩子需要送医和单位遭遇性别骚扰的时候,是不是就能及时地伸出爱护之手。

我相信,被爱护的女教师一定会加倍地把爱传递给我们的孩子!

女性的力量

从 1998 年央视开办"半边天的盛会"的三八国际妇女节专题节目,到 2016 年举办以"一路芬芳"为主题的三八国际妇女节特别节目,再到 2018 年正式推出"花开中国——时代女性盛典",以大型电视综艺形式庆祝三八国际妇女节,已经整整 20 年了。

昨晚我全程看完了 2019 年"花开中国——时代女性盛典",不论是作为一位男性电视受众,还是女性问题的男性学者,我除了激动,就是感动,我激动,是因为看到在过去 70 年里,中国女性和祖国一样,走出了一条站起来、富起来和强起来的解放与发展道路;我感动,是因为中国女性为自己和祖国的崛起做出了难以想象的努力和感天动地的坚持!

今年的盛典特意请来朱丹、徐卓阳、王宁和刘烨四位嘉宾担任特别推荐人,以发表对推荐对象和关键词主题演说的形式,分别推出从各行各业时代女性中选出的四位代表人物,她们是斩获世界工业设计大会十佳杰出设计师大奖,用"热爱"将艺术与技术完美结合的中国高铁设计师高楠;国际护理事业最高荣誉南丁格尔奖获得者,始终用爱与关怀守护每一位艾滋病患者的生命与尊严,凭借巨大"勇气"挽救无数生命的红丝带之家创建人王克荣;扎根塞罕坝林场十载,期间从没谈过一场恋爱,甚至没穿过一次裙子,用"坚持"谱写青春无悔乐章的阴河林场生产股唯一女性杨丽;还有带领一支平均年龄只有 32 岁左右的团队以科技"力量"铸就"精海"无人艇璀璨光芒的上海大学无人艇工程研究院的"80 后"院长彭艳。这四位身处新时代中国女性的杰出代表,在逐梦路上直面挑战、勇于担当,抒写了足以改变世界对女性群体认知的故事,诠释了以"热爱"、"勇气"、"坚持"和"力量"四个关键词所构成的坚韧不拔、持之以恒的新时代女性精神,共同发出了"若有大梦筑胸襟,巾帼何曾让须眉"的时代最强音!

尤其拨动我心弦、引发我思考的是四位杰出代表和"神秘"嘉宾的深情互动。高楠儿子登台与母亲共荣,他给妈妈献上了的不仅有节日的鲜花,还有佩戴在胸前的四枚少年科技竞赛奖章,妈妈说,她的一些设计创意还来自儿子从小的科学灵感,不知道无微不至、无所不包的家庭主妇是否也能带来如此丰厚的母子共赢?!让一直用"勇气"施爱的王克荣感到强烈被爱的是她的丈夫来到台上,一束鲜花,一个拥抱,还有一句轻轻的"我爱你",让我们看到,最美的女性是真正拥有"爱与被爱"的女性!杨丽虽然在过去十年的坚持里,还没谈过一次恋爱,但功臣老人的到来和一枚奖章的传承,还有一句爱的祝福,已经满满地充实了她的情感世界,坝上从无到有的一片绿洲早已给杨丽的爱情准备了最温暖的家园。当还有一些女性用美丽寻找性别出路的时候,高颜值的彭燕却唱响了科技将让女性更加具有性别力量的时代之歌,用科技兴国的志向聚集了一支年轻的巾帼团队,用科技赋予的集体智慧和魅力,让生理颜值转化为文化风采,让女性创造转化为国家进步!很多情况下,女性研究热衷于大数据、大样本的问卷调查,还有无数变量组成的数学建模,其实像这样接地气、有故事的时代女性代表和典范,都值得我们去跟踪、去探究,从她们的性别际遇和人生历程当中,不仅可以提炼出理论观点,还可以总结出实践经验。

在盛典进入高潮的时候,全国妇联兼职副主席、中央民族大学的蒙曼教授做了一个非常富有诗意的解读,她说,女性的力量是由美、爱、韧、巧和勇的力量组成的。是啊,美得天生养成,爱得感天动地,韧得百折不挠,巧得无米也炊,勇得视死如归,哪一种力量都是不可战胜的,都是当今世界不可或缺的,也都是推动社会稳定、发展和进步的重要动力要素!

如果还要加上一个力量,我以为,那就是"说"的力量!女性天生说得早、说得标准、说得动人,传统社会把她们缠足在一方家园,说的能力也变成无从发挥的婆婆妈妈、唠唠叨叨,而今随着她们走向社会、走向世界,说的天赋在成就她们的性别事业,而事业的发展又反过来让她们拥有更多更大的说的平台。我以为,新时代的新还体现在,让女性在不同时间讲述她们的故事,在不同场合发出她们的声音。今年的三八妇女节已经把女性说的力量得到非同寻常的释放:由全国妇联"女性之声"和中国妇女报联合在抖音上发起"我不止一面"的活动,参加者众多,点击量已高达18.6亿;不同界别推出特别策划,如长征中30名"女神"、"个个都不简单",中国学术女神40人,你的导师可能在榜,以及2019年中国投资界55名女神图鉴等;三大中央平面媒体,包括人民日报、光明日报和中国妇女报,同时刊载纪念三八妇女节重要社论,致敬中国女性,为半边天喝彩;还有2018年度女科技工作者社会服务奖颁奖暨第十届"科学艺术——相约国际妇女节"主题交响音乐会,在青海美术馆隆重开幕的"全国第六届妇女书法展"等,都产生了巨大的性别感召力和社会影响力,同时也说明把女性"说"的力量转化为传播力量,并和其他女性力量融合在一起,有着不可低估的性别意义和时代价值!

既然女性用她们一代又一代、持之以恒的努力,向我们展示了蕴含在她们身上如此丰富多彩可以造福人类的力量,我们没有任何理由不去感恩她们,不去用更好的文化与制度保护和发挥她们的力量,并把男性所拥有的积极力量也汇聚其中,携手共建共享一个男女平等、两性互惠的幸福世界!

巾帼不让须眉

节前一场大雨,把整个有福之州清洗得一尘不染。

清晨醒来,登阳台远望,满眼是清新明媚,蓝天不挂云丝,红瓦落满晨曦,木棉抽芽吐翠,龙江流水闪光。转身下楼再给自己冲上一杯咖啡,临窗而坐,才发现节假远游,留给大学城一片清净,偶尔飘来的是洪塘大桥扩建工地上敲击钢架的声声清脆。

在手机上收藏了一些转载,平常顾不上阅读,就着暖暖的五月阳光,我点开了收藏标识,没想到好多是和三八妇女节有关的,其中最让我注目的是几条关于女性与科学的消息,我突然闪过一个意识,"巾帼不让须眉"的岁月似乎已经过去,取而代之的是可能男子要呼喊"须眉不落巾帼"的时代。

一篇题为"经济学离不开女人"的文章用学科事实证明,没有女性这支温柔的推手,就没有经济学的今天。是啊,没有为女性实现诺贝尔经济学奖零突破的欧玲、赢得"两个剑桥之争"的新剑桥学派先锋的罗宾森夫人、在办理离婚案时预测卢卡斯将在 1995 年前获得诺贝尔经济学奖的老婆丽塔,还有为纳什均衡理论、裙摆效应、口红效应等理论提供灵感的女性美丽以及站立在近百位诺贝尔男性经济学家背后的伟大母亲,我们还有被誉为社会科学"皇后"的经济学吗?欧玲在获奖那一刻说得好:"我很幸运成为第一个,但不会是最后一个。"

多篇关于中国青年女科学家的报道,也让我耳目一新,情不自禁地为我国女科学家这个伟大的集体喝彩。如新闻《9 位中国青年女科学家,颠覆你的想象》中写道:"提起女科学家,你的想象中想必是表情呆板严肃、可望而不可即的女学霸……事实颠覆了你对女科学家刻板的印象,她们绝对是美貌、气质与才华并存,而且还多才多艺!""第十二届中国青年女科学家获奖者李赞教授以前还是一名国家级比赛实力唱将,至今在科研工作间隙仍会欢乐放歌,继续传唱着作为一位科学家的幸福人生。世界因科学而美,科学因女性而美!"

又如报道《10 位女科学家实力证明:科学的世界没有性别偏见》中指出:"长久以来社会中仍存在一种偏见,认为女性更适合文学艺术领域,而非尖端科学领域方面的工作。第十三届 10 位中国青年女科学家在生物医学、环境、数学、材料等前沿科学领域进行了开创性的探索,用不亚于男性同行的科研实力和成就彻底打破了这一偏见。"

还有最近从美国科学界传来的消息也特别鼓舞人心。《科学》杂志和 SciLifeLab 颁发的 2018 年度青年科学家奖揭晓,师从施一公教授的清华大学女博士后万蕊雪成为细胞及分子生物学类别的胜出者,这还是在中国本土攻读博士学位的研究人员首获该奖。在 4 月 30 日美国科学院公布的新当选院士中,有 4 位华人入选,其中普林斯顿大学教授、结构生物学家的颜宁和洛克菲勒大学教授、HHMI 研究员陈觉一起占了半边天。

从这些女科学家的获奖感言或者过往经历中,发现她们投身科学的动机是朴素有温度的,像万蕊雪,有一次,家里亲人患病,她听说基因工程可能会是未来解决这些疾病的方法,更加坚定了她学习生物学的决心,希望能够做一个有用的人。也就是这种发自内心的治病救人的人文关怀,把她带入对生物学"天马行空的幻想"和脚踏实地的追求!

今年入选的 10 位女科学家中,有 4 位是"80 后",占将近一半,其中最年轻、才 35 岁的中国医学科学院苏州系统医学研究所研究员马瑜婷以为,女性在科学道路上的进步,还来自两个力量,一是兴趣,二是选择,"就我而言,我希望自己终身从事的职业是我喜欢的有兴趣的工作,因为只有这样我才能做得更好"。马瑜婷在很小的时候遇到过老师对女性的偏见。考初中时她以第一名的成绩考上了省重点中学。一位老师却当着她的面说:"女生在小学的时候成绩很好,但进中学之后只会越来越差。"还有一位老师则夸她"你很特别,如果你好好努力,我非常看好你"。"我选择性地相信后者而不是前者,所以走到了今天。"从家庭到学校,再到整个社会,如果都能像"我非常看好你"的那位老师那样,除去偏见和歧视,给予信任与支持,相信将有更多的年轻女性将成功地把科学作为自己一生的志业追求。

要除去偏见和歧视,关键还在于充分认识女性走进和发展科学领域给人类社会带来了福利,这还需要通过一个测量指标体系的建构和第一手资料的收集,从直接和间接、多维度的视角进行完整的估算,至少要包括女性科研成果的生产与服务转化、女性科学精神的文化重塑、女性科研进步的性别带动、女性科研生涯的代际激励以及女性科研成就带来对传统性别意识的转变和不平等性别关系的调整等。拥有平等性别意识、发挥女性性别优势的科学才会造福人类,才会让世界充满爱!

高空遐想

一次西域之行，一次不须关机的飞行模式应用，我用华为 M9 从高空看地球，留下一段空中遐想。

小。从舷窗望外，就如同杜甫的"望岳"，真的是"一览众山小"啊！大小之间，原来更取决于你所处的高度。小的概念形成更多来自俯瞰，而不是远眺，居高处往下垂看，你才会强烈感觉到逶迤群山的小，小到你可以揽千山万水于手机之中。在日常生活中，我们习惯登高望远，较少居高鸟瞰，对自己的人生更多强调前瞻和展望，较少去提升高度，把现时遇到的困难和挫折缩小，提振信心，直面现状，迎难而上。你不能用"一览众山小"的自信与豪迈，跨越面前的障碍，又如何去望远，去拥抱未来呢？升高的境界就在于俯瞰一切，把信心壮大！

白。居高俯视，看到的是一片白色世界，而在机翼划过的上方却是一个如同深蓝海洋一样的天空，飞机则漫步在这蓝白之间。从白色世界里，你看到季节的力量，她只用一朵朵雪花，就把五彩缤纷的地球面容改了颜色，从秋艳到冬白，从浓妆到素颜，从多元到单一，一幅素描替换了一张油画；你还看到季节的关怀，她把对大地的爱变成一根根线，密密地连上一朵朵雪花，缝制成一床浩大的棉被，严严实实地温暖着地球的身躯；你更看到季节流露出来的期待，等到冰雪化开，水洗遍野群山时，我们欢欣迎接的将是一个春回大地、花红草绿的新世界！不论是精神洗礼、观念更新，还是扫尘过年、浴火重生，其实也都蕴含着季节带来的落雪素裹、融冰开颜的自我修复、焕然一新的成长规律。在变化中简约和净化，在转换中接纳与反哺，在交替中关怀与互勉，这个世界才能被友善所充满，才能把大爱之歌一直唱响！

静。飞机爬高后，原来喧闹的城市、嘈杂的机场都留在了脚下，取而代之的是一个更大但反而非常宁静的世界，耳畔节奏不变的发动机鸣响，反而衬托出这种宁静的高贵与珍奇。地面上呼啸而过的高铁变成悄无声息的蚂蚁队列运动；也在空中并驾齐驱的飞机却化为一道默默飘散的白色轻烟；哪怕近在眼前的强大气流猛烈抖动着偌大的飞机,也不露声色,静寂如夜。静,是一种非凡的自我矜持,是一种处乱不惊的沉稳,是一种超俗越利的清高,更是一种不给人制造噪音的修养。如同预防肥胖,我们需要少进食一样;如同节约能源,我们需要少开车一样;如同减少污染,我们需要不排污一样,保持相对的安静,也是既利己又利他的一个高尚的社会行为。

　　虚。不论是云层叠盖、云雾缭绕,还是乱云飞渡,其实都是一种遮人眼目的虚幻,当你穿过那一层虚假,进入真实时,才发现一路越过的地球表层是丰富多彩的组合,有铺盖着冬雪的峻岭,有漂流着融冰的江河,有盎然春意的油菜花,有一闪而过的动车组,还有载歌载舞的少数民族村落和人挤车堵的新兴都市。显然,虚幻总是和风险并存的,为了防范风险,我们需要穿云过雾,分辨虚实,逼近真相,哪怕穿越时都会遭遇气流,引起暂时的颠簸和摇晃,也在所不惜。更为重要的是,我们不仅要有防虚识假的意识、能力和勇气,而且还要秉持自我真实,不给这个世界添加哪怕只是一小片的云雾,或者只是出自善意的虚假。每个人都能持守真实,我们就会拥有一个真实的世界、清明的社会!

　　今天是三八妇女节,自然联想到占人口一半的女性。小、白、静和虚,都和她们有关联。她们被传统性别文化偏见为"小"女人,其实,我们可以升高,但绝对不能看轻女性,她们不仅有大胸怀、大潜能,而且还能在危难时刻扛大事,改革开放 40 年足以证明她们不小而且伟大!

　　本来亲近自然,素面朝天,跟着季节,春暖花开,是女性最美的性别常态,而今却被市场商品化、男性审美化,过度再造的一张脸越发远离原生态。在更多的人文关怀下,恢复女性的素颜,让她们为美丽自我作主和自我欣赏,应该成为性别尊重的重要内涵。

　　静是女性的一种天然,哺乳时的宁静是最令人感动的母爱。可是一些缺乏性别平等的社会态度和资源配置在扰乱这种难能可贵的宁静。没有得到善待与尊重的母亲的心静如水,就没有平静的家庭秩序和稳健的孩子性格,也就没有外部的社会安定。

　　虚向来与女性离得比较远,真实才是女性的性别写照,她们的内心世界溢于言表,不仅节省了好多调研成本,还给这个世界保持真实做出不可忽视的性别贡献。爱护和鼓励这种真实,甚至以一样的真实对待女性的真实,才能保障我们的婚姻走得更远,才能在社会交往中注入更多的信誉。

让我们一起努力,倡导男女平等,鼓励两性互爱,尤其要还女性原来的强大、素颜、宁静与真实,给女性更多的人生历程自主权力和社会支持。相信幸福、快乐和发展的女性一定会大幅度增加整个社会的和谐与福祉!

谨以此文恭祝诸位姐妹三八妇女节美丽!

独舞人生

每次晨走,几乎都会在沙滩公园的夕照亭看到一位正在翩翩起舞的中年女性!

她把方亭当作自己独有的舞台,即使有园林工人在那里工间休歇,有外人路过驻亭拍照,也不对她产生干扰,她依然沉浸在自己带来的收音机里飘洒出来的音乐之中,把欢快的舞步、优美的舞姿、静好的舞境,与近旁的乌江流水、远方的旗山墨绿和高高的蓝天白云交融在一起,构成一副天人合一、万物共舞的生动画面!

现代女性特别需要这样的独舞心境与自赏情趣。还有性别歧视的社会,不可能给你一方表演舞台,甚至只是有交易地给你一个亮相机会,那我们就一边去改变这种男女不平等的社会文化,一边自我构建一个自谋发展、自得其乐的人生舞台,在人格尊严不受损伤的空间里,携青山绿水、花草树木,见证一个生命的成长与完善,分享一个心灵的快乐与满足!实际上人生历程中最应该去追求的,是来自自己的点赞与掌声,自爱往往是一个成熟爱心的基础,是他爱的发源地。

也许我们还拘泥于传统的性别观念,把女性的悲欢与幸福寄托在配偶与孩子那里,安于搭台的本分与责任,乐于欣赏配偶和孩子唱戏的顺利与精彩,幕后英雄情结浓郁,舞台亮相意识淡薄。但没有想到,丈夫的成功与你一事无成,是一个互相抵消的经济结果,并没有实现社会福利的最大化,如果你唱戏的天赋与水平还高于你的配偶,那这样的间接舞台角色设计,一定是没有效率的,是存在明显的净损失的!更何况,每个生命都有自己的社会价值,尊重生命就是要把这种价值充分体现出来。所以给自己独舞的机会和空间,是对自己生命的一个尊重,还是对自己人生价值的一个展示!

除去女性独舞的性别意义,还应该看到它在生活方式变革上的积极功能。当我们的生命周期面临重大转折的时候,当我们的生活遇到挫折与生机的时候,我们都可以远离一下喧闹的社会环境,脱离一下习以为常的惯性,来一场风景独好中的身心独舞,把自爱复活,把他爱充满,一个情理之中的选择也就会在爱的复活与充满中进入你的视野!尤其是一直活跃在公众舞台的人物,更需要这种理性转换和自我享受的独舞,边际效用递减规律与岁月不饶人的定律提醒我们,既不要成为观众不喜欢的舞台形象,又不要让自己还留下心有余而力不足的很难驱散的遗憾!

独舞还能够把结果的追求转化为过程的享受,把在意别人表现的竞争意识转化为注重自我欣赏的自娱情结。不是独舞的空间,你很难不去注意他人舞者的表现,不去观察观众的集体回应,不去计较怎么超越同台舞者,怎么获得更多观者的掌声,而在这过程中,你的自我却不幸地迷失了,你的所有努力都外部化了。独舞是人生进程中"去己化"的一个必要纠偏,也是一直弱化自爱后的一次重要复归。

更为关键的是,给自己独舞的情趣和空间,还是步入人生晚季的乐观态度与选择!我们每个人都希望,年迈的时候有儿孙环绕、伴侣左右、老友聚乐,但更多的时候我们是独处的,没有独舞天下、独步山水、独善其身、独乐其活的精神与实践,我们就会度日如年,怨声不断,甚至因独而疾,影响身心健康!有了独舞心态,我们就会过得很从容,活得很自在,子女孝心的偶尔表达、伴侣关爱的一时流露、老友情谊的不多聚集,也都会让我们心存感恩,放大幸福感,为人生继续注入正能量!

其实这位独舞沙滩公园的女性是住在比较远的城区五四路段,她能够花那么长的时间绕城而来,把方亭当作现成的人生舞台,独舞乌龙与旗峰的山水之间,专注于自己营造的音乐与舞蹈世界……是再现少女时代的美丽与浪漫,是忙完所有家庭事务后的放松与修复,是在一个人少的公园亭台把过往的舞蹈职业永恒化,还是为即将到来的中年以后的生活提早营造独舞的心态与环境?真的,不得而知!

但我想,不论是出于什么样的动机,她用独舞的方式结缘乌龙江边的方亭,是不是都值得我们思考与仿效?! 是不是还可以从思考中,引申出对爱情的又一个定义,当我们出于精神上、情感上的意义考虑,彼此都愿意把独舞的舞台合并为一个双人舞的空间,而且不论持续的时间有多长,那么一份真正的爱情也就成熟了!

百年回望

　　20 世纪初的一位年轻女人,在 1923 年的时候孕育了一个女儿,从此相继有了五代女性,接力着 70 年的家国情怀。

　　这位年轻女人是我的外婆,自从我懂事以后,才在外婆从未消失的笑意里,读出"慈祥"的真正含义。外婆是一个养尊处优的闺秀,新中国成立后,她平静地接受人生的巨大转变,成为一个与丈夫一起在菜市场摆摊的菜贩,每每放学的时候,我总想路过外婆的摊位,因为她都会在我的小口袋里放上一枚 5 分的硬币,外婆给我钱的时候,表情安然,似乎还有一份淡淡的满足,那是自己的劳动所得呀! 显然,共和国给了外婆自食其力的性别启蒙,还有表达亲情的经济能力。只是遗憾的是,外婆在生命后期却受尽乳腺癌的折磨,在她走后,曾经怀抱过的小外孙才成为一名乳腺癌外科专家。

　　那位在 1923 年出生的女儿就是我的母亲,作为一家食杂店老板娘的她赶上了共和国的公私合营经济发展阶段,在我出生的时候成为当地集体商业企业的会计,从此她以做账为生,给数十家合作商店进行日常的资金流把控和年度的账面上平衡,有着一定的管理地位。母亲着装清秀,业务娴熟,有着和外婆一样的温良,却在一片娴静之中,为所属商业企业精心理财,为孩子众多的家庭俭朴持家。如果说共和国让外婆知道了劳动的性别意义,那么共和国却让母亲体会到一份正式职业对于一个女性成长的人生价值,还有从户外就业中获得的如何做一个合格母亲的社会启示。虽然母亲还摆脱不了重男轻女的传统性别意识,但对孩子的教育投入,她不但有进步的想法,而且还有在行动上的坚持。可以说,全凭母亲的这份坚持才结束了我父亲家中没有大学生的家族历史。

　　和共和国同龄的大姐，其实在母亲 10 个女儿中排行第五，只是前面的 4 个姐姐都没有存活下来，加上弟弟妹妹都是她帮忙带大，自然成为我们心目中如同母亲一样重要的大姐。弟弟妹妹的拖累并没有阻止大姐追求学业，她一早起来，先做早饭，再一边抱着最小的弟弟，一边拿着书记俄语单词，遗憾高一没念完，也没去上山下乡，就出嫁了。后来共和国让她做了几年民办小学教师，最后根据政策接了在供销社工作的父亲的班。大姐传承了来自母亲的许多良好家风，如善良宽厚、勤俭持家、重视教育等，在她任劳任怨的照顾下，两个孙子一个正在准备报考医学院的研究生，一个刚以初考高分入读福州三中。共和国让大姐更加深刻地感悟到一个完好教育对女性的时代意义，还有在家庭领域发挥女性特殊作用的快乐所在。

　　出生在普林斯顿的"90 后"小女儿，完全是共和国改革开放的成果，没有当年国家选派我出国留学，就不可能有她的出生。中华民族的血脉还是非常有生命力和传承性的，即使隔着较长远年代和更广阔的地理空间，也依然是生息不断、代际延绵。小女儿心存大爱，善良感恩，她多次从美国赶回来照顾病重的外婆和看望失禁的奶奶；她还隔代继承奶奶的专业，在美国拿到会计学本科学位，随后又跨领域攻读牙科研究生，实现了自己长大以后做一个牙科医生的梦想。共和国让小女儿人在美国，心系祖国，因为世界上有这一片充满爱的故土，才有她的生命故事，她的教育和职业追求才具有更多的情感分量。

　　2012 年出生在上海的大女儿的女儿，更是托共和国强起来的福，她不仅有丰厚的家庭资源来满足未来的教育投入需要，而且在她的文化和血缘脉络里，还汇聚了爷爷和外公两个教授、爸爸和妈妈都是留美的重视教育的家庭传统，以及上海和福州相对尊重和善待女性的地区风俗，相信现在已经在美国念小学二年级的第五代女性，将会更加注重自己的教育质量和职业发展，并经常回来，甚至回国定居，以感恩和报答共和国所提供的更加国际化和性别平等的成长和成才的世纪机遇。

　　今天在欢庆共和国 70 周年华诞的时候，我要告慰已经离我们而去的外婆和母亲，现在的共和国已经拥有很好的防癌和治癌的知识和技术，自 20 世纪 90 年代女性乳腺癌死亡率已呈现下降趋势，乳腺癌已成为疗效最好的实体肿瘤之一；还有我国的婴儿死亡率也从新中国成立前大约 200‰ 迅速下降到 2017 年的 8‰，母亲当年会生但养不活的生育经历已经永远成为历史了，特别是我国在校大学生中的女大学生已超过一半，大姐当年的失学是不会再发生的，哦，您的另一个小孙女也是医学院研究生毕业的医生了。

我还要提醒大姐，共和国医养结合的居家养老体系正在逐步完善，加上广场舞健身和老年旅游市场的开发，越来越多的高龄女性仍然拥有快乐健康的人生，希望大姐也成为她们中的一员，您的健康长寿就是对家庭的最大支持，也是我们的美好祝福。

还有亲爱的小女儿，请你和小马择时结婚；可爱的小外孙女，祝你和秋弟健康成长！相信你们都会好好努力，成为共和国在国际社会中的一道道性别风景线。

梦想成真

凌晨 3 点 52 分，小女儿自挂的一张照片，引起太平洋两岸亲人的共同关注，并汇聚成一家的欢欣。

"27 日的最后两门毕业考试顺利通过了，我终于成为一名牙科医生了！"

"Wow,Nice Jing!!! You're official!!"

"从今天开始可以叫你叶医生了！"

"热烈祝贺叶菁！为你喝彩！谢谢你给大家带来荣誉和快乐！也谢谢大家为你的成功所给予的鼓励和支持！"

"Im sure 外公 will have a 1000 words post on wechat moment, and jiejie will post some 合影 and this image with Upenn logo on it."

"We should celebrate. Do you want to go somewhere with jiejie and Austin? Qiuqiu and I can stay home ahahahahah."

是啊，能不欢欣吗？能不庆贺吗？对于叶菁来说，一位牙医的养成实在太不容易了！

时光退回到 27 年前的春天，普林斯顿大学附近的一家妇科诊所里，因为来自台湾的妇科医生的迟到，一个本来预约拿掉的小生命被留下来了。谁也没想到，这个被医术垂怜的宝宝却在若干年后为白衣天使这个特殊的集体添加了一位美丽的仁心医者。

小姑娘一满月就和大她7岁的姐姐一起飞过太平洋回到祖国，在福州左海湖畔，在莆田外婆身边留下生命的最初始记忆，后来用小脚丫走过厦大白城那条不长的水泥路，开始可以望海的幼儿园生活。记得盛夏的时候，我带她来到厦大白城那片海学游泳，突然间一个大浪涌来，把她卷入水底，谢天谢地小姑娘又冒出来了。也就是这次浪的不友好，长大的叶菁不想近水，更喜欢登高望远、攀越在高山峻岭之中；也就是这次海的惊吓，我深刻地体会到，作为一个父亲，不仅要尊重女儿神圣的生命权，而且还要对她出生后的生命安全负起责任。

幼儿园还没毕业，叶菁就回到出生的地方，铺开她的 ABC 学习和生活，从此就接上了成为一个牙科医生的梦想之旅！叶菁从小牙齿就没长好，上齿过于靠前，咬东西时上下齿不在一条线上相接。我们发现了这个问题，恰好又了解到，坐落在费城的宾夕法尼亚大学牙科学院的一个科研项目在招募志愿者，入选的可以用低廉的费用享受牙齿矫正等服务。就这样，小姑娘走进了牙科世界，并在以后的几年里，在不断接受和积淀牙科医生给她爱的感动和职业吸引的过程中，一个梦想在幼小的心田上发芽了：长大后我也要成为一个牙医！

初中三年，高中四年，甚至还在高三的暑假，她回到国内进入一家医院的牙科诊室实地体验了近一个月，然而在报考大学的时候，医学又给了她一个意外的考验，她没被录取到期待往牙科专业发展的目标大学，却去另外一所大学修读会计专业，我还开玩笑说，也许大学修读什么专业存在着隔代传承的影响，因为叶菁的奶奶是一个非常敬业的会计。没有想到的是，比较娴静的叶菁却有着不轻易改变的执着和刻苦。四年本科下来，她不仅顺利地拿到会计本科学位，而且还修学了所有报考牙科研究生的课程，在参加入学资格考试后，竟然被多个大学牙科学院录取。最后，她带着感恩选择了宾夕法尼亚大学牙科学院，把当年获得仁爱、产生梦想的地方变成实现梦想和未来付出仁心的舞台。女儿不改初心的追求又一次提醒我们，父爱的内涵不能缺少对女儿发展权的认真守护与鼎力相助。

由于工作忙碌等各种原因，叶菁求学中的几次毕业典礼我都没能抵达现场，成为无法弥补的人生遗憾。我想，叶菁5月14日的这一场研究生毕业典礼，我绝对不能再错过。我热切地期盼着，到时能摘上一束鲜花，去表达老爸发自内心的祝贺与祝福；能伸手一个拥抱，把日积月累的对女儿的思念和愧疚传递给她；能举起一杯美酒，告诉女儿，女性的追求不仅可以成就自己的人生，而且还可以改变男性的人生，一代又一代执意平等、善待女性的好男人，就是在女性不懈的人生追求中走出来的！

亲爱的女儿，再一次祝贺你矢志不渝，终成学业！再一次感谢你为自己争光为家庭增荣！

最后，还要借这个欢欣的时刻，把深深的谢意送给各位亲朋好友，是你们一直以来的关注、鼓励和陪伴，才有叶菁的今天！

过程才是美丽的

虽然叶菁到位于新泽西的纽瓦克国际机场接我，但在我的意识里，真正见到学牙医的小女儿其实是在宾夕法尼亚大学牙科学院一楼的通道里，身着绣有"Jing Ye"深红工作套装，笑微微地向我走来的时候，我甚至觉得，只有在那深红色彩的衬托下，女儿的微笑才是最美丽的，也是令人难忘的！

说实话，这次来美参加女儿的毕业典礼，心情是复杂的。一方面为女儿多年苦读终于学成感到高兴和欣慰，一方面又为自己从没在美陪伴过女儿倍感内疚与自责，可以说我越过了一个跨时四年之久的艰辛过程，直接跳跃到与女儿分享收获的日子。女儿求学的是一个什么样的牙科学院，她又是怎么样实现从会计本科到牙科研究生的华丽转身，我知之甚少啊！

为了减少内疚、弥补缺失，我上网专题查阅、到学院实地访看，还专门和女儿展开一次深入交谈，硬是把自己拉回到女儿走过的四年牙科研究生学涯。在和女儿交谈时，我有点惊讶，她把过程说得特别轻描淡写，竟多次强调"不记得了"。在也是学牙医的男朋友帮忙下，女儿给了我三个数据：一共修读了近50门课，通过了150多次考试，门诊看过300多个病人，整个读研

过程仿佛就是持续演奏的三部曲:听课、考试和接诊。当然,还包括我从微信照片里了解到的,两次参加全美牙科年会和一次在非洲冈比亚做志愿者的经历。

成立于 1740 年的宾夕法尼亚大学是美国八所常春藤大学之一,138 年后的 1878 年,作为该校组建的第四个学院——牙科学院诞生了,今年是她的 140 周年华诞,在去年 QS 牙科专业全球排名中进入前 20 强,名列第 15 位。宾大牙科学院目前开设三种学位类型:DMD、MS、DSCD,叶菁攻读的是第一种学位,即牙医学硕士,英文全称是 Doctor of Dental Medicine。从2017 的相关统计数据来看,报考总人数为 2201 人,最后录取 116 人,录取率为 5.3%。录取考生的平均 GPA 为 3.66(全部)和 3.62(理工类),最低GPA 为 3.2;录取年龄区间为 20—32,平均年龄 23 岁。

四年牙医求学首先是通过牙科研究生入学考试(The Dental Admission Test,DAT)。这个考试由四个部分组成,分别是自然科学测试(包括生物学、普通化学和有机化学)、感知能力测试、阅读理解测试和定量推理测试等。对于本科学会计的叶菁来说,这无形是跨自然科学和管理科学两大领域的多学科专业修炼,感谢叶菁的发奋努力,不仅按时拿到会计学士学位,而且还顺利通过牙科研究生入学考试。记得当时一共申请了 10 个大学的牙科学院,获得 8 个牙科学院的面试资格,叶菁去了其中 6 个学院接受面试,最后包括宾大在内的三个牙科学院录取了她。

在入学后的第一年,主要修读与生理学、生物学和化学有关的基础课程,这对于理科专业的本科生来讲,是比较容易适应的,而叶菁却要付出几倍的努力,还是要感谢叶菁不动声色的坚持,不仅学了下来,还顺利地完成了第二次从管理科学向自然科学的学科转型。

紧接而来的第二年和第三年是四年攻读最累最辛苦的两年,和牙医相关的医学课程越来越多,而且还要做实验、写论文、看门诊,时间不够、睡眠不足、病人各异、生理和心理都会出现波动和压力,潜藏着最后挺不过来可能放弃的风险。我不知道女儿是怎么熬过来的,却清楚地感觉到,念牙科后的叶菁变憔悴了,部分食物过敏更严重了。但是,老爸的心疼与健康担忧并没有放慢女儿一路前行,全面进入医科的步伐。

第四年转入更多的专业门诊和通过牙医资格考试,加上这时喜遇爱情,参加更多的同行交流,叶菁基本上完成了对个人与业界都认可的一个牙科医生的塑造,可以看出,一样的微笑却多了一份轻松与欢欣,一样的院服却多了一种自信与风采!

现在看来,老爸贡献甚少的叶菁之所以能学成出医,离不开小时候牙齿矫正期间获得的还比较朦胧的对牙医的职业好感和对牙科的技能好奇;离不开高中三年级暑假时一个月的国内牙科诊室的经历,她亲自制作的牙齿模具基本上确定了未来的学业和职业理想;离不开美国大学以学生为本、专业全开放的教育思想与管理体制。当然,如果还添加一条的话,那就是整个家庭的全力支持,也顺利入读宾夕法尼亚大学的姐姐对她的良好示范与激励,还有许多一直铭记在我们心里的亲朋好友对叶菁的厚爱与帮助。

叶菁的故事还告诉我们,儿时的经历是人生的一块基石,和孩子一起成长,发现和助长他们的兴趣所在和情感所向,把这块基石变成孩子的未来理想与实现理想的自觉行动,那么他们的顺利成才甚至成什么样的才就会在我们的预期之中了。

在叶菁毕业典礼不断接近的时刻,谨以此文再一次祝贺女儿四年不懈、美梦成真,再一次感谢所有关心和祝福她的亲朋好友们,叶菁的成功与荣誉属于你们!

是她温暖了世界杯

"世界杯法国夺冠刷屏,我却爱上了人群中这个女人!"

"颁奖过程中下起了瓢泼大雨,她仍然潇洒地站立着,忘情地享受着世界杯的一切! 这就是克罗地亚的国旗!"

"她拥抱本届世界杯最好的球员莫德里奇,亲手给魔笛擦眼泪,令世界动容!"

"420万人口小国为什么会杀进世界杯决赛? 美女总统是动力。"

"女人就要这样看世界杯,她超法国夺冠成热搜,克罗地亚赢了。"

一篇又一篇地阅读与克罗地亚格子军团有关的消息,我被深深地感染

了。是啊,惊艳世界杯的克罗地亚总统正在温暖着全世界,我们都不约而同地爱上了她!

　　百度显示,1968 年 4 月 29 日出生的科琳娜是克罗地亚一个屠户的女儿,在除草、挤牛羊奶、开拖拉机的劳作中长大,拿到英语和西班牙语双学位之后,又转读萨格勒布大学的政治学,获得国际关系硕士学位,随后还在华盛顿大学等名校做过访问学者,在哈佛大学肯尼迪政府学院当过研究员。1992 年开始分别任过克罗地亚科技部和外交部顾问,2003 年 11 月当选为议员,2005 年 2 月至 2008 年 1 月担任克罗地亚外交和欧洲一体化事务部长,2008 年 3 月出任克罗地亚驻美国大使。2015 年 1 月科琳娜当选总统,成为克罗地亚独立以来最年轻以及首位女总统。科琳娜已婚,有两个孩子。她还精通英语、西班牙语和葡萄牙语。

　　当年通过教育投入、研究和参政经历,科琳娜顺利地完成了社会阶层的升级,从一位农家女孩一跃成为一个国家之首,讲述了一个最成功的女性励志故事。今天借助一届世界杯赛事,科琳娜生动地来个政治等级的逆袭,从权倾一方的总统摇身一变为心随球动、情跟杯转的球迷,谱写了一曲最温暖也最美丽的世界杯之歌!科琳娜被整个世界爱上,是有着人性近距离对接互动后的真情唤起与伦理觉醒的精神基础的。

　　在用广告、门票等传统方式估算世界杯的收益的时候,我们是否关注一下这届世界杯带来的价值构成变化,大家对科琳娜的热评是否意味着世界杯的情感和精神价值已经超过商业价值,成为今后世界杯应该追求的收益呢?科琳娜现象的形成至少说明了这种的新价值追求已经出现了,而且正在提升世界杯的时代意义,改善着到场和不到场球迷们的观赛修养,尤其是调适着政治家与世界杯、政治与体育的关系。

　　实事求是地说,科琳娜是美丽而性感的、真实而生动的,但她的美丽与生动之所以能力压足球宝贝和随团太太,能超越其他出场的政治家,能转动大力神杯和感动全世界,关键在于她没有隔断与格子军团共同承载的民族命运和国家前途,没有身居行政高位而淡化自己的平民意识,没有因为进入仕途而出让人性、削弱母性。

　　与球队共荣辱同命运,科琳娜才会把象征祖国荣誉的格子红衫一穿到底,甚至要求全体内阁也穿上球衣支持克罗地亚国家队,才会不顾俄罗斯总理的感受为克罗地亚进球欢呼雀跃,才会在抹去莫德里奇眼泪之后也热泪盈眶……

与民持同,抱朴守平,科琳娜才会去官架、留地气,无高低无间隙地和球队、球迷打成一片,才会自费坐经济舱和其他球迷一起飞到世界杯的现场,才会两次来到克罗地亚球队的更衣室亲切看望队员们,才会在颁奖仪式上和每一个克罗地亚球员紧紧相拥,把一样的泪水挥洒在大雨之中……

人性没有流失,母性依然饱满,科琳娜才会与法国总统马克龙贴脸相拥,由衷地祝贺对手称雄,才会在东道主忘了"女士优先"、没能及时递伞时,包容地在大雨中依然绽放着温暖的微笑,才会像母亲一样地心疼,把莫德里奇搂在怀里,再轻轻地抹去他的泪水……

在回味世界杯和表达对科琳娜喜爱的时候,我们还要一起感谢克罗地亚总统,因为你本真的表现和无意的示范,让我们知道,在这个世界上,还可以这样为官的,而且是可以推广的;知道为官的性别差异,而且是可以消除的;知道什么样的球迷才是最美的,而且是可以学习的!

致敬科琳娜,祝福克罗地亚! 我们期待着,四年之后,大力神杯将在你和你球队的手中高高举起!

也说好男人

在离婚率持续走高的今天,人们对"好男人"的评价往往加入更多男人在婚姻里的表现,所以肆意宠妻的靳东式好男人、一往情深的马克龙式好男人得到热度不减的社会关注与好评。

当我们退回历史,就会发现借婚姻表现认知好男人实际上有着很漫长的实践,形成不少史学里的好男人形象。如流传千古、我国历史上最为著名爱情故事中的焦仲卿,不惜"自挂东南枝",殉情"举身赴清池"的刘兰芝。又如娶了陆游前妻唐婉的赵士程,由爱而生的尊重、信任与气度,引二人沈园凉亭之中饮酒、叙旧,才有陆唐深情互诉的传世之词《钗头凤》。还有已贵为右行营护军的岳飞,理解与宽容原配刘氏的苦处和改嫁,既不报仇也不抢

人，反而送上五百贯钱道贺祝福。在传统婚姻规制里，这些好男人的举动已具有文化革新的意义，性别互为平等、夫妻彼此尊重也开始成为好男人的一个文化标识。

对于好男人，我们还有男人自己的性别界定，也就是男人的自评或来自男性同性的评价。联合国前秘书长哈马舍尔德于1955年在北京会见过周总理后说过一句广为流传的话："与周恩来相比，我们简直就是野蛮人。"言下之意，远离野蛮的文明人才是如同周总理一样的完美的好男人！大家喜欢的老戏骨陈道明，进一步把好男人细化为七个基本标准，即不一定要浪漫，但一定要负责任；不一定要挣大钱，但一定要养家；不一定要事事听父母，但一定要有孝心；不一定要三从四德，但一定要宠老婆；不一定要飞黄腾达，但一定要有时间陪家人；不一定要管孩子，但一定要爱孩子；不一定要大男子主义，但大事发生一定要拿得了主意。

当然，从融洽两性关系、推动男女合作来看，女性心中的好男人识别也许更值得我们关注！经搜索之后的归纳，以下几个好男人表现是比较被女性推崇的：真诚有责、专一有节、坚强勇敢、自信开明、包容大度、上进勤奋、情趣饱满、关爱入微等。但也有男性站在女性的角度谈论好男人的标准，如好男人是手中的一杯热咖啡，冲泡的是咖啡，熏蒸的却是品味和格调；好男人是手中一杯热豆浆，含在嘴里，如同一纸温婉的翎羽，可以温透意念。又如哲学家周国平认为，一个男人即使名垂青史，可是，如果他不令女人满意，你就只能说他是一个伟人，不能说他是一个好男人。在现实生活中，所谓成功的男人并不稀少，难觅的是在成功之后仍不变坏的男人。所以，如果一个男人在成功之后仍不变坏，依然保持着感情上的认真和两性关系中的责任感，我觉得与他密切相关的女子就可以承认他是一个好男人了。

由此看来，我们可以把文化建构的、男性自评的和女性期望的好男人叠加起来，从男女平等、两性和谐的视角重新认识好男人的现代形象。我以为，要成为一个现代好男人，以下几个方面是不可或缺的：

1.平等意识。由此引发出伦理上的对女性生理转换中的呵护、对女性人格上的尊重以及对女性权益上的保障，应该是好男人的最核心素质！无视女性例假中必要的性别爱护、无视女性母亲角色的男性支持，还有任何形式的家暴和性骚扰、任何形式的歧视和性别排斥都是和好男人格格不入的。

2.真爱意识。长期以来的社会机会和资源的男权配置，以及情感领域和婚姻市场的传统性别文化渗透，男人在情感上严重地被异化了，不专一、不持久、不敢突破世俗约束追求爱情、不想持续投入促进爱情婚姻增效等，都成为女性感叹当今好男人越发难寻的现实理由。让爱饱满、专一和可持续是期待成为好男人的男性一定要补上的性别短板。

3.家庭意识。一个好男人不仅要有强烈的意识尽可能给家庭带回更多的面包，满足甚至提升家庭消费需要，还要有一样强烈的意识为家庭提供更多相处的时间和心情，全身心全过程地参与到家庭生活的方方面面，就如同职业女性一样，也成为家庭生活的热心人和多面手，成为和孩子一起成长的好朋友，成为家庭快乐与幸福的创造者！

4.发展意识。把自己时时置放在变化与发展格局中，在变化中争取改进，在发展中追求完善，也是一个好男人必备的条件。这种发展意识不仅体现在自己的事业和职业上，还会贯穿到自己的终身教育过程中，拓展到家庭和婚姻的私人领域里，扩充到更好合作和提供服务的社会资本网络中。通过多专业修学和更高学历攻读，在精神层面让自己富足起来；通过家庭和婚姻资源的有效配置，在生活质量层面让家庭和婚姻运转起来；通过诚信互助和志愿服务，在和谐共赢层面让社会资本盘活起来，都可以增添好男人的整体魅力！

5.健康意识。一个好男人一定会把健康放在每天的工作和生活里，用非常自觉的态度和实践，珍视和爱护自己的还有家人的健康。他还会从传统的健康走向广义的健康，从生理到心理、从个体到社会、从工作到休闲、从习惯到风控等方面去实现大健康的观念倡导和实际收效。当然，他还以爱心和责任，把健康概念和实践引入家庭和婚姻生活，甚至变成一种感恩和志愿服务，为健康社会建设挑起一份公民的责任。

6.诗情意识。好男人不能没有诗意，诗情饱满和感染、诗情抒发和分享，是好男人富有情趣的源泉，也是好男人魅力不减的动因。诗意男人会把对物质追逐转变为精神富足，让家人感受到一次大吃大喝的聚餐不如一次亲近大自然的远足更能带来家庭快乐，一次麻将桌上的输赢不如一次音乐会的欣赏更能带来亲情享受。诗意男人还会把习以为常的家庭婚姻生活变成乐趣无限、爱意满满的生动过程，让家人真实地触摸到家庭的意义和婚姻的美感！

让更多的男人变成好男人既是男性自己的愿望，也是女性的性别期待。由于一个好男人的长成，不仅取决于一个先进的性别文化洗礼，还在很大程度上依赖于和女性的性别互动，包括母亲的从小教养、恋人和妻子的横向影响，特别是女儿的全面带动，所以在建构一个富有社会性别意识的好男人文化的同时，女性这个群体对好男人的健康理解、对培养好男人的意识和能力的全面提升也是极其重要的！相信推动摇篮改变世界的女性双手，也一定会推出一代又一代被女性认可和欣赏的好男人！

第三章

情感世界

凤凰树下随笔集

匆匆那年

一碗莆田卤面，一场青春电影，还有一个入冬的夜晚……

晚上也去看《匆匆那年》电影了，没想到相对比我们的年轻岁月、我们的人生历程行走得还要匆匆啊！

想当年，还来不及把自行车停稳，我就因为骑车带人被警察扣住了，心仪的高中女同学先走了，我却留在福州三叉街警亭那里，等着把车要回来……

想当年，厦大同安楼教室外面，我鼓足勇气把心里话终于说出来了，一个轻轻的婉拒也紧随而至，留下的是被灯光拉长的失落身影……

所有这些都匆匆而过、匆匆而过，我们一下子就进入了再也不谈恋爱的日子……

看完《匆匆那年》，我才知道，当年在普林斯顿大学校园，我把小女儿叶菁留下的同时，也把自己永远留在她那美丽的情感生命里；我改变主意选择了她，也把自己的所有选择都放下了！我曾经思考过，在这匆匆而过的岁月里，到底谁是我的最爱啊？看来，这个答案不需要我再继续思考了！

不悔梦归处，只惜太匆匆啊！

情人节的思考

情人节的到来，又给文人墨客一次关于情感的诗画大集结，同时还借助微信把情人节的来历推介、意义分享、东西方的不同理解甚至联结生活丰富多彩的具象演绎，变成了波及面广泛的关于情感本身、情感经历以及情感与为人、情感与性别地位，还有情感与婚姻制度关系的又一个文化层面的"立春"！

确实一旦从一个传说或一个事件演变为一个节日，走进越来越多人群的现实生活，就会引起不同社会、社会各界甚至市场的关注，当学界接踵而来的时候，情人节也就不可避免地成为多学科都感兴趣的研究领域！

除了哲学、心理学、文学继续在情感领域展示传统学科的风采以外，经济学、人口学、社会学还有女性学的跟进却是一道又一道不可忽视的风景线。

对于经济学家，情人节的市场价值和经济意义当然是他们最关心的，情人节的西风东进会给经济增长和产业结构调整带来什么样的拉动，是免不了要进入他们的研究视野，而且这些年经济学对研究幸福这个学科起点的回归，也在引发他们思考情感本身的价值及其与幸福的关系，讨论能够产生与放大幸福的健康情感的生产、配置与消费！

在人口学界别，习惯在人口因素与情感之间建立关联，多年出生人口性别比例失衡造成 3000 万男性人口的情感空置与婚姻挤压成了他们呼吁放宽生育政策的一个现实理由，以及部分学者提倡向女多男少国家进行性别选择性人口迁移、跨国界分享情感剩余的结构性依据。而更多的社会学者把情人节和婚姻质量与稳定联系起来，担忧情人节的负面婚姻效应，强调对情人节的正面引导和情人角色的作用内化，也就是在婚姻内部，在扮演好母亲（父亲）、妻子（丈夫）这些给定的家庭角色的同时，还不能简单地把爱情让位给亲情，婚前的恋人、情人感觉与表现要继续向婚姻生活深处延伸，确保制度婚姻有别于亲情的情感供给。

把情人节置放在社会性别视角下考察是女性学的一大学科贡献。女性学者发现，情人节的鲜花与巧克力掩盖着男女两性的制度与文化不平等，实际上是在纵容男性的情感放纵、扩大女性的情感风险、加剧女性的性别物化与伴随年龄增长的性别贬值，如一个标图加注说："男性问神，酒和女人必须放弃其中一种，该如何选择；神回答：看年份。"这种性别不平等的情人节不仅在宣扬旧的带有歧视的性别意识，而且还抵消先进性别文化对呵护健康情感成长的正面作用。由此可见，情人节本质上是一种性别关系，它的变质、异化或陷入被落后文化利用的境地，都在很大程度上归结为被爱情这件美丽外衣紧紧裹着的男女不平等和女性性别歧视！

要把情人节过出真正的时代价值和社会风范，就要讴歌健康的男女爱情,倡导高尚的两情相悦,追求真善美的情感成长,所有这些都意味着我们要自觉地给情人节的玫瑰系上男女平等意识的红丝带!

平等就会懂得将心比心、将情比情,把情感上的彼此尊重纳入做一个有良好教养现代人的基本内涵,好好珍惜两性情感,好好善待爱与被爱,杜绝用情不专,远离玩情不恭!

平等就会注意双向互动,以彼此愉悦与满足为己任。当竭尽全力还无法企及被爱者的情感目标时,自觉止步,礼貌退出,给对方一个情感关系的轻松解脱,也给自己一个爱恋之旅的再次出发!

平等还会彼此提醒,情感也有生命,她需要共同成长,她还要融入当事人的日常生活,转化为人生的全面发展!携手走进爱的讲坛,在学习和实践结合中,把握爱的分寸,控制情的节奏,平衡情感愉悦产出与家庭婚姻建设、学业事业发展之间的良性互动、动态提升,自然也是精心包装在情人节礼物里的真诚祝福!

过去的情人节给了我们不少来自健康情感的快乐与幸福,作为回报,不仅仅有我们即将迎接或正在经历的情感关系的稳定与质量,还有我们立志成为当代情人节合格主人所做出的各种努力!

爱的雕塑

上个周末,又一次来到入冬的山东女子学院校园参加学术会议。

不论是宽阔无际的正门广场,还是紧依商业闹区的西门区域,都少了女院应该拥有的色彩。但女院校领导和同仁们的热情却让人如沐春风,还有在图书馆右侧的一片草地上,迎着西照站立着红色的爱(LOVE)的雕塑,也让我们情怀焕发,把一天研讨的午间休息都放在那里,留下许多与"爱"不同组合的照片。

如果没有猜错的话,这是我们中国唯一一个有"爱"的雕塑的大学校园。倡导有爱的高等教育是和女院非常契合的,实际上,在越发功利化和职业化的时代,还有必要把这种爱的教育之风吹遍所有的大学校园。

面对"爱"的雕塑，我的心已经飞越太平洋，来到坐落在美国费城、拥有278年建校历史的宾夕法比亚大学校园，那里也有一座"爱"的雕塑。就在今年5月16日，我起大早、着正装，在伴随小女儿走过毕业生步道，走向毕业典礼现场之前，拍下一张宾大"爱"的雕塑的照片，以表达一个父亲对这所大学的谢意，感谢宾大提供寓爱于教的培养，让我的两个女儿分别于2007年和2018年的5月从这里的政治系和牙科学院学成毕业，带着爱和专业知识走向自己的未来。我记得，在学期间，大女儿就在费城参加了不少志愿者活动，小女儿则利用暑假，飞往非洲冈比亚，为那里的儿童免费提供牙科医疗和保健服务。

其实这两座"爱"的雕塑都是源自美国波普艺术家罗伯特·印第安纳（Robert Indiana）的创作。印第安纳1928年9月13日生于美国印第安纳州，原名叫罗伯特·克拉克，为了纪念出生的地方，他把名字改成了罗伯特·印第安纳。在空军服役三年后，他考入芝加哥艺术学院，并先后在缅因州的斯科希甘绘画与雕塑学校以及英国的爱丁堡大学和爱丁堡艺术学院学习。1964年，纽约现代艺术博物馆请印第安纳设计1965年的圣诞卡片，他回想起青年时期去参加基督教科学教会上的海报，上面写着"上帝是爱"，就用加粗的字体绘画出LOVE这四个字母，并涂上红绿紫三种颜色，创作出以圣诞卡片形式呈现的"爱"系列，这一初始设计还被印在了美国邮政局1973年发行的8美分邮票上，卖了亿万多张。当美国加剧对越南的战争时，LOVE实际上显示出一种逆文化的指向，对于很多参与反战运动的人来说，爱与和平是可以互换的。

1970年，印第安纳创作了首个"爱"的雕塑版本。此后的30年，印第安纳又制作了几十个不同的雕塑版本，在世界各地的美术馆和街道展出，让"爱"遍布全世界。在费城有两个"爱"的雕塑，还有一个是费城市政府在1978年出资购买，放在市中心的肯尼迪广场，这里也因此得名"爱的公园"（Love Park）。据记载，"爱"的雕塑每十年翻新一次，而在1988年翻新时，日晒雨淋后的紫色已经不那么紫了，被误刷上了蓝色。一直到前两年因为广场维护翻新，"爱"的雕塑被暂放在市政厅前，就在今年情人节前夕将搬回爱的公园时，费城市政府才发现了这个失误，重新给"爱"的雕塑刷上红、绿、紫三色。

印第安纳曾表示："我觉得我的作品能够出现在世界各地真是一件极好的事情。"是啊，比蒙娜丽莎的肖像画还出名的罗伯特爱的雕塑，不仅是创作者艺术表现的最高境界，而且还在创作意义上超越了艺术的范畴。有人称，印第安纳用举世共通的语汇"爱"，拆除东西文化、种族、本土与国际的藩篱，仿佛发声祈祝举世和平、共荣。他的生前好友凯瑟琳·罗杰斯对媒体表示"他是一个非常忠诚、友爱的人，是爱的建筑师"。

100多年前，马克·吐温回首自己的人生，写下这样一段话："时光荏苒，生命短暂，别将时间浪费在争吵、道歉、伤心和责备上。用时间去爱吧，哪怕只有一瞬间，也不要辜负。"80年前，哈佛大学开展了一次史上对成人发展观察时期最长的研究项目，发现爱还是人生幸福的最重要来源。现在看来，只有体现命运共同体的大爱，才能够熄灭不少地区还在燃烧的战火，才能停止对大自然毁灭性的开发。爱不仅是成本最低的化解各种人类矛盾的途径，而且人类还可以在爱的创造和分享当中，获得许多用技术和物质手段不能产生的快乐与幸福。

如果都像印第安纳那样，每个人都成为一个自觉的有能力的爱的建筑师，在自己的心里、在与他人互动之中、在留下足迹的地球上，都建起一个爱的雕塑，我想，我们一起生存的这个世界一定会被爱所充满，被幸福所拥抱！

美德之美

亚里士多德说过，一个人归根结底是他养成的品德以及他所做出的选择，因此，一个依据最崇高美德来组织自己生活的人会成为伟大的人！在过去几天对几位重要学者的走访中，我看到品德在学术人生中所闪现出来的、令人感动的光芒！

这是一位高龄的学者，在她整洁和充满绿意的居住空间，还有脚上穿着擦得黑亮、不沾一丝灰尘的皮鞋，我们没有感到这是临近暮年的生存状态。她在50岁的时候弃行政返回专业，用她对学科建设的向往和执着在新兴的学界搭起一个影响越发深远的平台。请她介绍后来居上的体会时，掷地有声的"不要把学术变成名利场"的一句话也砸在我的心坎上。所以在组织编写我国第一部学科概论出版时,即使她还写了其中一章,也没有以研究中心主任自居当然地成了主编,反而把一位更年轻的学者推上去,让这个平台有了后继有人的发展态势。把对学科的热爱和责任装在心里,居于一切名利追求之上,这就是这位学者令人敬佩的美德!

这是一位气质平和、微笑温暖的学者,一路走过的学科学术经历如数珍珠一样的娓娓叙来,在她的记忆里,精确地列示着那么多甘为人梯的著名学者,还有一次参加国际学术研讨会的感人画面,做主旨报告是她,而主动给她做翻译的则是一位外文翻译名家,回国后这位名家还把主办方给的演讲报酬如数转交给她。记住一路伸出的援手,学术奔跑中不忘感恩,贯穿在她对自己学术经历的回望之中,没有前辈的热情提携和同仁的精诚互助,没有在名利之前的实事求是的谦让或退让,在学界到处可见的只能是彼此封闭、孤军奋战、单打独斗,又怎么能成为一种优势互补、资源共享、新人辈出的可持续发展啊!

这是一位刚刚接近退休之年的学者,对我们根据百度资料的盛誉还不习惯。可是一人挑起行政领导、教学科研还有家庭角色等多个担子,做到彼此兼顾、全面推进的人生进取,确实让我们叹为观止、充满敬佩。对丰盛的科研产出她轻轻带过,而谈及把女儿培养成留美的双博士、把婆婆照顾好寿高百岁时,我们看到她脸上荡漾着引为骄傲和最为满足的笑容。不埋怨,多感恩,不过分在意结果,多聚力贯注过程,看似辛苦的挑灯夜战,甚至一边哄睡孩子一边备课写作,都可以变成一个富有诗意和幸福感的学术场景。她动情地告诉我们,年轻时有过特别艰难的遭遇,其实是一笔难得的财富,它会淡化你对纯功利的追求,会更加敏锐地从一点点生活改观中去获取信心和幸福感,也会对这个世界充满感恩和心甘情愿地进行更多的投入。

这是一位经常在学术路上同行的男性学者,在学术会议上,他的睿智和幽默常给大家留下笑声和难忘的好感,在群里不经常露面,但一出现总是伴随着重要的科研产出和期待大家一起分享的学术机会。为了拥有一个更为融洽的访谈,我上百度第一次去更加深入地了解他,好家伙,真是一个著述活跃、产出丰富的学者,对于容易分心的男性学者来讲,实属不易啊!面对我们的好奇,他轻轻一笑说,我是靠效率做研究的,经常是一夜不眠写到凌

晨,而且每次对一个重大研究项目的投入,事后总是要生一场病。他还强调,其实做学问也是一种有意义的生命和生活的体验,只有忘了得失地全身心潜入其中,你才会乐在其中、激情常在!他不十分在意修饰自己的边幅,但却对每一个科研产出极尽推敲。他把有点胖起来的身体放在一辆年岁已久的小自行车上,背上有点小的双肩包却装着从家里带来的一瓶红酒,迎接远道而来的老学友,自己又赶回去照顾生病未愈的幼儿。那种善意真诚和以学相亲在我心里留下一片感动。

学术造诣品德为先,这几位学者平凡而伟大、宁静而丰华的学术人生给了我们这样的重要启示。显然,缺乏品德地对自己未来的选择、缺乏美德地对自己生活的组织,我们现在的生活和未来态势都可能潜藏风险,都可能无法持续,如果知识界、教育界这个整体还要引领社会和表率世界,那么这种学者、教育者个人失德的风险和不可持续就需要认真予以防范,品德和美德的重建就变得更为重要与迫切。特别感谢这几位学者,不仅让我们有机会走进你们,而且还在我们的心里对知识界对教育界拥有一份信心,充满着对美德完善的乐观期待!

七 夕

在女红繁华、爱情洋溢的七夕,我好像中暑感冒了。昨天上午找出好久都没用的保健卡,就近去了中医药大学附属的省第三人民医院,拿了付费176.7元的12袋颗粒中药。今天刚餐后喝了开水冲剂,觉得还是想为七夕写几句话。

据百度百科,农历七月初七是七夕节,又名乞巧节、女儿节或七姐诞等。七夕最早来源于人们对自然天象的崇拜。早在《诗经》时代,人们就对牛郎织女的天象有所认识,在东汉时就出现了人格化的描写:"织女七夕当渡河,使鹊为桥。"有文字记述的七夕始于春秋中期,是流行于中国及汉字文化圈诸国的传统文化节日,相传农历七月七日夜或七月六日夜妇女在庭院向织女星乞求女红智巧。后来又被赋予了牛郎织女的传说使其成为象征爱情的节日，或现在称之为中国的情人节。2006年5月20日，七夕节还被列入第一批国家级非物质文化遗产的民俗名录。从女性化的天象崇拜，到第一个女节的出现，再到用传说向情爱节的演变，一个七夕被赋予了丰富的内涵，而随着时间的推移，天象崇拜让位或服务于爱情传说，乞巧节的女欢也只在少数地区传承或展示，如刚刚欢歌而去的甘肃陇南乞巧文化节，还有广州乞巧博物馆的传统"摆七娘"列示。

不论有的文人诗说"七夕是个形容词，附会了一群男女"，还是更多的人用谐音"惜"，来延伸"七夕"为强化珍惜的"七惜"节日祝福，都说明我们已经记住这个民族的民俗传统和国家的文化遗产，并期待在传承中有发扬，在光大中有守护。

在整个社会越发人类本位、急功近利、投机取巧的时候，用七夕的传统内涵倡导珍惜文化，扭转社会风气，未免不是一条减少人生损失、走向更多幸福的路径，在很多情况下，我们就是因为不懂珍惜的意义、珍惜什么和如何珍惜，而把许多美好的东西在一瞬间给自毁了。一早我把一位朋友的"何谓七夕？一惜父母、二惜妻儿、三惜兄弟姐妹、四惜同学朋友、五惜同事、六惜对手、七惜缘分！"改写为"一惜健康、二惜平安、三惜喜乐、四惜爱情、五惜亲情、六惜友情、七惜时光"，现在我还要改为"一惜自然、二惜传统、三惜健康、四惜平安、五惜爱情、六惜亲情、七惜友情"。

从过去温和的地球到今天被烤热失序的天象的自然变迁，从过去"人定胜天"到现在"人和自然和睦相处"的思维转变，都在提醒我们，不珍惜我们赖以生存的地球，不珍惜几千年延续下来的人与自然的朴素关系，牛郎织女的美好天象将永远消失在被浓烟弥漫和气候变暖的天际里。珍惜才会敬畏自然，珍惜才会反思过往，珍惜才会去调整和重建人和自然的共生关系。

二惜传统源于几千年传承下来、被生活和生产实践反复验证的先人智慧，后文明时代其实是恢复优秀传统的时代。基于爱情的织女下嫁，还是基于爱情的一年一次鹊桥会，基于自立的向织女乞求智巧，还是基于自立的每年一度的技巧和成果的学习和展示，都说明爱情和自立才是女性获得性别平等和幸福的可行之路。

对健康的珍惜通常是发生在我们自己生病或者去医院探访病人的时候，我们很少把健康与日常的生活方式和习惯联系起来，把我们的健康与亲朋好友的牵挂与提醒维系起来。手机的过度使用已经严重危及我们的健康,躲进空调、取乐游戏、以车代步、外卖代食更是从各方面蚕食我们的健康,我们甚至拒绝婚检产检,已知存在健康危险还继续亲密接触和怀孕生育,还把我们对健康的不珍惜转嫁为他人的健康问题。所有这些不珍惜健康的表现都在缩短我们的生命、增加我们活着时候的痛苦,还给我们亲人和社会带来巨大的经济和情感上的负担。珍惜健康已经不是仅仅个人意义上的一种不可或缺的珍惜了。

珍惜平安在这个越发不平安的世界里是一个必须给予更多身体力行的珍惜,并通过我们的作为,不仅给自己添加一份安全感,也给这个世界减少一份不安!

至于对爱情、亲情和友情的珍惜,我们一直在强调、在倡导甚至在反思,但因为不珍惜所出现的各种悲剧还是层出不穷,把这三情本应该体现的社会正能量,反而变成婚姻家庭幸福和社会和谐安定的破坏力量。什么是真正的三情,如何去善待这三情,还有怎样处理好这三情之间的关系,也都在珍惜的要义之中,只有珍惜了,就会自觉地去掌握这些知识,借鉴和积累好的经验和做法。

发　小

一说到乡愁,对父老乡亲的思念就会情不自禁地涌上心头,对承载着离乡之前过往岁月的实体场景也会历历在目,但还有一个深深嵌入乡愁的是一起长大的发小。其实离乡之时,我们最依依难舍的是发小,因为那是和我们不孤独的童年告别,是和我们永远不会翻篇的成长挥手,还有最为珍贵的是,到了老时,只有发小才有结伴返乡、诉说乡愁的意愿和冲动。

在我诸多的发小中,年过半百还能走到一起共事,也许只有小我1岁的林兄了。和林兄的发小情谊起步比较晚,是从进入中学才开始的,那时还住在妈妈做会计的合作店小阁楼上,需要走过两个小巷才到林兄居住的传统院落,后来我家也搬到和林兄门对门、只隔一个小巷的另一个院落,成为近邻。高中毕业后，我没有立即上山下乡，去了家乡尚干镇文化站做不拿工资的管理员，林兄因为篮球打得好，进入祥谦公社的男子篮球队。至今还记得非常清楚，1975 年的夏天我被抽调去给参加闽侯县篮球联赛的女子篮球队集训做总务，负责球员的食宿和其他后勤。等到我们再见面的时候，已是分别考上厦门大学和福建体院以后的鹭岛和集美之间的隔海互访。再后来就是到了 2005 年的三月初他到厦大接我到福州任职，也就是在此后共事的岁月里，尤其是在节假日的时候，我们都会因为彼此的存在而被乡愁唤起，动起返回家乡、再做发小的温暖而朴素的意念。

　　林兄长得很帅，约 1 米 8 的个头，壮而匀称，接近国字脸，五官端正，布局美观，淡淡的笑意总是给人一种实诚友善的好感，尤其是在篮球场上，一跃而起的标准而性感的腾空投篮也不知道动了多少女孩子的芳心。

　　就是这样魁梧的外表，却饱含着一颗细腻有爱的内心。最让人感到敬佩的是，不论离乡走了多远，不论时光过了多久，也不论面对的是师生还是领导，他的热诚秉性至今不改，他的认真做事热心为人依然如初，就像不少老同事异口同声的赞许一样："他就是这种命啊！"

　　在家里他是最合格勤快的福州好男人，是非常能干的生活多面手，不仅包揽了大部分家务事，而且还一手带大了独生儿子，我曾经问他，一天有多少时间是在厨房里，他说三个多小时吧。在父亲怀里和肩膀上长大了的儿子也是一条大汉，20 多岁就成为专业知识厚实和业务经验丰富的支行行长。而今林兄把照顾儿子的干劲和细微进行隔代转移，满心扑在对孙辈的照看上，每每邀他一起出去旅游，他都笑盈盈地说，现在还走不开呀。话语之间透露出的是满满的幸福感。

　　这次在我家里搞了一个老同事小聚会，也是有心的林兄再次提议的，而且从开清单购置食材，到定菜系清洗切配，再到下热锅炖卤烧煮，林兄一个人运筹帷幄、全面把控、娴熟铺开，我都插不上手，只能不时给他续上一杯热茶。林兄一早就开车出去，连续跑了四个农贸市场分类采购，还从自家厨房带来一些佐料和配菜。一到我家，就把两个煤气灶都打开烧开水，把大案板用布垫上放平，那从各色塑料袋里拿出来的食材顿时铺满厨房的作业台面，自来水落在需要清洗的食材上溅起的水花、水烧开徐徐升腾起来的雾气、厨刀在案板上起落的节奏……我仿佛又回到久违的孩儿时代，那时每逢过年的时候，都是我在外地工作的父亲把所有年货准备好，我先去那里把年货挑回来，父亲一般要到大年三十的下午才回到家，也没有休息，就通宵达旦地把厨房里的所有桌面都摆上烧煮好的过年大菜，厨房装不下的香味都跑到卧室来，年味一下子就这样变浓了，男人烧菜做饭的家更有气氛和味道啊。

发小的到来还让我强烈地意识到，在注重家庭建设方面，我文章写得多，却动手做得非常不够，而且严重落伍滞后了。经发小翻看清点一遍，显然对我的厨房配置、日常膳食不满意，根本达不到他的要求。如碗筷混杂不成套，而且塑料制品过多，不能下锅蒸煮，也不宜用来储放热食；佐料品种单一，缺乏品牌意识，更没有功能分置，比如他问到，有没有用来蒸鱼的酱油，我都还不知道，酱油已经细分到这种程度；发小看到我买的姜和蒜头，就拿出他带过来的，告诉我一定要买还带着沙土的老姜，这种姜结实，味道正浓，储藏时间久不易腐烂，还有白色表皮的蒜头不如带些紫彩的，前者要么不够饱满，要么会很快长出蒜苗，失去蒜味；他还跟我要刷锅的刷子，我说我用的都是深绿色的洗碗布块，发小又点评说，这种洗碗洗锅布，不仅会褪色还会沾东西，繁殖细菌造成污染，缺乏环保功能，而且不安全，容易烫手；还特别提议要更新洗碗槽漏斗及配件……唯一被发小夸口的，是我的蒸锅，锅大而深，最关键的是 304 正品材质不锈钢制作的，端在手上有分量。我一边听着，一边告诉发小，看来我非常需要接受全套的专门培训，就请兄弟开一个关于厨房用具和食材佐料的详细清单，我要尽快更新配齐厨房功能和用具，规范和提升购物特别是食材购置的地点和质量。

发小烧煮的拿手福州传统名菜卤猪脚、醉排骨、土鸡汤、淡糟鳗……一一出锅上桌了。在柔和的灯光下，我却发现发小的颈椎有点发硬，走路时的腰身也不那么挺拔了，只知道热心照顾家人和朋友的发小也需要被照顾了，我举起酒杯，提议为我们的缘分和健康干杯！

祖 孙 情

一场突如其来的带状疱疹病毒感染让 87 岁高龄的外婆健康急转直下，

从住进莆田学院附属医院又转到莆田市第一医院疼痛科,已经日见衰弱的生命受到极其严重的挑战……

早已订票 7 月中旬回国度假的小女儿叶菁,临时请假从美国纽约赶回来,13 日经上海于下午 6 点 55 分飞抵福州长乐机场,正在外地出差的我,只好请朋友帮忙接她到莆田。待我 15 日中午赶到时,已经在病房日夜守护着外婆的叶菁,在一只简易的躺椅上一靠就睡着了!

出生在美国普林斯顿的叶菁,刚刚满月就靠躺在小推椅上飞回莆田,不知道当时年届近 60 岁的外婆与未满周岁的外孙女第一次目光对接时是血缘涌流出来的亲情,还是同为女性产生的性别同情,总之,外婆把小菁菁接过来搂在怀里的时候,也扔下一句话,小菁菁别怕,外婆要你! 从此,外婆把传统莆田女性的那种慈爱、善良、坚韧和承担,通过一顿顿不惜饿坏自己的定量喂饭、一趟趟不顾腰腿疼痛的接送上幼儿园、一个个晚上拍赶蚊子的陪伴入睡……深深地根植在外孙女幼小的心田上,以致一旦外婆偏头痛发作时,小菁菁都会担心地说:"外婆,能不能让别人替您疼痛啊!"后来每次从美国回来都要和外婆一起睡,甚至到了初中放假回莆田还要外婆像小时候那样用木盆帮她洗澡。在这次陪伴中,我还问她:"外婆最让你一辈子都不会忘怀的是什么?"她一脸幸福地说:"小的时候,阿嬷都是把一只只鲜蒸的螃蟹去壳剥肉,轻轻地蘸一下酱油,给我配稀饭,阿嬷的用心喂养把我对饮食的要求提得很高,后来去了美国天天吃面包和其他食物,真的都不如阿嬷做的饭菜好吃啊!"

外婆丝丝入微的疼爱在祖孙之间编织了即使隔着浩瀚的太平洋也不会隔断的情缘,像一根风筝线一样牵引着小女儿的爱心所向和感恩所报。她几乎顾不上洗澡和睡觉,把回国的时间尽可能都留在看护外婆的病床前,让从小一点一滴积存下来的爱尽情地回流……

她不断地奔走在外婆和医生护士之间,尽可能跟踪病情,记下适情用药要求,即使再困,也要留下来了解重要的检查和医治环节;

她每隔一个小时就要给外婆量一下血压和心跳,并认真记录下来,为医生治病提供原始数据支持,叶菁还在床头挂上精心绘制的小标贴,提醒大家:每小时量血压,写下来,目标是 120/80;

她把自己当作感恩的使者,不时视频连线远在美国的姐姐一家,让姐姐的一对儿女秋秋、秋弟的问候和笑声给外婆带来心理上的放松和战胜疾病的信心，为了让远距离的交流效果更好，她依偎在还插着供氧管道的外婆身边，把举着的手机调整到最佳的位置；

平常比较节俭的她，为了多陪伴外婆一天，悄悄放弃原来买好的回程票，重新又购买了一张单程回美机票。本来动员她提前到晚上回福州，在家里修整一下，第二天再就近送长乐机场搭乘回美航班，她执意还要陪外婆一个晚上，一早直接从莆田去机场。在航班上，叶菁还给手机购置流量，保持对护理的跟进和提示："确认护士有给曲马朵吗？如果护士没有给，我们自己也有。上次医生说了，如果需要可以服用半片，即使阿嫲不叫痛，翻来覆去睡不着也说明还是有疼痛的……"

其实这次让我深受感动的，还有叶菁的表哥，他从厦门赶过来一起参与护理，还未结婚的小伙子没有丝毫的难为情，也动手给阿嫲换尿不湿、擦洗身子，叶菁的表妹不顾就要临近的应聘考试，把复习应考的宝贵时间也都投放到对外婆的悉心照顾。真是祖孙情深，阿嫲怎么会轻易离去呢？！

融入平凡岁月中的宁愿自己辛苦也不让孙辈委屈的外婆精神已经蔚然成为黄氏家族的家风了，是这种以责任和奉献、以感恩和报答构成的有爱家风，感动了出现在治疗过程中的几位年轻医生，富有医德仁心的他们给医学技术加上人文温度，让老人得到及时和良好的身心舒缓与医治，劳碌、节俭一生的外婆现在已明显转危为安，整个病状正趋于平稳，面部气色和语言交流也日渐转好，甚至还可以自己坐起来吃东西了。雨后天晴，一片久违的阳光照耀着病房，一生慈爱的外婆，您一定会康复如初的！

在这里，要代表外婆和她众多的子孙，向莆田第一医院的医务人员、向所有关心和支持外婆的亲朋好友还有望海学村的同事和弟子，送去我们最真挚的谢意，拥有你们的大爱和祝福，我们很温暖，也很踏实，我们坚信，对子孙一往情深的外婆，很快就会康复，像以往上街给我们买好吃的一样，心满意足地快乐回家的！

西行记（1）

在加拿大参加同学婚礼的小女儿发来微信："Hi Daddy，we drove total of about 3612 miles（爸爸好！我们一共开了 3612 英里）。"按照 1.61 换算系数，那就是 5813 公里。从 6 月 30 日上午 10 点半启程到 7 月 7 日晚上 8 点 15 分抵达，和女儿用了整整 8 天的时间，从东部新泽西州的萨米特到西部加州的旧金山，我们一起横穿了美国大陆。

回望着刚刚自驾跨越的漫长距离，我想起在厦大白城送女儿上幼儿园不到 200 米的路程，想起在福州福建中医药大学国医堂外面的街道上一大早为女儿看中医取号的排队，还想起去年参加女儿宾夕法尼亚大学毕业典礼长长的毕业生步道……而这一次，是应女儿之邀，在她结束在纽约一家医院一年的住院牙科执医后，帮她开着今年刚买的特斯拉迁往旧金山开始牙科诊所的职业生涯。非同寻常的这一次父女长途西迁，留下许多永远都不会忘记的数据以及数据背后的温馨：

我们一路进出了 13 个州，至少在近 20 个特设充电站给特斯拉充电；顺路游览了包括伊利诺伊州的密歇根湖（Michigan lake）、南达科他州的荒地国家公园（Badlands National Park）和罗斯摩尔山（总统山）国家公园（Mount Rushmore National Memorial）、蒙大拿州的熊牙景观公路（Beartooth Highway）、怀俄明州的黄石公园（Yellowstone National Park）、肖肖尼国家森林公园（Shoshone National Forest）、大提顿国家公园（Grand Teton National Park）和犹他州的大盐湖（Salt Lake）在内的 10 多个旅游景点；沿途拍摄了近 3000 张照片，吃了不少麦当劳、汉堡王、野牛汉堡和加州汉堡，另有几次丰盛的中餐馆自助餐、韩国餐饮和越南美食；还把长途行车后的鼾声和梦话留在 7 个城市的郊外民宿、湖边公寓、假日酒店和汽车旅馆里。

近 6000 公里的西行，拉开了女儿日后执医的职业空间，却拉近了我和女儿的亲情关系，至少有三四次，女儿的两只手贴在我的脸上，把防晒霜轻轻地抹开,一开始我还有点不习惯,就像回国时我带她上街,想拉着女儿的手,却被轻轻地推开一样,紧接着就是从心底涌上来的一种温馨与感动,还有一直在弥补但并没有彻底消除的内疚,对这件情感小棉袄的缝制,我的心血注入实在太少了,可是她依然在那里,在你并没有太多期待的情境下,却让你感受到源于血缘的温度与关切,能不心存感动吗?西行的路上早晚温差大,尤其是路过还被厚厚的积雪覆盖着的熊牙高山景区,那寒气会冻得你打哆嗦的,女儿一直提醒我要注意御寒,还特意买了一件长袖的厚运动服让我保暖。比较节俭的女儿这次还尽量让父亲吃好,吃喜欢的食物,喝喜欢的饮料,像野牛汉堡和加州汉堡套餐,还有价格接近40美元的海鲜自助餐也都是女儿有意的安排。更为奇妙的是,出发前在大女儿家院落里割草把腰又闪了,按照以往经验,要恢复正常至少要一周以上的时间,没想到不到两天基本上就好了,并没有影响既定的西迁行程,而且在8天的远途行车中,以及后来的搬运行李和家具,也都没有出现腰部不适,女儿给我带上的护腰也没用上;还有在国内平常一开车就会发困,这次却较少出现这种情况,一路上都保持着比较充沛的精神状态,尽量能多开点,不让女儿过于劳累。女儿笑着说,爸爸真好,既会开车,又会拍照。

这次西迁还让我更加全面地了解到女儿的策划和办事能力,过去的一直放心不下彻底转换成对她的高度信任,女儿确实长大了,我可以放手了。特斯拉是新型环保轿车,用电驱动替代传统的烧油行车,显然西行的第一件事,就是要把搬迁路线、旅游路线和沿途充电站分布有机地融合起来,否则充电存量接不上或者充不上电,都可能带来安全风险。女儿这次可是做了极其细致和周密的衔接,让特斯拉在绝大多数的情况下都是电力十足的,有力地保障了边走边游的预期计划。还有一路的吃住游,也都设计和安排得井然有序、心中有数,对接得十分严谨,能省的不浪费,要开支的不计较,为了节省公园的门票开支,她还提前购买国家公园的年票;牙科学院同学提供住宿便利,离开前她特意邀请同学夫妇共进晚餐以表谢意;预定住宿,不求奢华,但求便利和舒适,或靠近旅游景点,或在条件同等的情况下以低价位为首选。还让我为她感叹的是遇事的兼顾与效率,一到旧金山,她不顾疲劳,第一天就安排了两个牙科诊所的面试,居然都获得成功;第二天一早租部 U-Haul 公司的货车,从灰狗长途车站把托运的十多个行李箱拉回预租下来的公寓,紧接着又开去附近的宜家(IKEA)购买沙发、橱柜、座椅和灯具等,一天就组装和安顿好,晚上就入住和做饭吃了;第三天很早起来专心准备,参加下午临时报考的加州行医执照申请的官方考试,最后也顺利考过了。以前总觉得她很安静,话语不多,对姐姐有很大的依赖惯性,没想到她是安静得心中有数,该说的时候,一点也不含糊,即使远离姐姐,事情也都办得清清楚楚。

一路向西,我既为女儿的长大成人感到欣慰,又觉得有点失落,我说,现在你靠近男朋友了,但却离爸爸远了。女儿轻轻地笑着说,其实我和爸爸的距离更近了,福州飞来旧金山,只要9个小时。

西行记(2)

一路向西,科技同行。这次美国大陆的顺利穿行,还要感谢特斯拉的给力。

特斯拉是总部位于美国加利福尼亚州硅谷帕罗奥多(Palo Alto)的特斯拉汽车公司(Tesla Motors)创立的纯电动汽车品牌,以纪念物理学家尼古拉·特斯拉(Nikola Tesla)。生于1856年7月10日的特斯拉是塞尔维亚裔美籍发明家和电气工程师,曾被认为是当时美国最伟大的电气工程师之一和电机工程学的先驱。他的前雇主查尔斯·巴切罗在写给托马斯·爱迪生的推荐信提道:"我知道有两个伟大的人,一个是你,另一个就是这个年轻人。"

特斯拉第一款汽车产品Roadster发布于2008年,为一款两门运动型跑车,接着分别于2012年、2015年、2017年推出第二、三和四款汽车产品——Model S、Model X和Model 3,这次陪同我们西行的是一身红艳的Model 3。女儿是在去年毕业后的9月份购买的,当时市场标价5万美元,扣除新能源税补后,实价4.1万美元。女儿说,除了喜欢它的款式和风格外,主要还是因为用电取代油后的使用成本大幅度下降。这次每充满约10美元的一次电,就能跑近500公里,比同程燃油驱动成本减少了近三分之二。而且越往西部,充电站的空间布局和充电桩的数量配设也越发合理和丰富,基本上都可以随到随充,每次充满大约只要半个小时。

实际开车的感觉就是加速快而稳,破百时间小于 6 秒;而且智能程度高,像不同驾者的座位设置,可以转换成数字输存随时变换,车距太小时会自动发出提示,车灯亮度也能自动调节,把节能、照明效果与会车安全完美地兼容起来,方向盘右边的大屏幕视屏,简直就是一个无所不能的助驾机器人,连接手机后,可以语音指挥。另外,去除了油驱系统后,整个车子就有了前后两个车厢,不仅带来明显的车身减重,而且置放行李的空间还成倍拓展了。

一路上,女儿通过手机,不时给特斯拉发出语音指令,以满足行车的各种需求。我们是听着古典的交响乐、欧美歌手的演唱和国内名家名曲由东向西穿行的,其中数听不厌,甚至到了后面都会跟着一起唱起来的,是女儿特别点播的,由美国音乐制作人棉花糖(Marshmello)与苏格兰电音乐队 CHVRCHES 联合制作、CHVRCHES 成员 Lauren Mayberry 演唱的歌曲 *Here With Me*(歌词引自网易云音乐):

Can I tell you something just between you and me(我可以和你聊聊吗?只关乎你与我之间)

When I hear your voice, I know I'm finally free(当你的声音传入我耳,我感到解脱)

Every single word is perfect as it can be(每一个词都无比的恰到好处)

And I need you here with me(我渴望你能够陪伴在我身边)

When you lift me up, I know that I'll never fall(当你将我托举,我知道我再也不会坠落)

I can speak to you by saying nothing at all(即使不曾开口,我也能与你交流)

Every single time, I find it harder to breathe(每当我只身一人,便感到难以呼吸)

'Cause I need you here with me(因为我需要你陪伴在我身边)

Every day（每日每夜）

You're saying the words that I want you to say（你说出的话语都正是我心所想）

There's a pain in my heart and it won't go away（我的心上有一处无法抹除的伤痛）

Now I know I'm falling in deep（此刻我感到我正堕入深渊）

'Cause I need you here with me（因为我需要你陪伴在我身边）

I think I see your face in every place that I go（无论我去往何处，眼前总仿佛闪过你的面容）

I try to hide it，but I know that it's gonna show（我试着隐忍，但对你的思念就快要喷涌而出）

Every single night，I find it harder to sleep（每一个孤独的夜，我总是难以入眠）

'Cause I need you here with me（因为我需要你陪伴在我身边）

Every day（每日每夜）

You're saying the words that I want you to say（你说出的话语都正是我心所想）

There's a pain in my heart and it won't go away（我的心上有一处无法抹除的伤痛）

Now I know I'm falling in deep（此刻我感到我正堕入深渊）

'Cause I need you here with me（因为我需要你陪伴在我身边）

Can I tell you something just between you and me（我可以和你聊聊吗？只关乎你与我之间）

When I hear your voice，I know I'm finally free（当你的声音传入我耳，我感到解脱）

Every single word is perfect as it can be（每一个词都无比的恰到好处）

'Cause I need you here with me（因为我需要你陪伴在我身边）。

开着女儿的爱车特斯拉，听着 Lauren 演唱的 *Here With Me*，我的思绪和西行路线都在不断地延伸,我情不自禁想起,当年还在念幼儿园大班的小女儿不想让爸爸回国半夜哭醒的眼泪和我随后在航班上含着泪水写下的《儿女情长》,当年唯一一次女儿参加高中同学聚会迟迟未归给在国内的父亲带来迟迟未能入睡的担忧,当年在八达岭的长城上,为热心给一位陌生人传递手机回话而跑远的举动给父亲留下对女儿安全的担忧与紧张……过去的时时刻刻,爸爸何曾不想陪伴在你的身边,可是非常不应该地错过了,它不仅带给你成长的重大缺憾,也给父亲造成生命的重大缺陷,因为世上的爱的陪伴、亲情的陪伴从来都是双向的。但庆幸的是,你在宾夕法尼亚大学牙科学院遇到爸爸也喜欢的男朋友小马,庆幸的是你精心安排了这一次西行!

科技进步,情感依旧! 谢谢女儿,爸爸爱你!

西行记(3)

从34年前留学美国时适应和喜欢上那里的快餐文化,至今我还保持着这种饮食兴趣,尤其偏爱必胜客、派派思的炸鸡还有汉堡包。

在国内吃不到派派思的炸鸡,必胜客也不常去,一是价格偏贵,二是味道失真,比较喜欢的是千尊比萨,尤其是夏威夷的那一款,既有必胜客的快餐感觉,又有家乡菜的熟悉味道,在厦大附属演武小学对面就有一家连锁店,每每回厦大,都会到那里流连一番,不仅仅过一次嘴瘾,而且看着对面已经重建的校门回想当年大女儿在演武小学上五年级的情景,至今我还完好保留着的《七彩报》就是女儿当时自任主编推出的每周一刊。至于汉堡也不敢常吃了,偶尔会去肯德基,我喜欢那里的香辣鸡腿汉堡,想起小女儿在厦大幼儿园念中班的时候,总想带她去中山路上在厦门开张的第一家肯德基,看着女儿开心的样子,我可以吃掉两个香辣鸡腿汉堡。

有心的小女儿记住父亲的快餐偏好和对加冰块可乐的喜欢,在这次五千多公里的西行路上,让我几乎顿顿吃快餐,过足了汉堡瘾,而且总是不忘加上一个大杯的可乐,吃完后还可以续上满杯带走,真是一路汉堡同行,可乐相随。

　　最早的汉堡包主要由两片小圆面包夹一块由剁碎的牛肉末做成的肉饼,它起源于德国汉堡人对西迁而来的古代鞑靼人生吃牛肉习惯的改进,19世纪中叶随德国移民传入美国,先以"汉堡牛排"(Hamburg Steak)的菜名出现在美国人的菜单上,后来又经美国人多次改良,才成为而今遍布全球的美式快餐店的主食——汉堡包(Hamburger)。记得在1997年的时候,我还以美国快餐文化输出为例,写了一篇论文《论地域文化环境对国际投资的影响》,发表在学术刊物《国际贸易问题》上。

　　这次西行,麦当劳快餐店进的最多次,除了特斯拉充电站附近几乎都有麦当劳以外,那里免费的Wi-Fi和相对熟悉的汉堡是最主要的吸引,当年留学时,99美分就可以买到两个芝士(cheese)汉堡,放两片芝士的汉堡也才69美分,通常我喜欢把一层的面包揭开,加上一小袋的番茄酱后再食用。小女儿还像小的时候那样,把吃不完的汉堡推给我,"爸爸,我吃不下了"。

　　我们至少两次光临的是汉堡王快餐店(Burger King),这个在福州就有20家分店的汉堡也是我喜欢的,它们正在推出不到7美元的两个大汉堡组合营销,每只汉堡的牛肉煎饼厚而宽,外加生菜、番茄片、洋葱圈,上下两片带有芝麻的面包,叠得高高的,不张大嘴巴是咬不住的,特别是浇注上汉堡王自制的淡白色沙拉,一咬下去那口感既饱满又美味,不小心还会在衣服或裤子上留下一两滴沙拉呢。如果说麦当劳的汉堡像是南方的娇小馒头的话,那么汉堡王可是叠起来的山东大饼,名副其实的称王称霸。每每从汉堡王出来,不是以往的食多发困,而是两个大汉堡完全可以撑住两个多小时的连续行车。

　　7月3日,我们走进被美国《时代》杂志评为西北部地区最大的旅游景点之一——南达科他州Wall小镇,在始建于1931年,著名的沃尔购物中心(Wall Drug Store)的餐厅,那一幅幅粗犷的西部牛仔油画把我们带入那个荒凉而神奇的西部世界,在思索着每一幅画背后的西部故事中,女儿请父亲品尝了野牛汉堡,我依稀觉得这应该是第二次的特别体验。在这次行程中,我们多次与野牛相遇,野牛群甚至成为我们乐看不疲、举拍不停的一道移动的自然景观,有一次路途被堵住了,下车一看,原来是规模不小的野牛群从山坡上冲下来,结伴拾路而过,融入大溪流过的一片茂密丰肥的草地里。现在居然成为盘中的美食,一下子还有点不忍心食用。对比这几天吃过的汉

堡,最大的不同就是那片牛肉饼,野牛的肉质味纯鲜挺,特有嚼劲,味觉持久,据查其营养价值要高于一般牛肉,不仅含有丰富的蛋白质、锌和维生素B12,而且单位的胆固醇与脂肪含量也相对少于普通牛肉,1997年野牛肉还被美国心脏疾病协会推荐食用。慢慢品尝着野牛汉堡,我还连续喝了三杯咖啡。

这次西行的最后一次汉堡大餐,是女儿一定要我分享的加州汉堡(In-N-Out Hamburger)。在美国这个汉堡王国里,1948年才出现的加州汉堡,却成为独霸加州或者只在加州设店的汉堡特产,是很多加州人心中最好吃的汉堡,甚至还有这样的说法,没有吃过IN-N-OUT汉堡,不算来过加州。对比来看,加州汉堡个头不粗大,有点瘦高,因为夹层加了不少东西。它之所以受加州人喜爱,主要是隐藏在菜单里的两个秘密,一是你可以选择适合自己的口味,进行不同的叠层组合;二是特别制作的叫作Spread的酱,这种有点类似于千岛酱的抹酱所带来的特别口感,会让你情不自禁地成为加州汉堡的回头客。

虽然这次难得有机会放开对西式快餐的热爱,在短短的几天里品尝了数量最多、品种最丰富的汉堡,但女儿已经多次提醒父亲,要认真接受体检,严格控制相关生理指标,健康饮食才是真正的美食!是的,西行已成,健康却永远在路上!

西行记(4)

在8天近6000公里的西行路途中,最让我们难忘的、也是平生从未经历的是7月5日的行程。从一早6点39分在蒙大拿州的红屋子镇(Red Lodge)启动特斯拉,到凌晨1点30分慢慢驶入正在安睡的犹他州首府盐湖城(Salt Lake City),我们一共驱车894公里,穿越了4个州,游览了1872年3月1日美国国会确认的第一个国家公园——黄石公园,以及64年后修成开放的被称为世界上最多样性生态景观的熊牙公路(Beartooth Highway),还有大提顿国家公园(Grand Teton National Park),卡斯特

(Custer)、加勒廷(Gallatin)、肖肖尼(Shoshone)等数个国家森林,熊牙湖(Beartooth Lake)、心湖(Heart Lake)和黄石湖(Yellowstone Lake)等多个著名湖泊。今天边回味边记录,似乎伴着紧张情绪的再次跃起,右脚又在加速与刹车之间随时准备变换。

从小就看起来弱弱的小女儿,居然蕴藏着非常胆大的性格,特别喜欢翻山越岭,登高望远,立崖览胜,经过南达科他州的荒地国家公园时,每每都要到最险峻的山崖上让我拍照,我不是极力阻止,就是怀揣着极大的担忧快拍快把她拉回到安全地带。

从红屋子小镇出来,女儿就把车开进 212 号公路,这是 GPS 追踪公司 Geotab 通过美国交通运输部提供的数据列出清单,风景摄影师 James Q. Martin 根据主观标准排出 10 条最优美的美国公路中位居第八的路线,被誉为全美最漂亮公路之一、穿越熊牙山脉(Beartooth Mountains)的熊牙公路就是 212 公路的西侧一段,全长 109 公里,从红屋子小镇一直延伸到库克城(Cooke City)附近的黄石公园的东北入口。位于美国蒙大拿州南部和怀明俄州西北部的熊牙山脉,是约 3600 平方公里阿柏萨罗卡熊牙(Absaroka-Beartooth)野生动植物保护区的一部分,因其一座山,即蒙大拿州最高峰,海拔约 3904 米的格拉尼特峰(Granite Peak)酷似熊牙而得名。在几乎都是盘旋而上的崎岖山路上,女儿并没有明显的减速,但尽量不错过值得一看的景点,我们远眺被白雪覆盖的熊牙格拉尼特峰,俯拍正在雪野里觅食的山羊母子,在宽大的半山歇车处(Rock Creek Vista Point)举着手机与小松鼠一起跳跃,在海拔 3345 米的公路最高点只穿着短裤的我还是跳下车在厚厚的雪地里请正在这里露营的美国人拍照。

一身的寒意还没消去,我们又接上 191 号公路,直奔到处都热气升腾、沸水涌流的黄石国家公园。记得第一次是和来自芝加哥大学的梁在同学一起从盐湖城驱车过来游玩的,印象最深的是定时涌泉的老忠实间歇泉(Old Faithful Geyser)。和熊牙公路一样,黄石国家公园也地处素有"美洲脊梁"美称的落基山脉,是世界上最大的火山口之一,园内拥有超过 10000 个温泉、300 多个间歇泉和 290 多个瀑布,这次我们只游览了色彩炫目的大棱镜彩泉(Grand Prismatic Spring)和猛犸象温泉(Mammoth Hot Spring)。在横贯大棱镜彩泉的走廊上,我流连忘返,甚至趴在木地板上,把和彩泉交相

辉映的女儿倩影一幅又一幅地收入到华为手机镜头里。

这一路从高到低、从冷到热，从墨白相间的高寒植被到五彩斑斓的高温泉流，给我们留下 600 多张照片的同时，也严重地拖延了原先的行程安排，告别黄石公园时已经接近晚上 9 点了，离原定夜宿的盐湖城还有 400 多公里的路程。为了行车安全，有更多行车经验的我自然接过女儿手中的方向盘。没有想到的是，走了一段还比较宽畅的 89 号公路以后，我们在黑暗中进入爱达荷州（Idaho）的东南角边区，切换到穿越北美驯鹿国家森林的 34 号公路上，只有两个车道的 34 号公路平常通行车辆稀少，加上年久失护，路面上的分道与边界标志都很难辨识，夜深没车不可能跟着前面车辆的尾灯走，偶尔对面突然间出现的车辆反而增加一份紧张，因为不敢往路边靠，期间还和一只正在穿过公路的鹿几乎碰上了，更是留下难以一时就消解的惊慌，最让人纠结的是，为了安全最好开着大灯行车，可是这样又特别耗电，担心存留的电力会提早耗尽，开不到盐湖城。就是在这样的状态下，我竭尽全力开了 100 多公里，终于在一片格外明亮的路灯迎接下转入四车道的 30 号公路，我把车停在空荡荡的路边，换上女儿接着开，我顿时觉得，被吊着的心落了下来，虽然酸麻的右腿移动起来还有点困难。

再过一会儿，女儿把车开上南北走向的 15 号洲际高速公路，久违的盐湖城就在不远处的灯火之中。我听着又一次响起的 *Here With Me*，舒适地靠在副驾驶座上，一天奔波的劳累和惊险都渐渐离去，留下的是一片非常清晰的感受：对于父亲，陪伴身边或者放在心里的女儿，其实就是人生旅途中的路灯、路标和设定的目的地；为了女儿的幸福，他会全神贯注地把住和把稳方向盘，会不时加满够动力能源，会不忘初心竭尽全力，一路携手走来，尽可能收获与共享的是平安健康和美美与共的温馨与快乐！

西行记（5）

西行路上，除了俄亥俄州的克利夫兰（Cleveland）、伊利诺伊州的芝加哥（Chicago）以外，犹他州的盐湖城也是一个大城市，谢谢女儿的用心安排，让我有机会回到这座久违的城市。凌晨一点半到达后，我久久没能入睡，天还没亮透，我就走出假日酒店，穿过静静的街道，来到对面的盐宫会议中心（Salt Palace Convention Center），在一片绿荫和晨曦中，去找回当年的中心城区印象。

记得那是 1985 年的国庆节，有幸获得联合国人口活动基金资助的我第二次坐飞机（第一次是从厦门飞到福州），经由旧金山来到盐湖城，不仅在始建于 1850 年的犹他大学留下历时 5 个年头的读研岁月，而且从此展开了一直延伸到今天的带有留美印记的生命历程。

在这里，我从经济学视角里的人口学转入社会学框架中的人口学，博士学位论文《孩子需求的决定因素：来自中国河北农村的调查》（*The Determinants of Demand for Children：Evidence from Rural Hebei，China*）的收笔，基本上完成了对本科经济学背景、毕业后人口学研究与来美后社会学专业再造的学科融合尝试，也为回国后进入婚姻家庭与女性发展研究领域做了多学科的知识准备。只是遗憾，自己的研究成果并没有转化为对两个女儿恋爱经历和婚姻生活的实际指导，她们更多的是自学成才的。

在这里，我遇到来自东海大学社会学系的台湾同学唐兄，在他帮助下，好像花了 200 美元买了一部老牌福特练车，考下驾照，后来又花了 1100 美元盘了一部本田思域（Civic）二手车，没想到这部车一直忠诚完好地陪伴着我，先是西行洛杉矶接来大女儿，又东去普林斯顿做博士后研究，而且还和正在孕育之中的小女儿一起前往俄亥俄州的辛辛那提（Cincinnati）参加美国人口学会的年会，以至今天，我还是买了一部本田雅阁给自己日常代步。

还是在这里，我拥有了多次出游的经历。第一次还是和唐兄等几位同学一起驱车西行，游览了拉斯维加（Las Vegas）大赌城，第二次好像是花了 89 美元买了后来被美国灰狗吞并的跨城长途商营巴士三路（Triple Way）公司月票，以及和几位同学拼车，利用暑假夜里坐车开车、白天走访游览了美国十多个城市，其中包括半夜抵达、在车站睡到天亮、后来居然在那里安家的费城，得到在德州大学奥斯汀分校（University of Texas at Austin）攻博的北京语言学院同学贾兄的热情接待，后来大女婿也是从该校学成毕业的，还有此次西行终点站、将成为小女儿今后工作和生活的城市、也是她的男朋友小马出生和长大的地方旧金山。由此看来，人生轨迹通常不是简单的直线前行的,以前去过的地方很有可能将再次返回,留下这样或者那样的生命维系。

更是在这里,我收获了从此永久融入生命的师生情、同学情,还有包括美国朋友在内的友情。女儿和特意从旧金山飞过来的小马开车把我送到将要和当年导师还有老同学共进午餐的一家中国餐馆,我见到毕业后再也没有遇到过的来自兰州大学的同学梁兄和他的妻子小杨,当年还没有车的时候,都是他们在周末拉我一起去买菜,记得梁兄还有一个习惯,就是喜欢用手指搓橘子皮,小杨笑着告诉我,他现在还是这样的。从和小梁小杨的交谈中,当年一起下山到离学校最近的超市(Save Way)买菜后,两个塑料袋一扎就背上山,在小小办公室旁边的圆桌讨论室打蛋添青菜烧煮方便面,晚上写论文肚子饿就上 8 楼的心理学系咖啡屋制作爆米花等情景似乎就在眼前。我还见到导师组的来自台湾的郭教授和师母,握着并没发生太大变化的导师的手,我仿佛又回到当年的社会学系,看到经常开车带着我去买鱼的、遗憾不幸过早离世的硕导,为我购买做博士论文原始资料的、而今年届80 多岁高龄的博导,总是和颜悦色、请我们参加他孩子婚礼的印度裔教授还有上过课或者一起参加系里各种活动的其他老师。午餐后,梁兄和小杨还陪我来到位于沃萨奇岭山脉坡上的犹他大学校园,参观了已经大面积扩建的图书馆,到社会行为科学大楼附近的草地上,在母校大红的标志——U形雕塑前留影,但没有来得及去校门口也拍一张照片,而且因为周末关闭也没能进入社会行为科学大楼到 4 层的社会学系办公区去走一走……

女儿和小马开着车来校园接我,我们还要在天黑之前赶到下一站,被誉为"世界上最大的小城市"、以博彩业闻名全美的内华达州的雷诺(Reno)。看着渐渐远去的盐湖城区,又渐渐靠近的大盐湖,在我心里荡漾开的,是对所有在美留学期间相识相知的老师、同学和朋友们的谢意和祝福,因为你们,盐湖城才变得如此富有情感分量,才让这一次的返回充满着人生的意义。当然,我和女儿还要感恩这一座城市,没有当年出国留学,我不可能还有生育二孩的机会,没有当年犹他大学给予我的专业提升,我也不可能拥有去普林斯顿大学做博士后研究的机会,而没有那一片傍湖而居的普大博士后公寓,我也就没有那么幸运,把美丽的小女儿留在这个世界上!

西行记(6)

凌晨 5 点 10 分,天还没放亮,我们已经在去福州长乐机场的路上了,小女儿今天上午 8 点 5 分的航班,经由北京飞回旧金山。视野里已经看不到女儿的身影,但我还站在安检的隔栏那里,久久不想离去……

小女儿和我一样,特别喜欢国内肯德基的香辣鸡腿汉堡,在美国没有这种口味的配方,所以昨天中午又陪女儿来到福州大学城永嘉天地的肯德基。午餐后回到家里,给女儿煮了一杯咖啡。到了 4 点多,又开车去了仓山万达,在那里和女儿一起逛店,分享来自香港澜记的冷饮芒果西米露,最后走进万岁寿司店,我们要了一份生鱼片,还有米饭和料汤……虽然女儿说,11 月还要和小马一起回来,但看得出,女儿越发对父亲多了一份依恋和惦记,她把楼上晾干的衣服、袜子都收下来,一件一件地叠好放在沙发的护手上,她拉着我去上街镇街上的手机专卖店,要买一只最新款的华为手机(P30 Pro)作为今年送给我的生日礼物,她还多次叮嘱我,一定去做几项她认为必须要做的体检……

其实,我也在牵挂着现在还在航班上的女儿,尽管已经安排好男朋友小马来接,但毕竟还是第一次搬离东部、远离姐姐她们,没有小马在那里,作为这次西行终点站的旧金山还是一个生疏的地方。我知道,如果没有这两年的情感积淀,女儿不会把旧金山作为未来落脚和起步的地方,虽然久居的异乡最后也可能会成为故乡,但在初始选择时,我们中的不少人,尤其是一个女孩,往往是因为那里有一个相爱的人,才会不惜乡愁和亲情异地而居。

对小马的最初印象是来自女儿转发的照片,他面相和善,衣着随意,个头和我差不多,一身肌肉发达,虽然言语不多、情绪内敛,但和孩子在一起玩耍时,却显得比较放松和欢乐,总体感觉还不错。

第一次见到小马是去年 5 月参加女儿毕业典礼的时候,典礼的前夜我们共进晚餐,他依然较少说话,显得有点拘谨。第二天他给叶菁带来一束祝贺的鲜花,整个过程并没有主动建议一起合影留念,不过在我几次提议给他们拍照时,都比较安静地予以配合。我对小马的印象基本上还是停留在照片上带来的感觉。

这次西行我们有了第二次接触,小马从旧金山飞到盐湖城,和我们一起走完西迁旧金山的路程。叶菁开车时,我特意把副驾驶座留给小马,没想到他们一路上有说不完的话,叶菁还不时幽默地调侃小马一下,他总是脸带笑意,轻轻地喊着,"Jing! Jing!"在赌城雷诺郊外的午餐,小马坚持他来买单,看到餐馆主厨也姓马,还特意到收银台和主厨的招牌合影留念。到了坐落在旧金山湾区南部城市圣何塞(San Jose)小马的家,在那里的两个晚上逗留,给了我更多也更深入了解小马及其家庭的难得机会。祖籍分别是广东潮汕和福建泉州的小马父亲和母亲是旅居越南的华侨后代,越战后移民美国,父亲一直服务于当地的一家公司,由技术人员做到部门专职,母亲是一位多语种翻译,更多的负责两个男孩和一个小女儿的照料,小马排位老二,本科毕业于加州大学戴维斯分校,专攻运动生理学,毕业后考上宾夕法尼亚大学牙科学院研究生,成为在那里修读 6 年的牙医。他从小喜欢巴西柔术,一直与正规的专业教育并行不放,家里摆放的那么多奖杯、奖牌里,最有分量的是荣获加州巴西柔术亚军,还有宾大牙科学院的优秀毕业生。据他妈妈介绍,小马自幼就勤勉不息,有很强的但不事张扬的自主性和上进心,家里总是担心他努力过度,经常给他减压;而且心地善良、富有家庭责任感,不仅帮助哥哥寻找更好的工作机会,还特别关心正在医学院学习的妹妹,每次家庭出外聚餐,他都抢着买单,因为他觉得自己的职业收入相对比较高,而在日常生活中,小马又和叶菁一样,都比较节省不求奢华。小马还有一个让我喜欢的品质就是细心,会照顾人,把我让进他的卧室时,他很耐心细致地一一介绍如何起居和相关细节,当我离别时告诉他,叶菁之所以西迁旧金山就是冲他来了,我希望他能认真地照顾好她。小马没有什么豪言壮语,只是轻轻说了一声"请您放心,我会的"。

早上在机场肯德基一起用早餐的时候,女儿帮我添加上小马的微信。小马在发过来的微信中,夸我把叶菁拍得很好看:"Really nice pictures! Good quality and good people in them too."我回复说,期待在 11 月给你们拍一样好看的照片:"I hope to take same nice pictures for both you in Fuzhou、Putian and Xiamen Cities in November."小马说,他一定尽全力而

成行:"Sounds good! I will try my best to come."

　　呈现在六篇游记里的西迁之行已经成为生命经历和记忆的一个重要部分,但促成此行的爱以及此行产出的爱将随着时光的推移继续放大,请叶菁和爸爸一起为这份珍贵的西行之爱献上有福之州的最美好祝福吧!

　　爸爸还衷心祝愿菁菁和小马尽快携手走上爱情铺就的红地毯,走进两人共同建造的婚姻殿堂,并一起唱响幸福的孕育之歌!

　　爱你,亲爱的女儿!

婚姻本质

第四章

凤凰树下随笔集

婚姻幸福

今天上午 8 点就被接走,应邀进城为福建省婚姻家庭咨询师协会成立做一个主旨报告。看到从全省各地赶来参会的、平均年龄还比较轻、职业热情并不低的咨询师们,我为这个平台的搭建感到由衷的高兴,希望在有军旅经历的刘会长带领下,把这个协会的工作变成一个真正有助于婚姻家庭生活质量和幸福感提升的美丽事业。

我今天讲的话题是"男女平等与婚姻幸福",通过对国内外婚姻家庭近几十年变迁的回顾,对婚姻互动中性别不平等主要表现的描述,提出我国婚姻家庭的发展需要推进三个转型:从过去家庭代际关系为主导转向更多注重婚姻横向关系的建设,从过去承续男主女从的家庭权力格局转向对性别平权婚姻的构建,从过去习以为常的男性婚姻家庭角色缺失转向对男性回归家庭意识与行动的强化。在这三个转型中,男性的性别家庭化要比女性扮演好贤妻良母角色更具现实意义,但所面临的难度却更大!

简单中饭后,协会的同志把我送回家,途中却遭遇一场暴雨,天上雨水如注,还夹带着不小的冰雹,路面多处深度积水,一些依然不减速行驶的车辆所冲涌起来的巨大水浪给周边车辆添加了非常大的安全风险! 这如同不能慎处变化总是任性而为的当事人一样,只会把婚姻家庭关系带入一个更加不安全的地带!

等雨小了下来,我又一次来到楼下刚开张的海鲜餐厅,吃客还挺络绎不绝的,我衷心希望她与隔壁不远的"四季炊烟"食府都能进入常态市场,保持兴隆生意。不过进入餐厅一看,许多海鲜的价格还是非常高的,波士顿龙虾每斤 159 元、九节虾每斤 252 元……似乎比美国都高出很多,如果不能有意识地用诗意替代物化投入,显然要增加幸福婚姻建设的成本!

我赶在七点半回到家,收看北京电视台播放的 34 集电视连续剧《下一站婚姻》,美人刘涛和两位地产大佬的情感、婚姻以及亲子关系的纠结,都再一次提醒我们:结婚和生育都不是简单的生理周期成熟后的自然演进,这是一个文化碰撞与社会选择的过程,在这之前的充分准备和深思熟虑,包括社会观念、文化知识、经济能力、生活经验,尤其是性别意识等,都是不可或缺的,下一站是不是指向婚姻,还是把更多的思考和准备留在上车之前吧!

借今天的讲座,一起祝福中国的婚姻和家庭,并把我们的婚姻与生育热情,以及更多成功的婚育实践献给刚刚过去的国际家庭日!

父母爱情

由梅婷和郭涛主演的 44 集电视连续剧《父母爱情》,以始于 20 世纪 50 年代的一个温暖平实的爱情故事,诠释着军旅编剧刘静对爱情的理解:"从前的日色变得慢,车马邮件都慢,一生只够爱一个人。"

深感惋惜的是,把最平凡、最可爱的爱情留给我们的刘静,却被无情的病痛带走了。4 月 4 日凌晨,演员郭涛、梅婷和李佳航都发文悼念:"惊闻噩耗,刘静老师走了,生命无常,缅怀古交。在我微博里,工作中,还有很多朋友都告诉我:郭老师,我太喜欢你的《父母爱情》了。我也很喜欢,谢谢刘静老师的《父母爱情》,给我别样的表演体验,这种体验和我的生活相互呼应,特别是在经历了结婚生子后,才能明白如涓涓流水的感情是如此珍贵……";"有幸能成为刘静老师和所有观众的'安杰',感谢刘老师给我们带来这么美好的电视剧,永远感激,也想念你……";"惊闻作家刘静猝然去世!很遗憾未曾与您见过一面,但能出演您笔下的人物三生有幸,感谢您带给我们这么好的作品,哀悼,缅怀,一路走好"。

刘静系解放军文艺出版社编辑,1993 年推出中篇小说《父母爱情》,21 年后由她编剧的《父母爱情》才出现在荧屏上,但刘静的这部处女作却成为观众心目中罕见的优质作品,其豆瓣评分曾高达 9.4 分,是一部随便从哪一集看起都能被吸引的电视剧,播出以来的 5 年多一直被重复放映,收视率总是居高不下。我好像至少看了两遍,每每观剧时,我都情不自禁地深陷其中,就像这个家庭的一个小孩一样,跟着剧情慢慢地、慢慢地长大,因为和我父母的婚姻生活太相似了,都有一条那个年代拉开的情感主线,一生只一次

婚姻,一次婚姻过一生,所有的争吵、冲突甚至不满,都只是习以为常的小插曲,都不会拨乱或者拉断这条主线!

出生贫微而且读书甚少的父亲在坐老式太师椅脚还不能触地的时候,就迎娶了家道殷实知书丰富的母亲,下嫁的母亲不仅没有怨意,而且还全盘接受了父亲给她铺开的婚后生活,先是成为远离书香的一家小食杂店的老板娘,然后就为了给叶氏家族传宗接代,一个紧接着一个地生了 14 个孩子,10 个女儿,几乎哭干了母亲的眼泪,4 个儿子,又让母亲喜出望外,哪怕再悬殊的婚配,也被这样的生育过程拉平夯实了,多生似乎在追加爱情和婚姻的红利,这和当今以婚姻的质量取舍生育,有着观念上的本质差别。实际上,除了婚姻观念以外,母亲的所有辛苦都被"福州好男人"的表现消解了,还日积月累地加深着和父亲之间的情感。母亲从小娇生惯养,出嫁时还有陪嫁丫头,后来又幸运地对接上父亲提供的全包揽的家庭服务,一直到老的时候还不会做饭,也很少做其他家务。最让我记忆深刻的是,过年时,在外地工作的父亲不仅负责准备年货,而且还要在大年三十的下午赶回来,不曾休息一下,就披上围裙,一直到夜深都在洗切烧煮过年的食物,母亲不动手,只是陪伴着,偶尔父亲还会把一片烧好的炸鱼送到母亲的嘴边,听到母亲夸说好吃,父亲便做得越发愉悦。

父亲稍显强势,但讲道理,而且懂得疼爱母亲,母亲相对阴柔包容,尽可能去附和父亲,所以父亲和母亲不怎么吵架,我好像只见过一次,两人争执过后,母亲在暗地里落泪,显然,父亲让母亲委屈了。

婚龄一长,夫妻的地位会发生变动的,婚姻互动的模式也会出现扭转的。过了 70 岁,父亲因为偏爱食油腻而患上老年痴呆,到后来几乎都卧在床上,没想到这时的母亲却变得非常能干,做饭喂饭,翻身擦身,全天候、全方位地照顾着父亲,晚上也不分床,照样和父亲睡在一起。如果说父亲过早得病,进入需要他人护理的辛苦晚年是不幸的,但母亲用心用爱的一路陪伴和细致照料,却让他又是万幸的。父亲在母亲的爱情里走完他略为短一点的 77 岁人生,而母亲守着对父亲的依恋一直到 89 岁才平静地离开我们,去和相亲相爱一生的父亲牵手相聚。

多国的实证研究都表明,从一生来综合评价,单身的生活品质和幸福感不如同居和结婚的。走进"围城"的,又分为两种,一生只爱一个人只结一次婚的,一生也许只爱一个人但不只结一次婚的。像电视剧《父母爱情》和我父母亲的爱情,不论是相爱进入婚姻,还是先结婚后恋爱的,都是把婚姻当作一辈子的事来过的,没有二心,不想再选,似乎平淡无奇,却平实无惊,用一贯终生的努力造就一道永恒的情感风景,婚姻的美感和人生的价值也就跃然纸上了!

已经安排 4 月 7 日的上午,在 72 岁高龄的大姐带领下,几十个叶家的后代又要浩浩荡荡地上山去追思远去的父母,去回味父母别样爱情的真谛,去感恩天高地厚的父母还在看顾着护佑着他们深深眷念的儿孙!敬爱的父母,我们想你们了!

马克龙婚恋选择的联想

马克龙击败对手,成功入主爱丽舍宫的法国总统轮替,却在婚恋领域投下一石,在全球范围内,尤其是在东方古国,荡漾开一波又一波的涟漪。

人们不仅在众多媒介图文并茂地讲述马克龙与他中学老师的忘年恋情,在各种微群、共享空间议论马氏婚恋选择的由来、动机、影响以及未来的命运,甚至还拉上美国总统特朗普进行跨国比较,以展示法国浪漫与美国实用之间的差异及其给婚恋生活可能带来的影响。

如有网友表示,"这一生我最服姓马的人……马化腾改变了我的交流方式;马云改变了我的消费观念;马蓉颠覆了我的人生取向……如今,马克龙改变了我对婚姻、爱情和子嗣的哲伦观念"。还有的认为,"美国总统的爱情故事激励全世界男人,法国总统的爱情故事感动全世界女性"。更有人把两位新任总统的婚恋差编成数学题,建议收入小升初的试题库:法国新总统比夫人小 24 岁,美国新总统比夫人大 24 岁,法国新总统比美国新总统小 32 岁,美国第一夫人比法国第一夫人小多少岁?最后各路说法都不约而同地提醒还未进入"围城"的男女,要注意把握年龄差距,以实现婚姻收益的最大化。

以什么样的态度看待婚姻组合的年龄差距,最终又以什么样的动机具体选定婚龄间隔,实际上是婚恋观或婚恋意愿的问题,前者取决于一个社会或一个区域的婚姻家庭文化或习俗,如几次人口普查结果都显示,我国整体上还是延续男大女小、年龄差在两岁左右的哥妹婚配习惯,又如在山东等地却流传着"女大三,抱金砖"的姐弟婚姻组合;后者则与个人背景、原生家庭情况甚至一个地区适婚人口性别比例、性别文化与制度有关,如受到性别与城乡二元制度双重约束的来自农村的年轻流动女性,就有更大的可能通过拉大婚龄差距就地建立婚姻关系,来实现乡村身份与经济地位的同时转变。

当然,一些延续下来的传统婚恋观,还有这些年出现的只重实惠、急功近利的婚恋市场化倾向,也在左右着我国婚配年龄差距的动态变化。如宁愿坐在宝马车里哭泣、也不愿骑在自行车后座上欢笑的功利化婚姻取向,在很大程度上加大了男大女小的单向年龄差!还有家庭和个人都走不出高嫁路径依赖的结果,是一大批年龄越来越大的相对优质女性在婚姻市场上滞婚,她们最后不得已的选择,也会抬高晚婚女性的婚配年龄差距!

总体上来说,在我国,婚配年龄差的刚性约束并没有发生太大变化,相爱双方的情感跨越或者松动这种约束的力量依然微弱。在很多情况下,不是未婚女性不愿意在年龄上低配,而是我国男性都有低娶的传统偏好,而且资源越丰富的男性越发选择更加年轻的女性,不仅推动年龄刚性约束进一步前移,导致本来可以以较小年龄差距匹配的可能性下降,还增加了相对较少的女大男小婚配的不稳定性,直接影响女性对这种婚姻组合的幸福预期。

在注重家庭建设和倡导男女平等的今天,我们是时候在婚配年龄差上树立更加正确的态度,从追求男女平等和增加婚恋机遇的角度出发,用淡化物化、注重更有精神意义的爱情,来解除我们已经习惯的年龄差偏好对婚姻选择与婚后幸福的捆绑!

我们要宣传和培育社会性别意识,深入识别被落后性别文化与制度建构出来的对同样生物生理老化过程与表现的男女双重评价标准及其带来的对女性的性别伤害。一样的迈入知天命与花甲的生命阶段,女性就是不堪的年老色衰,而男性却是可以炫耀的成熟稳重。一样的皱纹爬上眼角额头,女性就是,再美女性也在岁月天敌面前逃不脱豆腐渣的命运,充满花朵即将谢去的无助和无奈,而男性则是一道皱纹就是一番的岁月洗礼,是阅历和魅力双重添加的光荣印记!一样的体重增了,肚子大了,女性就是苹果或水桶腰身,有碍视觉,甚至被鄙视为不能保持"盈盈一握楚宫腰"的粗俗,而男性却被认为,肚子大一点好看,更有官相富态,是一种拥有财富与地位的形体张力。

这样长期被建构和强化的男女有别、双重审"龄"标准,一方面无形当中抬高男性的性别自信,甚至把一定的年龄当成追求年轻貌美女性的资本,另一方面却在不再年轻的女性心中添加自卑,别说去获取比她年轻的男性爱情,就是面对同龄或略大一点的男性都缺乏性别底气。我国年龄对婚配的刚性约束就是源于这种双重标准,它固化了男大女小的婚配年龄组合,使得男女两性,特别是女性失去大小年龄都可以说爱择偶的人生机遇,严重地制约本可以拥有的有效婚姻市场供给!提倡男女平等,就是在坚持两性彼此尊重与欣赏的前提下,全面认识这种双重标准的性别危害性,重建两性平等的与年龄相关的审美文化,突破人为的带有对女性性别歧视的年龄限制,为两性情爱与婚约的产生与发展开拓更大的更合理的年龄空间!当然我们还要科学识别特殊的生理结构和辛苦的生育过程可能带来对女性的身心与外貌的影响,用更多的呵护、陪伴与分担,来防止女性的过早衰弱,来延缓老化的速度!

另外,我们还要坚持婚姻质量与幸福的原则,在充分发挥各种择偶条件匹配或互补的正向作用的前提下,有组织地推动生物学、生理学、心理学、婚姻家庭社会学、经济学、管理学和女性学的多学科联合研究,在提炼现实婚姻生活经验和进行婚姻心理学比较实验的基础上,寻找最佳的婚配年龄组合。以前有人提出两种最优婚配年龄差的估计方法:一是把女性年龄乘以1.25,如果你是 20 岁的少女,那么嫁给 25 岁的小伙子最合适;二是把男性年龄除 2,然后再加上 9,如果你是 30 岁的男性青年,那么娶 24 岁的姑娘是最佳选择。

欧洲科学家也发现,能强有力维系婚姻的最佳情侣模式,是男女双方均受过高等教育且无离异史,同时男方比女方年长 5 岁以上。他们认为,妻子比丈夫小 5 岁以上是最不容易产生婚姻矛盾的年龄组合,这些组合的离婚率只是其他婚姻的六分之一。本人也曾经分析过,把男大女小婚龄差距拉到 5～10 岁,可以推高婚姻质量和幸福水平,因为这样的婚龄组合,会延长女性在婚姻交换中的资源优势,改变她们的婚姻地位;扩大夫妻优势互补的

共享空间,增加婚姻收益;还有增强夫妻关系的内在弹性,减少婚姻冲突。现在看来,这些观点都缺乏社会性别意识,多少存在男女不平等的价值倾向。因此,我们接着更要关注和探讨的是,女大男小的姐弟配是否也存在一样的甚至更大的年龄差所带来的婚姻效益,一旦姐弟恋情发生,又该如何快乐面对认真发展,华丽地走向马克龙的幸福婚姻之旅!

总之,在同时坚持男女平等与婚姻幸福原则的条件下,未婚男女既可以突破传统的婚龄差距设置,又能够根据个人的实际情况进行婚龄组合的最优化,必将大幅度增加两性的谈爱择偶的机会,同时还会通过婚后生活质量与幸福指数的提升,更有力地保障婚姻关系的可持续发展!"兄妹情"与"姐弟爱"都是婚恋领域值得去追求、去领略的好风景!

平等与稳定

在我国当代婚姻实践中,2017又是一个结婚率下行而离婚率走高的年份。家庭是社会的细胞,而家庭本身的存在与健康,又取决于人们的结婚热情与婚姻稳定,所以如何提高结婚率和降低离婚率成为我国新时代家庭建设的一大任务。

(1)现代"围城"的尴尬

据统计,2017上半年全国各级民政部门和婚姻登记机构共依法办理结婚登记558万对,比去年下降7.5%;依法办理离婚登记185.6万对,比去年同期上升10.3%。这一增一减共同推高了以离婚结婚比计算的婚姻不稳定性,从2013年的19%,持续提高到2017年的33.3%,即每平均结婚三对,就有一对离婚,接近世界中高的离婚率水平。

显然,离婚规模大、离婚增速快以及离婚造成的个人、家庭和社会影响深,是我国婚姻不稳定的三大特点,它和我国素来重视婚姻的文化传统、和这些年越发重视家庭建设的社会导向的背离,是婚姻这座围城在经济、社会与文化多重转型中面临的一大挑战。

(2)劳燕分飞的原因

作为人类最早建构的制度之一,婚姻既在历史进程中为社会稳定发展做出巨大贡献,又在经济发展社会变迁中面临自身稳定的问题。钱钟书先生的"围城说"道出了婚姻解构的一个重要原因,即对婚姻的过高期待和缺乏实际了解都可能让夫妻关系半途而废。西方经济学家和心理学者沿袭了这样思路,逐渐形成了婚姻社会经济学与心理学解释。社会学也很早介入婚姻领域,成为当今最重要的学术力量,它主要从婚姻传统功能弱化或被替代、婚姻观念的变迁、婚姻赖以存活与发展的社会大环境的结构变化等方面分析现代婚姻的稳定性。

但是,以往研究都存在一个缺陷,就是没有透过婚姻现象看到两性关系的本质,较少从社会性别视角出发,挖掘婚姻不稳定的初始原因。

人们把当今离婚率走高简单地归结于 6 个原因,即购房需要、不良嗜好、婆媳不睦、性格不合、家庭暴力和一方出轨,就是一种缺乏社会性别意识的研究表现。其实,传统性别文化与制度所组构的男权意识与资源配置格局才是最根本的原因。尤其是不联系传统性别文化与制度,也解释不了,为什么在占离婚总数 69% 的协议离婚中,接近 80% 是女方提出来的。

"男强女弱""男主外女主内""男人四十一枝花,女人四十豆腐渣"等传统性别文化和价值取向依然对婚姻市场产生滞后性影响,加上经济下行就业压力加大,并向女性性别转嫁,婚姻初建中的女低男高的、实惠型的高嫁模式依然通行,而年龄的刚性约束又迫使条件优越的女性接受低嫁的安排,进入婚姻后"男主外女主内"的生活格局,进一步扩大了前者的男高女低性别差距,她们或者有条件性地被离婚或者忍无可忍地自己选择退出;对于后者,男性的滞后发展推高了她们的社会心理落差,一个肩膀家庭社会双挑的压力欲罢不能,最后主动撤离成了唯一选择。

所以,传统性别文化还没有完全退出,男女平等基本国策才初见成效,二者交织在一起,一方面加重高攀女性的情感代价,另一方面提高发展态势良好女性的机会成本,这才是这些年离婚率持续上浮,更多的已婚女性选择退出的真实原因。

(3)稳定婚姻的思路

以上论述告诉我们,全面落实男女平等基本国策才是现代婚姻最有效的稳定器。在社会层面,男女平等价值观要进入公共决策与立法领域。在微观层面,要把男女平等基本国策引入到家庭和婚姻过程,转化为先进的家策与家风,推动性别平等的家庭和婚姻文化与制度的建设。

在恋爱择偶阶段,力争用更好的学业背景和职业发展状态进入,不以攀高为荣,不以美貌抬价,把物质的门当户对转化为更多的情感吸引与价值趋同,用平等的恋爱迎接平等的婚姻,以建立在价值观趋同上的彼此情感依恋为未来婚姻生活奠定更加坚实的爱情基础。

在婚姻生活推进之中,要把你外我内、家务独揽的习惯分工让位给对家庭生活与社会活动平等参与的现代模式,要么事业上比翼双飞、家务上共同承担,要么识别和发挥比较优势,在性别平等原则指导下,对婚姻资源进行最优组合与配置,既把经济学家担忧的情感化的婚姻边际效用递减转化为递增的态势,提高婚姻边际爱情收益率,又互相支持与配合,确保婚姻生活产出的最大化!

在婚姻出现危机的时刻,还是要冷静以待,坚持用男女平等意识来面对。我们往往能够接受男高女低的嫁娶模式,但不能容忍女高男低的婚姻组合,丈夫因为妻子发展更好而觉得没面子,妻子因为丈夫事业滞后职位低下而感到不匹配,其实都还是传统性别观念在作怪,如果已婚女性只是因为这个发展差异及其思想负担而提出协议离婚,那不能看作是男女平等基本国策贯彻落实的成果,更不应该加以宣传与提倡。所以我们还要把对性别平等意识的理解提升一个高度,即倡导英国女王和撒切尔夫人的婚姻精神,丈夫以妻子发展更快更好为荣,并退居二线甘当绿叶,妻子因为自己发展更快更好而感谢丈夫的支持,并不忘回家分享收获。

陪　伴

一早走完既定距离的健身路程,顺便拐到位于上街金屿村的农贸市场买些青菜,在路过一个中高档小区大门口时,看到一位小孩拉着年轻妈妈的衣角,在静静地等待着,而母亲正全神贯注在她的手机上……我都走过去了,还是忍不住又走回来,对这位母亲说:"小朋友多么希望和他在一起的时候妈妈能不玩手机啊!"这位妈妈一脸淡漠,没有理我。我是担心,被忽视久了孩子会不会自己跑去玩,万一走远了,万一不懂得闪避门口越发繁忙起来的交通……

不过还是要感谢这位母亲,她把周末时间给了小孩,让孩子因为身边有了妈妈的陪伴,多了一份温馨与快乐!

陪伴,我们一生当中都离不开陪伴,由于现代生活节奏加快,扮演角色多元,我们似乎越发渴望陪伴,小的时候不仅期待妈妈把我们搂在怀里,还想望父亲把我们高高举起,然后还可以骑在他的脖子上,坐高望远;转眼进入托儿所、幼儿园,我们把含着泪水的感激送给老师或阿姨,感谢她们陪着我们等待迟迟还不来接我们的妈妈爸爸;爸爸妈妈不幸离婚了,没了安全感的我们多么渴望继母继父也能够像陪他们亲生孩子一样陪伴着我们;进入青春期,尤其在学习紧张的大学校园,我们又是多么期盼爱情的陪伴,期盼把每一天都过出浪漫与温馨;还有产房待产的陪伴、生病待愈的陪伴以及进入晚年、弥留之际的陪伴。如果我们没有陪伴,或者别人不需要我们的陪伴,那都将多么孤独,多么没有安全感啊,甚至连幸福也失去本来的意义。

当然,尽管我们渴望陪伴,但不希望这是一种心不在焉的陪伴,一种不能和你对视、对话、分享悲欢、共度时光的陪伴,一种把所有的注意力都放在手机上、纯粹应付敷衍的陪伴。我们不仅在意陪伴的次数、时间长短,更重视陪伴的质量,即你的陪伴需求与他的陪伴供给真正意义上的对接,并通过这种有效对接让双方都获得满足,获得愉悦与幸福。

夜晚突然停电,孩子扑进妈妈的怀里,妈妈也伸出手搂住孩子,并轻轻地安慰他别怕,这就是一种有质量的陪伴。在月光如水的夜晚,妻子特别想喝酒,丈夫不仅给你倒上一杯你最想喝的酒,也给自己倒上一杯静静地陪你一起喝,而不是不管不顾,还扔下一句:"你最近怎么像酒鬼啊!"这也是一种富有质感的陪伴!每回走过马路,你们总是拉着手彼此提醒,每回情绪低落,你们除了安慰还有具体调适的办法,每回想念对方,不仅随时可以尽情表达,甚至立即出发,彼此制造惊喜,这种不受边际效用递减规律作用,用生命历程反复呈现的相依相偎更是一种极其稀缺的陪伴。

端正陪伴态度,强化陪伴意识,特别是提升高质量陪伴的能力,应该成为人生的一门必修课,应该成为贯穿到生命过程各个阶段的情怀与修养。

在社会把高质量陪伴也纳入人们对美好生活追求的一个重要内容,成为我们现代生活质量的一个不可或缺的组成部分的同时,我们要认识到,陪伴是一种动态的存在与需求,它有很强的时间性或生命阶段性,你错过了,就不能弥补的,像陪伴孩子的成长,是无法在他们长成后再补上的。陪伴还是一种双向互惠的过程,只把它当作一种社会责任是很难可持续的,互愉互勉的陪伴、解困解难的陪伴、共济共享的陪伴等,都是一种社会信任的建立,一种彼此成长的见证,一种幸福放大的合作!

至于高质量的陪伴更应该得到更多的意识倡导和能力培养。只有陪伴热情,不讲究时间节点、场合和方式,只注重通过市场购买陪伴,不重视亲力亲为,只追求样式创新,如宠物、互联网,甚至智能机器人陪伴,不强调真情实感投入的人与人之间的陪伴,到最后都可能出现不尊重、不平等、缺乏真实与感动的结果,导致人类对陪伴真正需求的异化,还有陪伴给人类带来正向功能的退化!

陪伴是人类与生俱来的一种需求,我们不仅要正常地释放这种需求,还要好好地培养满足这种需求的能力,时时用高质量的陪伴实践,提升人类彼此陪伴的层次和内容,让我们一生没有孤独,只有你我同在的两情相悦!

婚生之忧

国家统计局最近发布的人口数据显示,2018 年我国出生人口 1523 万人,比 2017 年整整少了 200 万,而且还创下了 1961 年以来的最低水平。如果再减去大约占比一半的二孩,那么出生人口其实还不到 800 万,出生率降为 5.5‰。

有关方面给出的解释是,育龄妇女持续减少是首要原因。2018 年,我国 15～49 岁育龄妇女人数比 2017 年减少 700 余万人,其中处于 20～29 岁生育旺盛期的育龄妇女减少 500 余万人。也有人口学者认为,还和"90 后"年轻育龄妇女推迟婚育、生育决策时更加谨慎和理性以及抚养孩子成本过高有关,传递出更多的是对出生人口负增长的担忧。

其实,在婚内生育文化悠久、婚姻和生育紧紧捆绑在一起的我国,生与不生、生多生少主要还是取决于结婚的意愿和婚姻的质量,不想结婚、推迟结婚、想结婚又迟迟结不了婚、还没生育的闪婚闪离以及来不及生二孩就分开,等等,都会直接或者间接地影响到生育数量和人口增长。如2017年江苏人口平均初婚年龄为34.2岁,其中女性34.3岁,还大于男性的34.1岁,基本上越过了生育能力最旺盛的年龄。又如2017年以离婚结婚比计算的全国离婚水平高达34.87%,有15个省市自治区超过全国的平均水平。所以,婚姻之忧要大于生育之忧,刺激婚姻要先于刺激生育!

要保护和调动未婚人口步入"围城"的热情,首先依赖于现存婚姻的内部和谐和外部示范。许多跨国研究结果已经证实,结婚率是和离婚率呈反向关系的,婚姻内部越不和谐、婚姻关系越不稳定,结婚意愿越可能走低。经历父母低质量婚姻或者劳燕分飞的孩子,一般抱有对婚姻的忧虑和恐惧,缺乏按时进入婚姻关系的积极性和主动性,甚至拒绝异性亲近、姻缘机遇,不想重演父母的婚姻悲剧。从这个意义来说,现存婚姻的状况对生育起着双重的作用,一是本身可以给二孩、多孩生育提供机会,二是强化婚姻对年轻人的吸引力,让他们能在最佳育龄的时候就积极顺利地进入婚姻关系。

现有婚姻的健康存活和有质量地运行特别需要突破传统的家庭结构或者关系格局,把过去处于家庭核心地位的以血缘作为纽带的代际关系,让位给以感情作为基础的夫妻关系,重新营造一个以婚姻关系为中心、人人都关心和维护婚姻稳定的先进家庭文化,引导每个家庭成员既不要延续传统,用老年权威挤压婚姻关系,也不要孩子为大,用亲子关系捆绑婚姻关系。之所以对家庭关系格局进行这样的调整,是因为与代际的血缘关系对比,夫妻的社会关系相对不太稳定,在家庭内外各种因素的作用下出现波动的可能性要大得多;与此同时,婚姻关系的和睦与稳定又是维系和呵护好代际关系不可或缺的核心力量,夫妻失和、婚姻破裂往往导致资源分化、家庭失能,无法担负照料老人、看顾孩子的代际责任。因此,注重家庭首先要注重婚姻建设,注重家教首先要注重婚姻教育,注重家风首先要注重婚姻价值。可以说,每多一份对婚姻重要性的思想认识和对婚姻关系建设的资源投入,都会产生更多的有利于代际利益实现和家庭整体发展的结婚意愿和热情,还有夫妻情感溢出与家务合力。

　　婚姻的幸福还需要把男女平等的基本国策细化为具体的家策,贯穿到婚姻与家庭生活的全过程和多方位,彻底改变过去基本上由已婚女性操劳的单性别负责制。妻子走向社会也拥有一份创造收入的职业,意味着丈夫也要回归家庭分担一些事务,如果妻子更适合家庭外部的职业发展,拥有更大的潜力为家庭提供更多的经济收入,那么理性的丈夫还要由衷地支持这种性别比较优势,主动承担起更多的家庭责任,甚至也可以回家做一个家庭主男。在夫妻双职的时代,协同养家、合作持家和齐心顾家才是需要提倡和践行的新家风。

　　更为关键的是,整个社会都要把每一个家庭的婚姻大事和夫妻和谐作为不可推卸、共同服务的公共责任,在各种决策、各项活动、各式场合中体现和践行婚姻意识,支持和善待已经建立起来的每一个婚姻。最大限度地减少越发常规化的加班,把业余闲暇和周末时光还给婚姻与家庭;干部异地交流一定把婚姻也带上,让他们能够就近回家享有正常的婚姻生活;表彰先进人物召开单位年会不忘邀请他们的配偶,在现场向他们说一声谢谢;在宣扬和讴歌政治忠诚、国家忠诚和事业忠诚的时候,也不忘强调和赞美婚姻忠诚……我们既要尊重每一个人的婚姻自由,更要为每一份结婚热情、每一个婚姻幸福去尽力相助、尽情相帮,一个婚姻友好型的社会一定不会有生育之忧的!

大　姐

　　已经 70 岁高龄的大姐今年依然走在我们上山给父母扫墓追思的队伍里,看着满头白发、腿脚不那么硬朗的大姐,我的思绪又回到和大姐在一起生活的时候……

　　生男偏好明显的母亲连续生了 9 个女孩后,才有了我——叶家的第一个男孩,遗憾的是,也许那时医疗水平低下,加上母亲能生但不善养,9 个姐姐只存活了两个,送给别人家的二姐,和最后进入还有 4 男 1 女弟妹生活的大姐。由于母亲过多生育,身体不好,照料我们弟妹的责任其实都落在大姐的肩上。

父亲很喜欢大姐，但却用较为落后的意识进行固执的干预。他担心女孩子吃不消，不让大姐去上山下乡，已经念高中的大姐从此与大学无缘，其实大姐书念得最好，而且非常勤奋，几乎每天都是起得最早，先起煤炉烧煮早餐，然后一手抱着最小的弟弟，一手捧着书背记俄语单词。父亲还把大姐嫁给年纪略大一点的表哥，说这样亲上加亲，当然表哥还是老三届的华东师范大学毕业生。记得小时候，大姐悄悄落了两次泪，一次是不能去下乡，没了自己编织的前程，再一次是不能自主婚事，没了自己选择的情感！那时带泪的顺从，也许是大姐对父母爱与孝的一种表达！

大姐很疼爱弟弟妹妹，当年不愿出嫁，舍不得年幼的弟弟妹妹也是一个缘由。那时的大姐比较结实，胃口也很好，但她总是把好吃的留给弟弟妹妹，让我们吃好吃够吃得开心。大姐几乎统揽了家里的重活与脏活，我还记得，大姐每天端着大号马桶，从后院穿过中厅和前院，歇一下后再走过一个小桥才到保洁的地方。每到夏天的傍晚，5个弟弟妹妹在一个加大的木桶边排队，等着大姐给我们一个挨一个洗澡。最让我不能忘记的，是一次大姐带我们去看电影，电影院人多秩序乱，我们都被挤哭了，大姐为了保护我们，用她的背和两只手臂顶住拥挤的人群，把弟弟妹妹圈在她怀里，硬是给我们腾出入场的空间……大姐无微不至的爱护和照顾，让我们从小接受的是两份的母爱！

大姐出嫁后，女性善良与娘家声誉是她向自己的婚姻和家庭不断注入情感与责任的重要渠道。她在做一个称职的江岛小学教师以及后来的家乡供销社职员的同时，几乎把所有的时间、精力和家庭资源都投放到丈夫和孩子的身上，而且还一直惦记和不时回娘家，看望和照顾越发年迈的父母，唯有对自己特别简朴，省吃省用，甚至为了省钱，出门别说打车，连公交车也尽可能不坐……升级为奶奶后，她又把牵挂转移到两个孙子身上，尽自己最大的生命所能，协助儿子和儿媳妇，把他们都成功地送进大学的校门！

大姐也有机会参加中学同学聚会，找回年轻时的感觉，为自己添加一份快乐，但她一次都没去，她说："我这一生太平常了，我不想让同学们因为我的平淡无成而感到惋惜与失望！"

我已经从大姐女同学那里拿到联系的电话，下次再聚会的时候，我一定开车陪大姐去参加，我要大声地告诉大姐的同班同学，我大姐这一生是崇高和幸福的，因为大姐的自我牺牲与无私奉献，她的母亲快乐地活到 89 岁，她的 5 个弟弟妹妹有 2 个上了大学，她的子辈有 5 个上了大学或留学，她是我们整个家族贡献最大，也最受大家尊敬和感恩的大姐！

亲爱的大姐，我们爱你！我们衷心地祝福你和姐夫健康长寿，我们还要你带着我们经常去看电影！

成熟的婚姻

周一，18 点 17 分，"我还在开会"。19 点 41 分，"我终于开完会了"。19 点 47 分，"我 8 点前回不到家"。21 点 45 分，"秋秋要求我给她做个皇冠。"……

这是已经怀孕 8 个月的大女儿的一段微信留言，工作与孩子是每一位职业女性无法回避的性别挑战。

女儿的职业热情一直居高不下，从美国宾夕法尼亚大学本科毕业后，就进入德勤，几年来为公司外包项目四处出差，也利用周末游玩了许多国家，后来在曼哈顿结识男朋友，在纽约市政大厅领了结婚证，和夫君一起回到国内，转到位于上海的意大利费列罗中国公司工作，2012 年有了大女儿秋秋，现在怀着的是二孩。

其实对大女儿，我期待她继续念博士，然后在美国大学当教授。但她自顾自地胸有成竹地走着自己的人生之路，即使知道老爸是研究婚姻和生育的，也从来不咨询老爸，恋爱、结婚、第一个孩子、第二个孩子，就这样从从容容地走过来了。

全面二孩生育新政出台后，我写了好几篇文章，什么新政遇冷、职业女性纠结、生育成本社会化、女性权益保护等，可对就在自己身边的生育个体却不够关注！

前天中午我拨通女儿的手机，没有接通，却发过来一条微信："刚开完会，我先吃个饭，再打给你。"这时已是下午 1 点 44 分。

半个小时以后,我们终于有了一段关于二孩生育的父女对话。

海文:"没想到女儿还有比较高的生育热情,当初决定生二孩时,你是怎么考虑的? 又怎么和先生钟凌商量的?"

女儿:"我一直就想要啊! 因为我自己有妹妹叶菁相伴,拥有很多快乐,所以不能让秋秋感到寂寞呀!"

女儿:"不用商量啊,结婚前都没能在生育上想法一致,那是不成熟的婚姻,在一起生活,拥有一样的价值观非常重要。"

海文:"那为什么是在这个时候生老二呢?"

女儿:"哦,秋秋长大了可以上幼儿园,白天都在那里,爷爷和奶奶就不会太辛苦,不然顾不过来的。"

海文:"作为一个职业女性,难道在生育问题上,都没有纠结与迟疑吗?"

女儿:"有啊,就是在国内的生育成本太高了。现在我住的房子一个月租金 8800 元,秋秋上幼儿园一个月要 7000 元,还有孩子吃的穿的用的不放心国内供应商,都要从美国邮购……经济压力是蛮大的。"

是啊,而今中国,一对年轻夫妇,一套房子,一个孩子,就会被紧紧套住,确实不轻松! 没有就近廉租的住房,没有孩子照看和抚养成本的社会化承接,他们的二孩生育热情是燃烧不起来的。

亲爱的女儿,你辛苦了,也谢谢你总是凭借自己的力量去完成自己的事情,当然钟凌给你的爱与情感支持、钟教授和你婆婆给予你的全力帮助和对小秋秋的尽心照顾,也是绝对不可或缺的,非常感谢钟凌、钟教授和亲家母!

亲爱的女儿,老爸在有福之州衷心地祝福你,祝福你那和谐互助的家庭,让我们一起期待着八月的桂花飘香,那一声响亮的小生命诞生之歌,将把所有的纠结和辛苦都变成我们一起紧紧拥抱的人间欢乐与家庭幸福!

一个丰收的五年

2012 年 7 月 18 日,坐落在上海东安路、复旦大学上海医学院左侧的四季园小区,用盛夏的热情迎来一对年轻的夫妇,他们住进 1 号楼 1802 的二居室单元!

2017 年 10 月 18 日,数名工人把百多个纸箱搬离这个居室,装入停在楼下的 TAM 搬家公司的集装柜,年轻夫妇和他们的两个孩子,还有爷爷奶奶,带着 10 多个大小行李箱,一起依依不舍地离开了四季园。

在过去 5 年 3 个月的日子里,四季园给了这对夫妇彼此相爱和富有情趣的婚姻生活,而且分别在 2012 年 9 月 3 日(也是他们结婚一周年纪念日)、2016 年 8 月 20 日生下一个叫秋秋的女儿和一个被外公叫着小太阳的儿子。现在 5 岁的秋秋已经入读幼儿园,在兼修钢琴和舞蹈的同时,还特别喜欢画画,已经有了不少小作品了;1 岁 2 个月的小太阳也开始迈步行走了,虽然还蹒跚摇晃,但脚步越发灵活有力了! 可爱的他还长得和姥爷相当形似,外公为他写下了好几篇爱意满满的微信短语。

四季园还给了他们和谐与融洽的婆媳关系,都在武汉理工大学工作的爷爷奶奶一退休,立即东移上海,不顾年迈体弱,承担起全职看护照顾孙女孙子的重任。在高层居室里、在小区的儿童游乐区、在上学的路上,甚至周末出外休闲,到处可以看到他们精心看护、仔细照顾孙子女的动人场景。奶奶给孙女洗好澡后,爷爷紧接着用电吹风把孙女的头发吹干;奶奶喂完小太阳饭,还要给他洗浴,陪他入睡后,才放心吃晚饭;为了孙子女能安然入睡,不至于受凉或过热,他们给电风扇贴上复印纸挡风,给台灯披上纱布遮光;身为教授的爷爷还不厌其烦地辅导小孙女学习,让她跟上幼儿园的培养要求和教学进度;一旦小朋友打免疫针或发烧生病,爷爷奶奶更是不辞辛苦,比对自己的冷暖还要用心护理与无微不至……他们心甘情愿的劳累憔悴了自己,换来 5 个年头、2 个孩子的健康成长与快乐生活!

也许还值得一提的是,四季园不仅见证而且还赋予他们体现生命价值的职业发展与自我完善。男主人克服胃病给身体带来的影响,长期坚持业余攀岩健身复康;他把钢笔画的技巧用于对上海工作与生活的动态描绘,留下一张又一张富有诗情画意的美好记忆;他还初心不改、努力工作,用良好的建筑师业绩与和善共事赢得老板和同事们的喜爱,获得从上海分公司调往纽约总部的发展机会! 女主人更是在连着生育两个孩子的同时,紧握职业发展的抓手不放,既换了一个更高薪的工作,又把职位提升到更高的层次,还以自己的能力、经验和抱负得到现在履职公司和即将加盟的北美公司老板的共同赞誉和欣赏；尤其让人欣慰的是，她和男主人一样，感恩之心更加饱满，在跨国搬家如此忙碌的时候，不忘腾出时间和同事一一谢别，不忘用各种方式给提供支持和帮助的亲朋好友传递感激之情，不忘为家里请的钟点工阿姨写一封中英文推介信，祝福她能够尽快找到新的雇主，更不忘向小秋秋的老师们，包括从托班 Creation Station，到 Okiki 胡姬港湾丰谷园老师，再到小乐家钢琴竹老师和四季园舞蹈汤老师，表达家庭的谢意："Thank you all for making her learning experiences so wonderful。"

我们依然年轻的夫妇很快就要带上爷爷奶奶、秋秋秋弟登机飞往国外工作与生活了，相信四季园的生命经历与婚姻家庭生活过程将会给他们带去很多非常正向的关于生活与工作、婚姻与爱情、家庭与发展的启迪与感悟，善良、感恩、进取、敬业、彼此相爱、饱含诗意，将是年轻人永远立于不败之地、让生活与工作充满幸福与希望的文化素养和精神支柱！

亲爱的四季园年轻原住户，衷心祝愿你们一路平安，前程似锦，岁月静好，阖家幸福！祝福小秋秋小太阳姐弟携手，迎接转变，心存喜乐，健康成长！

也衷心感谢美丽的四季园小区，恭祝你四季如春，永远如家！相信他们一家还会回来，用他们的人生进取和家庭荣誉，表达对小区的感恩，对祖国的怀念！

四川女工

又起个大早，上洪塘大桥时，一排的照明桥灯还亮着，不时与路过的车灯交相辉映。

走过大桥，又拐进敞开着大门的大桥扩建工程部的办公和宿舍区，几个早起的工人正在那里洗漱。本想穿过场地，从另一个也敞开着的大门出去，无意当中发现就在右侧已经深挖下去的砂石路沟边，一位女工正在那里静静地给一节钢管添加东西。本想着远距离拍一张照片就离开，最后还是好奇地向她走去。

"早上好！你在做饭？"

"哦，不是的，做饭在路的那一边，我是在做工呀！"女工像拉家常一样友好地回答我。

我明白了，也像前两天在桥上遇到的女性一样，是随钻孔打桩的丈夫来这里帮工的妻子。她的打扮要更加时髦一点，上身是一件敞着的白色绣花衫衣，下身一袭黑色长裤，脚上还是一双淡棕色拖鞋，很黑很密的头发往后扎着，那绿蓝色发筋一下子把她点亮了，如果不是那黝黑的脸色、粗粗的手腕，还有当作板凳坐着的水泥桶，真的看不出是在建桥工地上劳作的女工。

我边拍着照片，边和她说话，她一直和善地回应着，偶尔露齿的微笑，还是闪现出没有被辛苦劳作全部遮蔽的温婉。

"我是 70 年出生的，来自四川。""哦，原来还是川妹子呀！"我脑海里闪过她的四川姐妹邓婕、张歆艺、戚薇，还有王子文。

"我小学念完就回家了，成绩不好，家里也没钱。当初才 13 岁，就是用和这种水泥桶一样的桶，挑粪种玉米，帮忙家里干农活。"

"后来我 22 岁就出嫁了，连续生了 6 个孩子，可是前面三个都是生下来不久就夭折了，现在老大和我一样，也是早早就出嫁做母亲了，老二也是女孩，正在念会计专业的五年专，最小的是儿子，在武术学校念初中，希望今后去考军校。小孩都在念书，需要钱，所以我也出来打工了。"

正聊着，来了一位个头并不高，但笑容可掬的男人，显然他就是这位女工的丈夫。我问他是哪一年的，他妻子抢先把丈夫的年龄告诉我，"他是 73 年的，比我小三岁"。这位四川汉子还有点不好意思，又笑开了。我说，好啊，女大三抱金砖呀！

有了妻子的陪伴，即使跟着建桥工地四处流动也不孤单，干活很艰苦，但歇工后家的温暖能不苦中有乐吗?! 有了丈夫的协力，即使远离儿女心里也是踏实的，一个一个桥墩尽快打出来，那就是一个一个学期的学费呀。从不时闪现在丈夫脸上的笑意，从一直流淌在妻子言语中的知足，我强烈感受到一对辛苦夫妻的朴素追求，那就是同甘共苦，去满足孩子的需要，让家庭有未来！而且女工比起原生家庭已经有很大进步了，她没有让二女儿止步于小学教育，而是把她送进五年专。

我觉得，自己被眼前的这一对夫妇感动了，我说："谢谢你们远道而来为我们辛苦修桥，我祝你们即将到来的中秋节快乐！"

告别他们又回到洪塘大桥的旧桥上，徐徐升起的夏日太阳已经把整个扩建大桥照亮，包括刚刚认识的来自四川的打桩夫妻。在走回闽都大庄园的路上，不时从新桥上洒落下来的电焊火花，把我带进对四川女工未来的进一步遐想之中：工程承接单位能不能调整一下大桥工程人员的薪酬结构，适当上浮对这些打桩工人的报酬，让他们具有更强的经济能力，去支持孩子拥有更好的教育。还是工程承接单位能不能改善一下这些承包性质的打桩工人的生活条件，让他们辛苦劳作之余，有一个更好的家庭生活和婚姻互动的环境。

让孩子拥有最好的教育显然是这些流动打工家庭发展的希望所在，而在孩子学习成长当中不缺父爱母爱又是关键的关键。工程承接单位是否能通过一些制度变革，增加这种人文关怀，如通过与建设单位联手、汇合当地的公共资源，让工程技术人员的未成年孩子也随父母来到建桥的地方，一起生活和接受更好的教育。我们架设的桥梁不仅仅跨越自然屏障构筑交通便利，还应该连接情感维系守护家庭完整，连接教育路径保障孩子成才。

而作为女性，整天超负荷地在大太阳下劳作，真的是太为难人了。所以我还告诉四川兄弟："你妻子就这样一个心眼、一嫁一辈子、无怨无悔地跟着你，一样干重活吃大苦，你可不能辜负她，还要在生活中好好地爱惜和照顾她。"每一个有家的女性其实都是冲在最前面的旗手，她不倒下去，永远是一个家去占领更好发展高地的最大希望和激励。我们既要赞美女性超乎想象的性别韧性，讴歌女性倾其所爱的母性崇高，更要在生活、工作还有情感上去关心爱护她们，让她们更健康、更快乐、更幸福，母亲的笑意才是家庭最美丽的烟花！

就要到闽都了，我把最后一句话留在了洪塘大桥的扩建工地上：

"尊敬的川妹子，福州男人向你致敬！"

音乐之门

这是一位让人生发敬意，又被他感动的男人。

和 66 岁的他一起生活的有已经 96 岁高龄但思维依然清晰的老母亲，有当年和他一样是插队知青的站在水上放木排的女水手，还有在寻常家庭根本不可能拥有的而且是自己亲手建造的音乐世界。

曾是"神采飞扬、帅哥一枚"的他（当年一起下乡的一位女知青的描述），当年从福州北上到建宁上山下乡，很快在他身边就聚集了不少追求者，但是他却出人意料地迎娶了因工受伤、人生落入低谷的放排女知青，并一路携手走到今天。

他没有像其他知青一样的人生幸运，从广阔天地直接走进大学校门，或者成为工农兵学员，或者成为改革开放恢复高考后的第一届大学生，但是他却通过自学，成为精通电子知识和音频放大的技术能人，在他的客厅里摆放着大小不一、更新换代的十套音箱，与之相配套的用真空管组装而成的可以做到零失真的音频放大器，还有一整套测试音响失真度的仪器设备。男主人告诉我们，那最早的一对音箱是在 30 多年前制作的。可以想象，在摆满零件、电线和各种工具的制作平台上，洋溢着多少这对知青夫妻当年根本无法想象的、来自电子的人生快乐。

他也没有一代又一代"音乐天才"的时代机遇，走进高等音乐学府，登上"青歌赛"和各种各样的表演舞台，但是他却用长久不懈的激情和音乐结下近半个世纪的缘分，在客厅特别设置的书架上整齐摆放着 2000 多张的音乐 CD、DVD 和 SACD，每天在这里都飞扬或低放各种音乐，穿过窗门，越过小区，环绕着不远的屏山之巅的镇海楼，回响在被绿荫覆盖的北峰山。

谁也没有想到，几年前的一场车祸，却让帕金森进入他的生活，他那挺拔的身材慢慢佝偻了，灵巧的手指不能伸展开了，连说话的声音也不那么清晰了，知青妻子不仅要替代他制作音响设备，还要帮他喂饭洗漱、照顾起居……但是，当昨天午后我们到来时，一点也没有感受到悲伤和无望，反而从老母亲的坦然、妻子的静好,特别是从男主人平静的眼里慢慢再现出来的精神和风趣,被深深感动的我们看到了浪漫和希望。他从靠近 CD 书架座位上站立起来,就一直弯着腰带着我们慢慢地走进由电子和音乐完美组合起来的人生。我看到,不知道是因为对过往岁月的怀想引起的内心激动,还是长时间站立产生的身体辛苦,他的上半身几乎都湿透了,汗水沿着脖子滴落下来,还挂在脸上的汗珠在秋后的阳光里闪现着晶莹的亮泽。在他妻子的帮助下,我们陆续听到降央卓玛的最美女中音、西方的"晚霞中的大提",还有被他高评为有创新意义的中央音乐学院教师小草的"琴歌"……也就是在这样深秋午后的音乐欣赏中,我们之间有了一场轻松但颇能引发思考的对话。

我说:"我要写一篇微文,向您致敬!"

他说:"请向电子和音乐致敬! 因为有了音乐,我们人类才有色彩,今天的生活才更有幸福感!"

我说:"因为音乐,时光在您这里停住了脚步,您会永远年轻的!"

他说:"至情至理,稿费三倍!"

他还说:"一带一路、人口老年化,这是社会的大格局,我们也许改变不了,但老年化社会的到来并不可怕,我们这些老人还应该追求自己的幸福,不仅仅去跳广场舞,还可以欣赏音乐、学习电子技术和制作等。漫长的历史进程、悠久的文化传统都是我们的优势和经验,在老年化的国际进程中,我们中国要有独树一帜的贡献,要多歌颂今天的时代!"

他轻轻地告诉妻子,再换一片 CD,然后对我说,最后再放一首不是情歌的"琴歌"给我听! 哦,请站在两个音箱的正中,即声响发出的交叉点,那里的音质效果是最好的。

不忍心累了他,我们依依不舍谢别。他坚持要从 11 楼把我们送到地面。在他妻子的搀扶下,我们一起和电梯徐徐降落。他告诉我们,现在每天都要服药,但就在不久前我们还去西藏旅游了 20 多天。我要感谢上帝,是他给我开了一扇门,这就是音乐之门。

看着相依伫立在高层楼道出口处,一起从广阔天地归来的知青夫妻,我再次挥起告别的手,但我知道,对他们的深深祝福已经永远地留在我的心里;我还知道,其实他是最有幸福感的,因为还可以像小孩一样,依偎在母亲的怀里,一起听音乐,因为还可以和妻子一起制作最好的音响设备,让更多的家庭被音乐之声充满。

山东好男人

在好男人的地域版图里,我通常列举的是:上海好男人、福州好男人、成都好男人,今天要把山东好男人加上来,好好夸一夸。

当年北闯关东、南下福建的山东男人,经常被刻板为"煎饼卷大葱"、五大三粗、"一直喝"、从不遮掩大男子主义倾向的一方汉子。其实好多好男人应该具备的德行修养,甚至连以细致著称的上海好男人都不一定具备的优良品质,山东男人也都默默地含括在他们的为人处世之中。

为友实诚,是山东男人最值得称赞的性别品质。一次周末出游莱芜九龙大峡谷,随行的是三位曾经是军中战友的山东男人,其中个头最高大的是安排此次游走的朋友先生,一位副师级的退休军人,一路顶着大太阳爬山越岭,一边不时静静地照顾着妻子,一边每遇好风景,总是不忘给我留下照片,自始至终,你和风景都在他不厌其烦、精益求精的镜头里。更让我心里头一热的是,为了让农家乐午餐不缺酒香,他一声不吭地翻过山头,去挺远的停车场取酒,没喝完的酒就这样一直拎在他的手上。在后来建的微信群里,他没留下一句话,却分享了好几十张非常有质量、都值得珍藏的照片。至今,军人长长裤子上鲜明的两道火车轨线、拎在他手上的酒袋子,还有一直悄悄地舒展在他脸上的笑意,都还感动着福州好男人。

为夫忠厚,在"大男子主义"的背后是对情感的执着、对婚姻的担当、对爱人的宽厚,一旦牵手,终生不悔不放。妻子一个"我忙不过来了,你也分担一点"的商量,改变了一位山东朋友的家庭生活模式,从此他给妻子和孩子做了 30 多年的饭;一次短假探亲,居然让一位酒量很大的山东朋友,从此放下酒杯,和妻子一起开启了一个减重健体的计划,每一次饭前都很认真地践行着妻子交代的程序;一位正处于仕途上升阶段的年轻山东男人,告诉他的爱人,为了不再失去和孩子一起成长、和妻子一起分担家庭责任的时光,外派挂职一到期就按时归来。还有一位山东的学术朋友早年弃职考研，妻子也去职随夫而行，从山东走云南再去贵州，他自己一路苦读，妻子辛苦打工养家伴读，当功成名就、以博士教授身份被高薪引进回到家乡任教后，他依然没有改变当年骑车接送上夜班妻子的习惯，每到在图书馆工作的妻子值夜班的时候，楼下都会准时地停放着接妻子回家的车子，尽管到教师生活区的路程只是十几分钟的步行。而且让我感动的是，这几位山东朋友都对妻子很温和、很宽待，一家之主的位次还摆着，但更多的是提醒自己，不能让妻子委屈受累，全力以赴于妻子的快乐与幸福既是一种婚姻的社会责任，更是一种男人的性别道义！

为事豪放，也是山东男人非同一般的迷人风格。遇事扛得起来，也放得下来，不优柔寡断，患得患失，甚至为了事业大格局、为了公共大福利，而不计较个人哪怕比较大的付出或损失。一个人拿着一份工资却兼着多个职务，不仅没有怨言，而且非常勤勉敬业；因为行业发展的需要，宁可放下一份收入丰厚的工作，也不辜负同行对自己的期待，并在随后的日子里，用歌声和欢笑为推动惠及整个社会的法治事业发展呕心沥血，四处奔忙，尽心尽职。

在交往中记录下山东男人好的同时，也在思考着，山东好男人是怎么造就的？我想，其中两个重要因素绝对是不可忽视的，那就是在齐鲁大地上，有一个用地域文化常年滋养出来的做人的道义，这种道义让个人变小，让友情、亲情和公益变大，辛苦自己，愉悦朋友、成就婚姻和服务社会，也就成为一种天经地义的举动，一种自觉为之的行为；还有一个就是与山东男人亲密互动的、以胶东乳娘为代表的山东好女人，不论是孕育他们的山东好母亲，还是和他们携手走进婚姻关系的山东好妻子，都形成一个近距离的、充满大爱的温柔力量，时时刻刻激励着山东男性去做一个具有山东风格的好男人！

在男女两性一起走进新时代的今天，在每年表彰最美家庭、三八妇女节推出巾帼优秀代表的时候，确实也要关注和鼓励那些为家庭建设做贡献、为妻子成为巾帼标兵做贤内助的好男人。在这里，我要为山东好男人投上一票，谢谢你们，把好男人的版图在北方拉开。

第五章

生育意义

凤凰树下随笔集

母亲节的随思

今天是母亲节(Mother's Day)。这个节日最早出现在古希腊,而现代意义上的母亲节起源于美国。1914 年,美国参众两议院将每年 5 月第 2 个星期日定为母亲节,今年我们为之献上康乃馨或萱草花的是第 104 个母亲节。

这是一个感恩母亲、讴歌母爱、传承母性的节日。没有母亲承受极大身体反应的十月妊娠,面临严重生死挑战的一朝分娩,以及接着下来经历漫长而辛苦的哺乳喂养和教育培养,又何曾有我们的过去、现在与将来啊! 所以孝敬顺从与奉养天下之母、善待和爱护每一个未来母亲的女性,应该成为人类文明中的一个核心要义!

母亲的伟大是和新的生命孕育和孩子的健康成长紧密相关的。在邻居韩国、日本生育热情低落、母亲角色放弃现象日趋突出的今天,在感恩母亲之余,我们是否也需要一些关于生育的进一步思考呢?

因为生育而为人母首先是和被生养的孩子发生代际联系。相比较而言,母亲更具有利孩而生的意识,更会站在孩子幸福的角度考虑生不生孩子、做不做母亲这个人生大事,她在生育之前所做的一切准备都体现了她是怀着孩子各方面需求都能够得到满足的纯朴愿望去追求为人母亲念想的。如果不是其他因素发生作用的话,她们一般不会去做一个单纯的生物性母亲或者利己的功利性母亲,甚至这种自觉平衡孩子生长需求和自己供给能力的意识都会转化为一种力量抵制或超越其他因素的制约。而且良好的专业教育、稳定的户外职业发展都会进一步加强利孩而生的母亲意识和能力。从这个意义上来说,把以往由家族、家庭和丈夫垄断的生育决策权力移交给母亲,将更有利于倡导利孩的生育观念,杜绝性别偏好左右生育选择,代际盈利渗透生育过程。母亲的伟大就在于孩子的利益至上!

生育还赋予母亲与父亲一一对应的性别关系。作为孩子的母亲,她比任何时候都在意两性关系的质量,期盼并努力为孩子的福利去建构一个平等有爱稳定合作的夫妻关系。所以母爱从不独占生育与亲子的全过程，母爱越深厚，越期待一样的父爱携手并行；母性也不排斥父性对孩子成长的介入，母性越饱满，越渴望相同的父性如影相随。遗憾的是，现实中还余留的传统性别意识和做法，如男主外女主内及其衍生出来的父爱不足、父性缺失、父责单薄等，都在严重地影响母亲的性别情绪和作为，扭曲她们本来健全的母爱和母性，单性别的、补偿性的，甚至人为的膨胀起来的母爱和母性都让我们的孩子更不适应父爱母爱双性兼容的性别世界，产生对另一个性别的疏远和不信任。母亲的幸运在于能与孩子血缘相连的父亲长时间的情投意合！

　　生育更深远的意义是在母亲和社会文化与制度之间建立一个友好的关系！在母亲越来越多地走出家门、参与社会的今天，在母亲展示出越发显著的职业发展的性别比较优势的当代，如果带着孩子的母亲就要在职务出差中因为条件限制更容易顾此失彼影响工作，如果再要一个孩子的母亲就要面临更大的自我发展的机会成本，如果离婚的母亲就要在再婚市场失去更多重组的机会，那么就意味着本来应该给予尊重甚至酬报的母亲的辛劳与贡献却被异化为拉大性别不平等、承受更多不公平的理由了！其结果是母亲的光荣变成了难堪，母亲的骄傲变成了失落，母亲的包容变成了不满，最后只好忍痛割爱不再为人母了。所以只有男女平等、无性别歧视的文化与制度才会让女性真正感受到为人良母的光荣与骄傲，也才能做一个发自内心而快乐幸福的母亲，所有堆积在母亲节的各种感恩表达也才会转化为源源不断的先进性别文化与制度细流滋润到为人母亲的每时每刻、每个细节。母亲的最大幸福在于她作为母亲的事业能得到全社会的重视与支持，她作为职业女性的权益能得到全社会的尊重与保护。

　　没有得到平等对待而全面发展的现代女性，也就没有乐以为之的称职母亲！让我们既借母亲节真诚地表达对天下母亲的敬意与感恩，又把每天都当作母亲节去平等善待尚未婚生的天下女性——我们未来的母亲！

　　恭祝各位姐妹母亲节光荣、美丽！

生命的感恩节

生日之晨满天云霞，我又走在洪塘大桥上。一年过去，旧桥两旁的所有桥墩几乎都起来了，大部分还浇注了六菱形的横桩，不久就可以架梁了，特别是 70 米高的主桥墩，右墩已高过旧桥桥面，左墩也在前天浇注好庞大的底座，等水泥凝结到技术要求的天数，也要拔水而起，与右墩深情相望。跟踪着新桥的成长，对即将成为历史的旧桥却越发生出不舍。新旧替换的自然规律其实还是一种文化现象，那里不仅幼老衔接、新旧更替，还有对随同岁月一同离去的不舍与想念，对倾其生命之力孕育新生的感恩与戴德。

回走的路上，我拐到金屿村的农贸市场，买上两斤多的龙岩武平番鸭、一斤多的福州线面还有本地的数只鸭蛋，回到太阳座。清水与鸭蛋共煮，在烧开的水里跳跃的鸭蛋敲打着锅底，发出愉悦的声响，与气雾一起升腾起来，让周围似乎有了一种悠扬的仙气；用刚烧的开水浇注的几片洗净的番鸭肉，被放进高压锅，指示灯亮起的时候，似乎也闻到一股香味；随后把可以夹起来的鸭蛋放在冷水里降温去壳，剥壳时想起母亲说过，细心慢手剥壳，力争圆满完好。接着往烧开的水里撒下一小把细细长长的线面，停留片刻就用筷子捞起来，先用调好味道的鸭汤伺面，保持汤面的清爽不团，而后再逐一添加鸭肉、鸭蛋和一勺闽江老酒，我把一碗生日的太平面做好了。不知从什么时候开始，我把在生日之时自己动手做一碗乡俗的太平面变成一种虔诚的仪式，特别在意烧煮过程的完整和每一个细节的讲究，还有各种儿时的气味香味的弥漫和环绕。我想，自己正在把生日过成一个感恩节，去感受母亲当年是怎样把对儿子长大成人的一年又一年的期盼煮进一碗又一碗的生日太平面里，是怎样把对儿子考上大学的祝福、对儿子远行美国留学的叮嘱煮进特别的太平面里，去抒发又一年的日日夜夜积存下来的对父母的思念和怀想，去表达对母亲父亲孕育生命之恩的无限感激。

实际上，我的生命感恩节昨天傍晚就开始了。非常感谢在福州的博士硕士弟子，代表同门兄弟姐妹和望海学村，提前给导师过生日了。那持续到今天的几十条微信祝福、那与烛光交相辉映的生日蛋糕、那荡漾耳畔的"祝你生日快乐"的庆生旋律、那每一个弟子都带来的一年里满满的各种学术上、事业里还有家庭生活中的收获，你说，我能不生日快乐吗？能不心存巨大的感恩吗？是的，我还特别感恩在出生那一天启程的生命历程能给我如此难得的机会和莫大的荣幸，遇到一个又一个的你们，你们初心不改、人品不移，用爱、用真诚、用勤奋、用合作，亮出一道又一道让老师惊艳的成长风景线，建构一个又一个让老师引为骄傲的成功人生。我知道，在你们面前还有很长的路要走，甚至还有一些欠缺应该去圆满，还有更大的理想值得去追求，所以老师非常愿意把你们送来的生日祝福变为对你们的未来祝福，衷心祝愿你们内外美丽，身心健康，心想事成，好梦成真！祝愿你们情感有归属，婚姻有质量，能生二孩就生二孩，有了二孩就培养成才，我们的学村不仅是硕士、博士的学术之村，还应该是激发爱情、守护婚姻、崇尚生育的生活之村。

在我生命的感恩节里，还有许多我一直放在心上的师长前贤、发小同桌、亲朋好友，虽然没有请你们一起过节，但我的感恩之情从来都在。谢谢你们，因为遇到你们、因为得到你们一如既往的厚爱和护助，我的生命才富有意义，我的生活才充满乐趣，我的每一次生日烛光才跳跃着快乐。当然，在岁月同行之中，我可能还没有达到你们的期待，甚至还有可能没有好好珍惜你们的厚爱，在这里向大家呈上一片歉意，相信在继续展开的日子里，一切将趋于更加美好，更加令人满意！

因为时差，我还没有接到在美国的女儿发来的生日祝福。不过她们已经给她们的父亲送上生日贺礼了，大女儿搬回美国安家乐业，秋秋已满六岁入读小学，小太阳也两岁了，但依然和外公非常相像；还有美丽善良的小女儿终于学成毕业，实现了仁心为医的理想，而且还牵手她的同学，感情发展稳定，这都是非常珍贵的、非同寻常的生日礼物啊！谢谢亲爱的女儿，老爸也把有福之州的最美好祝福送给远方的你们，祝你们好好珍惜来之不易的一切，感恩所有爱护和帮助过你们的亲朋好友，继续让自己和家庭幸福，并为更多的人和家庭的幸福尽你们所能！

生日快乐

身份证上的生日是 9 月 15 日,而母亲给我过的生日是中秋节的前一天。

小孩子的生日期盼,是快快长大;知天命的生日许愿,是慢慢变老。从快快长大到慢慢变老,不论外面的世界发生多大变化,也不论自己的格局出现多大调整,那烛光照亮的都是一个人自然年轮走过的路径,那心绪涌动的有不少是对生身父母的一生感恩。

感恩是生日的伦理主题。关于生日的相关记载大约始于南北朝时期,当时的学者颜之推在《颜氏家训》中就提到,生日之时应该"有所感伤",甚至古人还将生日称作"父忧母难日",他们过生日,不是为了庆祝自己的诞生,而是要表达对父母生育之恩的感激,如《诗经》云:"哀哀父母,生我劬劳……欲报之德……";又如唐太宗李世民在生日那天心情就很低落,"今日是朕生日,俗间以生日可为喜乐,在朕情,翻成感思"。

时到今日,在传承生日感恩的传统伦理和诞辰庆贺的区域习俗的同时,我们也接受和融入了不少的西方元素,构成中西交融的一个生命现象,戴上寿星帽、煮食长寿面、烛火中许愿、唱响 1924 年公开发表的《祝你生日快乐》的庆生金曲,都是比较常见的庆生仪式,注入更多生命诞生的喜乐和对明日人生的愿景。

此生一路走来,我还是特别看重生日,因为在这一天,最能感知到自己和母亲之间的生命关系,掂量出母亲在我情感世界里的无可替代的分量。没有母亲置自己生命安全而不顾的十次孕育和分娩,哪有我来到这个世界的机会啊,甚至可以说,母亲是经历了十个"母难日",才把我拥入她那充满慈悲和执念的怀里!记住生日和倾情庆生成为我感恩母亲、缅怀母亲最重要的仪式,每每这个时候,似乎远去的母亲又回到身边,一脸慈爱地坐在饭桌的对面,看着我把一碗长生太平面吃下去,儿子又长一岁了,母亲又乐一回了。

今年的生日是在北方的济南过的。还是一早起来，一杯温水下去，短袖
T恤短裤还有一双运动鞋，就出门了。不像气温还居高不下的福州，初秋的
济南有点凉意了，加上前两天又下了一场雨，真的是秋高气爽啊。绕着校园
走了两圈，等到再回到住的地方，刚好走了6988步。

洗漱一番后，又下楼去附近的校外超市，想买一些食材给自己煮一碗福
州特色的庆生太平面。没想到，超市要到9点才开门。转身回来去了校内
超市，但没有卖面条，更没有福州的线面，最后买了两小桶红烧排骨方便面，
煮上两个鸡蛋，剥开蛋壳，放入碗里，一壶热气腾腾的开水浇注下去，一碗排
骨飘香、葱花点翠的太平面别有一番生日的特殊味道。

随着生日太平面的香味弥漫开来，7点13分，我从望海学村群里收到
关门弟子的第一个庆生微信："祝叶老师生日快乐！祝您身体健康，笑口常
开！"紧接着是一个又一个弟子的生日祝福，一位弟子还在我的一张照片上
配上刘若英唱的《生日快乐》的歌词：

我只等这一天，I love you！瞬间是永远，感情变祝福，Happy birthday
to you！

8点5分，大学的老班长也发来微信祝福：叶老师又成熟一岁了，衷心
祝福身心健康、快乐长寿！到哪里得到爱，还是奉献爱，请早早与大家分享！

9点19分，小女儿和她男朋友从旧金山国际机场打来视频通话，共祝
老爸生日快乐。

9点26分，收到来自宝岛台湾一位教授的微信生日祝福。

11点2分，在福州的弟子请当地花店送来一束生日鲜花：代学村的师
兄弟姐妹，祝我们最爱的老师生日快乐、身体健康、笑口常开！感恩有您！

下午3点21分，在电脑的键盘上敲下最后一个键，写了一篇题为《向女
教师致敬》的微信文章，借以表达对人生当中第一个女教师——母亲的
敬意。

接近5点应邀来到附近一个餐厅，参加学界朋友为我举行的生日聚会。
一个温馨的生日礼物，一束飘香的生日礼花，一个写着"叶老师，生日快乐！"
的生日蛋糕，一句句温暖如春，动人情怀的生日祝福，还有大家一起拍手唱
响的"祝你生日快乐"的乐曲……我被深深地感动了。我特别感谢母亲把我
带到这个世界，并全力支持我拥有最好的教育，从此与这么多的好朋友相

遇,成为一生的荣幸和财富! 感谢女院的信任,有幸加盟女学建设的美好事业,也才有在齐鲁大地庆生的生命机缘! 感谢分布在世界各地的亲朋好友,特别是在今晚与我共祝生日快乐的朋友,因为生命中有你们,我才会在每一次庆生的时候,去感恩母亲的孕育,去放大自己的幸福,去追加人生的奉献!

谢别大家回到住的地方,已经是夜里10点了。

闻着生日花香,我都忘了洗漱就走进了梦乡,好像回到有福之州,回到母亲生我的地方——青口镇扈屿村……再见,难忘的2019年的生日!

又尝汉堡王

也许是出生后多个奶妈喂养的缘故,我日后的长成依然保持着数方接纳、多元汇聚的状态。

年少之时,做过补鞋,当过木工,在老家后园子里,制作土砖块,盖过猪圈和柴火间,在饼店做过学徒,做馒头、打蛋糕和炸麻花在行,在家乡文化站当过义务管理员,刷标语、布置开会会场、出宣传栏和编印《淘江文艺》,还上山砍柴、下地种蔬、在秋收的稻田里放食家禽和收集过当作燃料的稻草秕谷。

这些多元的经历与体验,既丰富了自己的生命阅历,又和社会各业有着许多相通的气息,尤其对农村生存的自然和文化景观始终保持着亲切的感觉和融入其中的冲动,每次回到乡下,都情不自禁地到处走走,留下画面一样但时期不同的一组组照片。我以为,多元的体验才能养成立体的乡愁和亲情,达到对故乡全方位和持久的情感嵌入。

到了有书读的时候,多位奶妈的乳水浇灌转化为多学校多学科的学习与滋养,为日后多学科多领域的教学与研究打下了相应的兴趣和基础。从本科的经济学,毕业留校的人口学,到美国留学的社会学,再到回国后的婚姻家庭和女性学,多学科的涉猎让自己强烈地感受到持守形式和内容学术规范的重要性,感受到每一个学科的局限性和多学科交叉互补的必要性。从靠近所在经济系的专业发论文,到更多地亲近兴趣做学问,除了在回国后几年集中在经济类刊物,如《投资研究》、《国际贸易问题》、《统计研究》和《中国经济问题》等发文章,以及后来更多地推出婚姻家庭和女性研究成果,都可以看到学术规范与多学科交叉所带来的学术优势和效益。

其实,相对来说,多位奶妈喂养的最大生命收益是不挑食、多风味适应性和食欲一直持好。永泰葛岭小姑丈的线面、故乡尚干母亲的拌面,是我常吃不厌的美食,有时到上街农贸市场,3元1斤湿面,5毛青葱,外加少许厨邦淡盐酱油、一勺鲁花花生油和四季宝颗粒花生酱,一天的中晚餐就挺美的。特别是飘逸着闽江老酒酒香的线面,总是让我回到"文革"歇学的那个时候,也是这么冷的冬天,我们好几个孩子和爸爸妈妈围坐在一起,一床大棉被,一晚欢乐聊,最后一定还有每人一碗的热乎乎、香喷喷的芹菜蒜线面……你说,我们还会睡不着吗?

我也喜欢北京的炸酱面、四川的担担面、兰州的拉面、云南的过桥米线、意大利的空心面,还有美国的土豆泥、必胜客比萨、麦当劳、赛百威、汉堡王和派派思炸鸡等,也都是我的最爱,即使天天吃也是可以的。这不,刚才就坐在上街永嘉天地新开张的汉堡王店,要了一份46元的两层汉堡套餐,只是天气冷,没有给可乐加冰块。其实,在美国这些所谓的垃圾快食,都还是比较便宜的,必胜客三人会餐一般十几美元,甚至还可以带一片回家,第二天的午餐也解决了。派派思炸鸡就更加富足,一样的十几块美元,国内肯德基闻鸡起舞只一小桶,而那是一大盒,好像有12大块炸鸡。

联想到今天的立春,我以为,如果没有自然界自平衡的四季轮换,多样性的节令转接,我们就不可能对福州鼓岭的雪花飞舞产生惊喜与相约上山,也不可能拥有春回大地、春暖花开的苏醒与陶醉,更不能穿出四季的风格、写出春秋的诗意。所以守望和爱护大自然的多样性,不让世界继续变暖,被一个单一的夏季垄断,也就成为我们每一个人的生命意义和文化责任。

同时,也正因为有四季交替的大自然运行规律,我们就不要把自己的心情和心态固执地留在某一个季节,让失望悲观充斥每一天的生活,生命的张力就在于她不停止地跳动,结果总会摆脱困境遇到转机,从生命的萧条冬寒跃入花开春暖的新时期,长此以往,你也就会拥有和大自然一样的力量,进入一年四季皆诗意,春夏秋冬都美好的生命与生活的自由境界。

红 与 蓝

　　今天的费城居然从昨天的雨中抖落出来,清晨转阴,到宾夕法尼亚大学第 278 届毕业生按学院隶属集结,带着学成的欢声笑语步入指定的 Locust Walk 步行道三人一排向前移动时,天又渐转多云,最后彻底地把天公也作美的艳丽阳光投放在歌声、笑声、掌声和呼喊声此起彼伏的毕业典礼现场!天之骄子怎能不在蓝天下阳光里接受学成毕业的热烈祝贺啊!

　　当年在普林斯顿大学附近的春腾市一家医院产房接生的小女儿叶菁也在欢乐行进中的毕业生队伍里。这是我第二次参加宾大的毕业典礼,第一次是大女儿 2007 年学成的时候。为了能够完整地记录叶菁的毕业典礼全过程,我一早不到 5 点就起床,5 点 38 分坐上可以转乘地铁前往费城的 104 路公交车,6 点 15 分来到位于 34 街的举行毕业典礼的富兰克林运动场,可能是最早来到现场的毕业生父亲吧。我顺着已经拉上黄线的为毕业生专设的荣誉步道,边拍摄两边的毕业季即景,边往回走到 39 街的毕业生集合与出发地点——红色的艺术拱门,好像又是第一个到来的牙科毕业生的亲人。非常荣幸和感谢女儿,让老爸有机会分享毕业典礼的所有环节和作为毕业生的无上光荣,走了两回毕业生步道,几乎用完了 3 个充电器,拍下了近 500 张照片,在宾大校园留下近两万步的足迹……待开车离开费城时,已是满天绚丽的晚霞了!

　　学成毕业既是一段学海苦旅的深情回首,职业生涯的正式开启,又是大学精神向社会延伸的郑重启动。行走宾大跨越五个街区通往盛大毕业典礼现场的毕业步道就是在临行之前再给自己万般宠爱的学子灌输这些大学意义,并把他们带进被校长艾米·古特曼博士称之为"一条思想的高速公路"!令人动容的是,在步行通道最重要的节点——由 LOVE 红色雕塑、图书馆和行政古楼组成的那一节林荫路段,在校学生会乐队奏响的乐曲中,校长带领校友代表、有不少白发苍苍甚至还坐着轮椅的资深教授、各院院长和校部主要行政人员身着学位服,高举着标有校友届别的校旗,形成一个红蓝相间的拱门,让毕业生们载誉穿行而过,随后他们继续护卫着毕业生走进会场,在主席台两边分成两个队列,从已经坐定的毕业生两侧走到会场最后面,再穿过中间过道走上主席台,如此行走的寓意明晰而温暖,即无声地嘱咐将离校远行的毕业生好好地放飞吧,母校不仅相信你们通过这里获得的知识和能力很快立足和融入社会,而且还愿意成为你们日后成功和成就的永远陪伴与后援!

在全校毕业典礼现场,那么浩大的看台被毕业生的亲朋好友都坐满了。除了第227届毕业生、也是电视新闻中最知名主持人之一的Andrea Mitch-elll作为校友代表致辞外,几乎是校长古特曼博士亲自贯穿前后,尤其是她和十几个学院院长及各院毕业生的激情互动特别让人耳目一新、热血沸腾,那是母校、隶属学院、所学专业、知名校友和学弟学妹几股热流历史交汇的最华丽时刻! 毕业典礼的最后一个议程是全体师生合唱宾大校歌《红和蓝》,看台上的亲朋好友也都起身和毕业生们站立在一起。那充满依恋与热爱的歌声唱响在富兰克林运动场上空,更激荡在每一位宾大毕业生和他们亲友的心里:"……当我们不得不和大学生活说再见时,我们却永远不会和红与蓝说'再见',那是永远属于我们的颜色。"

下午一点半,当四支苏格兰风笛吹响时,宾大牙科学院的学位授予仪式在古朴尊贵的欧文礼堂正式拉开。155位毕业生在这里分别从院长手中接过牙科医生、口腔生物学硕士和牙科医术师的学位证书,并和院长一一拍照存念。在征得现场工作人员的许可后,我还到最靠近主席台的位置,给女儿留下那最激动人心的时刻! 这一刻凝结着叶菁在漫长的四年里没有放弃的梦想和为之所付出的汗水与心血,这一刻更把我带回到送女儿上幼儿园的厦门大学白城路上,为女儿写下了一篇篇远寄思念的书信微文中,还有对所有关心和爱护叶菁的亲朋好友的深沉谢意里!

当年做博士后没去成的宾大居然在生命历程的后续阶段帮助我培养了两个优秀的女儿,而且还非常慈爱地给了小女儿一份甜蜜的爱情,心存感恩的我也一样永远不会和"红与蓝"说再见,我将和您永远站立在一起,为了您的两个美丽学子的成功与幸福,继续把作为生身父亲的爱的责任扛在肩上!

亲爱的菁菁,再一次衷心地祝贺你,老爸爱你!

美丽时光

　　2018年6月11日,我4点半醒来,给小女儿叶菁煮了一碗鸡蛋麦片粥,看着她喝完后,我们在5点半的时候离开闽都,在飘着蒙蒙细雨的机场高速上行驶了大约45分钟,来到在福州长乐机场的上海浦东至纽约的东航值机柜台……叶菁结束在国内23天的度假,就要飞回美国了。

　　8点半回到家,猛然感觉少了女儿的房子是如此的空旷,如果说母亲是桶箍,没有她,片木围不成一个家的话,那么女儿就是一湾清水,她一远离这个桶就缺水,少了家的风景了。

　　在连续错过小女儿小学、初中、高中和大学毕业典礼后,我终于带着强烈的赎疚和补偿心理出现在她5月14日的研究生毕业典礼现场,以致早餐和午餐都没吃,就等着能用最近的距离和最好的方位,呈现毕业典礼的全过程,尤其是留下女儿接过毕业证书的那一个辉煌瞬间。女儿苦学成医的微笑、女儿一身学位服的美丽、女儿双手举起一枚红蓝相间大牙刷的造型,都变成一个女性求学的性别经典,镌刻在我的心田上!

　　5月18日10点45分,我在福州长乐机场把载誉归来的叶菁拥入怀中,一个学成回国度假之旅在小女儿美丽的微笑中拉开了!5月20日11点,我们分别从上海和福州飞抵云南,把父女同游的欢乐撒在大理的古城和苍洱的风花雪月之中,融进石林、西山和滇池的绿水青山之间。那七天之旅的最重要收获,就是在云南省博物馆,我们父女共饮"一百年只为一杯咖啡"的朱苦拉咖啡,在神秘苍山,女儿把父亲的海拔水平从原来自以为2000多米的个人极限提升到3920米的高度,以淡黄色杜鹃花为背景的父女同框展示着与父爱一样深重的女儿亲的分量。

　　我们还好几次来到上街大学城的永嘉天地,品尝那里的美食和福州传统小吃,观看在春天国际影城上映的《复仇联盟3:无限战争》;再次走进福州的三坊七巷,在醉得意津津乐道桶蒸干饭的馨香和汽蒸海鲜的鲜美;披着落日余晖,开车蜿蜒上山,一睹千年柳杉王的浩然气势和百年鼓岭教堂的宗教风采;重返鹭岛的厦门大学,把时光拉回到女儿被接送上幼儿园的白城路上,被海浪打翻、至今还留着对水心有余悸的白城海域,我们还在囊萤楼参加马克思主义学院研究生举办的"叶菁医生励志人生分享会",讨论女生苦读牙科是自己想当牙医,还是拥有机会做个牙科太太的性别话题;在亲戚的陪同下,女儿还来到中西文化和谐兼容的世界非遗鼓浪屿,深入别具一格、让人惊叹的闽南土楼群落;我们还冒雨回到乡下,与族亲家人举茶相聚,你的学成一定会告慰在高龄 89 岁的时候离我们而去的奶奶,她的会计职业还是得到隔代传承,因为你在攻读牙科研究生之前,已经获得会计本科学位。哦,值得一提的是,女儿还参加了一位表哥的婚礼,体验中美婚礼在形式和内容上的文化差异,我不知道,叶菁是否体会到父亲的一片心意,期待女儿和男朋友小马加速恋爱进程,尽快牵手走进相爱成婚的幸福殿堂!

1991 年底在普林斯顿出生的女儿很快就要迎来第 27 个生日了,在过往这些岁月中,虽然很多时候是隔着茫茫的太平洋,但我还是强烈地感觉到,父女之情是双向互动的,是一起成长,彼此受益的。在我看来,在拥有女儿的男人一生当中,最神圣的时刻,是在产房听到女儿的第一声歌唱,看到女儿的第一个回眸,会情不自禁地告诉女儿,我已经把你的幸福永远放在心里扛在肩上了;最内疚的时间,是女儿用泪眼苦苦求你,你却由于各种限制,无法满足她的请求,把失望留在她的成长记忆里;最矛盾也最难舍的时候,是牵着披上婚纱的女儿的手,走上通往婚姻殿堂的梯台,不得不把女儿交给在梯台另一端的那个被女儿深爱的男人;最自豪的时刻,是女儿迈开自信的脚步,走上一个个毕业典礼和事业发展的舞台,用美丽、智慧和成就,接过属于她的光荣和骄傲,连接一个又一个自己点燃的人生亮点;当然,最幸福的时光,是你结伴一样事业有成的爱人,带着你们的爱情、成就和一双儿女不时回家,分享和放大你们辛勤创造的幸福!

亲爱的女儿,谢谢你的执着和刻苦给自己开启一个热爱的职业,谢谢你的理解和包容给父爱提供一个完善的机会。我想告诉你,不管父亲在哪里,都会把你和你未来小家的发展和幸福永远放在心里,并为之尽力而为!

亲爱的女儿,我还要和你用最真挚的感恩之情,一起感谢一路走来认真帮过你的亲朋好友,感谢为这次毕业度假处处营造热情与温馨、时时表达祝贺与祝福的亲朋好友,你我此生拥有大家的厚爱绝对是一个莫大的荣幸!

亲爱的女儿，老爸深深地祝福你，你毕业以后的人生一定会更加精彩，更富有爱的意义！

预 产 期

再过几天就是预产期的大女儿依然心情淡定和孕体敏捷，大热天还把一家三口聚集到沪上的新天地，又一次在一起分享二孩生育的欢乐与过程的美感！

从不时上传的照片，还有几次去上海的近距离观察，二孩生育给女儿带来的变化几乎都集中在肚子上，肚子越来越大，也越来越张扬地往前凸出，其他的却没有十分明显的不一样，坐在饭桌或办公桌后面的她简直看不出来这是一位身怀第二个孩子的妈妈……女儿自己也说，小宝宝很体贴，没让妈妈感觉很辛苦、性情受影响，甚至还让妈妈的皮肤更白嫩，人也更加好看和雅致，更有韵味了。

由此看来，孕妇在生育过程中的文化地位还是非常重要的，被动不能自主的决策状态、可以自主但超越实际能力的过多追求，都可能把生育的生理变化转变成精神的挤压与心理的纠结，结果又反过来放大生理的不适，陷入一种无法控制的负面循环！如何给年轻母亲营造一个快乐宽松的家庭生育环境，如何合理地估算人口再生产的资源需求与动态的满足，恢复二孩生育的新常态，如何运用现代生活提供的各种禀赋，增加生育过程的美感与欢乐，应该是每一个家庭，特别是将要为人父亲的男性必须提前准备的观念与能力！

请各位朋友再一次祝福我的女儿和她即将出生的宝贝平安健康，也把我们的祝福送给所有热心从事人口再生产的幸福家庭和伟大母亲！

二孩生育

非常感恩亲朋好友的陪伴与祝福，大女儿叶丰终于在 8 月 20 日上午交出二孩生育的美满答卷，而且一直坚持上班工作到最后一天。正常上班与生命孕育始终并举、一起推进成了女儿二次生育的最大亮点。

敬请大家一起浏览一下二孩妈妈和爸爸这几天关于一个新生命诞生的记录：

8 月 15 日

二孩准妈妈：

"今天这期漫画发的也太及时了……正好早上 9 点到办公室，晚上 8:30 出来，没有特殊生理状况，孕妇确实可以跟正常人一样忙碌和承受压力，只要自己可以承受和'开心'，都不是坏事！"

8 月 19 日

二孩准妈妈：

"过了 39 周，没想到真的忙碌地上班上到最后一刻……今天又写了一堆邮件，晚上加加班，下周一坚决不进公司，把 out of office 放出来！"

8 月 20 日凌晨 4 点

二孩准妈妈：

"晚上 8 点刚把公司邮箱 out of office 设置好，宝宝就开始闹腾了，看来是他在贴心地等我……"

8 月 20 日上午 10 点 50 分

"二孩顺产出生，男孩，体重 7 斤 6 两，身高 53 厘米……"

8 月 21 日

二孩爸爸：

"阵痛间歇还不忘压腿，从 8 指就开始推，首次顺产 1 小时就生出来了。励医生夸赞小枫叶肌肉发达柔韧极好，生完含根棒棒糖完事。准妈妈们，是不是要赶紧运动起来？"

从女儿二孩生育的经历,我深深地体会到,在我们要通过制度完善,把生育带来的家庭特别是女性的个人成本转化为必要的由公共资源承担的社会成本的同时,对传统的生育方式的变革也是非常必要与迫切的。

把生育回归日常家庭生活,成为和孩子父亲一起参与全过程的新常态,成为母亲与工作同时并进的新常态,在新生命孕育中体现职业女性的饱满创造力,展示平等婚姻的家庭发展合力,应该成为当今中国新的生育观念与实践!

再次感谢大家一直以来的关注与记挂,是你们的厚爱与祝福,才有女儿如此快乐而美满的二孩生育,才有女儿一男一女的美好收获!

小 太 阳

上海回来后,又去了一趟农大神蜂,腰痛缓解了不少。

也许夜里睡踏实了,今早不到 5 点就醒来了,一看东方晨曦不同以往,赶紧拿上手机上楼来到面朝乌龙江的东面阳台,在那里从晨曦微露一直等到一轮红日喷薄而出,把乌江日出的天象变迁尽收眼底……突然间,我眼前一亮,那刚刚出生的、小身子红红润润的、我的手指仿佛还留着他那柔软体温的小外孙,不就是一轮小太阳吗?!

这是一轮与大自然母亲同体、特别善良与富有爱心的太阳,他不忍心让母亲再挨一刀,在夜幕里不断变换自己的体位,不惜收紧自己的身躯,带上对母亲血脉相连的依恋与体贴,顺延着母亲为他准备的绿色通道和温柔推送的情感节奏,喷薄而出,昂扬问世……

这还是一轮深受大自然母亲厚爱与垂青、非常喜乐与健康的太阳,他冉冉升起时的响亮欢歌,他洗澡时露出的粉红而饱满的小蛋蛋,他那还是小口径的生命之根所放出的水流居然像喷泉一样有力,甚至把自己全身浇透……

这更是一轮富有情怀、感恩图报的太阳,他醒着的时候,那一双明亮的眼睛都在四处寻找,期盼对接熟悉的母爱之光;他睡着的时候,总是喜欢偎依在母亲身边，与母爱一起脉动，分享母子同体的神圣、亲切与温暖；他饿的时候，习惯用歌声示意和表达感激，并安静地接受母爱的浇灌与充满……

亲爱的小太阳，对于钟、叶两个家族，你是我们全新的收获，再次欢迎你的到来，感谢你壮大家族的规模，并历史性地改变了家族的性别结构；对于你自己，这将是一个伟大的生命历程，感恩、亲近与爱护大自然，把所承接的母爱转化为对这个世界的责任与奉献，给钟、叶两个家族添加光荣与骄傲，将是你永远都要去谱写与唱响的生命之歌！

祝福你，我们和你秋秋姐姐都深深喜爱的小太阳！

小太阳 50 天

被外公乐称为小太阳的小秋弟，今天已经整整 50 天了。根据二孩母亲的陆续报告，小太阳至少发生了几个喜人的变化：

1.个头变大了，从出生时的 7 斤 6 两增加到 11 斤 6 两，足足重了 4 斤；

2.开始交流了，醒的时候，喜欢用大眼睛盯着人看，而且性情喜乐，特别爱笑；

3.出生时，护士给他洗澡会哭，小脚丫不断踢动，而现在似乎很享受沐浴，不哭不闹，静静的任人冲洗，一副愉悦的神情。

当然，更让我欢欣的，还有一点，那就是这只小太阳越发神似他的外公了。

我的好几个弟子都这样认为："50 天的宝宝眼睛像极了叶老师，特别是圆滚滚的肚子，太好玩了。"

还有我的同事也一样评说："你的外孙形态真像你，好可爱；强烈赞同这个观点，你家外孙真有他姥爷的影迹。帅！萌！恭喜幸福、开心的叶校长！"

在这期间，我去过一趟上海看望小太阳，给和我们一起外出吃饭的小家伙和妈妈拍了不少照片，还留下小家伙洗浴时的有点明星范的裸样。哦，月嫂还让我第一次接过小太阳，大约抱了十多分钟，别看小小的样子，可把我的左臂膀都弄得有点酸了。想象着比我们男人都更加纤细的妈妈臂膀居然能够长时间地抱着婴儿……我以为,那一定是比生理体力更加强大的母爱在散发着作用!

我曾和小太阳的妈妈有过以下的对话:

我说:"叶丰好! 大家好! 秋弟每天早起,性情总是很愉悦!"

女儿说:"他妈妈是崩溃的,晚上独自带娃。"

我说:"女儿辛苦了! 但那迷人的眼神、纯真的笑意和健康的小肉肉……一定会让年轻的母亲对所有的付出都感到非常值得了!"

是的,小太阳妈妈可是用母爱承受着所有二次生育的辛劳,而这些辛苦又给她带来激发更多母爱的喜乐与幸福! 那一天天不分昼夜地每隔两个小时的母乳喂养、那一次次的尿布换新和全身洗浴、那一套套全棉好看的婴儿服装、那一辆辆功能不断追加的婴儿小推车……把天下最值得赞美的母爱倾注在婴儿每时每刻都在发生着的变化与成长之中!

赞美和感恩伟大的母爱!

祝福我们都喜欢的小太阳!

第一次旅行

在他来到这个世界第 70 天的时候,小太阳和他的爸爸妈妈,还有小姐姐秋秋,平安地经历了人生的第一次旅行:

在一万多米的高空上,经过时速 1000 多公里的 14 多个小时的飞行,直跨太平洋,横穿美国大陆,从中国上海来到距离 14500 公里的费城……在这次长旅中,小太阳并没有一直在妈妈的怀里,有时还在他父亲攀岩练出来的臂膀上,而且由于航班不满,还有一个空座,成了他很舒服的空中摇篮!

对于小太阳,美国这片土地是一定要去的,那是一种感恩的表达,没有他的父母在纽约曼哈顿有缘相遇、相爱成婚,又怎么有今天小太阳的升起呢? 当然,随着时间推移,小太阳还要在这里上学,接受足够的教育,不论毕业后是否回到出生地的祖国工作,都要步入情感关系和自己组建的家庭……

只请两个月的月嫂的离开,让小太阳有更多的时间和妈妈在一起,母爱的味道、母爱的声音、母爱的眼神、母爱的搂抱,尤其是母爱的喂乳,沉浸在母爱世界里的小太阳感受到前所未有的安全感和用各种方式表达出来的需求的满足感。小太阳是幸运的,他还可以安睡在奶奶的怀抱里,坐在爸爸收起双腿构成的靠背面对面接受父爱的交流,甚至还可以和爸爸、秋秋小姐姐并排躺着,在爸爸故事讲述中,和姐姐一起笑出声来……生命对爱的感受、接纳与回应,是一个与生俱来的状态和能力,是不分年龄的!

小太阳脸上因为火气长出的小痘痘,已经从一片小红斑化为更加粉润细腻的光泽;一直鼓鼓的脸颊越发饱满,像刚出锅的小蒸包,真想轻轻咬上一口;双眼皮镶着的一双大眼睛,总是很专注地凝视着捕捉到的目标,眼神里还含着一丝很容易感受到的善意与思索;只是小小的眉头依然没有舒展开来,不时勾画出一对非常可爱的小皱皱;据他妈妈观察,小太阳的小鼻梁比秋秋姐姐高,如果继续神似外公,那么可以预计,小太阳长大以后的鼻子也是比较有规模的。最让人欣慰与喜爱的,就是小太阳的性情很欢欣,非常爱笑,而且笑起来弯曲有度、开口有型的小小嘴巴,显得格外有风度与阳刚……

亲爱的小太阳,一个多月的美国休假之后,你就是一个一百天的英气儿郎了,外公期待着,当你和爸爸妈妈姐姐一起回国时,能够来到有福之州,看看外公每天都是在那里等待着小太阳升起,把对小秋弟的思念与喜爱和龙江日出的美景一起收到外公的手机里!

外公远祝你和秋姐、爸爸妈妈在美国快乐幸福安康,并请你告诉美丽的小姨,外公也非常想念她,祝小姨健康美丽,早日学成,做一个德艺双馨的牙科医生!

小太阳半岁了

一场莆仙婚礼的邀约,女儿一家四口,加上一行李车的大包小包,还有婴儿的推车和提篮,一早浩浩荡荡地从到达厅出来了……呵,小外孙小太阳第一次普照八闽大地,他的灿烂阳光让乌龙江边闽都大庄园的太阳座名副其实了!

小太阳一直很喜乐,别致的笑口常开,欢欣的笑声越来越嘹亮。我想,这笑声笑出的是小太阳妈妈二胎生育的放松心情,笑开的是喜爱漫画和攀岩的爸爸的快乐陪伴,还有笑足的是主动帮扶的爷爷奶奶的无微不至。

小太阳的笑态自然纯真。不论是从眼眉静静化开的笑意,向鼓鼓两腮轻轻聚集的笑馨,在精致唇边盈盈跳跃的笑乐,还是尽情放开可爱小口的笑声,如同率性奔流的乌龙江水、不期而至的春暖花开、被春雨一遍又一遍洗过的绿野青山,是那样的天然生成,是那样的纯净无杂!

小太阳的交流层次分明。每每置身一个环境或被人群包围,他的两只眼睛先是四周扫描几次观察,一旦捕捉到感兴趣的景观、物品和熟悉的人,他的眼睛会缓缓变亮放大,直至非常专注地一直盯着,片刻之后和他的眉目一起荡漾开的,是非常天真可爱的、好想去拥吻的一张笑脸! 这时,如果你再去逗他,小太阳一定会伴随着小手小脚的舞动,慷慨地送给你一串又一串的笑声!

小太阳的成长动意十足。两只小手不时舞动,许多定格时的样态很像他父亲在攀岩而上;两只手还喜欢去抓东西,尤其当秋秋姐姐靠近时,一只小手就会自然地伸出去;两只小脚也总是使劲向上踢,用力往下蹬,妈妈给他添置的卧躺小推车已经不够长了;还有除了开始翻身以外,小太阳已经形成不错的臂力,以至于趴着的时候,能够用手把自己撑起来了,而且撑持的时间越发拉长了……小太阳的好动与爸爸的攀岩喜好,特别与怀孕妈妈一直坚持上班、工作与分娩零对接的二孩生育模式,一定存在着关联!

在关注和跟踪小太阳的孕育过程中,我发现,把生育从越来越多的不合适文化与制度捆绑中解脱出来,还其原生态的自然本色,如学习工作与怀孕并行、尽可能鼓励和争取顺产、仪器化机构化产科的亲情化家庭化回归、室外阳光健身护孕人际亲密取代室内空调药物保胎手机休养等,都可以让我们的新生孩儿更加健康与快乐,拥有更多大自然赋予的力量与品质!

当然,在生育回归自然的路途中,呵护与善待母亲,让文化与制度变成性别友好之桥改善母亲这个集体与良好的自然生态连接尤为关键。母亲的光荣与发展、母亲的放松与健康、母亲的安全感与幸福感以及母亲自主的生育意愿和健全的生育能力都是这种连接的关键环节，也是作为父亲这个群体应该负起责任可以大有作为的道义空间！

2 月 20 日，小太阳还是带着一脸的笑意和爸爸妈妈、秋秋姐姐一起飞回上海。我以后会告诉他，这一天他刚好 6 个月了！

亲爱的小太阳，外公会一直想念和祝福你的，还有你的秋秋姐姐！

又见小太阳

时速 300 公里的高铁，只用 4 个半小时，把我从高温的福州送抵一样炎热的上海。

呵，虽然小太阳还在美美地睡午觉，我的到来还是把他弄醒了！特别干净的两只大眼睛目不转睛地、使劲地瞪着你，当搜索所有的以往记忆还不能确认这位突然而至的陌生人是谁时，小家伙有点紧张地红了双眼，就要哭出来了！谢谢亲家母一声提醒，外公来看秋弟了，小太阳愣了一下，居然张开好看的小嘴，露出两颗小乳牙，笑了！

再过 17 天，小太阳就 1 周岁了！这将近一年的爷爷奶奶、爸爸妈妈、请来的高薪月嫂和还在帮忙的钟点阿姨、还不到 5 岁的秋秋姐姐的集体努力和辛劳，换来的是小太阳的身高和体重分别从出生时的 52 厘米到 77 厘米、7.6 斤到 17 斤；是现在可以满屋子边爬行边欢叫，扶着墙、床铺、沙发和桌椅站立和移步，尤其是推着小彩车快乐地四处走动；是越发懂得和家人进行交流，用不同方式表达和满足自己的各种需要！

职业母亲叶丰说，这一年留给我的最大体会，就是没有爷爷奶奶的鼎力相助，我们是不可能放心而快乐地走过来了。所以我和钟凌一直心存感恩，非常感谢爸爸妈妈！

亲家钟教授告诉我，这一年的最大变化是小太阳的健康生长；留下的最深感受是没有外力的支持，当今的年轻人要兼顾好职业与家庭是完全不可能的！我们现在是被幸福套住了，考虑到心理上的放心和经济上的减负，我们不得不全力以赴去帮助照顾这两个小孩，也就没了我们退休后想要的自

己生活,许多想法都只能先放下了!当然,对小秋秋和秋弟的宠爱也是不可避免的,只好等再大一点由她们的父母亲去调适!

在他的外公看来,小太阳的变化还表现在他的笑意和眼神里,表现在他发出的引人注目的信号之中。以前的笑意似乎只是简单地流露他的喜乐性情,而今的笑意在保持原有的天性以外,则有了更多的内涵与层次,对外人接触的善意与友好,对家人快乐的反应与参与,对自己诉求获得满足的快意与愉悦,等等,都融入可爱的一脸笑意中!小太阳又大又亮的眼睛多了一份不容易被发觉的眼神,那眼神有着与不到一周岁小孩不相称的没有任何掩饰的长时间专注和似乎都明白意义的静静倾听,特别是遇上心仪的漂亮阿姨,他还情不自禁地生出偏着小脑袋侧目凝视的神态!

还有令人惊奇的是,小太阳已经表现出希望融入更多人群和更大环境,并且有所选择的意愿与行为了!为了他的安全,爷爷给他围了一个活动小空间,而他总是想方设法突围,有时还用哭声表示对他阻止的抗议。由于好多喂养任务是奶奶负责实施的,小太阳饿的时候就不愿意别人陪他,四处寻找奶奶,找到了就一头扑过去,小嘴巴里还嘟囔着和"奶奶"发声很接近的声音,可以预计,小太阳叫出来的第一个称呼,一定是奶奶!与此同时,他还有意识地用笑声用呼喊引起身边人的注意,以便能和他一起玩耍和分享快乐!有时为了得到他人的肯定,小太阳还会模仿秋秋姐姐的表现。当我告诉他,秋秋姐姐都和外公拉手了,外公也能和小太阳拉手吗?呵,他好像都听懂了,立即爬过来,把小手放在外公的手里!

再见小太阳让我进一步感知到,生儿育女的快乐与幸福其实就在与孩子陪伴、一起成长的每一寸时光里,就在过去洗每一片尿布和现在换每一片尿不湿的过程中,就在给小孩洗浴的浴盆里和给她们梳头的镜子前!但是,要在职业和家业并重、两性一样往返于社会与家庭之间的今天,尽可能分享更多的这种天伦之乐,我们不仅需要婚姻家庭友好型的制度与文化,而且还需要重建新型的夫妻合作关系、代际协同关系和社会信任体系,让爸爸妈妈一起分担与孩子相关的事务和时间,让年迈的父母在支持孙辈成长中仍然拥有他们所期盼的退休后的美好人生,让月嫂保姆们在获得合理报酬后,也能有一种伦理操守与担当,努力提供优质放心的家政服务!

小太阳一周岁了

可爱的小太阳自去年 8 月 20 日冉冉升起,到今天已经整整一周岁了。

昨天晚上,爷爷奶奶、爸爸妈妈、秋秋姐姐给小太阳的第二个生日蛋糕点亮蜡烛,分别用中文、英文唱起生日快乐之歌,小太阳在歌声中把小手伸向蛋糕,抓了一把雪白的奶油!

姨婆说:"感觉一下子长大了!"

妈妈说:"他可以跨两步了。"

妈妈还说:"还是小时候圆萌一点,现在脸长长了。"

小姨说:"小秋弟好可爱,以后长大了脸部棱角就会更加分明,小帅!"

小太阳的外公利用微信红包给他送去有福之州的生日祝福,108.20 数字组合,意味着我们的小太阳已经实实在在地一周岁了!

今天上午,小太阳的爸爸画了 5 张职业画像(医生、教师、商人、艺术家、运动员),摆放成一个半圈,让坐在圆心的小太阳自主挑选,小太阳在那里先转着小脑袋看了一下大家,然后爬向商人那张画像,并把它举了起来! 小太阳的举动引发了在"望海学村"和"武汉团"两个群里的以下讨论:

外公说:"秋弟生日快乐! 我们长大后不做企业家,和外公一起研究女性问题,成为一个世界著名的女性主义学者!"

蔡博士说:"做总裁还是学者,这是个难题?"

李博士说:"做一个关注性别问题的企业家。"

曹博士说:"叶丰应该培养企业家。"

妈妈说:"外公,等他长大已经不用女性研究了。男女都平等了,干吗还要研究。你们女性研究最终目的也就是让女性研究不再是一门学科。"

石博士最后说:"我觉得叶丰(妈妈)说得非常对。研究女性,是对相对历史上形成的弱势和少数族群的关注。女性问题不存在了这是社会的进步,但研究女性主义的思路和方法以及情怀,可以用来研究其他的社会上不占统治不占强势的群体和问题,这在任何社会、任何发展阶段都存在的。"

不管长大以后从事什么职业,不管这种职业生涯是顺着个人意愿,还是满足父母偏好,或者出于国家利益需要,小太阳的培养与成长,有三个东西恐怕是不可或缺的:

心存善根的小太阳。力求成为一个真诚友善、富有同情心和正义感、必要时能挺身而出、扶贫助弱、力压邪恶的男人。没有这样的道德自觉与操守,一个男孩的长成就可能是贪婪的、是冷血的也是怯弱的,无法成为代表慈爱、正义与平等社会力量的一分子! 希望从爱与善意中升起的小太阳,也很够去照亮一个充满大爱与友善的世界!

学有所成的小太阳。没有海外接受教育,不可能有小太阳爸爸妈妈的曼哈顿相遇与相爱,没有工作前后边干边学,不可能有小太阳的爸妈用一个稳定的职业发展来化解再生育的高额成本,没有小太阳爸妈做父亲母亲的自我学习和完善,也不可能出色地扮演好这个人生当中最难的角色! 所以学有所成是贯穿人生历程始终的一项主题活动,希望小太阳能用一个积极的态度、一份坚定的毅力、一种科学的方法去努力开展好这个活动,并把活动的收获转化为人生的精神富足与事业精彩。

造福桑梓的小太阳。再过一个多月,小太阳就要和爸爸妈妈、秋秋姐姐一起去美国生活学习了,也许今后还会在那里工作、结婚和拥有自己的家庭。希望小太阳能时时记住,你是在中国大地上升起的,将来为这片锦绣山河发光是天经地义的;你身上流淌的是中国人的血脉,会说中国话、会写中国字、会接纳中华文化也是理所当然的;你这一周岁生日快乐的到来,还有今后更多的成长快乐,都离不开爷爷奶奶、爸爸妈妈的心血与汗水,单单每天的喂奶、喂饭、洗澡和陪伴就是一个巨大的工作量,那都是强度非常大的精力、体力、时间和注意力的多元投入,都是几乎用多个生命的力量协同运转的结果! 所以记住他们的生命贡献、回报他们的人生幸福更是无法推卸的!

亲爱的小太阳,外公再和你说一声:祝秋弟生日快乐、成长健康!

小太阳出国记

大家好，我是小太阳！

才一岁多的我已经多次长时间的高空飞行了。最近一次是去年 10 月 18 日，我一岁两个月的时候，妈妈爸爸又带着我和秋秋姐姐、爷爷奶奶一起坐飞机，还带了好多好多行李，谢谢妈妈把小太阳喜欢的玩具也都带上了，和我一样会皱眉头的外公特意来上海送行，给我们拍了好多照片，还送我们去浦东国际机场。

后来才知道，妈妈爸爸带我们回美国工作和生活了。我外公我爸爸都曾在这里留过学，妈妈像秋秋姐姐一样大的时候，也被接到美国，我知道，妈妈其实不愿意来的，她整整哭了一周，尤其到了晚上想外婆，哭得更伤心，我还好，没有哭。哦，这里还是小姨出生的地方，我喜欢小姨，她长得很好看，小姨也喜欢小太阳。

这里住的房子比上海大很多，有几个小孩玩的小公园都离得不远，可是家里家外除了一家人还是一家人，小公园里都没有小朋友一起玩，过去在上海四季园小区的游乐场，有不少小朋友，我可以拉拉可爱的小妹妹的手，还可以和小哥哥抢着上滑滑梯，哪怕坐在那里看着，也很好玩，很快乐！不过房子大了以后，小太阳每天都要走好多路，我越来越会走路了。哦，小太阳又看到在上海没有下过的好大好大的雪，很想到外面好好玩雪，可是好像比较怕冷，加上妈妈买的羽绒服有点小了，我就没像秋秋姐姐那样玩得很兴奋。

这里的空气很好，到处都比较干净，东西很多，都可以随便吃，不像在上海，妈妈看得很紧，不让乱吃，可吃的东西也比较少，吃之前，还要求一直擦手，连小饭桌也要擦一遍。大家有没有发现，在这里不到三个月，小太阳又长高了。不过当什么都可以随便吃了的时候，小太阳反而不会像在上海那样，吃完了还要，不给就想哭！

在这里，爸爸妈妈比在上海忙多了，每天上班时间很长，有时还要加班，工作比较辛苦,小太阳都心疼了。爸爸一早 6 点 55 分就要离开家,赶坐 7 点 9 分的火车去曼哈顿公司上班,晚上坐 7 点 45 分火车回来,还要妈妈开车去火车站接。妈妈自己开车上班,每天也是很早就去办公室了。常常小太阳早上还没醒来,爸爸妈妈就已经出门去上班了,他们下班回到家,我困了又睡了。所以,小太阳还是喜欢在上海,因为可以有更多的时间和爸爸妈妈在一起玩,一边听他们讲故事,一边慢慢地睡着了。

在这里离外公远了,但和小姨挨近了!我喜欢小姨经常来我家,因为她总是夸我,还和小太阳一起玩,我也喜欢小姨的男朋友,他比爸爸还要壮,我希望今后和爸爸一样高,和小姨夫一样壮。我觉得,小姨的男朋友很喜欢小姨,所以小太阳就提早叫小姨夫了。我还希望长大以后,也和小姨小姨夫她们一样考医学院,毕业以后做医生,你看,她们不仅帮助别人看病,还让自己也有一口整齐好看的牙齿,我最喜欢小姨笑起来,露出白白齐齐的牙齿,还有一对小酒窝。

哦,告诉大家,小太阳现在也有烦恼,就是一岁多了,还不会像秋姐那样讲很多话,而且声音也没有秋姐好听。现在家里各种语言都有,普通话、上海话、广东话还有讲了越来越多的美国话,秋姐也去幼儿园上学了,一会儿普通话,一会儿美国话,小太阳都不知道应该学讲哪一种话!不过还是要像爸爸妈妈那样,中英文都会讲都会写,而且还要好好了解中美文化,不然就会和小姨一样,虽然会把中文认读出来,但不一定都懂得是什么意思。哦,对不起小姨,这些都是外公告诉我的。

当然,小太阳还有期盼,那就是冬天能够快一点过去,天气暖和了,路上就不会结冰,妈妈开车上班就会安全,也会开快一些,早一点回到家;爷爷身体就会更加健康,就会和奶奶带小太阳出去玩,谢谢爷爷奶奶的爱护和照顾;小姨研究生毕业的日子就要到了,我要请妈妈给小太阳穿小西服,系红色的蝴蝶结,还要买一束鲜花,和家人一起去参加小姨的毕业典礼。哦,外公也会来美国和我们一起去,我和外公都会眉开眼笑,因为小姨顺利毕业了,成为一名牙科医生了,我们很开心。小姨,小太阳爱你,祝你更好更美!

这是小太阳学着写的第一篇小小作文,感谢大家的阅读,感恩大家的关心!

小太阳两岁了

再过两天，就是小太阳的第二个生日了。外公提前远祝你生日感恩，快乐无限！同时也为你可以去掉尿不湿、可以以步代车参加更多的活动、可以用语言进行更多的交流，感到高兴和骄傲！

在今年花红春好的时候，为参加小姨的研究生毕业典礼，外公拥有了自从你出生后在一起最久的幸福时光。谢谢小太阳，那一段日子是难忘的，也是非常温馨的，特别是一起走在去接秋秋姐姐放学的路上，还有你把笑声留在幼儿园旁边的游乐场里，把欢乐的小脸贴在外公布满胡须的脸颊上。还要谢谢你，让外公有机会近距离地观察到你的童稚表现和行为特征。外公以为，你是欢乐的，你用可爱笑意、清脆笑声在家里构筑了一道欢乐风景线；你又是宁静的，你在宁静中目不转睛地观看你喜欢的幼儿节目，你在宁静中非常专注地聆听和欣赏美丽的女孩；你还是外向的，窗外的车声会把你吸引到窗前，并友好地向外面的路人、邮件投递员、收垃圾工人等摇手示意，而对户外活动的参与更是你的天然爱好，不论是一起整理前后院的花园，还是徒步接送秋秋姐姐上学，你都乐在其中，充满不疲的热情；你有时还是霸气的，姐姐不让你玩她的玩具，你用哭声表示不满，好不容易叠起来的积木，你一手把它们推倒，厨房边的餐桌还经常成为你站高望远或卧身旋转的平台……呵，你在用你的长大，给外公展示了一个小男孩的性别世界，也让外公被很多姐妹和只有女儿的长期挤压的男性意识得到唤醒！

亲爱的小太阳，在庆祝你的生日的时候，外公还想送你一个礼物，那就是告诉你，在你身上所承载的一切，一定要好好珍惜，并在你长大的过程中去认真地传承和发扬光大。

在你身上，是一种非常难得的多样性汇聚，那里有美国盐湖城、普林斯顿、费城、奥斯丁，中国上海、武汉、福州、莆田等多个地域的文化多样性，有跨学科、跨学历和跨职业的社会多样性，还有不同家风家教、不同生活方式的家庭多样性，这种因为父母通婚半径拉长而形成的海纳百川的多样性，应该得到好好保持,并转化为性格上的包容性、生活上的适应性和发展上的兼容性,让自己从单一、排他和封闭中走出来,成为路走四方、兼收并蓄、具有开放精神和国际阅历的男人!

你出生在上海,血管里流着中国人的血脉,没有中国,也就没有小太阳。保留乡愁乡音,说中国话;了解中华文化,做中国人,既是一种血脉流出的民族本分和感恩,又是一种出自悠久历史文化的比较优势。你父母因为没有忘记包括语言在内的中国文化,所以转个身就是中美一样、内外皆可安家乐业的地方,而从小在美国长大的小姨,却缺少这种的文化张力,只能限于ABC的职业和生活选择。外公希望,在你长大以后,仍然可以和你讲中国话,尝中国菜,并拥有一样的中国文化积淀,以放大我们爷孙交流的内容和快乐,甚至你还可以回到国内发展,为自己祖国的繁荣与强大做贡献!

小太阳的爷爷是武汉理工大学教授,外公是厦门大学教授,我们不期望你今后也要成为一个教授,但掌握足够的、可以从事一份你喜欢的职业的知识和能力是我们对你提出的一致要求。不管你有多少其他的才艺兴趣,也不管你妈妈爸爸一定要你学多少才艺,用于职业可持续发展的专业知识学习和综合素质培养总是首要的,不能偏离,也不能被挤压。没有专业背景,你外公还有你爸爸都不可能出国留学,你妈妈和爸爸就不可能纽约牵手,那自然也就没有我们可爱的小太阳。你爷爷是上海好男人,你外公是福州好男人,我们期望你把这两个好男人的地域文化好好传承下来,并叠加互补在一起,让自己成为比爷爷外公表现更加出色的现代好男人。

你爸爸虽是理工男,但他的钢笔写生和攀岩爱好把每天雷同的生活变得富有诗意了,你妈妈虽然从商,但对高贵优雅的天生追求让她硬是在繁忙中给日常生活添加了不少品质,外公还希望你,好好向爸爸妈妈学习看齐,也过一个整洁有序、富有品质的生活,用诗意、品位和良好习惯,把自己打扮得更加得体清新,把学习和生活的地方收拾得更加简约舒适。

亲爱的小太阳,请提醒爸爸妈妈在你的生日那一天多拍一些照片,让外公也能分享你成长的喜悦,并把来自有福之州的美好祝福融入"祝你生日快乐"的美丽歌声之中!

亲爱的小太阳,和外公一起感谢所有喜欢和关心你的亲朋好友,并恭祝大家周末快乐,人生静好!

春天的使者

小太阳和秋秋姐姐,在爸妈的陪同下,开启了两周的回国春假。

先在武汉停留了三天,住武汉理工大学原校园的教授小区,观武汉大学樱花留香的珞珈校园,拜访了依然端庄秀美的外曾祖母,昨天傍晚飞抵福州长乐机场,直接接往枇杷正甜的莆仙,入住凤凰山脚下的全季酒店,在这里与太外婆相聚几天,最后再去美丽的福州看望外公的其他族亲。

昨天的武汉至福州的厦航航班迟到了 20 分钟,当他们一家从行李厅缓缓出来时,我高兴地挥手欢迎,示意他们靠近围栏,以便拍一张莅临有福之州的合家欢,没想到小太阳居然一反常态,把大大的后脑袋留给了外公,加上叶丰带了太多的行李,照片的画面都被堆积如一座小山的行李占满了。原来是刚刚拥别爷爷奶奶不久,而且一路飞行颠簸得厉害,小太阳心情受到影响,以往总是笑容可掬的样子也就收起来了。在去莆田的车上,小太阳还哭了,引得秋姐也哭了,他们都说,想爷爷奶奶了,日久和疼爱都会生情,情深最在离别时啊!

一路上雨落天黑,可以导车的分道标年久失光,加上好久好久没有夜里跑长途,我可是特别小心翼翼地开着,也顾不上和小太阳套近乎了,还好有导航,下高速进市区靠近酒店,还挺顺当的。

从去年 4 月去美国参加小女儿叶菁的研究生毕业典礼,差不多又一年过去了,这一年小太阳都有什么变化呀,我询问女儿,她柔柔地看着儿子,没有常见的快语快说。从夜里灯光下观察,到早上餐厅里细看,小太阳依然如初的是给人留下外国小孩或混血儿的总体感觉,配上细细软软的长发,萌萌的让人情不自禁地生爱,在短途航班中,本不供应饮料,空姐却把自己备渴的水让给了小太阳,颜值和萌爱都可以产生外部经济啊!

不变的还有小太阳盎然的笑态和本色的善意,一排小小门牙的出现,让笑意从大眼睛和小嘴巴同时荡漾开来,洋溢而成的笑态更加灿烂可爱,小太阳的善意是与人聚别有仪,和小朋友在一起知道礼让,从不抢先夺物,在短短的时间里,他已经两次扬起小手,向外公说再见,走出几步后还会扭过头再次示意。

　　还在我心中留下美好记忆的是小太阳的观察热情和深思样态,不论是见到人,还是身处一个新的环境,小太阳喜欢东张西望、上下打量一番,然后会聚焦在一个方向或一个人物,眼光变得越发专注,随后更是陷入一种自我的沉思,许久不收回,有时还会皱起眉头,让熟悉的朋友不约而同地说道,小太阳太像外公了。

　　也和女大十八变一样,男孩子也在经历成长的变化,小太阳一年的"男大"也有几个变化,最明显的是腿长个高了,上小学一年级的秋姐现在 1 米 3 多,高过一半以上的同龄女孩,而小太阳的身高比姐姐还显著,高过接近百分之八十的同龄男孩,如果说小太阳父亲的基因强大也许首先表现在两个孩子腿长和身高上,当然还有小秋姐自小就喜欢画画。小太阳的变化还体现在语言能力的初成,不仅会说不少的中国话,会数一到十几,而且还愿意和人进行语言交流,抒发自己的情绪和诉求,还有表达引起别人关注与分享的内心希望,小太阳妈妈爱说能说是否也通过基因遗传成为小太阳的一种性别能力,完全可以乐观以待。

　　小太阳带给外公一年成长的礼物还有男孩擅长的活动项目和程度的增长。他似乎比姐姐还更会走路,走路的样子已经有点小伙子的气势了。昨晚到莆田的小表弟家,一辆可以遥控的奔驰小童车引起小太阳的极大兴趣,不时坐上驾驶座,双手握着方向盘转来转去,有模有样的,而秋姐却更多地在彩塑地板上搭建彩色的积木。在美国的时候,小太阳已经能够和秋姐一样,头戴安全帽脚踩滑板车滑行,姐弟俩像一对春天归来的小燕子,飞翔在一片草绿花红的天地里。

　　犹如春天的使者,小太阳和小秋姐的到来,让所到之处都充满大地回春的喜乐与希望,武汉的外曾祖母笑得喜出望外,莆田的太外婆即使抱病在床也添加了很快康复健朗的信心,青口崮屿的亲人特别是去年刚出生的弟弟妹妹也都期盼着有福之州的大团聚,一起感恩所有天下的亲朋好友为几个联姻家族的发展壮大,为小太阳、小秋秋的健康成长所给予的长久的厚爱与支持。

　　接下来的几天,外公有点忙,但外公已经在墙上挂出把你们精彩放大的照片相框,楼上楼下也都拖得干干净净,你们来太阳座要睡的棉被也都晒满太阳的味道,特别是顶楼朝东的阳台也清洗一新,到时外公将和小太阳小秋姐相约起早,在那里我们祖孙三人一起迎接冉冉升起的太阳,让外公再一次把对你们的爱升腾在心中!

小太阳 3 岁了

"Ahahah,弟弟中国时间已经 3 岁了。"凌晨 2 点 54 分,大女儿叶丰发了一个信息。

凌晨 3 点 29 分,我醒来,看到这个微信,就给小太阳发了一个 168.20元的红包,写道:"外公给秋弟送去有福之州的最美好祝福,远祝秋弟生日快乐,成长如歌!"

在上海落地的秋弟,已经满满 3 岁了。当时,二孩母亲发出的微信是:"8 月 20 日上午 10 点 50 分,二孩顺产出生,男孩,体重 3.8 公斤,身高 53 厘米……"现在的秋弟,虽然还穿着尿不湿,但体重增加到 15 公斤,个头高过 1 米,为 110 厘米。这两个增量也让小太阳原来明显偏大的头,变得比较均衡适度了。

3 岁生日到来的 7 天前,家里收到附近学龄前幼儿园的入园通知,告知上学的第一天是 9 月 9 日,小太阳的爸爸在微信上写道:"恭喜弟弟收到人生的第一个录取通知书!"为了让只持有国内驾照的爷爷到时能开车送秋弟上学,叶丰还给市长写信,并很快收到市长的回复:"不需要申办非居民驾照就可以在本市开车。"秋弟用 3 年的时间开启了人生当中家与校之间的第一次对接,希望那一天的小太阳也能够像美国小朋友一样,在被幼儿园老师接走的那一刻,没有太多的哭声和扯住爷爷衣角不放的举动!

3 年过来,尽管在家里和秋秋姐姐偶尔还发生冲突,但秋弟对女孩的友好依然如初,会主动去照顾年龄比他小、个头比他小的女孩,慢慢形成的性别审美也有了更为明显的自己标准,对长得比较好看的小女孩,那喜欢的眼神多了一份超乎年龄的专注和持久。在个人喜好方面,他还出现了三个倾向,首先是热衷恐龙,可以辨识和说出不少恐龙的学名,还喜欢戴上恐龙面具,在家里到处游走,不时发出学得越来越像的恐龙的叫声;再就是喜欢各种车模型,经常在客厅地毯上搞车展,带他到室外,或者抬起小手拍拍停在车库外面的小车,或者站立路边,很认真地看着路过的车辆;最后一个喜好也可能来自遗传吧,他爸爸是建筑设计师,姐姐像她爸爸喜欢拿笔画画,而秋弟更喜欢在客厅、饭厅搭积木做工程,或者围成不高但开阔的大建筑,或者就一直往上搭建像纽约曼哈顿一样的超高层,然后再用手把自己的建筑作品推倒。哦,还有一个让我开心的是,小太阳也特别喜欢外公拿手的拌面,这次去美国,偶尔拌一次面,他吃了一份还不够,满嘴都是葱花和花生酱香。

随岁月增长的再一个性格特征,就是小太阳友好待人、快乐相处,喜欢和人一起参与共享。他总是笑意盈盈的,人到哪里,哪里就有他的笑声。社区环保人员来收垃圾,他就会站在窗前,向人家招手致意。带他去走路,累的时候,他不哭也不闹,而是客气地说:"外公,弟弟走不动了,您能抱抱我吗?"过了一会儿,他又说:"外公,弟弟可以自己走了。"有时他还会主动关心和抚慰他人,拉着大人的手说一两句让人特温暖的话:"奶奶,您开心吗?"每每户外活动,小太阳都显得特别活跃,你在那里割草清理后院,他也忙得不亦乐乎;姐姐在外面骑手扶三轮脚车,他也戴上安全帽,努力追赶;特别是在攀岩现场,爸爸忙着教秋秋姐姐,他在一边也伸展手脚、自学技艺,那架势还真给人一种训练有素的感觉。

这一年让我有点出乎意外的,就是小太阳的自我意识明显上升了,不尊重和不合他的意愿的大人要求,他会哭闹着坚决抵制。例如,吃饭时不让他看动画片或者遮住他的视线,他会不高兴地叫起来,还有特别不能接受的是,几次出去聚会前,给他换一套衣服,小太阳都把它演变成一场剧烈的对抗。还好小太阳也有惧怕的时候,那就是他爸爸把他关到厕所里的惩罚,看着他含着泪水,抹着鼻涕,童声童调地说着对不起、承认错误的样子,又特别想把他抱到怀里。

作为公司分管人事的职业女性,大女儿把越来越多的时间花在出差的旅途上和各种会议的议事中,孩子们更多的是站在家门口给又要出差的妈妈挥手告别,还好幸运的他们获得了非常丰富的来自爷爷奶奶的隔代照顾

157

和每天通勤上班一回家也积极承担家务的父爱滋润,因为这种难得的爱的介入和站位,小太阳和姐姐才得以健康、快乐地成长。所以,又逢秋弟的生日,首先要感恩钟凌和叶丰能够拥有第二次生育的难得机缘,感谢爷爷奶奶们多年提供的隔代大爱,还有感激所有的亲朋好友对小太阳姐弟俩的一直关心与祝福。

在写以上这些文字的时候,叶丰一家正在加州度假,叶菁正从旧金山飞往洛杉矶和姐姐会合,第一次在加州接待姐姐一家,并在美国时间的明天,为小太阳的第三个生日蛋糕点亮蜡烛……

亲爱的小太阳,远在福州的外公再次祝你生日快乐!希望你慢一点长大,尽享童年给你带来更多原生态的生命惬意!期待你的母亲能够放慢一点职业的节奏,有更多的时光把你拥入怀中,吟唱母子同心跳动的爱乐诗章!

小太阳上学记

9月9日上午9点在妈妈的陪同下,小太阳来到人生的第一个学校 St. Teresa of Avila Preschool and Kindergarten,开始了家外每天一个小时的学龄前教育。他拉着妈妈的手,排队等候进入学校的大门,可爱的脸上还有笑容。特别是背着小书包在家门口等妈妈开车送他去幼儿园的时候,小太阳更是充满着欢乐。妈妈为他的教育签出了第一张个人支票,4730美元;小姨发来祝贺微信:"Happy first day,Austin!"

随着妈妈的离开,他才知道,这个陌生的环境需要自己独自去面对,在那里一个小时,他哭了一个小时。这是当时的记录:"弟弟还在哭,只有他一个人在哭,其他小朋友都在玩……藏在后面的楼梯过道上哭,哭得满脸通红……看到大人后,哭得更大声。"还不会说英语的小太阳用哭声度过上学后的第一天。爷爷心疼:"受苦受难了。"爸爸同情:"可怜的弟弟,Growing pain!"

第2天,爷爷送他去上学:"今天弟弟一个小时90％在哭……"。

第 3 天,还是爷爷送,"秋弟有我陪同能正常进入幼儿园,离开时又大哭"。爷爷接小太阳放学,"刚到家,老师说今天表现不错"。爸爸问:"接的时候有哭吗?"爷爷说:"接到时还是哭。"小太阳还是没有消除对幼儿园环境的陌生与孤独感觉,依然用哭声向爷爷释放。小姨调侃小太阳:"Ha Austin, so much happier once he knows school is over. Was he crying the whole time again?"其实秋弟比小姨好多了,当年小姨是哭一整天的。

不过到了第 5 天,天生欢乐的小太阳已经不哭了,爷爷说:"接弟弟时没有哭。"小姨表扬他:"秋弟好厉害!"

接着是两天的周末,在家的亲切和踏实又拉开了小太阳与幼儿园的心理距离,到星期一,奶奶和妈妈一起送他去上学,居然一路哭着不想上学,甚至还挣脱妈妈的手,一个人撒开小腿往回跑。可想最后还得把他送进幼儿园,奶奶和妈妈的心里也是不好受的。还好放学时,"接弟弟没有哭,不错的。回家还蛮高兴的"。

第 7 天,还和小太阳的妈妈在微信上有个对话,我说:"昨晚深夜回宿舍的路上,还通过微信隔着太平洋和亲家钟教授召开专题研讨会,商量秋弟不想上学的对策呢。"女儿说:"秋弟估计读不到博士了,叶教授。啊哈哈!"我说:"小太阳是一定要念博士的,而且他也能拿到博士的学位。"

再后来,小太阳好像一下长大了。爷爷记录下越来越多的可喜变化:"今天接弟弟表现更好了,神情更好,老师表扬更多,给我介绍了他玩的小公园,更活泼了。弟弟说,英语老师教他用英语数 1 到 10 了。"

"今天表现也很好,进教室后就叫我回去。老师指导他挂了包包,然后头也不回进去了。"

"弟弟心情不错,好像今天玩水,衣服弄湿了,换了衣服,回家后现在吃酸奶。"

"问弟弟今天在学校吃了什么,他说是薯片,弟弟怎么知道是薯片?"

"弟弟回家了,今天在幼儿园小公园可以到处玩了,坐滑滑梯等,摇马还不敢骑,我们提前去看到了。"

"现在正常了,上学、放学都不哭了。一到家吃酸奶,要两盒。"

奶奶也感到很欣慰:"弟弟表现好,我们累得也安心。"

我也和亲家开玩笑:"呵,钟教授严重低估了秋弟的适应能力!秋弟要表扬！秋弟的出色表现让理工科教授的爷爷预测失灵！""祝贺秋弟用最短的时间实现华丽转身：从可爱的宅男到幼儿园暖男！"

是啊，小太阳只用了 15 个小时，从用哭声拒绝上学转变为每天平静地去幼儿园，而且还衍生出不少其他的变化，在学校碰到老师会点头互动了，看到喜欢的书会带回家，在家里第一次提出自己坐小马桶大便，不学自通的钢琴弹得更有情感了，欢乐的性情似乎还添加了一些斯文与宁静，等等。

尽管这样，看到小太阳一开始恐惧的样子和无助的状态，幼小的心灵还要经历如此重大的环境转换带来的冲击，总觉得家长、学校和社会还应该做点什么，来实现没有哭声的家校对接，例如，可以提前告知住得比较近的同班同学，让他们在未入学前就开始交往，幼儿园有几个熟悉的小朋友，就会减少因为陌生而产生的不安全感；还有幼儿园的老师也可以在开学前进行家访，提早让孩子接近自己认识自己；也许更为重要的是，可否赋予父母亲至少一个星期的带薪陪学时段，让他们的陪伴和参与，减少孩子初次离家入校的恐惧和不适，增加家校联手育儿的合作和互助。

1990 年首次世界儿童问题首脑会议上就提出了"儿童优先原则"（first call for children），主张"一切为了儿童"，"向所有儿童的生存和正常发展提供基本保护"。让更多的刚满 3 岁的孩子都能在一片欢声笑语中，手拉手快乐地走向幼儿园，并在那里接受充满安全感和幸福感的学龄前教育，也应该成为儿童优先原则实践的内容，而且还要反思我们的家庭教育，为什么美国的小朋友就不会哭或者哭得比较少呢？

生育成本

20 日刚给小太阳祝贺第二个生日，25 日又获悉一个好消息，我在厦门大学指导的一位女博士生下第二个孩子，顺利地实现了二孩生育的政策目标。

第二天快接近中午，来到这家医院妇产科的产房，给年轻的博士母亲及其家人带去又添一孩的贺喜。当挨近被这个世界拥抱不到 24 个小时的婴孩时,我看到微微闭着的眼睛和自然开着的小嘴,居然都带着一丝柔柔的笑意,那弯着两个小指头的手轻轻托着小脸的样子,却给人一种我已经拥有这个世界的满足和怡然。我不由得叫出声来:"欢迎你,可爱的小博士!"

因为是剖宫产,妈妈还显得有点力薄,再做母亲的喜悦似乎还抵消不了产后的疼痛和消耗,让人一眼就可以看出生育给女性所构成的心理和生理上的巨大付出!再看看女性几乎是用自己的生命孕育和迎接另一个生命诞生的地方,我突然感觉到一种失衡的不安,鼓励生育的社会好像对不起她们的付出啊:狭窄的产房居然摆着四张床,也就是有四位伟大的孕妇在这里待产和产后的恢复,床与床之间刚好放下婴儿的小躺车,加上前来照顾陪产的家人,真的感到拥挤和嘈杂。弟子今天早上发来微信写道:"叶老师好!我们昨天下午回来了,从医院回到家感觉太舒服了,都睡得很香!"还好分娩的费用不贵,除了医保报销以外,也就 2000 元左右需要自理。

从所看到的、听到的一切,我情不自禁地回想自己经历的生育过程,沉入最近被各种媒体热议的二孩生育话题里。

我自己出生的时候,是伯母帮忙接生的,而且就在居住的面街的小阁楼上,那时家和医院不分离,接生送死就是发生在家里的日常生活。母亲一边生着一边哭着,因为都生了 9 个女儿,怎么可能还会生男孩呢?所以母亲的再生行为,完全不是自己的选择,那是家族继嗣的需要,是重男轻女生育文化的迫使。我要感谢母亲非志愿的锲而不舍,我才能来到这个世界,而母亲也要感谢我的到来恢复了她老人家也会生男孩的性别尊严。

到了我自己进入生育的时代,一孩政策更是一个强约束。那时我在北京为出国学习做语言准备,我寄回晒干的北方红枣也捎上我生男的期待,最后一个告知是女孩的电话,让我一天都没有心情去上课,而我母亲更加失望,扭头就离开了医院。不论是传统生育文化还是当时强约束的生育政策,生育主体都缺乏选择的自由,生育的个人意愿又怎么能够得到尊重呢?特别是作为母亲的女性更是承受了绝大部分的精神和身体上的双重压力和损伤。

留学美国后,我有了第二个孩子。尽管还是女儿,但家庭化的产房设置,要求父亲在出生纸上签字,还允许父亲参加整个分娩过程,一定程度上促使你把对生育性别的在意或纠结转移到对分娩顺利、母子平安的期盼和祝福上。当你那么近距离地听到女儿的第一声哭声、看到她打开美丽的眼睛和你的眼光第一次对接，如果这时还报给你一个带有微微满足的笑意，你整个心里洋溢的就都是做父亲的幸福，装满的就都是对女儿的承诺。对生育主体选择自由的基本尊重、对生育过程人性化的最大呈现，尤其是对生育责任的父母双方共担和对生育成本的社会部分化解，都可能让生育变成一个富有诗情、充满创造的爱意表达，变成丰富人生、滋养婚姻、完善家庭的生命历程！

在还需要努力去消除传统性别文化滞后影响的我国，生育其实还是一个性别问题。可以说，好多适生女性的生育热情不仅没有被生育政策调整燃烧起来，而是在不平等性别关系中被彻底熄灭了。实际上，推行二孩生育政策的今天也是女性拥有更多生育决策权、对生育过程有更多理性把握的时代，当现有婚姻的未来走向不乐观的时候，而今的女性不会用再次生育去挽救婚姻；当现存婚姻把生育带来的各种家庭负担都搁在母亲肩上时，她们一定不会再去给自己添加一个挑不起来的担子；当生育给母亲构成更大的自我发展的机会成本时，以及生育带来更多的孩子和母亲健康和社会风险时，她们也一定会理智地规避这些成本和风险而选择不生。所以，如果说过去的计划生育基本国策实施离不开男女平等基本国策的落实，那么时至今日，二孩生育政策人口效用的如期实现就更需要全面落实男女平等基本国策了，更需要全社会善待、爱护和支持即将和正在做母亲的女性，更需要把她们过去单性别所承担的生育负荷、代价和风险转化为现在的男女双性别一起承担，甚至通过社会积极介入最大限度地提高母亲再次生育的净收益和幸福感。

生儿育女

3月5日凌晨1时2分，一段手机配乐把我从睡梦中唤醒，是二弟兴奋的声音："大哥，小兰生了，是儿子！"

记得二弟小的时候，特别爱哭，还会尿床，有时还往放卫生纸篓里尿，把母亲急得不行,少不了放词责备,但从没伸手打过。没想到会尿床的二弟却成为四个兄弟中唯一生儿子的父亲和拥有孙子的爷爷!而且在母亲晚年失禁的几年间,很多情况下都是和母亲一起居住的二弟给母亲清洗保洁,那一份朴素的孝心转化为我们众多兄弟姐妹共同的感恩和接力。

天亮后,尽管下着不小的雨,我还是开车进城,来到福建中医药大学附属省第二人民医院,向年轻的母亲和二弟一家表示祝贺,和大家一起欢迎小宝宝加盟叶氏家族。妇产科设在高层的门诊大楼,这里没有附一医和协和医院常见的拥堵和嘈杂,上下电梯也比较顺畅,让你觉得,当优质医疗资源在院际和区域之间进行更加合理的分布,更加接近患者群体和靠近便利的交通枢纽时,整个医疗环境和服务质量就可以得到明显的改善和提升。上到九楼的妇产科,长长的走廊过道干净整洁,两边墙上悬列着宣传母乳喂养好处、办理出生医学证明意义的挂牌,一间两个产妇的产房宽敞不挤,大窗户收获的光线也比较充足,唯一不足是仍习惯于常规的医院布局,更多地突出技术性和程序性功能,较少去营造一种家庭氛围,特别是父爱母亲通力合作的接生意境,去张扬生命孕育的意义和迎接新生的喜乐!

因为是剖宫产,二孩母亲小兰显得比较虚弱,刀口的疼痛也抑制着幸福的表达,但苍白的脸上还是可以觉察到再次为母的满足!辛苦了,年轻的母亲!倒是来到这个世界只有 10 多个小时的小宝宝,虽然还不能一直睁开眼睛看世界,但一副欢乐的样子溢于脸上,又黑又多的头发更添加了一份可爱和帅气。小宝宝还在读幼儿园的姐姐不时靠近婴儿车,踮起脚伸出手去轻轻地抚摸弟弟!多美的姐弟手足之爱的亲情画面啊,多好的又一个二孩生育政策的人口成果啊!

中华民族是一个喜欢生育的民族,如果去除重男轻女的生育习俗,这种生生不息、代际繁衍的热情和能力倒是我们的民族好基因和文化好传统。不过在过去以男性长辈为中心的家庭制度、以控制人口数量为目的的生育政策的强约束下,作为生育主体的夫妻,特别是母亲的生育意愿和选择权利并没有得到应有的尊重,女性成为多生育的工具和节育的主要承担者,在一定程度上改变着女性和生育之间的情感关系。随着改革开放继续迈开步伐,女性教育背景和职业参与都得到明显的改善以后,已婚女性也逐渐进入家庭内部的生育决策过程,女性和生育的情感关系也得到修复和加强,从孩子和自身的利益角度来综合考虑生育问题成为一个新的家庭现象,生育的家庭属性、政策属性也逐步转化为个人属性和性别属性,当个人的生育意愿不能得到尊重,当性别的社会平等不能得到保障,当这些不尊重和缺乏保障又影响到孩子的生存与成长,推迟生育、尽可能少生育甚至放弃生育都可能成为女性的人生选择。从这个意义上来说,生育的本质其实是性别关系,彼此平等和相互尊重的性别关系将会增加性别互动的领域和频率,提高性别互动的质量和收益,其结果将会带来更多的情感依恋和联姻愿望,并以不断走高的结婚率和婚姻关系的稳定性刺激更早和更多的生育!所以,哪一天性别关系真正实现了平等,生育给女性带来的不是因为性别所追加的各种成本,而是更多的性别红利、婚姻幸福和家庭和睦,那一天民族生育的热情就会重新燃烧起来!

有了性别平等意识,我们对全面二孩生育政策的配套才会有针对性,才能配套在关键处。依我之见,最近九部委联合发文,强调加强就业领域的性别平等和女性权益保护就是一个举足轻重的举措,如果在孩子健康和入托进园方面有更多更好的资源可选择和利用、在家庭内部丈夫能够一起承担孩子照顾事宜,女性的生育热情一定会被重新唤起的!

我相信,站在孩子利益的角度,坚持生命过程的性别平等和生育阶段的夫妻合作与社会支持,生育数量适度、性别结构均衡、质量水平对标的新时代生育观念和行为将会形成我国人口更加可持续的增长!

亲爱的叶氏家族新成员,再一次欢迎你的到来,衷心祝福你健康和快乐地成长!

少年强,中国强

昨天上午"传承红色基因,争做时代新人","少年强,中国强"的中小学生演讲比赛的声音还回荡在耳畔,把我带回到当年清明节去给"二七"先烈林祥谦爷爷祭奠的路上,看着两位漂亮可爱的莆田小赛手,又让我想起现在已经是两个孩子妈妈的大女儿,当年得到莆田阿嫲精心照顾,念小学五年级的她不想去美国上学，她说她再努力一年，是可以当上佩挂三个红杠的大队长的。

少年是民族的希望，是国家的未来，儿童优先、孩子优教是我们这个古国几千年传承下来的文化传统和代际意识。昨天由福建省关工委在福州银河花园大饭店举办的全省"传承红色基因，争做时代新人"演讲决赛，就是四个月前（3 月 28 日）中国关工委在河北西柏坡启动的"传承红色基因，争做时代新人"主题教育活动在福建的一个重要分场景，我有幸作为评委见证和分享了来自八闽各市区的 26 位中小学生的精彩表现：

那位个头最瘦小、一袭红裙的小学女同学居然一点也不怯场，声音高扬、气势蓬勃，让刮目相看的我，还在思忖，这巨大的能量从哪里而来啊？

那位第一个出场的中学生选手，主题突出，台风亲切，把从爷爷、妈妈到她自己的红色基因的传承过程讲述得生动感人，我看到她妈妈用手机把女儿演讲完整地收录了。

那位来自平潭岛、肤色黝黑的中学男生，据说是刚从全国赛场载誉归来的，他的表现确实与众不同，让人真实感受到什么才是真正的演讲及其难以抵挡的魅力和感染。等到一起合影的时候，我才发现他的指导老师，还有父母亲都在现场，一起分享他给平潭中学生又获取了一个荣誉。

那位中间忘词的中学女选手，没有我们所预期的那种惊慌失措和不忍心收入镜头的面部尴尬，依然保持沉着自然，并很快又进入正常的演讲，联想这次除了还有一位选手略为超时以外，几乎是没有失误的完美呈现，也让我们在感到欣慰的同时，为他们良好的心理素质和现场掌控经验叫好！

可以说，这次演讲比赛对于在少年儿童当中广泛传播我们国家和民族的红色基因，让他们了解和理解什么是红色基因，为什么和怎么样传承红色基因，以及如何把红色基因转化为时代新人的核心素质、价值取向、精神面貌和行为方式，起着不可低估的作用和影响，它不仅对孩子是一次很好的红色基因教育，对孩子的父母、中小学教师和各级关工委工作人员来说，也是一次关心和教育下一代、向他们有效传承红色基因的思想认识的提升和社会责任的强化，所以这次比赛的收获，不仅仅是参赛孩子个人的成长，还是一个家庭家风建设和代际合作的促进，中小学校人才培养理念和方式的改进，还有以各级关工委为主要力量的关心下一代健康成长的社会氛围和机制建构的推进。

从这次比赛评分来看,我们把更多的比重放在演讲的内容上,希望演讲者能紧扣主题、结构严谨、层次清晰、观点鲜明和格调积极向上,我们还认为,内容甚至还决定是否能够把演讲与朗诵、与表演区别开来。尽管参赛孩子都很努力了,但如何把注意力转移到演讲内容取材和编写上来,其实还留有较大的提高空间。我初步估计一下,豪言壮语口号式的内容表达大约占了一半左右,彼此类似重复后变得没有新意与特色,没有个性化的情节又很难转化为平实生动的讲述,压低了不少选手的得分。另外,推出他者的泛叙太多,联系自己的展开不足;在空间上把话题拉远的较多,而就近在自己的家乡家庭集中深入不力;回顾千年百年过往的多见,分析现时和展望未来的单薄。这些缺陷都在一定程度上表明,出于安全的考虑以及顾忌担责导致跨界合作组织校外活动减少,我们孩子社会活动的形式、内容和空间都受到较大的限制,孩子的人生阅历单一、生活过程简约、生命历程中能够留下刻骨铭心的记忆偏少,进而还制约了我们孩子对自己对外界的感受力、比较力和思考力,没有人生故事,就不能生动地用好演讲这种重要的人际交往方式,没有从人生故事当中不时得到感动,又怎么能够通过演讲抵达受众的心里,去感动他们,去产生思想和情感的共鸣。

看来,要让主题演讲活动发挥更大的对孩子优教的效果,在安全绝对保障的前提下,给孩子更多的心灵、思想、情感和社会参与的自由是不可忽视的。

小 欢 喜

直接触及高考主题的电视连续剧《小欢喜》昨晚进入第41集,站在护栏上的英子抱着深圳跨海大桥的灯柱,几乎崩溃地向她母亲喊叫:"我报考南大冬令营,就是要逃避您!"一直以爱的名义,为了女儿所谓的好倾其生命之力的离婚母亲宋倩,极其绝望又一脸不解地瘫坐在地上……我也非常难受地走向北边的阳台,把泪眼投向星月稀疏的夜空。

每年都在重演的高考就像房子一样变成好多家庭难以承受之重，不管是最后走进所梦寐以求的大学，还是名落孙山难择后路，整个家庭都在生理和心理上、在彼此的关系上撕开了一个难以愈合、每每想起都还有痛感的伤口。就像没有能力也要住最好的房子一样，超负荷的投入和长时间的负债淘尽了一生的幸福。我以为，除了影视作品以外，社会学、心理学、教育学、经济学，甚至女性学等多学科界别的学者有必要联手做一个全国性的调研课题，完整地估计一下中国式的高考及其面对所带来的个人、家庭和社会等多层次的负面效应。

把可爱的、想成为刘洋一样的宇航员的英子逼成已经 34 天不能睡觉、中度抑郁的病人，到底是谁之过啊？是 1977 年恢复至今未有重大改变的高考制度，还是在制度实施过程中逐渐形成的备考文化，是精神上非常压抑而在保障上还必须有力的天下父母，还是被多方压力围追又无处可逃的可怜孩子？

美国的高考有三个特点。一是在初中等教育的时间结构上调整为小学 5 年、初中 3 年和高中 4 年，高中的最后一年主要是用来备考和选修一些入读大学后可以计算学分的课程；二是一年安排多次考试，减轻一年只有一考的压力和出于偶发原因带来的冲击，把高考变成常态化的、可以灵活应对的一般性考试；三是考试形式以选择题为主，判卷与成绩统计全部智能化。我国高考在参考学生众多的情况下，还是采用一年一次、高度集中的组织方式，往往无法排除考场拥挤、周边嘈杂、赴考交通拥堵、家人的协同脱节、考生的身心健康还有女同学刚好来了例假等各种因素的影响，限制了考生在宽松的内外环境中可能发挥出的最好水平。所以对高考制度的设计还是要从机构管理便利的组织思考转换到以考生能考出最好水平的服务思考，以考生方便参考、快乐参考和考出真正水平为最高原则，相信孩子的基本社会诚信，相信孩子的个人应考能力，也相信分散、多次、智能化高考的比较优势和综评效能。

随着大学毕业生就业问题日趋凸显，我国的大学备考文化也在走向需要纠偏的时候。一方面把备考演变成需要大量家庭资源投入的市场，升学率在催高一些高中的市场价值，一些学校把原来内化的教育外延后对各种科目补习、才艺培训市场的激活，甚至一些著名大学也以科目冬令营、夏令营的形式加入对这个市场蛋糕的瓜分,所有这些都严重抬高了高考家庭的经济负担,把一些不富有的家庭搁置在本应该拥有的备考机会之外。另一方面,把父母亲也都引入到备考战役之中,自己的职业生涯发展、婚姻关系提升、健康问题解决等都通通让位给孩子的备考,他们比孩子更紧张、更敏感,也更提心吊胆无助无援,这种备考压力的隔代蔓延最后又反弹到孩子身上,孩子每一次模拟考试的起落和排次都牵动父母的神经,决定一个家庭是欢乐还是失望,甚至还外溢为家庭外部各种人际关系的稳定与波动。英子埋怨母亲对她的态度起伏太大,可是被深深卷入这样备考文化的父母能举重若轻吗?他们既是这种备考文化的受害者,又是制造者,连自己是非常优秀的教育工作者也难于避免。

所以,不要指责我们的孩子,也不要把我们的压力转嫁给孩子,更不要对孩子寄予违背和超越孩子主体意愿和实际能力的高考希望。如果教育部门应该强调服务孩子的意识,那我们做父母的就应该突出尊重孩子的观念。

尊重孩子,就会把孩子的身心健康摆在第一位,一切危害孩子身心健康的高考设标和备考举措都不应该出现在我们和孩子的高考合作之中。

尊重孩子,就会把孩子的个人追求放在最前面,一切力图用父母期待取代孩子的高考意愿,强行用父母目标更换孩子的高考选择也不应该介入我们和孩子的高考互动之中。

尊重孩子,就会把孩子的正常生活看得更为重要,主动地协助孩子把备考作为日常生活的一个有机部分而不是全部,放弃所有隔离孩子、专注高考的念头和做法,让孩子始终作为家庭不可分割的一个成员,在备考的过程中一样经历家庭的各种变动,用增强孩子的家庭责任感来提升他对高考意义的重新认识,把各种变化转换为孩子珍惜高考和努力考好的人生动力。

今年的高考已成往事。一起期待高考制度和文化都有新的变化,让考生和家长在变化中露出真正的欢喜。

人生扩建

时至八月盛夏,洪塘大桥的扩建工程正进入一个关键而艰苦的工期。离明年年底建成通车的时限只剩下 16 个月,至今上下游两边的新桥还没有贯通,现时交通不能向新桥分流,旧桥的拆除和两边新桥的连接也就无法展开。尽管钢构的桥面温度高达五六十摄氏度,建桥工人依然冒着酷暑作业,他们肤色黝黑身材结实就是这样晒烤出来的。

建于 1990 年 12 月的洪塘大桥,在接受了一次桥墩加固的修护后,于 2017 年 3 月启动了目前还在施工的扩建工程。此次扩建一下子把原来的 2 个车道拓宽为 8 个车道,桥高提升了近 3 米,而且在技术上还变成一座钢箱结构的拉索大桥,长跨度的预制钢架一方面缩短建桥工期,另一方面又延长桥梁的通行寿命,无形当中减低了桥梁建设的单位成本。从江里一跃而起的左右主桥墩举着的横梁上,很快就会出现崭新的洪塘大桥几个大字,一座桥梁从此在扩建中获得新生。

和桥梁扩建一样,我们的人生也处于不断的扩建之中,随着时代的更换,这种生命扩建在年轮上明显前移,在内容上越发复杂,给我们人生带来的影响也越来越深重。

一个不要输在起跑线上的误导,把多少年幼孩子过早地带入到充满竞争和功利色彩的成人世界,不仅要在幼儿园、小学抢先进夺红杠,而且还要辗转多个培训机构力争成为一个技艺高超的多面手,甚至不惜拉开亲情距离,把孩子送往遥远的异国他乡读初小念高中,这种把父母意愿强加给孩子的任性扩建,往往缩短和异化了孩子的童年时光,在增添对未来生活心理抵触的同时,还淡化了和父母之间的亲情依恋。不尊重孩子的主体意志和成才规律的扩建实际上也是一种在家庭领域片面追求"政绩",最终损伤家庭关系的表现。

在扩建的内容上,数量上、外延式和手机里的追求越发多于质量上、内涵式和现实中的努力。就以把日常生活往手机上扩展为例,在时间上,它占用了我们不少的宝贵时光,甚至渗透到我们一天不多的和孩子亲密互动的过程中,用一年期盼等来的好不容易一家团圆的除夕夜;在形式上,我们现在时刻不离手的是手机,而不是要拉住的孩子和爱人的手,更急着去接听回应的是手机铃声,而不是就在客厅里、饭桌上亲人之间的家庭交流;在功能上,我们一天也不知道发送多少转来转去的东西,而不是认真地往共享空间里投放自己的原创,我们乐于成为很多组合的群友,而交叉重复的互动挤压了更有意义的社会交往,我们还在不断地固化和加强对手机的路径依赖,即使没有特别的诉求,哪怕握着它、刷着屏,也都觉得是一份存在感。拥有手机,我们似乎拉近了和世界的关系,在整个地球上扩建自己的人生,可是我们的生命质量提升了吗? 内涵丰富了吗? 我们真的与现实世界融为一体、美美与共了吗?

人生的扩建是一个动态的轨迹,但更是一个选择的过程。尤其是在进入、退出职业领域的人生阶段,要扩建什么、为什么扩建、怎么扩建,对这些问题的思考与选择显得更为必要,因为它会直接影响到我们的健康、平安与快乐! 我以为,这个时候的人生扩建,要更多地转向逆向扩建、结构性扩建和外溢型的扩建。逆向扩建也是一种回顾性、补偿性的扩建,如以前拼命工作缺少锻炼,喜欢应酬疏远家庭,那么现在就要好好地在健身方面进行适度扩展,同时尽可能减少应酬,增加和家人在一起的时光。结构性的扩建在于把过去数量型的、粗放式的人生扩建转化为质量上的提升和结构性的优化。例如,在现有的家居空间都可以进行有益的结构性扩建,把长期不用或者习惯性保存下来的东西彻底清理出去,这种不需建筑或地产投资的空间扩展,会带来更加简约有序、宽畅舒放的身心愉悦;还有转换空间功能,增设书房、琴屋或画室,增加绿色植物摆放,让书香琴声回归家庭,让家居亲近花草世界;甚至把过去封闭式的家居空间进行适度开放,在家里组织一些小型的读书会、诗歌朗诵、摄影交流等活动,让更多人分享对他们有用有益的家庭文化资源。

外溢型的扩建是注重人生扩建的社会外溢,把人生扩建变成一种对社会公益服务的扩展,对人生社会价值的提升。如走出家庭跳起广场舞的大妈们,完全可以做一些延伸,去附近街道做环境维护的志愿者,去传统文化旅游街区当讲解员,甚至腾出时间去陪陪社区里的流动儿童,教她们唱歌跳舞,辅导他们课后作业;群友结伴自驾出游除了愉悦和丰富自己的人生以外,也可以给自己的行程增加一些社会外溢,提升人生扩建的社会意义,如在路上增加一些和当地同龄人群的社会交流互动,定点给那里的贫苦孩子带去捐赠的衣服和学习用具,对一些景点留下环境保护的集体行动等。兼顾个人与社会的人生扩建才是值得去投资的生命工程!

晒 太 阳

此时的福州大学城阳光灿烂,东南微风 2 级,气温 21℃,湿度 56%,API 值(空气污染指数)42。经不起如此美好冬日的吸引,拿把靠背藤椅,在太阳座顶楼的朝南阳台一坐,面朝乌江,心随流水,晒起太阳。

不久,开始闻到太阳的味道,与晒被子带进室内的太阳味道不一样,外头的太阳味道更纯净更温存,更能感觉到是接高天连厚地的原生态,愿意被它弥漫、侵染和穿透,直到如同酒后一样,全身都散发着太阳的气味。

又过一会儿,尽管左边脸颊还有点风吹过的凉意,右边脸颊在太阳照射下开始发烫,并慢慢扩散到整个脸上,不用照镜子我都知道,太阳把脸晒红了。

再过一会儿,我发现太阳的热情已经越过厚厚的冬衣,温暖着整个身体,尤其是两条腿,如同绑上热敷的护腿,热了有点出汗,我开始脱掉外套了……

晒太阳一边温暖着我的心情,一边还打开我的胃口,我要暂时离开太阳,下楼去弄点吃的。小时候,妈妈虽然生了很多孩子,但不会做家务事,全靠大姐照顾我们,大姐出嫁后,弟妹的一日三餐就落到我的手上,我从小也就养成了煮饭做菜的兴趣和技巧!这种兴趣和技巧演化为当年留学美国时,我可以带上鸡蛋和青菜,在小小办公室做出最美味的方便面,并在回国任教的 1995 年的圣诞节发挥到极致。为了让两个女儿(老大正在厦大演武小学上五年级,老二还在厦大幼儿园上中班)过一个快乐的节日,我不仅在白城家里摆上一棵圣诞树,而且独自准备了 25 个人的自助餐饮,组织了一场规模不小的圣诞聚会。现在快 25 年过去了，大女儿已是有了二孩的职业女性，小女儿也研究生毕业做起了住院牙医，但她们那次过节时的益然童趣，那满满一个长桌的菜香，还有一起分享的厦大同事和学生的欢声笑语，似乎还留在白城，让你随时都可以置身其中，尽享已经和生命同在的美好时光！

我给自己的午餐清蒸了一条游水鲈鱼，还用高压锅压了两条红心地瓜。每每清蒸鲈鱼，我都情不自禁地把一些仪式感带进制作的过程，通常先在开放厨房的案台上清出一块地盘，放上清洗干净的案板，把细心清理后的整条鲈鱼平放在案板上，轻轻抹上些许细盐后，再斜刀每间隔 5 厘米切个浅口，以便到时再入佐料。随后是蒜头生姜切片洒在鱼的腰身上，注入一些凉开水和半勺花生油，再就是一勺厨邦牌的淡盐酱油，就可以放入微波炉，大约把时间放在 12～15 分钟即可，蒸熟后再放上两朵青葱编成的花结，就是一份清蒸鲈鱼的美味佳肴了。如果这时还有一小份菜蔬和鲜汤，那就是更加营养健康的午餐了。

在用餐的时候，不免又想起昨天上午去福建省妇联参加的一个"亲子悦读"专题电视节目的制作座谈会。首先要感谢妇联主要领导的工作创意，从开年时举办"让爱回家——2019 年新年原创音乐会"，到今天与电视媒体合作，制作以"亲子悦读"为主题的系列电视节目，让妇联组织和她的中心工作一起走进更广大的百姓中间，产生更大的组织声誉和社会影响。说起亲子阅读，也许大多数人都会回到自己的孩儿时代，进入这样一个温馨的画面——依偎在妈妈的身旁，静静地听着妈妈给我们读书讲故事，如果是冬天的时节，妈妈不时还会伸手把我们不小心踢开的被子重新盖实。我小时候经历的亲子阅读是以另一种形式展开的，那就是跟随戏迷的妈妈去看闽剧，或者在家里听妈妈说闽剧，或者妈妈就着煤油灯缝补，陪我们读书做作业。而今这种充满母爱子亲的亲子阅读慢慢退出家庭的视线，即使还有，也少了代际情感互动的温馨，取而代之的是手机阅读的代际隔离、升学压力造成的功利化取向、更多的走出家庭的职业化读书以及母亲职业化以后的亲子阅读难以为继。在客观把握至今还有多少家庭坚持亲子阅读、什么时候阅读、阅读什么、谁在阅读和怎么阅读以后，妇联提出，围绕家庭文化建设这个时代主题，走好草根家庭、福建特色和妇联特点路线的策划思路，确实是一个非常好的制作定位,否则在已经有不少阅读电视节目的竞争中,很难体现出这个新办节目的传媒价值和对广大受众的吸引力。

在职业竞争越发激烈、社会参与越发辛苦的今天,具有身心补给、安全保障功能的家庭建设本该得到更多的内外重视和资源投入。但从现实来看,我们不仅把自己,而且把整个家庭也拉到社会和市场的竞争之中,给婚姻家庭的未来带来很多的不确定性,如果人口流动造成的是家乡的失落,那么我们现在的奔忙正在危及家庭的稳定和功能的正常发挥,到时我们可能就没有退却的路径和缓冲的地带了。强化家庭价值、注重家庭投入、和谐家庭关系、盘活家庭功能确实应该成为新时代的一个重要课题,需要大家一起来关注、来研究、来落实!

敬畏生命

昨晚去看了场电影,是根据去年5月14日四川航空3U8633航班机组的真实经历改编的《中国机长》。尽管遇险航班最后返航成功,128名乘客和机组人员全部安全落地成都双流机场,但观影过程所带来的视觉和心理冲击还是巨大的。大家可能都会扪心自问:以后还坐飞机吗?

其实,民航统计数据显示,像川航这种事故发生的概率是非常低的,我国民航百万小时故障率是世界平均水平的1/11,从2009到2018的10年间,我国百万飞行小时重大事故率为0.013。但是,高空飞行还是一种非常特别的交通,一旦出事,确实就是接近百分之百的风险。所以当记者问现实中的刘传健:"作为一名机长,究竟意味着什么?"他的回答是:"用百分之百的努力,对付万分之一的隐患。"而电影中由张涵予饰演的机长却一再强调,"当你认为没有错误的时候,错就一定会来找你",表现出极强的忧患意识,在竭尽全力做到万无一失。

除了和大家一样心有余悸以外,我似乎,更被英雄机长面对乘客逃生之谢说的话深深触动了,"敬畏生命,敬畏责任,敬畏规章"。我们对生命有敬畏之心吗?我们又应该如何去敬畏你我都只有一次的生命呢?

敬畏是对事对人的一种态度，内含着敬意与尊重、谨慎与谦恭。虽然伴随着现代性的出现似乎出现"去敬畏化"的倾向，但我们中国人却有着悠久的敬畏传统。敬畏之心出自南宋大学者朱熹的《中庸注》：君子之心，常存敬畏。一个人心存敬畏，就能处事循规，待人以尊，就不会无所顾忌，为所欲为。敬畏是自律的伦理，敬畏更是他律的哲思，如韩愈在《贺太阳不亏状》所言："敬畏天命，克己修身。"

出自《论语·季氏》的君子三畏，畏天命，畏大人，畏圣人之言，细化了敬畏的对象，《管子·小匡》的"故以耕则多粟，以仕则多贤，是以圣王敬畏戚农"，则延伸了敬畏的群体。敬畏生命应该就涵括在"敬畏天命"之中，"天命"，指上天的意志，其实就是自然规律，生命是自然的一个重要组成部分，当然也有着需要敬畏的运行规律。毕淑敏认为，对生命敬畏的感觉是绝对的伦理，它能够使生命序列的保持和提升顺利运作。弘一法师圆寂前对细微的蚂蚁虫子平等以待，显示出对所有生命的深彻怜悯与敬畏之心。丰子恺劝告小孩子不要肆意用脚去踩蚂蚁或用水用火去残害蚂蚁，这不仅是出于自己的怜悯之心，更是力图阻止这种残忍会在日后被无限扩大。德国哲学家史怀哲也持有一样的敬畏生命的伦理理念，期盼像敬畏自己的生命意志那样去敬畏、去满怀同情地对待生存于自己之外的所有生命意志。可以说，英雄刘传健机长，还有其他机组人员就是用他们的生命壮举去敬畏和保护所有乘客的生命意志和安全。而乘客不见到机长不离去的强烈的感恩之情则转化为大家对生命敬畏的良性互动，在提升各自生命价值的同时，也进一步诠释了彼此敬畏和善待生命的意义。

敬畏生命首先在于理解生命的唯一性和不可替代性。尽管我们给生育注入生命再现与延伸的功能，但生命对于每一个人来说，都是独一无二的，不可再生的。大家都希望能活得久一点，能活得有质量一些，而且有生命的健在，一切不顺际遇都存在着转机的可能，一切人生所得都才是有效的拥有，所以努力地活着就是对生命的最大敬畏！

敬畏生命还要形成和强化生命历程的意识，不仅了解生命周期每一个阶段的特点与需要，而且还要注重阶段之间的良性衔接，确保生命历程的持续性和完好性。我们是不是可以不再在"年轻时用健康换钱，年老时用钱换健康"的悖论中生活呢？是不是可以远离对生命可能产生重创的吸毒、抽烟、酗酒、飙车、熬夜、不良饮食习惯，还有手机游戏机玩控呢？是不是可以绝对敬畏和严格遵守各种社会生活、外部环境，尤其是公共交通的规制呢？所以我们每一个人都有必要根据自然规律和文化规制的要求，给自己严格设立生命保护区。

　　敬畏生命更应该是整个社会的文明共识和大爱共举。年轻的爱人是不是自觉地接受孕前的卫生检查和一起追求健康的妊娠，决不把一个不完整的生命留给无辜的孩子，也不会出于传统性别文化的考虑，对生命孕育进行人为的性别选择；家庭教育、学校教育和社会教育是不是联手行动、接力不懈，把生命教育贯穿孩子的一生；所有生产者、服务者和管理者是不是提高伦理门槛和筑起道义防线，绝不在餐桌上、病床上、工地上还有娱乐场所里侵蚀健康和伤害生命；是不是动员和整合一切力量，从家庭领域到公共场所共同制止和防范暴力行为，让安全中国这一道风景线变得更加亮丽……

　　相信与强起来的中国一起唱响的，还有生命的赞歌！

家庭景观

第六章

凤凰树下随笔集

什么是家

第一次完整地看完了董卿主持的以家为主题的"朗读者"第九期。这一期有 6 个不同的朗读形式，既有往期一样的个人朗读，还有整个家庭一起朗读的，以及几位年迈的清华北大校友合作完成的。

从来自台湾的青年演员王耀庆回忆的祖孙情，到作家梁晓声、毕飞宇抒发的母子爱和父子亲；从奥运拳击冠军邹市明展示的幸福小家庭，到焊接院士潘际銮及其他的清华校友分享的家校与家国情怀，再到著名影视明星赵文瑄表达的家与自然情深，我们不仅了解到他们对家的丰富个人感受，而且还知道家的外延是可以也应该拓展的，固然我们习惯于母亲是家的象征，但没有父亲的家依然是不完整的。梁晓声母亲说"我高兴儿子爱读书，让我们用母校的概念支撑起家校的情缘"；当年清华大学等三校以西南联大异地办学，让我们永远不能忘记，家国共存的守家卫国情怀是一个中国人起码的民族气节；而赵文瑄对宠物猫咪的一往情深则提醒我们，自然界更是一个共同拥有的家，没有我们一起热爱和呵护这个地球家园，也就没有一个个小家的平安、健康与幸福！

感谢这一期的朗读者，还让我摆脱已经习惯的对家的学术化学科化理解，把自己放到父母领军的原生家庭和自己建构的核心家庭的经历中，重新认识，这个包含血缘、姻缘还有情感和物质生活在内的家的概念。

在我看来，家首先是一段历史，我们每个人有幸进入家庭，从此也就拥有了两个年龄，自己的年龄和家庭的年龄，而且也就是因为把个人年龄融入家庭的年龄，我们才能超越个人的年龄限制，与家庭一起向过去追溯，也向未来延伸！

尤其是对过往的追溯，让我们知道自己从哪里来而且是怎么走过来的，知道我们现在所拥有的一切都是哪些家人所付出的辛劳与汗水。因为这些点点滴滴的了解，我们对家就有了敬畏，就不好意思也不敢以是谁的孙子、儿子的名义，以"富二代、官二代"的资格，对长辈创造的财富随意占为己有、任意挥霍，到处趾高气扬、胡作非为。相反我们会油然产生一种对父辈的感恩、对亲人的责任和对家庭声誉的爱护，主动传承与发扬光大良好家风，努力守护和增值家庭积累下来的财富，甚至转化为让更多外人分享的公共福利！

　　家还是一个个令人向往的夜晚，那里有温柔如水的月光，有温暖如火的灯光，有爸爸烧出的可口饭菜，有妈妈铺好的柔软床铺，当然还有妈妈给爸爸递上几片降压药和一杯温水，爸爸为妈妈端上一桶泡脚的热水，我们兄弟姐妹的打闹与偎依在父母身旁的撒娇，爸妈为明天远行的我们精心准备的行李和一句又一句的叮嘱……夜晚爱的修复与补给，夜晚的互勉互励和安然入睡，才有第二天日出时的精神焕发，才有拥抱整个白天的热情，并在把爱向邻里同学同事还有在岗服务对象延伸的过程中收获快乐，也才有格外重视白天活动的安全与健康、格调与修养，把一天的忙碌与进取能够转化为对昨晚的感激和对今夜的眷念！

　　其实家更是翱翔蓝天的一个航班，爱是它的不竭动力资源，空中的规矩与秩序、自律与互助是它的航行幸福所在，而飞机两翼的平等均衡则是它的最有力的安全保障！因此，作为爱的供给侧的产出能力建设，作为平衡与安全飞行的比翼双飞能力的协调发展，就成为家庭建设关键中的关键。婚姻关系就是航班的双翼关系，婚姻在家庭中的首席地位，就是双翼在飞机物理结构中的支撑作用，只有一个翅膀飞不上蓝天，一长一短双翼将是失衡不安全的飞行，而男主外女主内的传统功能分工，则打破双翼的技术与能力的趋同与匹配，一样不能确保安全与长途的飞行！

　　所以在航行要面临更多气候变数与高空挑战的今天，我们不能再像传统家庭那样，用过多的代际关系负荷去挤压横向的夫妻关系，不能再弹"男主外，女主内""让女性回归家庭"的落后老调，更不能在家用软硬暴力摧残、在外用男性垄断削弱我们航班的女性那一翼，反而要以更大的自觉性把男女平等基本国策贯穿到我们每一个家庭生活和公共领域，让我们一起超越性别隔离与歧视，甚至给予有特殊生理构造承担生育任务的女性更多的关爱与分担，以实现男女协调发展，两性共同进步，用真正的比翼双飞把家这个幸福航班安全地送往世界的每一个站点，平稳地融入人生的每一个交替！

哪里是家

清早，睡眼惺忪的小太阳坐在下楼的阶梯上，突然间问我："外公你的家在哪里？"

我说："在这里呀！"

他说："不对，这是我的家！"

被小太阳这么一说，我对家的概念有点模糊了，原来被我们想当然的家，到底在哪里？又是什么样子呀？

我想，我们每一个人的第一个家应该是母亲的子宫，在那里我们无忧无虑地享受着母亲用她的身体所提供的一切需要，那时的母亲所尽力而为的，就是让这个家富足宽敞，不让一天天长大的孩子缺少营养和空间！所以，如果以家来计算生命长度的话，那么都应该加上母亲怀胎十月的那一段神圣的时间，来纪念母亲不惜用她的身体资源为我们倾情建造的第一个家园。

生命当中的第二个家依然是母亲的身体，那是永远没有寒冷的母亲的怀抱，我们饿的时候有母亲丰润的乳房，困的时候有母亲温软的手臂，身体有恙的时候还有母亲心疼的泪水与亲吻！那时我们家的气息全都是令人陶醉的来自母亲的体香和奶味！

后来我们或者被寄养在外婆那里，外婆不太挺直的背、用长久体温焐热的床继续着我们对家的温暖体验；或者一直跟随着母亲，她在哪里，哪里就是我们的家。而在外工作的父亲，常常是匆匆的过客，每一次回家看到的我们，也许衣服又小了，裤子又短了，而我们却习惯了父亲不在的家，只要母亲在，家就在！

不知从什么时候开始，母亲带着我们离开好不容易有一个比较宽敞舒适的家，搬到可以入读名校的学区房，房租昂贵、条件简陋的居所始终充斥着升学的压力和母亲的焦虑，颠覆着从小积聚下来的对家的温馨放松的感觉。我们也知道，母亲对如此安家，既不忍心，又很矛盾，学习成绩越好，升学越有希望，越意味着一起回到原来的家的可能性越小！

　　大学生活的结束和职业生涯的开启，也把我们推入到人生历程中其他家庭形式，如新生家庭、姻亲家庭等陆续出现的阶段。在忙着新生家庭的事务，我们与原生家庭的空间和情感距离也不知不觉地拉开了，最后还把关于家的抉择丢给越发年迈的父母：或者卖掉居住多年的家，随子女而去，在那里再建一个家；或者继续守护现在的家，一边雇一个钟点工日常照顾，一边等盼着孩子过年过节回家看看；或者到不能自理的时候，住进附近的养老院，实在不行了，再回到自己家里终老。但不管做出什么样的选择，家的味道都发生变化了。很显然，家的最初的生命意义和情爱价值，正渐渐地让位给生存的意义和市场的价值，最后很有可能将被孤独终老的意义和机构助老的价值所取代！

　　为了让家作为一个反哺的制度不被替代，让家最突出的互爱的主题不被淡化，我以为，母亲身体作为人生第一个家园的热情和禀赋应该得到全社会的敬畏和保护，所有不利于女性的身体健康和生育热情保持的制度和文化都应该给予调整与变革！"婚姻制度的缺陷论"也应该收起，婚姻当事人的自我表现不足不能归因于婚姻制度，要通过男女平等基本国策的家庭化，把一夫一妻婚姻的优越性充分展示出来，让家因为有爱有彼此尊重而对孩子产生巨大的吸引力。另外，还可以考虑设立"家有老人的陪老假"，带薪回家照顾和陪伴老人，恢复居家养老陪老的功能；还有推进社区诊所化、食堂化，对老人就近提供平价服务；同时建立社会信誉与单位担保相结合的机制，鼓励刚工作的大学毕业生免费入住空巢家庭，既降低他们生活成本，又能陪伴扶助寡居老人。

　　随着以后社会流动性的继续加大，过去一住一辈子、一家不分居的传统家的定义，也将发生变化，四海为家、一生多家将成为新的家的概念。但不管怎么变，母亲在，家在，母亲在哪里家就在哪里是不会变的；信任和爱在，家也在，信任和爱在哪里，家也在哪里，这也不会变的！

母亲万岁

　　顺着血脉，一路走来，我相继泪别外婆、母亲，而今隔江记挂也已年迈的大姐，不时给远在上海的大女儿送去有福之州的思念与祝福！在母亲节的节日情感越发浓郁的时候，我想到了她们，整整四代的母亲，在她们的身上，我看到中国母亲近百年的变迁，还有社会对她们的评价与期待的变化！

　　曾是大家闺秀的外婆，一直保持着那一脸的亲切而慈祥的微笑，即使到了晚年不幸得了乳腺癌。她留在我记忆里，还有对子女的包容与分忧，她可以放下身段走出家庭，和外公一起摆摊卖菜，偶尔放学路过，口袋里都会装上外婆给的一两枚硬币。

　　带着丫鬟出嫁的母亲，入乡随俗，入户随夫，一生 14 次的生育，无数次为了众多孩子的存活、上学、就业甚至婚姻，不辞辛苦，到处求人，她和外婆一样柔中有刚、含情不减，她和外婆不同，她会给孩子讲述很多历史故事和闽剧经典，鼓励和支持孩子接受更多的教育，她还有一份体面的职业——会计，并组织孩子从小做家务，制作包装纸袋贴补家计。母亲留下的是耕读家风、敬业作风和事在人为的进取精神！

　　大姐秉承了母亲的风格，一生持守本分，无私奉献。未嫁时，助力母亲，把青春献给几个弟妹的健康长大；出嫁后，一心扑在工作和家庭上，儿孙读书有成是最大的人生快乐！她和母亲不一样，她获得正规的中学教育，嫁给具有大学学历的在中学任教的丈夫，拥有民办教师与供销社职员的多岗位职业经历，如果不是为多生体弱的母亲分忧，不是服从父亲劝说放弃上山下乡，她是可以上大学的，也是能够给自己的儿孙提供更多的求学资源与家庭环境支持的。

　　大女儿叶丰遇上开放的年代，从小就和外曾祖母、奶奶、大姑姑不一样，从小学四年级就开始独立生活、自我照顾，接着又接受中美教育的培养和东西文化的熏陶，现代女性的自立、自信和自强贯穿她的成长全过程，融入她后来初为人母的家庭运转中！她把过去先家庭后事业的为母文化整个颠倒过来,用良好的教育背景与饱满的职业自信支撑母亲事业在更为从容更加优雅更有品质的方位上展开,体现出更多的现代母亲的美感与快乐!

四代母亲的代际变化,尤其是"80后"女性的母亲表现,让我既和大家一样在母亲节情不自禁地讴歌与感恩母爱,又想跳出以往的情感路线,能够好好思考一下,什么样的现代母亲才是称职的母亲。

我以为,要正确回答这个问题,我们需要站在孩子的立场上,用孩子的视角来观察,用孩子已经发生巨大变化的对母爱需求的满足来分析。当然,我们还要结合整个社会对孩子培养的现代要求,对接国家与民族的未来重托。

生命意识的饱满是现代母亲的最重要表征。不尊重和珍惜生命的女性是不宜做母亲的,不论是扔下孩子自己走掉,还是带着孩子一起离开这个世界,都不适合去生育去创造一个新的生命!甚至我们还要平衡身体循环、提高身心素质,用最好的健康状态去怀孕去孕育一个新的生命,去陪伴去支持孩子成长。孩子心中喜爱的母亲一定是身心健康、生命鲜活的母亲!

母爱的健全是孩子对现代母亲的第二个期待。不要以为放大母爱就可以替代或补充父爱,善待夫妻关系追求婚姻幸福是孩子喜闻乐见的!实在没有幸福可言的婚姻,孩子也不希望用亲子关系捆绑,但离婚就结仇,就老死不相往来,就设法阻止对父爱的亲近,是孩子极不愿意看到的,健全的母爱应该延伸为婚姻解体后的满足孩子父爱母爱需求的合作。我们期待孩子对父母婚姻重组也持支持的态度,但也期盼母爱能包容过继子女,承担起一样的爱的责任!

拥有一份稳定的户外职业或事业是现代母亲的一个性别魅力,也是孩子的莫大光荣与骄傲!儿时的近距离照料是必须的,但确实是短暂的。当孩子也从摇篮走向学校与社会,也从日常饮食转向更多的精神与情感需求的时候,知识化、职业化和社会化后的母亲角色示范、激励和引导,就变得不可或缺了。从职场凯旋的母爱才是温暖有力量的!

美丽生动也是现代母亲不能缺少的。让孩子多才多艺,我们理解,但不应该超越孩子身心负荷,更不应该成为母亲对外攀比的资本,孩子更希望和母亲一起多才多艺,甚至母亲就是老师或同学,在家里就可以把歌声琴声、舞蹈画画融进业余生活!我们的孩子还期盼,母亲能有效地控制体型,是一个有气质有品位与时尚同步的优美女性；能有度地控制情绪，是一个乐观得体温婉的知性女人；能有意地控制节奏，是一个举重若轻缓急有序的智慧女性，在孩子的眼里心中，都是他们愿意欣赏和渴望留存的一道秀丽可人的风景线！

为了孩子，为了将来也要成为母亲的女孩子，我们不要急着就进入生儿育女的过程，留一点时间，认真地检视一下，我们和孩子心目中的现代母亲还有距离吗？我们有能力超越这个距离吗？整个社会特别是所有男性，我们又应该为这个距离的拉近负起什么样的责任？

谨以此文表达对外婆对母亲的思念，对大姐对女儿的祝福，对所有天下母亲的崇高敬意，衷心祝福母亲们节日快乐一生美丽！

母亲万岁！

母 爱

明天是母亲节！

今天中午我坐郊区通勤中巴回到老家尚干镇，去实地追思母亲留给我的慈爱！

就在这个小镇上，我们跟随母亲一共搬了四次家，有我读小学时住过的家，上中学时母亲把她担任会计的办公室里间和楼上变成我们的家，还有我考上大学后父母租住的又一个家。尽管这些居所都非常简陋，但从不缺少母爱！最让我难以忘怀的是母亲办公室的那个家，母亲就是在这里一大早煮了一碗太平面为我参加高考加油，她静静地陪着我把面吃完，再把我送出门，一句话都没说，可是那长长的线面是1，两个蛋是两个零，那是一百分啊！带着母爱的温暖和无声的鼓励和祝福，我不仅考上大学，还远赴美国读完了硕士、博士和博士后！

时至今日，我以为，最伟大的母爱，是母亲尽其所苦，给我们一颗没有负重的快乐心灵和最完好的现代教育！因为母亲的垂范，我也尽自己所能，把大女儿送往美国宾夕法尼亚大学深造，9月份又要把小女儿送到宾夕法尼亚大学的牙科学院……

　　亲爱的朋友,在我们感恩母爱的时候,是否也让我们自己还有我们的子孙,去努力拥有一颗美好的心灵和一个不断求学的人生?!

生命中第一个朗读者

　　从春晚舞台,到中国诗词大会,再到朗读者,董卿这次是集诗意和书香迎接观众的掌声的。而我偶尔几次从电视从微信甚至从好友的评述中走进诗书董卿,总是思考多于掌声:当今世界为什么需要朗读? 什么样的文字最值得我们去朗读? 哪一些人物最应该请到朗读者的现场? 我们倾心向往的又是什么样的朗读环境与氛围……每每这个时候,我都会情不自禁地想到母亲!

　　母亲是我们生命中最早遇见的朗读者,不论其他多伟大的朗读者都是出现在母亲的身后,都是因为母亲的第一声朗读,我们才会或者才愿意结识他们!

　　母亲是我们生活中最亲密无间的朗读者,她不仅离我们最近,还营造了最温馨的朗读氛围,我们可以清晰地听到与朗读一样动听的她的呼吸,幸福地闻到与文字一样亲切的她的馨香,我们还可以枕着她的手臂,或者躲在她的怀里,甚至躺在她缓缓摇动的摇篮里和扇动的凉风中,一边接受她的轻轻拍打和不时拥吻,一边聆听她的朗读!

　　母亲还是我们成长中最无私也最辛苦的朗读者,她的朗读没有功利只有爱,她的朗读还尽可能抽去喧闹世界的烦扰,不留一天劳累的痕迹,传递的都是轻松无忧的欢欣与美好,她的朗读更是没有时空的隔离,无论我们在哪里,无论我们多大了,熟悉的朗读声情都和我们相伴相随!

　　但是,我们也越来越发现,母亲朗读的时间缩短了,内容重复了,声音低弱了,心绪也容易分散了……所有这些都是因为我们的母亲负荷太重,身心太累了! 这让我情不自禁地联想到"朗读者"第六期的主题——眼泪,董卿把我们带进一个充满母爱的世界:

我们看到一只怀有身孕的母羚羊跪拜在猎人的枪口下，为保护她的孩子流下苦苦祈求的泪水，我们听到斯琴高娃母亲每每想念女儿，不愿意女儿过快变老流下牵肠挂肚的泪水，我们还目睹著名作家贾平凹为离去母亲三周年忌日的逼近顿时热泪肆流，长声哭泣……当我们再次面对伟大的母爱的时候，我特别期盼，普天下的母亲能少一点劳累与牵挂，多一份尊严与安全，尤其是能多一份朗读的心情、时间和精力，而作为儿女的我们能不再流下忏悔的眼泪！

为了表达对生命中第一个朗读者——母亲的敬意与感恩，让我们一起觉悟和行动起来吧，在动员更多的父亲自觉地加入朗读者行列的同时，共同去营造一个感恩和善待母亲的文化意识和制度安排，给所有的母亲彻底减负降压，给所有的母亲更加平等的丰富人生阅历、实现自我价值的外部机会，给她们更多更新知识结构和听取他人朗读的业余时间！

亲爱的母亲，儿子今天不哭，只是格外想您，想依偎在您的身边，再次聆听母亲的朗读！

父 爱

又是一个让人感恩和思考的父亲节！思念早已离去的父亲，也想起父爱如山的这个赞辞。

如山的父爱一定是坚定的，他矢志不移，一以贯之的是男性用血脉连接的承诺；他执着不弃，在儿女心灵上持续浇灌的除了富足还有安全！

如山的父爱一定也是高远的，他不仅自己站高望远，身体力行，有一份让子女敬佩的事业追求，而且还引导你把对父亲足迹的追寻和延伸变成人生的意义与骄傲！

如山的父爱一定还是细腻的，他不一定陪你入睡，但你的梦乡里总有迟归的内疚和晚安的祝福；他不一定替你收拾书包，但你想摘下天上星星的时候，总有一双大手把怕怕的你高高举起；他不一定穿针引线，把爱缝进你的衣被，但你回家的时候，饭桌上总有你爱吃的佳肴！

如山的父爱一定更是丰富多彩的,他既让你如同置身童话世界感到五彩缤纷、有趣好玩,又使你如入仙境,到处都是青山绿水、蝶舞鸟鸣,还有诗情画意!

亲爱的朋友,您是这样理解和践行父爱吗?

我们共勉吧!

父 亲 节

每每父亲节的到来,都会想起已经离去多年的父亲。

他不是高官,也不是富商,只是平平常常的一名基层供销社的职员,可是就凭着一份爱心、责任、勤劳和节俭,他和母亲生养了 14 个孩子,买下横跨两个院落的数间祖居,承担了绝大多数的家务事,并把两个儿子送进大学,从而结束了祖上没有大学生的家族史!

父亲到了后期,被痴呆困扰,一辈子都不会做家务事的母亲,竟然亲自照顾父亲多年,那种细心呵护、那种入微照料、那种倾情陪伴……让我们感受到一个幸福男人的全部含义!

多年后,我也成为父亲,由于大洋相隔,我没能和两个女儿一起成长,近距离地把父爱传递……大女儿的批评,小女儿的宽容,其实都是对父爱的渴望啊!非常感谢两个女儿,你们慢慢长大了,你们的自立自强,你们的理解尊重……都化作我努力做一个好父亲的精神动力和道德支撑!

今天是父亲节,我多想能和你们在一起。向你们表达深深的谢意,是你们让爸爸拥有父亲这个光荣的称号,是你们让爸爸从来没有忘记责任与使命!请你们放心,做一个你们喜爱的父亲,是我一生的追求,爸爸会让你们满意的!

今天是父亲节,我却无力把你们聚集在一起。叶丰你一家去了日本度假,叶菁仍然坚守在非洲冈比亚的志愿者岗位上,规模不大的一家,却分布在亚洲、非洲和北美的四个国家……老爸既为你们的发展感到欣慰,又为你们的平安不断祝福!

亲爱的女儿,老爸把有福之州的最美好祝福送给你们,送给你们更加充满希望的未来!

没有父亲的父亲节

没有父亲的父亲节已经整整 20 年了。每当想母亲的时候就想起父亲,每逢父亲节的时候就觉得父亲并没有离我们远去!

父亲来自一个平常人家,家境一般,有一段岁月爷爷还嗜赌,家计变得更加艰难。是母亲的到来,以商学之风扭转了家庭的生机,也让父亲逐步成为一个善于经商、善筹家计、善待亲朋的福州好男人!

1997 年的盛夏,也就是我回国的三年后,在我还来不及陪父亲来厦大好好看看儿子任教的美丽校园,来不及陪父亲去美国好好看看在那里读书的两个孙女,父亲就过早地离开了他深爱一生的母亲和操心一辈子的众多子孙,留给我们无法接受的惜别和嵌入心坎的思念,也留给我们述说不尽、感动不已的一个父爱的故事!

父亲的爱如同一条执着的溪水,源源不断地流入与母亲持守一辈子的婚姻里。他对妻子从来不减退的爱转化为多次对病床上母亲的悉心照料和一次不顾一切的救护,硬是把因病垂危的母亲拽了回来;促成了和母亲多达 14 次的生育合作和收获 10 女 4 男非常丰盛的人口再生产成果;还汇聚到他对母亲最尽心优质的月子伺候,在家时全方位的家务包揽以及从未对母亲动粗的温和之中。父亲用他的溪流之爱成功地诠释了爱与陪伴这个虽被岁月漂白但依然决定婚姻幸福的永恒主题!

父亲的爱还是一座宁静的水库,在默默地但十分努力地为一家之主履职。他不仅广开水系,为家庭经济富足对外汇聚点滴财源,鼓励自力更生、为贴补开支对内组织家庭创收,倡导节俭持家、为规避家计风险注重多收少支家教,而且更令人难忘的是,他善于放远眼光、长于捕捉机遇、大胆推出决策,为了给家庭奠定更长远的经济实力,他可以毫不犹豫地大开闸门,不惜放出多年积蓄的库存水量! 父亲用他的库区之爱建构了一个父亲角色扮演与家庭经济安全的关系理论,一个有爱的父亲还体现在经济行为上对家庭的忠诚和对脱贫致富的守法!

父亲的爱更是一支热情宽厚的温泉,那和缓轻涌的水势可以让你放下不安与焦虑,那与天相接的水雾又可以让你心胸开阔包容一切,而那热度宜人的水温更可以让你的一生没有寒冷的冬季!记得高中毕业后不知未来路在何方的我,只身来到父亲那时工作的地方,温泉资源丰富的福州大学城双龙村。父亲没有居高临下的严责,没有空洞简单的说教,更没有爱理不理的冷落,那充满爱意的热饭热菜,那设身处地的理解与善诱,那一脸信任的鼓励与期待……都融进他带我去泡温泉时所蔓延开的温暖而又踏实的感觉之中!父亲用他的温泉之爱颠覆了父爱如山、母爱如水的传统归分,温和温情温暖的父爱一样充满力量与美感,不仅成全儿女一份喜爱的事业,还造就他们一个健全的人格!

亲爱的父亲,我想您,也就写下这些寄托儿子无限思念的文字!

我想,父亲您会看到这些文字的!

清 明 节

又是一个怀故感恩的清明节。

尽管一早江雾迷离,气温有点凉意,我还是一身夏装出门了。先是在庄园门口花 5 块钱找个摩的,把我送到福大大学城校区的东门公交站,再花 8 块钱换乘闽侯县城甘蔗到青口汽车城的通勤中巴,去老家尚干镇二弟经营的小卖铺集中,然后一起上山去给父母亲扫墓。

一坐上中巴,就感受到明显的城乡差别,除了不是 1 元或 2 元的低公交票价以外,还在于中巴的技术系数低下,一遇到路面不平,就会猛烈弹跳起来,甚至撞疼头部,还有车内环境较差,没有空调,开窗凉快,却扑了一脸的灰尘。

在近一个小时的车程中,我看到一个弱小的福大女大学生却把座位让给比她高大好多的男同学,一边是不断摇晃快站不住的弱女,一边是心安理得坐吃早餐的男生,形成一道反差很大的性别场景;我还了解到隔壁一位也算老乡的女性,她 19 岁生孩子,她的女儿 27 岁生女儿,她 46 岁就升任外婆了,遗憾的是她老公因为水污染 52 岁就得胃癌病逝,儿子到 30 岁才好不容易娶上媳妇,而女儿却嫁给一个来自江西的打工仔……传统与现代、城里与乡下、男性与女性等交错在一起,让你有点迷乱,又让你接近现实。

我们终于在 9 点 15 分从小卖铺出发,两辆摩托车放着扫墓工具,一辆大一点的车载着兄弟姐妹,我们一起来到山脚下,并互相照顾着上山了,我一边不时拍照,一边在需要的时候扶助也已经高龄的大姐一把。满眼的青山叠翠,一路的多彩春花,还有不远处飘起的烟雾和传来的鞭炮声,都化为我们对父母亲的无限缅怀……

父亲,1997 年去世,享年 77 岁,如果不是生前太好油腻食物,他是不会因高血压而最后被老年痴呆所困的;母亲,2011 年仙逝,享年 89 岁,14 个孩子的生育让母亲早年总是小病不断,可是却拥有一个几乎无病痛的晚年,为了照顾父亲,她实现了从一点也不会做家务事的职业女性向贤惠的家庭主妇的角色转变! 母亲的生命历程告诉我们,适度的多胎生育不仅有益于女性的身心健康,而且还有助于婚姻关系的长期维系!

我感谢父亲对我潜移默化的性别影响,让我感受到做一个爱做家务事和善待身边女性的福州好男人的光荣与美好!

我感恩母亲给我非常难得的出生机会和完整的现代教育,给我至少 6 年能够近距离陪伴老人家的幸福时光,给我最原始最珍贵的研究女性的生动案例!

如果今天再次面对父母,还有遗憾的话,那就是我学成回国晚了,我从厦大调到福州迟了,否则父亲完全可以推迟离开我们的时间,否则我还可以陪同母亲多游走一些地方,多观看几场传统闽剧,多到三坊七巷和她一起品尝原汁原味的锅边糊、肉燕、鱼丸等榕城小吃……

亲爱的父亲,请你继续爱护和照顾好母亲,在夜晚的时候请好好入睡,不要过分牵挂你们的子孙后代,相信因为你们一生的施善和造福,他们会平安、健康和快乐的!

亲爱的父亲母亲,我们想你们了!

清明念想

清明起早，一件 T 恤，一杯温水，我就开车回老家了，兄弟姐妹们相约九点一起上山给爷爷奶奶给爸爸妈妈扫墓。

一路车多但不堵，不到 8 点就第一个来到聚集地——二弟开的小店。买东西的人不少，但没有冲淡从小厨房里飘洒出来的纪念清明的菠菠粿味，还没用早的我一下子吃了三块，分别是甜味萝卜干丝、红豆泥和咸味菜蔬肉丝馅的。勤快的二弟和媳妇还早早准备好了一个花篮和扫墓用的各种物品。

接着到来的也是从福州城里下来的大姐一家，大姐夫脚力不足，已经有两年没能来一起扫墓的。最后是三部小车、两部摩托车，一共 21 人的清明追思队伍，走过淘江大桥，穿过福厦省道，沿着东南汽车制造厂的外围村道，一路上山。可能是东南厂还在往山坡上扩展，把我们徒步上山的路程缩短了，在绿荫掩映的有点陡的山道上，我和大姐手拉着手，互相照应着一步一步往半山腰走去，今年的大姐精神不错，一身打扮用心，给她拍照也欣然接受，拍后还要给她看一看有没有拍好，如果把花白头发好好修剪和染黑，再弄一个面部护理，大姐一定还是比较耐看的。大姐说，也许再过一两年也没有脚力上山给爸妈扫墓了。我说，不会的，一定不会的，妈妈都到了 89 岁才到这里来，她老人家一定会保佑我们，活得更长，而且更健康、更快乐。

爸爸妈妈长眠的地方有一个好听的名字，叫梅溪。他们的墓和爷爷奶奶的墓并排相依、坐北朝南、靠山面水，一片绿荫环绕着，一条溪水从坡下流过……在清明扫墓的记忆中，印象最深的有两次。第一次是和母亲一起去给爸爸扫墓，患有痴呆症的老爸在 77 岁的时候就不幸离妈妈而去，感情一直很好、一起生养十几个孩子的夫妻关系早已和母亲生命融合在一起，可以看出那一次的扫墓给母亲带来的情感翻动。再一次就是去年的扫墓，母亲和父亲在这里相聚已经 6 年了，快 70 岁的大姐怀着对双亲的思念，和我们一起上山，回来后我写了一篇关于大姐的文章，由衷地祝福大姐，好人一生平安！

所以在我的四月情感里，清明是追思的日子，她让我对用血脉和岁月连接起来的父爱母爱的认知更加清晰，思念得更加深切。我忘不了刚出生时母亲踢我一脚所释放出来的不能生男孩的绝望，还有把我从学艺饼店叫回，重新送进校门所表达出来的望子成龙的期盼；忘不了我不小心把父亲从自行车后架上摔在去永泰葛岭的铺沙公路上，也从此有了长大成人的责任意识；忘不了母亲始终保持着的那一份娴静与温和，并把这种性情传承给了我的小女儿；忘不了过年时父亲从外地赶回，一夜烧炸蒸煮，只为分享母亲每每品尝后露出好吃的微笑……追思就是家族过往的一次再现，缅怀就是父亲母爱的一次重温，忆想就是家风家教的一次传承！

清明还是反省的日子，她让我在和先祖和爸妈的岁月比较中发现自己的不足认识其中的缘由。在厦大工作那么多年，我父亲却没有去过厦门；在美国居住那么多年，我母亲却没有去过国外；调到福州到母亲离去整整有六年时间，我却没能说服母亲搬到大学城一起居住，以便能更好地照顾她老人家，我研究婚姻家庭多年，其实家庭意识还有待加强啊！也许我把父亲的乐观性情与做家务热情承接过来了，但兼收母亲的宽容、温和与宁静似乎还得继续修炼。尤其是父亲母亲所表现出来的对儿女的代际责任和奉献精神，更值得我去发扬光大，母亲多少次为了儿女上学与工作调动不顾严重晕车到处奔走的身影与情景，多少次因为失禁弄脏了身子和床铺所流露出来的不安与歉意，不时都会在我的眼前晃动，让我心怀感恩，又愧疚不已。

清明更是感恩的日子，她让我深知最好的追思和反省就是感恩，而最好的感恩就是把我们现在的日子过好，让远在天上的父母把对我们的牵挂换成欣慰，把对我们的担忧变为祝福。过好日子就是努力让自己和家人拥有一个平安、健康、快乐和进取的人生。为了平安，我们既要远离不安全的各种环境和人际，又要做一个守护平安的好公民，不给社会、不给他人制造风险和不安。为了健康，我们要坚决抵制会损害健康的各种诱惑，要全力保持有益健康的生活方式，我们更要向父母亲承诺，我们将以更加健康快乐的身心去活出比他们更长的人生。为了进取，我们将把家族的荣誉和复兴放在心上，把父母亲未竟的人生追求放在心上，把父母亲对我们的美好期待放在心上，在平安和健康得到有力保障的前提下，去设计我们的人生，去拼搏我们的前程,去建设我们的亲情家园、事业王国和精神世界,用更多的人生进取及其风采告慰天上的先祖,光耀我们的父母!

从扫墓路上归来,忽然发现我忽视了闽都大庄园里一片又一片的花海,那一树树洁白的梨花,那一团团鲜红的角梅,那一片片出彩的羊蹄甲,那一枝枝耀眼的木棉花,似乎都在展示春意未去的四月天的风光与魅力!其实,这些花是为我们的清明追念而开的,是为我们的清明反思而开的,更是为我们的清明感恩而开的!

亲爱的朋友,请把这些花儿好好地开在我们的心里,提醒你我把每一天都过好!

小 姑 妈

上午专程去老家那边的大义乡,给小姑妈送别!

89 岁高龄的她安静地躺在冰柜里,身体浓缩了显得非常娇小,好像当年被抱养走的小女孩……我眼里蓄满了泪水!

在爸爸6个兄弟姐妹当中,小姑妈最小,尽管送人了,她和娘家最亲,在娘家需要的时候,总是不辞麻烦,竭尽自己的微薄之力!

她把堂哥带到永泰葛岭粮站收为爱徒,分文未取还包食宿,由姑丈手把手教会制作福州线面的技术,并一直照顾到就地娶媳妇安了家!

她把我妈最小的儿子,接到大义中学复读,用一年悉心的照顾,让他恢复信心、全力读书,最后以高分考入上海第一医学院……没有小姑妈无私的付出,也就没有我们这个家族的第一个医生啊!

她还总是热盼娘家的人去大义做客,每每去那里,我们分享的不仅是小姑妈亲切真挚的笑容,还有小姑妈亲手制作的许多好吃的东西:细细的线面、软软的蒸糕、甜甜的红薯,还有香味浓郁的米酒炖鸡鸭……

小姑妈一生辛苦,但没有说过一句怨言;她一路操劳,但始终保持一脸温暖。她对自己极其节俭,却对亲戚邻里的需要出手大方。她还经常肩扛手提,把在山上地里辛劳的收获,送到各家各户。最难能可贵的是,她和姑丈一生顶天立地、吃苦勤勉,在没有多少外援的情况下,用她那双极其粗糙又非常坚韧的手,带大两个儿子,带出 4 个孙子孙女,还有 6 个曾孙子孙女的幸福大家庭!

敬爱的小姑妈,您让我们深切地感受到女性的力量和伟大、女性在家庭中不可或缺的地位和作用,以及女性勤劳包容和善良贤惠所产生的代际福祉与性别带动!

敬爱的小姑妈,您让我们始终心存感动,心怀感恩,心生反省与进取啊!

敬爱的小姑妈,您永远活在我们心中!

姐 弟 情

一早起来就开始做卫生,直到现在可以坐在阳台上分享里外都很清新洁净的风景了!

过去的两周十分忙碌,而且到处奔波,先是去北京待了好几天,连续参加了中国妇女研究会举办了三个会议,不是自己发言,就是做点评或主持。

不过即使这样,我并没有忘记最近的两个节日,特别是六一儿童节,因为每每这个时候,我总会想起我的大姐。当年母亲和她分工很明确,母亲只管生孩子,而照顾带好弟妹则是大姐的任务,特别是到了夏天,我们 5 个弟妹都是排着队,等着大姐给我们洗澡。最难以忘却的,是有一次大姐带着我们去看电影,那时的电影还是供不应求的文化活动,看得人很多,入场非常拥挤,为了我们这些弟妹不被挤伤了,大姐用自己瘦弱的身子紧紧地把我们围护住,尽管我们都挤哭了,但最后都看到电影了,又都笑了!

为了感恩大姐为我们所做出的巨大付出,我特意把大姐和大姐夫请到大学城,先一起吃饭,然后再请她们观看 3D 的《泰坦尼克号》……谢谢大姐让我们的童年充满着双重的母爱和洋溢着一辈子都难以忘却的快乐!

所以在这些天的活动中,我都关注着身边的孩子,相信经过我们共同的努力,童年的幸福都将使每一个孩子带着浓浓的爱开启他们更加美好的人生!

莆田阿嬷(1)

今年第一次在莆田过年!

记得初次走进这片土地,是在高中刚毕业的时候,在父亲的陪同下,去拜访莆田军分区分管文艺工作的一位军人,寻求是否能够入伍当一个文艺兵的机会!

当兵未成,却去了厦门大学求学,多次往返福厦都要路过莆田,那长途汽车上,伸手窗外,就能摘到红艳欲滴的荔枝,是这座城市留给我的温馨印象。

而真正结缘这个城市,已是大学毕业留校后的 1983 年,一碗堆得像金字塔似的莆田米粉,和显得比较弱小的、已从涵江工行退休的煮粉女性,一起融入我的生活,她就是我的莆仙丈母娘。随着此后一年又一年的岁月延续,丈母娘的形象却日益高大起来,她的生命质感和性别分量也越发厚重了……

她一直都很忍耐、包容和宽厚,在她的生命字典里,没有怨言和不满,更没有恶声恶气,所有生活的劳累和负重,甚至冲突,都在她的默默承受和退让中被悄悄地消解了。

她的生活总是离不开节俭,不管是贫乏还是富裕的时候,她都精打细算,一分钱也不乱花,旧的家产反复修补再用,能作为废品转现的决不随意扔掉,有时被家里其他人当着垃圾清理了,她又悄悄地找了回来!

她还把孩子放在生命的最高处,我的两个女儿,尤其是小女儿基本上都是她带大的,单单喂饭一个司空见惯的生活细节,都足以展现出她的崇高责任感和对孩子的深沉爱意,可以说是每一餐,她都有量的规约与质的搭配,哪怕自己肚子再饿,也绝不剩下一口,都要全力喂完!孩子长大了,她还总是照顾孩子先吃,随后自己再吃剩饭剩菜。可以说她一边尽可能地为全家提供最优质最周到的服务,一边又对自己格外苛刻,分享最少最差的家庭资源……

　　现在她老人家已经 80 多岁高龄了,因为腰痛身板也直不起来了……所以大女儿一家三口今年来莆田和阿嬷一起过年,以表达对阿嬷的感恩与敬意,给老人家添加天伦之乐与感受付出的生命意义!

　　今天初一,按照这里的乡俗,丈母娘一早起来给我们每个人煮了一碗莆田米线,虽然不像几十年前一样用大碗装,而且堆得高高的,但显然用的都是好料,而且配料比面多,味道也更加鲜美了……亲爱的阿嬷,请接受我们最美好的祝福吧,衷心祝愿您今后的生活依然平和、忙碌和琐碎,因为这是您的传统,您的常态,更是您的生活乐趣和生命的无限……

　　阿嬷,我们爱您!

莆田阿嬷(2)

　　这次去莆田过年,才知道年迈的外婆腰痛有一段时间了,老人家为了省钱,却一直忍着……所以春节一过就把她接到福州,去福建农林大学的神蜂学院接受治疗。

　　看着老人家一天天见好,气色越发红润,腰杆也慢慢直起来,我们在欣慰的同时,也开始请她去分享更多的都市生活:

　　我们陪她散步,游走春意越发浓郁的闽都大庄园,在许多景点,特别是春花盛开的地方给她拍照,老人家脸上的笑容洋溢着解除病痛的舒心,镜头里的身影也更加美丽多姿了!

　　我们陪她进城,闲逛三坊七巷,吃榕城名点福州礼饼,品风味小吃锅边糊和虾苏,还拉着她在一个个文化景点前留影。

　　我们还把她居住在福州的弟妹和双胞胎的姐姐请到闽都大庄园相聚,到庄园旁边的四季炊烟怀旧餐馆回首当年的姐妹情长与生活细节,饱经的沧桑、满脸的皱纹和不再完整的牙齿在炊烟中都化为他们久别重逢后、依然温馨的欢声笑语。

　　尤其是大女儿叶丰特意利用周末飞过来看望外婆,看着她从上海带来外婆爱吃的费罗列巧克力,晚饭时给外婆细细地剥离蟹肉,夜晚挤上床要和外婆一起睡……叶丰纯朴的孝心讲述着一个个孩时温暖的代际故事。

可是莆田的阿嫲不论去了哪里还是最可敬最勤劳最节俭的阿妈啊！她依然不安于休息，抢着做家务事，她嫌打的太贵坚持要坐公交车，她对冰柜里有点过期的食品还是舍不得清掉，她还是悄悄地把好吃的菜留下来，并推到我们的面前，甚至夹到你的碗里……

尊敬的阿嫲，您用自己一生的简朴，给子孙积累一代的富足，您用自己一辈子的忙碌，给子孙提供享受不尽的舒适，您还用自己一颗完全利他的爱心，给子孙造就一个四季如春的家园啊！在我们心里，您平凡却伟大，您人轻却位重，您一身无华却光彩照人！我们所有的感恩与谢意，都化为一个最美好的祝福，恭祝您好人一生平安，健康，健康，永远健康！

四 季 园

借去北京开会之机，顺道去上海看望春节后一直没见面的外孙女小秋秋和正怀着二孩的大女儿！

真没想到这次上海之行还挺不容易的！带着京城难得的一片晴空、一轮明月，21日晚上我登上东方航空9点半的航班，并准点起飞，可是接近上海了却落不下来，因为阵雨大雾浦东和虹桥两个机场都关闭了，航班只好转场着陆南京，落地时已是夜半12点，机上工作人员通知，晚上要在南京住下，明天早上10点左右再飞上海，可是我们居然在飞机上等了3个小时还没有下飞机的迹象，最后是在大家群情激昂的呼声中走下飞机了，经一番周折，又经一段很长很长的车程，一直到天已大亮后的5点才抵达入住的酒店！为了避免接下来的又不确定性，我还是辗转到南京火车南站，坐2个多小时的高铁去上海了！

即使一夜没睡，我去看望女儿、外孙女的心情还是温暖与亲切的。从上了地铁2号线，到静安寺转7号线，再到肇嘉浜站下车，出3号出口，再走过小弟当年深造的上海第一医学院，现在复旦的枫林校区，我到了大女儿租住的四季园，这一路都在积聚着这份温暖与亲切！

　　小外孙女秋秋快 4 岁了,可是和她在一起的时间并不多。但是小秋秋和外公的友好却与日俱增,我还在高铁上,她就传来好听的留话:"外公辛苦了! 外公,我等您!"当我推开女儿套房的大门,小秋秋还有点不好意思,但很快就和外公亲近起来了,她说:"我们到了外面,外公就可以拉秋秋的手。"在新天地吃午饭时还主动要求和外公坐一边,每每请她合影,小秋秋都主动接受,并拿出最好的表情,吃晚饭时,她又要和外公坐在一起……谢谢小秋秋,你的亲昵举动告诉我们,亲情固然是生活在一起日积月累的,但一线血脉相牵却是亲情不可低估的基础!

　　大女儿叶丰从小学四年级就开始自我照顾、自主生活。从小学后期转学美国考上宾夕法尼亚大学,到找到美国德勤公司的第一份工作,再到情定曼哈顿从纽约市政府工作人员接过结婚证,以至几年前结伴丈夫钟凌回国到上海工作与生活,成为拥有两个孩子的职业女性,叶丰几乎都是用自己的力量和智慧支撑起一个女孩的成长、成熟与成功! 现在的她,挺着越来越大的肚子,依然正常地工作着、操劳着,昨晚女儿还告诉我,她会这样坚持到最后预产的到来! 尽管作为父亲的我,为辛苦忙碌的女儿心疼不已,日益加重的牵挂,但从女儿的脸上我更多地看到,是再做母亲的生命喜悦与孩子至上的神圣感和责任感! 谢谢叶丰,你不仅让远离你生活的父亲因为你的关心与依恋而保持亲情世界的完整,而且还让大家见证了一个心怀善良与进取的女性是可以做到力量之强、心灵之美与生活之好的!

　　每每上海之行,我都多一分对亲家、对女婿钟凌的感激之情! 亲家公也是一位大学教授,而且还曾是副校级领导,但为了叶丰和钟凌这个小家的幸福,他彻底地从学术和行政中抽身淡出了,和亲家母一起全身心地投放到对叶丰他们,特别是对小秋秋的照料。正是因为幸运地拥有他们在情感、家务和对秋秋看顾上的全力支持和全方位配合,叶丰和钟凌他们才能够做到亲情和爱情并重、家庭和事业兼顾以及把多胎生育的愿望转化为美好的现实! 尊敬的亲家,请接受我们由衷的敬意与感谢!

　　今天一早不到 8 点就告别温馨的四季园,坐上从上海去福州的 G1657高铁,随着列车的高速南下,和女儿她们的空间距离又拉开了,但我们的情感空间却越发厚实了! 我会在四季常青的榕城给上海的四季园送来有福之州最诚挚的祝福:

祝福亲家公、亲家母健康快乐！祝福叶丰钟凌爱情常在，婚姻幸福！祝福小秋秋健康成长，美丽无限！祝福小宝贝在妈妈爱的怀里继续长大，在桂花飘香的八月平安地来到这个世界，一起分享幸福与美好！

秋月之光

女儿出差欧洲之前，和夫婿钟凌还有小秋秋回到上海短暂逗留，使得我今年提前进入中秋团圆的美好时光。只是遗憾，小太阳这次没有随行。

星期五一早，我带上一盒月饼，跳上 7 点 59 分的高铁，不到 5 个小时就来到上海，把离别快半年、刚刚成为一名小学生的小秋秋拥到怀里。小秋秋还是那么匀称苗条，只不过小小的脸上多了一副眼镜，而且还随身带着一个小画本，每到一个地方不想走动的时候，就像她爸爸一样随手画开了，艺术基因的传承似乎更带自然色彩。

考虑到时差的影响，我们没有走远，在淮海路上的一个购物中心，就近走进一家鼎泰丰，两屉 10 个特色小笼包、几碗不同汤面、一碟清炒豆苗，还有小秋秋喜欢的葱花蛋炒饭、豆沙寿桃，就是一个清淡、快乐的团圆晚餐。特色小笼包汁多味美，不先咬一小口放出汤气，都有可能烫了舌尖，还有小笼包的个头小了一点，如果是以前，我想我一个人都可以吃掉 20 个。

第二天星期六正式进入三天的中秋假期。我陪着小家庭去看望小秋秋的太奶奶。在附近超市，钟凌给他奶奶买了好几种苹果，据说老人家对苹果情有独钟。80 多岁高龄的太奶奶气色不错，一边给我们搬椅子让座，一边还削切了一盘苹果。这是小区里一个居民楼的二层，房子不大，家具也比较简约，但客厅里的小饭桌却格外引人注目，在桌面上被玻璃压着的是不规则的甚至重叠放着的老照片，钟凌在那里还发现自己小时候的照片，还有秋秋弟出生不久的照片。当一个空间承载了一个人生命历程的绝大部分时间以后，与其说我们是住在其中，不如说这个空间已经装进我们的心里，要想剥离几乎是不可能的。老人家话语不多，几乎讲的都是地道的上海话，钟凌回想起，小的时候一到暑假就从武汉到奶奶这里来，每次都养得胖胖的再回去上学。中午我们就到小区对面的又一村传统小吃店用餐,钟凌说,小时候爷爷经常带他到这里来。往昔岁月的再现不仅发生在我们自己变老的年龄中,也出现在年轻的我们去探望老人的时候。

晚上我和女儿一家暂时分开活动,他们去和在上海工作时的老同事见面,我腾出时间就在入住酒店裙楼的一个酒家和在上海工作的硕博弟子聚会。这么多年,还是第一次来得这么整齐,有当年在厦大做博士后,现在是复旦教授的弟子,他还把今年刚招收的博士生带来了,可以说是三代学缘的团圆啊;有毕业后先在厦门体制内工作,一年前辞职移师上海私企的弟子,看得出新的事业舞台给他带来更多的快乐;今晚还有来自湖南高校,参加复旦一个国际研讨班学习的弟子,能够见到好几个从未谋面的同门,喜悦之情溢于言表。我们仍然很自然地进入望海学村保留的一个传统节目:轮流简述上次聚会以来的生活和学术上的收获,导师还不时插话议论,并对他们的未来表达期待和祝福,而且还指定一个人负责记录,随后提交一份文字报道。我们不约而同地回忆起当年一起熬夜做课题吃夜宵的快乐,一起前往深圳在火车站、私营企业、居民小区做流动人口问卷调查的辛苦,还有一起举办 21 世纪女性发展周末讲坛的兴奋。当然,大家也为博士后师兄当年因为各种原因毕业后不能留在厦大工作倍感可惜,为厦大人口研究所没能一直保持繁荣感到遗憾。如果不是酒店要收摊,我想,我们会一直沉浸在对共同过往的回望之中。

回到酒店,并知道各位弟子都已安全回到住处,已是凌晨 2 点 20 分了。我躺下不久就起来了,在 3 点 30 分的时候送叶丰去浦东国际机场,她要坐 7 点左右的航班飞往意大利米兰继续出差。在去机场近 1 个小时的路程里,我感受到女儿少有的温柔,我不仅没有一丝睡意,心里还生出一份内疚,我陪同女儿、替她分担的太少了,如果今天只是送到酒店门口,我想,我又让这个难得的中秋节失去我们应该赋予的意义!

由于过两天有个讲座,我于昨天中午坐高铁回到福州。虽然登上太阳座顶楼的朝南阳台,就有一块面江的视野开阔的赏月地方,但我总觉得,今年的中秋满月不在抬头可及的福州大学城的夜空上,她似乎和还在上海的小秋秋在一起,似乎在女儿已经安抵的米兰那里。

已被儿女之情充满的我,谨以这篇小小的微信文章,恭祝亲爱的亲朋好友和学村村民,即将升起的中秋明月,不仅把象征着快乐与美满、健康与平安的爱之光洒给你我,还洒给我们用生命牵挂的亲人,用代际守护的亲情。

父女京城游

过去连着周末的四个日子是在北京度过了,虽然脚上还起着泡,腿膝的酸痛也还没消退,但心里的感觉却是非常温馨和喜乐的,因为这几天是专程陪同小女儿,让她第一次去领略京城的久远与伟大……我们驻足仰望天安门城楼上迎风飘扬的五星红旗,流连忘返于紫禁城里的帝王路径,信步登上八达岭和居庸关的长城,我们还被拉到一片拥挤嘈杂五味杂陈的南锣鼓巷,融入碧波荡漾绿柳飘逸的颐和园,还有自始至终感动着我们的当年毕业北上工作的同窗情谊……

这次京城游览既是兑现父亲给女儿的承诺,在她转学牙科学院之前陪她看看祖国的大好河山,又是拉近距离好好了解隔洋成长起来的女儿的一次难得机会。我发现,对比和缓的八达岭,她更喜欢居庸关的险峻;我还发现,还珠格格的故事远比颐和园的美景更吸引着女儿;让我更为感叹的是,即使是游玩,她也很执着,不喜欢随时改变,而且还希望尊重她对游程的知情权……呵呵,女儿已经真正地长大了,作为慢慢变老的父亲,这只从普林斯顿校园跑来的小羊了我可以放手了!

亲爱的女儿,老爸虽然不能一直陪伴着你,但我对你的挚爱和由衷的祝福却是永远和你在一起的!

牙科学院

美国时间18号晚上6点,小女儿叶菁终于实现了她用11年努力为自己编织的梦想——考入牙科学院,成为一名牙科医生!

　　在美国宾夕法尼亚大学牙科学院为 120 位 2014 级牙科新生隆重举办的以披穿白大褂为主要议程的开学典礼上,叶菁脸上的笑容依然宁静美丽,但我相信,她的心里一定是不平静的,那是对医学和医生这个神圣专业和职业的肃然起敬,更是对伴随她一起成长圆梦的亲朋好友的深切感恩……

　　我知道,她会感谢普林斯顿大学,没有这所大学为她父亲提供做博士后人口研究的机会,也就没有怀上她的可能;感谢那没有记住名字的台湾产科男医生,没有他的迟到,也就没有她来到这个世界的幸运。

　　我知道,她还会感谢江西的小保姆、厦门的小保姆、厦大幼儿园的老师,尤其是莆田的外婆外公、姨姨姨夫、舅舅舅妈,那难忘的童年快乐更多的是缘于她们无微不至的爱护和照顾!

　　我知道,她还会把感谢献给一直深爱和呵护她,并为她长年累月吃苦耐劳的母亲;总是情不自禁地把她当着女儿来照看、来要求的叶丰姐姐;还有通过各种方式不断关心、鼓励和支持她的姐夫钟凌和他的爸爸妈妈、费城兄弟姐妹、福州老乡老陈和碧英阿姨、福建医科大学附一医牙科的魏主任和黄医生、父亲的同学、同事、学生和好朋友们……

　　敬请各位亲朋好友,让我们一起为叶菁祝福吧,相信你们的祝福会给她带来力量注入情感,以最好的成绩完成四年学业,尽快成为一名医德和医术双优的牙科医生!

冈比亚归来

　　正当大家全时以待、准备抗击台风的时候,正当大家立秋感怀、存留夏季热情的时候,我还要告诉亲朋好友们一个温馨的消息,那就是托大家的福气,小女儿叶菁在圆满完成 60 个日夜服务非洲小孩的健康志愿者工作以后,经过 20 多个小时的飞行,已经从遥远的冈比亚平安地回到美国费城西郊的家里了。

　　女儿冈比亚之行无不牵动大家的记挂和关心,收获大家的赞美与祝福……我想,正是因为大家的关切与爱护,正是因为大家的伴随与鼓励,女儿才此行如歌,一路平安啊! 在这里,谨代表叶菁,向大家恭表敬意,并在她年轻的心里永存对大家的谢意!

也许是当年在普林斯顿校园里,我们放弃妊娠的决定影响了她,叶菁从小都缺乏安全感,而且总是安静的、弱弱的,后来执着学医的举动改变了我们对她从小形成的看法,非常感谢这次的非洲远行,让我们更深入了解到她的善良与热心、她的坚强与勇敢还有她学医的真正目的,以及所呈现出来的让我们都深受感动的非功利的大爱追求!

叶菁的成长至少证实了这样一条教育道理,孩子的善良品质与感恩意识才是从小就要认真去养成,并和孩子一起在长大过程中去共同守护和进一步加强。善良就会有同情心,既不会把快乐建立在别人的痛苦上,也不会对力所能及的施助而无动于衷;感恩就会珍惜现在的拥有,并会自然地把帮助别人当作一种天经地义的回报! 我对女儿叶菁的身心长成,贡献不大,反而,她的生命表现却给我带来不少思考和自我的提升! 在这里,我还要感谢的,就是过去两个月一直牵挂的而今平安回到家的女儿。

亲爱的女儿,我想远在美国的你一定今夜难眠、思绪万千,我也相信,你人虽离开了非洲,但心还留在那一片贫困的土地上,特别是那些可爱的但什么都还缺乏的非洲孩子的身上……牵挂是一种良好的品质,尤其是牵挂那些需要帮助的小孩们!

爸爸衷心地祝愿你,好好爱护自己的健康,努力以优秀的成绩完成学业,使自己拥有更好的能力,把这些牵挂变成更多的志愿者服务,让这个世界上有更多的人都能露出整齐亮白的牙齿,为笑意添加更多的美感!

春 假

小女儿从美国回来过春假,短短只有十天,让我特别想多腾出时间,和她在一起!

小女儿第一站到上海,和她姐姐待了不到两天就坐高铁,直接南下到莆田看望小时候精心照顾她的外婆!

　　我从福州过来，今天下午陪她做头发，从梳剪、拉直、定型、染色、冲洗以至最后的热吹风干，用5个半小时穿越了美发的整个过程，期间我喝了3杯咖啡、吃了4片蛋糕，还拍了70多张照片……发屋年轻帅气的美发师告诉我，该店开业两年多来，还没有一个父亲陪伴女儿做完美发的全过程，我以为，这可能是在拥有大男子文化传统的莆田吧！

　　对我来说，这种陪伴是对时长已久的做父亲内疚的疏解，当年在普林斯顿大学差一点把她拿掉，还有后来隔洋国际分居不能和她一起成长，都让我对女儿心存愧疚，总是在能在一起的时候，尽可能去好好地弥补！

　　这种陪伴其实还是生为男人的一种幸福，闻着染料搅拌的香味，听着黑发拉直的风声，看着女儿美发后的秀美飘逸……被功名利禄抽空的男性世界一下子装满了亲情，被过度竞争恶化的生活场景突然间温馨再现了，其实我们男人可以不要这么累地活着呀！

　　可能更值得回味的是，这种陪伴还唤起我们对父女情感的重新认识。孩子是娘身上掉下的一块肉的说法，通常把母子的亲情自然化了，母子同体自然地把与孩子有关的事务划归到女性一边，母亲也就天经地义地把对孩子的责任全揽下来了。而父女之间的情感则被非自然化了，自然的内核与维系被淡化了，甚至被严重异化了，当这种非自然化与重男轻女的父权文化相遇时，父亲不负责任的以权包办、出于个人或家族利益的性别干预、婚姻解体后对女儿的抚养不管不问等就不可避免了。显然，强化父子、父女同体的自然意识，构建以自然血脉为基础的性别文化，对于呼唤男性的家庭责任意识，参与和分享家庭生活的觉悟与热情，在工作之余回归家庭，做一个完整的幸福人，具有不可忽视的保障家庭健康发展的现实意义！

　　谢谢女儿，让老爸拥有陪伴你的欢乐时光！

　　也谢谢各位朋友，你们的分享放大了我们的幸福！

牙科门诊

　　经过两年极其艰苦的专业学习和无数次的课程考试之后，小女儿叶菁终于实现了一个重要跨越，下学期就可以做牙科门诊医生了！

从当年接受美国宾夕法尼亚大学牙科学院实习医生门诊服务的小女孩，到 20 年后今天成为这里提供门诊服务的实习女医生，老爸知道，你所承受的压力与经历的辛苦！但让我们都引以欣慰的是，你没有退却，更没有放弃，反而一直用一种朴实的感恩和默默的努力，用你那如花的笑容与如水的韧性，一步一步地往自己从小设立的目标靠近！你的学业与职业实践告诉我们，孩子的成才在于和她们一起经历的感恩教育，并自然地把她们的感恩转化为人生追求的自觉与动力！

在这里与女儿一起欢欣的同时，我还想告诉你，虽然老爸没有在美国和你并肩作战、同甘共苦，一起经历你求学的全过程，特别是在你需要的时候，没有给你送去作为父亲的重要支持，但老爸人不在心在，你的健康、快乐与成才始终是老爸分量最重的牵挂，每每你的学业进步，都让老爸快乐得就想与亲朋好友分享，每每你的劳累生病，都让老爸心疼得就想近距离地去照顾你。老爸感谢你的包容与理解，感谢你的微笑与行动，所有这些都在感动老爸的同时，改变着老爸的情感世界与人生选择！

因为你的善良与爱心，因为这两年学习养成的职业道义与责任，接下来的门诊生活显然也不会轻松，老爸特别希望你，一定合理作息，不熬夜多锻炼，不省钱多营养，定期的度假不要挤占，力争用更加健康的身心来保障门诊服务的质量！另外，你已接近老爸所研究的女孩择偶最佳年龄区间，寻找你喜欢的恋人的美好过程需要认真起步了，老爸在这里衷心地祝福你！当然，如果你觉得，老爸的一些研究成果还有参考价值的话，老爸非常愿意在你需要的时候提供理论支持！

老爸非常幸运，在普林斯顿把你留下来！你是老爸心里的一块芳草地，我会精心地去珍惜与守护的！我爱你，美丽的芳草地！

重　返

4 月 25 日上午，原定 9 点 20 分的 CA819 航班在推迟了大约一个小时后,终于腾飞而起,离开北京,直飞位于新泽西的纽瓦克国际机场,开始了我参加小女儿毕业典礼的赴美之旅。

将近 13 个小时的飞行,一直都比较平稳,待把入关手续办妥,见到在外面等待的叶菁时,我看了一下表,刚好是中国时间晚上 12 点。呵,6 年以后,很高兴又能踏上让我成为"二女户"的这片土地。

叶菁事先叫了一辆滴滴车,不到 20 分钟就来到大女儿在新泽西安的新家。午休睡醒后的小太阳一点也不见生,我把小家伙拥进怀里,他带着微笑亲了外公一口。走路去幼儿园接到放学的小秋秋却几次都不愿意接受外公的拥抱,呵,小姑娘反而见外了!

有意思,这次来美居然没有经历时差,夜晚安然入睡,第二天一早不到 5 点就醒过来了。来到户外,天还没亮起,已在福州穿短袖的我感觉到袭人冷意。我在那里坚持着,是想送一下每天最早离家去工作的女婿钟凌!

钟凌 6 点准点起床,洗漱用早,带上一盒午餐,6 点 40 分就出门了,开车到附近的 Summit 火车站,每天花 4 个美元把车停在那里,改坐通勤火车先到曼哈顿,然后再走 10 分钟左右的路,去一家建筑设计事务所上班! 叶丰大约 7 点起来,8 点送小秋秋去幼儿园,8 点 40 分把我们送到同一个火车站,再去她的意大利费列罗北美公司上班。

今天我陪叶菁去曼哈顿下城,即靠近原世贸中心的街区看几个预租的房子。她 5 月 14 日毕业典礼后,就要去被选定的位于布鲁克林的一家医院做一年的住院牙科医生,住在这里便于利用地铁通勤,而且相对安全,周边环境也比较优越。我告诉女儿,第一年工作一定很辛苦,所以要确保住的安全、舒适和交通购物便利,即使多一点房租,也是在所不惜的!

我随着女儿进入已经很古朴的 Summti 火车站,花了每人近 10 个美元,登上依然老旧的由新泽西交通集团经营的城际列车,来到一样老旧的曼哈顿城际中心车站,再转年久失修的地铁,最后在两位年轻的租房经纪人的引领下,我们一共走了 17000 多步,进入位于华尔街、华盛顿大街等街道的 5 栋公寓高楼,分别看了 5 个含 1 个或 2 个卧室的居室。在总部经济不断郊区化的今天,原来的商用大厦都改造为公寓楼群,用于出租人居的物业经营,所以到处可见正在结构改造的脚手架。

最后我们选租了位于华盛顿大街的一个能烧可浴的完整居室,这里离华尔街上的大铜牛,还有当年曼哈顿下城最高的建筑,也是进入纽约港船只欢迎灯塔的百老汇大街上的纽约三一教堂都不远,特别是离地铁只百步之遥,经 4 号线就可以直达叶菁入职的医院,加上带有街心公园的宽敞大道,开窗的视野不仅开阔,而且没有被高楼大厦紧紧围住的那种挤压感,还有这里的饮食业也很丰富,可以满足叶菁一日三餐、不时改善一下伙食的需要。叶菁还找了一位女同学合住,分担每个月 2500 美元的租金。虽然走了那么多路,腰又有些紧,人也有点困,但看到叶菁满意开心的样子,我心里也充满着愉悦。

中午叶菁请老爸吃日本料理,这是一家名叫 Yuba 的日本料理店,店面不大,生意不错,叶菁帮我要了一份四种生鱼片组合,外加一小碗米饭,自己则要了一份生鱼虾盖饭,一共花了 37 美元。这也是就要出炉的牙科医生掏钱请老爸吃了第一餐饭。谢谢你,女儿!

房子敲定后,叶菁还陪老爸去看曼哈顿的纽约新世贸中心。2016 年 8 月以前这里已经开放了通往新泽西等地的地下交通枢纽站,此后它的商场部分逐步开门营业,有苹果在内的 125 个品牌入驻。这座由建筑师圣地亚哥·卡拉特拉瓦设计,名为 Oculus 的建筑就在新世贸大楼旁边,它的外形是一只纯白色的和平鸽,不仅显示对人类和平的向往,还有深含浴火重生的寓意。当你伫立一片白色之中时,一种不要再以巨大代价去实现和维护人类和平的愿望将不由自主地涌上心头!

下午 5 点 30 分,我们回到家;7 点 15 分,叶丰回到家;8 点左右,钟凌也回到家。晚餐后,钟凌陪女儿秋秋练琴,叶丰则小睡一会儿,再起来打扫早上来不及整理、白天又被两个孩子弄乱的房间,这对"80 后"夫妻一直要到 11 点左右才能入睡,等待他们的又是一个忙碌辛苦的一天!

但令人欣慰的是,小两口感情很稳健,钟凌不时还会亲绘主题钢笔画,幽小枫叶一默。两人还合理分工,发挥各自的比较优势,提高时间效率和家庭产出,工作之余,不忘带着孩子出去家庭聚餐、海外旅游。钟凌喜欢攀岩,也一直得到叶丰的支持与呼应。为了两个孩子学琴,一架雅马哈钢琴刚刚抬进家里。他们的旅美工作生活显然要比在上海时更忙、压力更大,但看得出他们用爱情、用协力、用勤劳已经唱出一曲充满和谐与希望的婚姻与家庭的幸福之歌!

　　早晨的咖啡香味似乎还没散去,夜晚的灯光柔和又在聚集温馨,小秋秋、小太阳的鼾声微微更添一份宁静与安好……老爸衷心地祝福叶丰钟凌安康幸福,祝福秋秋、秋弟快乐成长,祝福叶菁仁心从医,把大家给你的爱再送给每一位的就医者!

第七章

风土人情

兰州之行

第一次的兰州之行是在刚刚过去的早春周末铺开的。

说实话航班还在高空飞行的时候，我就被窗外毫无生气的一派荒凉震住了，与几个小时前暂别的春意福州真是两个世界啊！落地后，这片土地还是没有增加我的好感，那天地上下一起灰黄和荒漠的感觉越发加深。不过接下来的两天周末却颠覆了我对这个城市的看法，并因为走近一个富有生命色彩与激情的女性群体，逐渐地喜欢上了这个城市。

我是应"中国西部首届母亲教育讲师培训班"的邀请过来做婚姻教育专业模块授课的，参加培训的一百多个学员是由兰州市西固区妇联组织起来的跨届讲师培养人选和基层妇联工作者。该培训的组织者以为，国民的命运其实是掌握在母亲手中。对于一个社会和国家而言，最重要最核心的产品是人，人是推动人类社会发展的最初始也是最关键的要素，而人这个产品是否合格优质，取决于一个亘古而伟大的职业——母亲。这样，母亲的岗前教育与培训就成为人类社会不可或缺的一项重大而美丽的、全社会都要一起来关心的事业，让摇摇篮的手，也是推动世界的手，不仅聚集爱意而且充满力量！在荒漠的西部居然静静地流动着这么一股富有前瞻和大爱的暖流，让我开始对这个城市另眼相看了！

在一天半的培训计划中，她们要连续听 10 个总课时，包括平等意识与婚姻、生育文明与婚姻、家风家教与婚姻，还有幸福指数与婚姻等主题的授课，接着还要进行讲师能力形成的实践教学，以及区妇联领导的学习总结。可以说这对于习惯于听课学习的大学生都很难承受的计划，却被这些基层女性当作一次久违的盛宴，暂时忘却了以往习惯了的周末安排与现实母亲的劳作。从一早到还有明显凉意的夜里，现场总是坐得满满的，几乎没有人缺席或者提早退课，她们静静地听着，被西部环境影响得有点粗糙的手认真地记着，被风雪侵染却不失健康的脸上不时露出共鸣的笑意，还有从纯净的眼神里透露出来了对知识的敬仰与崇尚……把我给深深地感动了，这与在东部城市经常看到的在学中不惜学的情景产生多大的反差啊！这种感动又让我看到西部区域崛起和西部女性发展的真实希望！

在培训现场，我还请三位学员上台做 5 分钟的授课演练，不论是小学教师、政法系统的检察官，还是立志成为一个母亲教育讲师的志愿者，都落落大方地站立在各位姐妹面前，那种渴望让自己和更多姐妹都成为一个称职母亲的神圣感和责任意识感动着自己，也感染着在场的其他姐妹，我突然感觉到，被母性充满的女性才是最美的！

到了西固区妇联主席总结阶段，我才真正理解了，一个基层妇联主席的魅力和作为在团结和造福一方女性中的现实意义！这位主席在一天半的培训中，始终坐在第一排，带头认真听讲和做好笔记，甚至还亲自动手搬动桌椅，优化现场的学习条件。为了这个总结，她还精心着装，非常得体地展示西部基层妇联主席的性别美丽和职业风采，更为与众不同的是，整个总结没有高谈阔论，没有大话空话，句句都是贴近大家的心里话，都是已经为人母亲的切身体会和施加母爱的经验与幸福的分享，那种的亲切、诚恳、直爽、责任意识、实干精神还有生活情趣，对西部女性的集体美丽做了非常朴实和完整的展示。我以为，兰州的美，美在这里像这位妇联主席一样的西固女性啊！

这次因为讲课匆忙，我没有去兰州的市中心和主要景点，但从西固区非常整洁的街道、干净的小饭馆，还有街心花园已经露绿的草木，以及金城公园盛开的桃花与迎春花，我敢断定，这座城市的荒漠只是暂时的，盎然的春意才是它的本色，因为它拥有让自己引为自豪的与春天同在的兰州女性！

高原的呼唤

带着只有昆城才有的亲切凉意，我第二次走进位于西南郊滇水之畔的云南民族村。

我是在特别宽大的广福路上花两块钱坐 165 路公交车直抵那里的。呵，公交车没有在民族村一侧下客，却来个大掉头转到另一侧，让那么多游客横穿马路,多了交通流量,还不安全。偌大的东门广场变成拥挤的停车场,要想拍一张只有大门牌坊的全景照片是不可能的。但摆在牌坊底下的三捆用宽边红布扎起来的细木,却让人的激情一下子被燃烧起来,原来被称为"东方的狂欢节"的传统火把节正在民族村里热烈铺开。这个占地1270亩、蕴含26个少数民族文化精髓和生活习俗的大村寨至今已经26个年头了,它像一个华丽而热情的窗口,把多民族和谐共生、欢乐相长的七彩云南生动地展现在世界面前和游客心里。

在通往民族村入口的街区上,密集悬挂着非常醒目的红色条幅,上面写着:"一生不能错过的精彩"——高原的呼唤——云南15个特有少数民族大型演出,我被吸引住了,买了一张带演出观看的入村套票,就直奔滇池大舞台。其实除了这场演出外,当天的民族村还有《七彩云霞》的9个不同村寨展演和一个古象表演。离开演还有半个小时,我已守在入口处,希望能坐前一点,好听清楚来自高原的呼唤。

步入浩大的剧场,我来到右侧第二排靠中的第一个座位,直对着不是很大的落地电子字幕。舞台很深很长,但布景非常简约,只有左右可以移动的雪山,还有中间一个可以转动的带阶梯上下的高台。一阵由慢而快的击鼓声拉开了演出序幕,几位主持人从观众席的后面分两边欢快地步入舞台的前沿:我们说着不同的语言,穿着不同的服饰,拥有不同的长相,信奉不同的宗教,但都有一颗一样的心,请带着这颗心一起分享一个彩色的故事,一起走进这个美丽的高原……

那一天,风起了,带来了纳西族的白云,普米族的大山对云说,"留下吧,在我的身旁",山的温暖融化了云,让它变成了景颇族的晨露、傣族的山泉、佤族的清泉、白族的彩蝶、哈尼族的白鹇、布朗族的鱼儿、独龙族德昂族基诺族的花朵,还有拉祜族怒族阿昌族,各族的花海,那欢乐的旋律、美妙的舞姿、五彩缤纷的服装和组合有序的队列,把高原汇聚成一个用心歌唱、用情舞蹈的幸福之村寨。

这一天,风又起了,要把云带走,大山对云说,请将高原的呼唤轻轻地放进你的行囊,孤单的夜晚啊,你会听见,我们依然在你离开的路口,等你……

等你,这就是高原的呼唤啊!此时此刻,我热泪盈眶,模糊的泪眼涌现的是一个个呼唤的场景:

天下多少相爱的恋人在遥远的异地彼此呼唤着,亲爱的,让我们一起等着再也不分开的日子最后到来;

多少年迈的母亲在一样年迈的路口呼唤着,孩子,妈妈在等你回家;

多少孤独的留守儿童在空旷的村落呼唤着,妈妈,等你把我们紧紧拥入怀中;

多少人民教师在毕业季的告别中默默地呼唤着,亲爱的学子,老师等你载誉归来;

多少仁心医者在紧张辛苦的手术之后在心里呼唤着,不幸的患者,我们在等你绽放康复的微笑;

又有多少人在人生旅途中对自己呼唤着,再辛苦一段,等到既定目标都实现时再好好享受生活……

等待,也许是一份民族的集体性格,或是一种无能为力而形成的社会习惯,我们甚至还给予等待比较正面的文化诠释,漫长的等待才能增加等到的分量和意义,才能体现一个人的坚持和执着。但是,在等待的过程中,经济学的边际效用递减规律在发生作用,所以每一种等待都有一个边界,过了这个边界或极限,就会出现转折的拐点,更何况在我们的互联网生活中还有许多替代物品,增加最后等空的风险。从这个意义上来说,一个积极的人生,是不会把有限的生命用在过多的等待之中,而是敢于进取、有所作为,在提高人生效率中去延长有意义的生命;一个健康的社会,也是不会把历史进程用在过多的等待之中,而是直面问题、努力改进,在提升治理效率中去唱响新时代的旋律。

亲爱的高原,请你放心,在我们离开的路口,不会让你等得太久!

大理印象

坐着久违的火车普快,经过 6 个多小时的穿行,再一次来到大理。

虽然老火车站有点陈旧与凌乱,但丝毫没有减弱这里的气温给人的身心带来的舒适感。对比一下大理与福州的此时气候,大理气温:17℃—

26℃,福州气温:27℃—41℃,早晚分别高出 10℃—15℃,在大理基本上不出汗,早晚更是凉意袭人,而在福州几乎 24 小时都暑气逼人,洗着免费的桑拿浴!

没有夏季和少雨的气候造就了大理的院落文化,露天的小院替代了餐厅与客厅,石板的地面,几处花草树木,几把板凳围住一个不高的方桌,家庭的重要决策与聚会,对外的接人与待客,日常的三餐与休闲……都在这里与天地相接之处展开,洋溢着自然与人文零距离交汇的开放与洒脱!而在福州,随着气温越来越高,过去深井打水冰西瓜或者凉用绿豆粥、金银花粥等自然的防暑办法,也不得不被空调冰箱技术降温所替代,空调文化给人们带来纳凉效用的同时,也造成人与自然的人为隔离,还有物理造冷的健康隐患与资源耗费,也是人类无法避免的代价!

对苍山洱海的再次亲近,我好像对一些景点产生了更多的喜爱,虽然通过桃溪谷、感通寺、寂照庵两次走进苍山深处,但我还是对洱海充满着依恋,喜欢静静地依偎在她的身旁;虽然在古城里多次走过一个个街区,但我还是对古城墙情有独钟,已经两次起大早怀着一片敬意登上城墙;虽然游览了好多处寺庙,甚至还在感通寺用过素餐,但我还是对佛都崇圣寺心存赞叹与敬畏,居然两次入寺都没能走完全程!

方圆 256.5 平方公里的洱海是大理的母亲湖,她不辞劳苦地接住天上落下的雨水,汇聚苍山十八溪流下的泉水,转而用她的宽阔水域调节着大理地区的气候,用她的丰富水源与物产养育着这里的各族住民,迎接与款待八方的来客;她还是一面无瑕净亮的镜子,一年四季照亮站立着的苍山十九峰,提醒它们要立有雄姿,顶天立地,穿有草木,叠翠流金;她更是一幅天然的画卷,舒展着微风吹过的绿波涟漪、水草柳枝,荡漾着苍山古城投放在水面的倒影组合,还有闪烁着与日出日落、晴空雨云交相辉映的多彩水面。我喜爱洱海,因为她是一位母性饱满,又天生丽质、温婉多姿的女性;我喜爱洱海,因为她让我想到伦理的感恩!

大理城墙历史可追溯到唐代玄宗天宝年间。现存的城墙始建于明代洪武十五年,1984 年政府拨款与民间捐资重建。从南门城楼小边门拾级而上,驻足往西北望去,就会看到呈直角形的古城墙,由南门一直往西约 200米,然后右拐往北走 400 多米,直至红龙井城门楼,收入眼帘的是藏青色长方砖铺设的巍峨城墙,以及每隔十多步就有一面飘扬在深绿色的苍山峰群与湛蓝色的长空里的旌旗。

当你移步古城墙时,似乎是走在近700年的古城历史里,耳边此起彼伏的是守城将士与古城共命运的持械上岗的脚步声,身后悠然升腾的是城墙里日常的炊烟与节庆的烟花……所有这一切都告诉我们,万无一失的守护就是安居乐业的幸福啊!而今当住民和游客还在梦里的时候,也有一支穿着金黄色马甲的队伍早就穿街入巷、上楼登墙,打扫清洗过去一天一夜留下的垃圾与污水、踩脏的座椅栏杆……没有他们的细心保护,哪有原住民的宜居和游客的尽兴啊!我喜爱古城墙,因为他是一位爱城护城的乡情英雄;我喜爱古城墙,因为他让我想到历史的责任!

崇圣寺位于大理古城西北部 1.5 公里处,西依苍山应乐峰,东望玉洱,南北各有桃溪和梅溪东流入海。当你跨入与三塔合一的这座皇家寺院,首先看到的是一大二小的三座"千寻塔"或称"文笔塔",接着是趁势叠层而上的一座座寺院门楼殿堂:展馆区、南诏建极大钟、雨铜观音殿、崇圣寺山门、天王殿、弥勒殿、十一面观音殿、大雄宝殿、九龙浴佛池、阿嵯耶观音殿、山海大观牌坊,直至寺院的最高处望海楼!我第一次流连于聚影池的三塔美景,而没有上去,这一次又止步大雄宝殿,也没能登峰造极望海楼!不过崇圣寺所呈现出来的恢宏气势与山水融合一体的自然中心意识,已经给我留下强烈的印记!我喜爱崇圣寺,因为它见证和体现了佛教中国化和再国际化的成功过程;我喜爱崇圣寺,因为它让我想到文化的修炼!

亲爱的大理,再见!

海南之爱

4月10日,第一次登上海南岛。在短短两天的逗留中,却经历了从36℃盛夏到20℃左右初春的气温起伏,但是海南的志愿者事业和城乡社区建设却一直在心里升温,留下非常温暖的印象!

这次和福建省诚信促进会赵杰荣先生一起参加,一行 6 人的专题调研是从考察海南省志愿服务联合会、海口市志愿服务联合会开始的,从相关同志的介绍和现场的展示,我们了解到,大约起步于 1995 年的海南志愿者事业已经呈现出一派生机勃勃的景象。据最新统计,实名注册的近 72 万个志愿者组成近 6000 个志愿服务团队,分别在 19 个领域传递爱心、传播文明,提供优质的志愿者服务,其中基层社区、交通节点、旅游景区、敬老孤儿院落、幼儿园中小学是他们最活跃的服务场所。这些志愿者主要来自高校,约占半壁江山,加上社会团体与企事业单位的介入,海南志愿者正逐步走向全民化,连跳广场舞的大妈也转场到志愿者服务的第一线。另外,海南还提出志愿者服务的"八化"目标,其中活动常态化、建设规范化、载体项目化和队伍专业化尤其突出。

常态、规范、专业以及驻点与流动并举的志愿服务还有效对接公共服务的缺口,成为政府转移或购买的满足被服务对象需要的供给职能。成美慈善、爱心社、绿舟应急救援、暖乡支教、文艺结对帮扶、妙喜公益服务等特色服务团队,还有椰城志愿者之家和万绿园志愿服务站对市民健身提供的服务、博桂社区志愿服务站助力社区发展的举动、东寨港红树林自然保护区志愿服务站对湿地资源的保护以及雷琼火山口国家地质公园志愿服务站结合社会工作功能的多样化服务,都是志愿者事业发展的一道又一道风景线,非常值得在更多的区域加以借鉴与推广。

由于志愿者工作有针对性的深入基层,在志愿事业与社区建设之间形成双向互动,我们所涉足的海口市区的博桂社区和郊外的美社村落,都呈现出文明居委与美丽乡村应该追求的样态,即用主体责任、公益意识还有自律、爱心与互助,把社区建设演变为人人关心与参与、居民素质与内外环境协同改善、服务功能与需求增长有效对接的一个社会生态不断优化与健全的过程!

当然,海南的志愿者实践也给我们带来一些启发与思考,如领导干部对志愿者事业的引领示范还可以从单一和季节性走向多元和经常性,又如志愿者队伍建设还要加入更多的文化与制度激励,让中老年人也成为这支队伍的有生力量,再如志愿者工作的成果转化应该得到更多的重视,志愿者本身的成长和对扭转整个社会风气、改善人际关系的作用都可以纳入事业发展的规划当中,特别是志愿者事业的自我造血、直接间接受益者的感恩捐助等发展资源的整合与盘活也有待更多的思考。

海南之行让我们看到志愿者事业已经形成的活力和美好的前景,看到活跃着志愿者身影的城乡社区的历史变迁与越发宜居的文化风貌,也给我们留下深深的感动与感激,我们感谢所遇到的每一位志愿者的微笑与伸出的手,感谢所接触的每一个管理者对志愿者事业的追求与释放的爱!

我们还相信,今天的一个个志愿者行动,将最终汇聚成一个大爱之海,让我们一起存活与生长的世界从此告别袖手旁观、无动于衷、心无公益的心灵孤寂与社会风险,迎来更多的人性和善与人间幸福!

最后要特别感谢福建省诚信促进会提供的难得的学习机会!

齐鲁大地

从清新秀气的八闽一路北上,来到也是东部沿海的齐鲁大地,特别明显地感觉到这里的地大物博人多。山东陆地总面积 15.7 万平方公里,是福建的 1.29 倍;省域生产总值 76469.7 亿元,是福建的 2.14 倍;常住人口 10047.2 万人,是福建的 2.55 倍。把福州的上街大学城和济南的长清大学城一对比,上街大学城真的只是一个小镇而已,不仅校际连接的交通要道变狭小了,而且每一个入校广场也都比不上这里的宽广浩大。

在空间上相距 1500 公里的闽鲁两省却也有许多过去和现在的亲近,如根据 2011 年成立的福建省山东南下干部历史研究会提供的资料,70 年前,担负解放福建重任的解放军三野十兵团十万大军中许多是山东子弟兵,在解放福建、剿匪反霸和反敌袭扰的斗争中立下赫赫战功;新中国成立后,这些山东南下干部继续留在八闽大地上,为福建的各项事业发展作出贡献,他们当中的一些同志还和福建姑娘牵手,建立跨越宽广地域的闽鲁姻缘;当年把我们带进《希望的田野》的山东姑娘彭丽媛是在海上花园走进婚姻关系,在有福之州迎接独生女儿的出生;地道的闽南人张高丽同志曾经担任山东省委书记约 5 年之久,到任不久的中共福建省委常委、统战部部长邢善萍同志却是在齐鲁大地上成长起来的女性领导干部;现任的山东大学校长樊丽

明教授曾经在厦门大学做过博士后研究,而现任的厦门大学校长张荣教授是从山东大学校长的职位上南下鹭岛的。还有短篇小说《胶东姑娘》、舞蹈诗画《胶东女人》、现代戏剧《乳娘》等所讴歌的胶东女性的善良、淳朴、勤劳和坚韧,和以惠安女为代表的闽南女性集体品质非常接近,表明相距甚远的闽鲁两地,却在女性性别的文化塑造上是一脉相通的。

为了更贴近这片土地,利用周末的闲暇,来到长清区的郊外,分别走进一片樱桃果园和一个杏林小院,分享孟夏采摘的野趣和当地果农的生计。据查,世界上樱桃主要分布在美国、加拿大、智利、澳洲和欧洲等地,而我国则集中在山东、浙江、安徽、江苏和河南等省,其中浙江是我国樱桃的重要发源地,后来山东成为我国樱桃的主产区,位于沂蒙山区东麓潍坊、临沂两地市交界处的安丘市庵上镇更是自古就有"春果第一枝"和"三鲜之一"的中国樱桃之乡。我们进入采摘的樱桃园主人是一位出租车司机,一家已经搬到城里去住了,作为副业的樱桃种植,依然是家庭收入的重要来源。从身体的强壮程度和肤色的黝黑色泽,明显看得出,丈夫城里开车和妻子照料果园是这家果农的基本性别分工。不知是纯生态的本色生长,还是为了多开花结果的人工引导,樱桃树树态比较粗犷,枝丫伸展得很任性,树叶绿而茂盛,在阳光的照耀下,把熟透的樱桃衬托得更加红艳晶莹,成双的、一蒂三果的还有一串抱团的,让人目不暇接、不忍采摘。看着一身红衣的女主人一边热情地把人们引导到多果区,一边踩着 A 形梯上下亲自挂桶采摘,尤其是踩梯把手伸向蓝天高处摘果时,总觉得那才是最值得珍爱的樱桃!

一餐"农家乐"后,我们转身进入用简易门墙和围栏圈出来的杏树果园。迎接我们的居然是一对 70 多岁高龄的果农夫妇,农夫生龙活虎、动作敏捷,而农妇面容有点憔悴,一直坐着没有起身,让人觉得农夫的硬朗不衰似乎是以农妇的过度操劳和过早失能作为代价。但是,从他们之间依然能感受到一种安静的和谐与默契,简陋的灶台那里还贴着一张虽已褪色但粘贴很紧的福字!果农大哥抬起一脸踏实与满足告诉我,这片杏园约有 200 多棵,每棵杏树会给他们带来近 200 元的收入。是啊,环顾四周树形不大、枝叶简疏,却累累硕果压满树枝,对于年事渐高的农民来讲,能不踏实与满足吗?!

从杏园出来,我们又一次被堵在街上,原来这是过村的主干道,自从两旁逶迤几十里的樱桃、杏子和核仁果逐步成为一方品牌扬名省内外后,这里变成了非常活跃的鲜果交易市场,车辆堵得越厉害,说明果园一定遇丰年,果农的收入也越好。在等待穿行而过、告别果村的时刻,我心中却慢慢涌起对这片齐鲁大地上的敬意,耳边似乎响起原北京军区战友京剧团青年演员、青岛姑娘丁晓君倾情演唱的《天下乡亲》:

> 最后一尺布用来缝军装,
> 最后一碗米用来做军娘,
> 最后的老棉袄盖在了担架上,
> 最后的亲骨肉送他到战场,
> 天下乡亲亲如爹娘,
> 养育之恩不能忘,
> 高天厚土永不忘!

深深地祝福你,被挚爱与勤劳充满的齐鲁大地!

北大毕业季

这次利用周末,应邀来北京大学参加两个学术会议:2015 人口学研究方法及其应用研讨会暨人口学家论坛与首届中国社会科学研究方法及其应用研讨会,看到北大人口学者乔晓春教授十年坚持,从 2006 年开办的十期北大暑假方法培训班,到今天首届研究方法研讨会拉开帷幕,免不得让人心生感动与敬意,没有这些真正热爱学术、富有学科责任感学者的默默奉献与努力,哪有今天中国学术与学科发展啊!而且值得关注的是,参加培训班学习和首届研讨会交流的年轻女学者居然占了更高的比重,长此以往,在研究方法方面对先进国家的追赶,女性学者将成为主力军了!

会议期间我还利用清晨和其他闲暇时间,深入地游览了燕园,那高耸的博雅塔、深邃的未名湖,那厚重的图书馆,那新旧两栋大楼连接的光华管理学院,还有那空调比美国还冷的英杰国际会议中心……都把百年学府的底蕴和风采静静地呈现,真是驻足燕园,心存敬畏!

站立在北大学术会议的讲坛上,既是学者的一份学术荣幸,又是对学者的一大学术挑战,真才实学、追赶学术前沿的意义才真正得到理解,去除霸气、谦恭以学才真正融入修身之道!

这几天正逢北大的毕业季,看着披着学位盛装、带着光荣笑声一拨又一拨走过的毕业生们,我仿佛又回到美国犹他大学,感谢您母校,让我也有机会披上学位服,也笑出书香带来的光荣与幸福!但最让我感动的是,这位来自刚果的北大国际关系博士生,穿着学位服特意来和摆摊燕园角落的修车工合影留念,他还告诉我,这是他在北大最好的朋友!谢谢这位未知名字的博士,你的朴素情感和友谊,增加了我对北京大学的好感与敬意!

绿色漳州

厦漳泉是小时候就听说的地名,进入初中才知道它们是福建沿海岸向南铺开的三个城市,后来凭借一次来之不易的考试,路过离福州最近的泉州,一头扑进厦门,也从南边靠近以瓜果闻名的漳州!

再后来多次来过漳州,不是坐大巴经停深圳香港去美国,就是到漳州和龙岩讲课开会、实地考察和调研,似乎唯一一次休闲一点是到漳浦拜访中国剪坛十把金剪刀获得者、福建省工艺美术大师高少萍,还在那里吃过一次乡村午餐。所以,对漳州的过往了解,还只是蜻蜓点水,基本上停留在一个香蕉就可以吃饱肚子的瓜果漳州印象。

谢谢在那里工作与生活的弟子,在多年后的今天再次走进漳州,有机会去近距离地感受八闽大地的南部地区,去亲闻这里已经瓜果花木一起飘香的绿色农庄!

一方水土首先是这里的民风,用淳朴可亲来形容是不会存在统计虚夸的。在接人待客之中,你感觉不到是利益往来的市场意图,也体会不到是礼节性的客套应对,所自然弥漫开来的就是那种客居他乡归来后的乡情与亲情,还有没有过滤过的乡村气息与泥土芬芳。那种的随意、那种的直接、那种的实诚、那种的欣赏,都在简简单单的一句话语、一个微笑、一壶茶香、一段同行之中,都会在你的第一感觉中留下实实在在的印记。如果说这些年漳州也经历变迁的话,那就是对乡土淳朴的持守中有分寸地彰显闽南的义气与发展的进取。

一方水土还呈现在漳州的颜色里。在这里你才会真正地理解"青翠欲滴"的意蕴,不像被一群群高楼碎片化、抽干少水的福州绿,漳州绿色不仅丰沛滋润,而且铺天盖地,加上土地与空气都没有被污染,不论是老枝还是新绿,都是那样饱含水分、晶莹剔透,在明丽的阳光下,你可以透过那细细的叶子的纹路和清新的色泽,感受到那绿色的生命力与生长的激情。

在漳州铺开的这张绿色地毯上,你还可以不时看到一片片色彩缤纷的瓜果花木,感受到天地的神功和云水的慷慨!我以为,要想真实地呈现这张巨幅地毯的美丽,散文家的语言功力、画家的色彩运用能力甚至摄影师的高像素表现技巧都是有限的,无法企及的,唯有用一样自然的眼睛,你才能体会到漳州绿的意义,感知到漳州五颜六色的价值!

一方水土还离不开这里的物产。当你走进位于漳浦马口、正在积极筹备漳州第八届农博会暨第十八届花博会的东南花都,你就会为漳州丰盛的农产赞叹不已!这个占地一万亩、作为历届国家级盛会——"海峡两岸现代农业博览会·海峡两岸花卉博览会"的举办地,是集瓜果种植、花卉栽培与展示、销售与出口、旅游观光、农家休闲度假等为一体的现代农业大观园,在这里,海峡两岸的现代农业理念与技术交汇融合、传统土壤种植与现代非土壤栽培横向对比、太空育种与传统育种生长态势观察、满足远洋与缺氧地区等特殊瓜果菜蔬需求的短周期种植技术展示,等等,都让你对现代农业发展的空间与前景充满着乐观与浪漫的期待!农业并不土,农业可以离土,以及农业带来高科技运用的广阔领域,也成为一种关于农业与农民的新概念潜移默化地进入你我习惯思维体系当中,甚至改变着我们未来的职业选择与居住地区的偏好。

感谢漳州,你那一方水土的深情厚谊,还有对现代农业的诗意诠释!

祝福漳州,你那一片土地将成为八闽大地上最美丽、最绿化也最宜居的区域之一!

难忘的武夷之旅

5月24日下午15点23分,一个特殊的微信群出现在互联网上,11天之后这个群的34位成员在福建省院士专家办的精心安排下,带着快乐与期待,从四面八方聚集到青竹山庄,开启为期五天的八闽专家武夷之旅!

在群成员初次见面会上,这个坚持数年的以"两个服务"(服务专家和专家服务)为宗旨的活动,随着时间推移也有了不少变化:从短信单一联系到微信图文互动,从较小年龄差距到"50后"与"80后"都有的较大年代间隔,从女专家少见到这次占比接近三比一,还有从专家界别少到多元门类,都在很大程度上展示出在党、政府和全社会的关心与爱护下,福建专家这个集体在规模和结构上的双重发展!

武夷之旅的首场活动是一个涉及健康的高层次专题讲座。也是本群专家的福建省肿瘤医院叶主任,围绕"提高机体免疫力,预防和遏制肿瘤生长"主题,为大家系统地分析了免疫力强弱和肿瘤生灭之间的关系,并着重介绍了增强人类机体免疫力的问题与策略。叶主任的授课不仅是作为一个女医务工作者的职业责任和性别关爱,而且还转达了党和政府对专家们身心健康的惦记与祝福!专家办还为这次活动配备了两位保健医生,她们每次随行都拖着挺沉的保健箱,遇到下雨时都示意大家备好雨具、不要淋雨预防感冒,还有在饮食上增加菜蔬的多样供给、中午都安排一点时间休息以及休假活动内容的多元化组合等,都在许多细节上温暖着大家,同时也提醒专家们把个人的身心健康放在心上,既做一个健健康康的专家,又能在各个领域、在工作生活层面用正面的积极示范为建设一个健康社会贡献智慧与经验!

如果说这次武夷之旅首先是健康之旅的话,那么大家接着下来一起感同身受、留存记忆的那就是大爱之旅!这份大爱既饱含专家办和保健医生对大家的细微关切与着想、专家群友之间的彼此友好和快乐与共,也体现在大家从亲近"世界双遗"武夷山的时光中所得到的爱的温暖与启示!

武夷之旅的第一站放在黄冈山自然保护区,当我们来到入口处时,这个以"三大"(大峡谷、大瀑布和大氧吧)闻名的保护区却下起不小的雨,天降雨水虽然增添了黄冈山的生态魅力,但也给保护区的考察带来不便,甚至还要多一份对安全的留意。大家互相提醒着带上雨具,有的专家还悄悄地给没带的同仁也捎上一件雨衣。雨中前行时,不时就有一句温暖的示意响起:下雨路滑,请注意安全! 路面比较狭窄、坡度比较大的地方,总有一些专家伸出援助之手。专家办的同志不是殿后,就是穿行队伍之中,不断清点人数,以确保大家都跟上节奏,不迷失在烟雨之中!

黄冈山的雨中行还让大家领略到保护区工作人员和大自然所显示出来的爱的分量与风采! 在伴水而行中,只要是水位高涨、水流迅猛的地方,都会被拉上警戒线,并在架起的竹竿或可以伸手触及的树梢上挂上几件非常醒目的红色救生衣,让路过的你一下子就有了实实在在的安全感! 尤其是在大雨积蓄起来的山洪顺势而下、猛烈冲流中,峡谷两边的草木即使被折腰、被淹没,也与洪水共舞、不离不弃,甚至还以自己变形的身姿,尽情地展示山洪一泻数十里的豪迈;一样的壮烈出现在把山洪谷流拥在怀里的一片片谷岩石床上,虽然每一次的冲刷都要去掉一层皮,都改变着体态,但能让洪水奔流得更加浩浩荡荡,依然是一份愿意担当的使命!

在挥汗攀登天游峰的时候,我们每落足一个台阶就添加一份感动,是忠诚坚毅的山峰不惜用裸露的脊梁搭起一座通天梯台,让我们去高空编织一条条彩虹,为实现登高望远、天人合一的伟大理想而欢呼雀跃、载歌载舞!奉献就是收获、坚持就会胜利的启示也在我们的感动之中产生。

在大红袍的祖树那里,我们深深地领悟到,是爱的集结与融合才成全了大红袍茶中之王的千年梦想,因为在大红袍的每一片茶叶命脉里都幸运地注入了涓涓岩泉细流的尽情滋润、含有丰富矿物质和有机物岩化土壤的慷慨滋养、不时飘来一片片大湿度云雾的温情沐浴,还有两旁峭壁挡住日照的细心守护!

在接近 100 分钟的九曲放排中,我们看到一前一后的排工把手中的长竹轻轻地插入溪水里的瞬间,也把祖祖辈辈依溪而居、与水共生的亲情传递给了九曲溪流,交融在一起的人力与水势导引着竹排一曲又一曲地接景而来、漂流而去;我们还看到清澈欢愉的溪水不时扬起骄傲的浪花,为始终相伴而行的两岸青山的伟岸俊秀喝彩致意;最后来到立地成石等君千年、隔水

相望心已相拥的玉女峰、大王峰身旁时，深被感染的我们不仅为他们献上最美好的情感祝福，也为当今的急功近利、快餐爱情而担忧，希冀有所作为，为人间真情实爱讴歌赞美！

在万亩荷田的花叶深处，我们近距离地倾听了荷花与荷叶之间的爱情故事，尤其是荷叶对荷花的倾情守护更是一曲格外动听的爱情之歌：你还是小小荷尖的时候，我会最大尺度地撑开叶片，为你的生长遮阳挡雨；你成熟绽放、百媚盛开的时候，我将变成一片深绿，以最好地衬托你的美艳；你果熟要落花的时候，我将是最温暖的怀抱，把你的每一个花瓣都接住，也把你花开时的美丽变成一个永恒！

在不断收获大爱的行走中，我们也不知不觉地提前把武夷之旅变成感恩之旅！从五夫镇的托孤到溯源的紫阳楼拔地而起，再到武夷精舍的授学育人，我们感受到感恩的力量与寻根的美德，意识到向全社会推广感恩教育的专家使命！

从《印象大红袍》的时空轮换到茶文化的博大精深，再到人间真情的千年守望，我们心怀敬意和虔诚，接过茶女们送来的一杯杯大红袍，留住天地茶香，放下市井忧心，既不忘记也不放弃对大爱和幸福的追求，认真地扛起专家的社会责任与大众期待！

还有不论是已经先行离开还是继续参与最后一天的活动，专家们都在心里蓄满对省院士专家办连主任和小禹的感激，对两位随行保健医生的感谢，对大家一起拥有这次武夷缘分的感恩！提前离队的福建创四方李总给群友们送来一个巨大的红包，把他对这次武夷之旅的深情和对各位群友的祝福，满满地表达在抢红包过程中出现的一个接一个的惊喜里！厦门密安韩总临走前不忘把自己拍下的所有照片上传共享，而且还在回返的路上给群友们发来他分别在 2007 和 2009 年出版的《破译文化密码》和《咖啡在流淌》的两本著作封面，期待今后用更多的文化交流来延续这次武夷之旅的美好！

在连续的两个早餐中，大家逐步形成共识，争取在合适的时候启动"八闽专家服务基层县区绿色发展"的调研活动，并把第一次的专题调研聚焦于胡总居住的沙县，专门对"沙县小吃市场升级与国际化拓展"先进行各地特色小吃的横向比较调研，然后在今年的第四季度再集结沙县，举行专家与业者共同参与的现场研讨会,为提振沙县小吃的市场声望与品牌档次把脉献策!

装上朱熹理学的诸多精华,我们离开五夫镇的荷田;带着武夷岩茶的各色清香,我们告别下梅村的古今;心怀武夷之旅的深情厚谊,我们登上归程的高铁……

再见,亲爱的各位群友! 不再见,我们已经是一家亲的兄弟姐妹!

闽清游记

据百度介绍,闽清县,别称梅,位于省城福州西北部,相距 50 千米。公元 785 年拆候官县西乡十里设梅溪场,旋升为县,后改名梅清县。公元 911 年,以梅溪与闽江汇合,江水浊溪水清,改名闽清县。

为了推进校地互惠合作、服务县域发展,今天一早我们回访了这个千年清梅飘香的县域。

其实这是一块还有一定联系的土地,在这里有老朋友非常年迈但依然不离农活的母亲,有当年一起求学厦大、同居一室的老同学,还有很早前曾经试水过的名扬方圆百里的黄褚林温泉……

然而今天一行却让我发现,这里还是一个非常值得深入探究的地方,因为这里养育了许多文化名人,不仅有福建本土的第一个状元许将,还有南宋诗人萧德藻、清末民初教育家黄乃裳以及 2005 年度国家最高科学技术奖获得者、著名肝胆外科专家吴孟超院士;因为这里拥有比德化还悠久的陶瓷烧制工艺,尽管在 20 世纪 90 年代,由于瓷砖产业替代和高岭土(瓷土)资源枯竭,而让这个工艺非常遗憾地没能传承下来;因为这里还有不少质朴内敛但技艺高超的文化乡贤和许许多多乡情饱满吃苦耐劳的美丽家乡的建设者。

尤其是今天走访的两个美丽乡村——梅溪镇的白河江村和云龙乡的后垅村,更是给我留下极深的印象,大大增添了对广大农村走好新型城镇化道路的信心!

依山而上,错落而居的白河江村,一座座青瓦白墙红梁的村居融入千亩

橄榄树荫之中，还有一杯杯橄榄汁和一粒粒橄榄鲜果展示着这个美丽乡村的经济实力和致富之道，橄榄果业让这个只有 83 户不到 400 人的小自然村，去年获得 3000 多万收入，没有异地谋生的人口流出，当然也没有让人揪心的留守妇女和儿童这个人口流动的衍生人群。

后垄村也一样给我们讲述着美丽的故事，去年村民人均纯收入 10600 元，其中一半来自大农业的收获，还有一半是农闲时就地非农产业做工的工资收入，亦农亦工一样就近实现了农民收入与农村城镇化的双重提升。

谢谢这里的女书记和女副县长，闽清乡村的美丽显然也有你们美丽的注入，相信所有这些将会汇聚成一道更加亮丽的闽清模式新型城镇化的风景线，我们由衷地祝福融闽江与梅溪之美的闽清！

雨后榕城

昨夜一场不小的夏雨居然把榕城变成一个刚刚出浴的少女，那么洁净、清新，那么静雅、秀丽……这是我身心一起醒来的一个非常怡人的早晨！

带着对大自然的感恩，我冲上太阳座顶楼的阳台，把和我一起醒来的乌龙江景收入手机，晨曦中的色彩，流动中的波光，让这只榕城的飘带更显宁静中的飘逸与舒展，轻轻地柔柔地诉说着这座城市的美好故事！

带着对大自然的感恩，我把镜头转向国宾大道的两旁，北边的爱丁堡、金桥花园和博仕后公馆，南边的闽都大庄园、大洋鹭州和博仕后官邸，她们都集江景之净美而扬名，成为延江一线被市场不断看好的楼盘，只是希望如何通过小区的合理布局、楼房的外部结构和色彩讲究以及花草树木的空间绿化，来补偿乌龙江江水流过的外部经济，并形成江区交相辉映的更大景观，都在一夜雨水冲洗中，能变成一个值得思考的问题进入有江景情结和护江意识的政府规划官员、房地产开发商以及这里新旧居民的视野里！

带着对大自然的感恩，我到了学校却不急着去办公室，拿着手机把雨后天晴的福建江夏学院校园的美丽也尽收眼底。那与微风一起秀逸的柳枝、与朝阳一道艳丽的三角梅、与蓝天一样欢欣的湖水……都让你对这座知识花园多一份向往,也生出一份更加自觉的呵爱!

在尽情分享雨后美好的同时,我免不了心生一种忧虑,如果我们不把对大自然的认知转化为更深厚的感恩,转化为更神圣的敬畏和更尽心的守护,大自然还会继续把雨后天晴的福州之美作为和睦相处的厚礼送给我们吗?

三代同江

前几天进了一次城,为防堵和免受停车难,我把车停在农大,走路到洪山桥头坐公交车,顺便看看洪山桥扩建工程,媒体已经披露,大约年初就可以改道在旧桥上游的新桥上进出城了。

对于福州居民来说,洪山桥是人与桥互为依存、绵延数百年的共同记忆。面江伫立,福州人感叹,这是来回了多少次的母亲河才迎来洪山桥三代同江的时代瞬间啊;挺立江中,洪山桥也在感叹,从早前的榕树之都到现在的有福之州,我们在亲历中延续了祖孙三代。是啊,虽然人类建造了桥梁,但人桥更是一个彼此见证、共历变迁的历史过程。

我来到即将拆除的旧洪山桥的西头,结构式的桥箱正在十字路口延伸,以形成与闽江大道和西三环的互通,这里的红绿灯和被挡住的车流人流将成为一想起可能会还会焦急的记忆,特别是从闽江大道过来、要左拐的路口,还有一个不浅的管道坑,不小心落入其中带来的震动,都会加深对洪山桥拥堵的印象。

我顺着农大北门的方向,拐到洪山桥的桥下,从上游看过去,新桥、旧桥、老桥并立江中,让你有一种一段江水涨落之间就是几百年的变与不变的时空感,尤其是穿过新、旧桥桥墩,把被台风冲塌的一截老桥收入视野里,你才知道在浩大的时空中,一切都是渺小、短暂的,但又都可以变得伟大和久远的。

我从桥底下步道走过,抄近路走上还在通行的旧洪塘大桥,才发现,洪山桥不仅拥有世代更替的家族史册,而且还有生动浪漫的人生阅历,桥上的车流、桥下的水流,还有老桥上不时飞起的白鹭,都构成一幅动与不动的洪

山桥特有的生态;江上飘起的船号声、空中留下的鸟叫声还有桥面各种交通工具和行人路过的混合声响,又汇聚成一曲无声又有声的洪山桥特有的乐章;桥东端的接官亭、桥西头的大学区、桥下游的沙淤泳场、桥两岸的繁华街区,更是连接成一道既念古又立今的洪山桥特有的风景……

虽然没有确切的初建记载,但老洪山桥的历史可以追溯到宋朝,和闽江第一桥万寿桥(现在的解放大桥)一样都是从浮桥演变而来的。宋代理学家朱熹往来福州11次,都是经过这座浮桥进城讲学的。位居闽江二桥的老洪山桥一直到明朝才修建为石梁桥,从开始兴建的1578年算起,至今已有440年的历史。1985年,为了保护河床,老桥被拆掉桥面,留下一排古桥墩;2005年,台风"龙王"过境摧毁了8座桥墩,从此成了一座"断桥"。而今这里是白鹭的乐园,不论落足桥墩,还是悠然飞起,都和涨落的江水一起诉说着老桥的过往,绵延着不老的生命。

第二代洪山桥,即现在还在通行的旧桥诞生于1985年,在上游约百米处与老桥相依,自建成以来,一直是福州西向的重要交通枢纽。如果说当年过洪山浮桥的朱熹还觉得人少孤单的话,那么今天拥堵过桥的人群里,却好多都是来往大学城的学者和学子,尤其是每天赶早课的时刻,还有每年入学和毕业的新老大学生及其父母大规模人口流动的时候。

2016年启动的洪山桥拓宽工程,是修一座分离式的八车道新洪山桥,在旧洪山桥上游先建一座四车道的新桥,把现时过江交通转移过去,然后再拆除旧桥修建另一座也是四车道的新桥。也就是在这新旧替换之间,洪山桥成为环绕南台岛闽江和乌龙江两江之上的24座桥中,唯一一座"三代同堂"、依江而居的大桥。只是随着明年初一半新桥的启用,这个画面就不再存在了,取而代之的只是洪山桥祖孙两代的古今守望了。

对于历史我们应该留住完整的记载和真实的影像,但更应该尽可能地留下历史的实景和活体。三坊七巷让我们流连在自晋、唐形成的福州里坊中,洪山断桥让我们游走在自宋代搭建的闽江浮桥上……这种与历史同在的感觉才是最珍贵、也最应该去守护的。

为了弥补这个遗憾,更为了感谢洪山桥三代接力连接闽江两岸,我们是否可以在老洪山桥附近的闽江公园里,建一座桥梁博物馆,一方面介绍闽江、乌龙江福州流域上的桥梁建设成就,特别是用模型再现三代洪山桥的独特风姿,另一方面通过设立福建馆、中国馆和外国馆,分别展示泉州的洛阳古桥、寿宁的下党鸾峰廊桥、金鸡山的飞虹桥,以及刚刚建成通车的、世界上最长的港珠澳跨海大桥、世界上桥梁离地面垂直高度最高的贵州北盘江大桥,还有分布在其他国家的一座座世界名桥,让我们不时能够流连在这些桥梁世界的精彩里,了解她们过往和今天的美丽故事,表达对她们和建桥工人的无限敬意,以及通过爱桥护桥的文明举动让桥梁的芳华常在,让她们的生命不朽!

绿　道

　　有福之州的三"道"都值得去走一走、看一看。一是"福道",这条穿梭于青山峻岭中、绵延近20公里的城市走廊,让你居城区不离山水,处处感受被青山绿水拥入怀中的幸福感;二是"水道",这就是由107条内河构成,总长约244公里的福州内河流域,现在正一条一条地疏浚、整治,再现"百货随潮船入市,万家沽酒户垂帘"的宋时水都的景象;三是乌龙江东侧的十里"绿道",它北起淮安大桥,每隔两公里都有一桥,分别是正在扩建的洪塘大桥、橘园洲大桥、浦上大桥以及最南边的湾边大桥,走在与江水一样和缓宽松的绿道上,东侧的紫荆树花开飘香、盛夏遮阳,西侧的木质护栏让你不时停下脚步,倚栏西眺,越过比闽江宽得多的绿色江面,大学城、高新区、农产品集散地,还有含黛吐翠的旗山尽收眼底。

　　与绿道隔江而居的我好久没有来走绿道了。今天起了大早,5点半就出门,走上不久就要被拆掉的洪塘旧桥,正在浇灌桥面的南北新桥抬高很多,感觉好像是走在峡谷之中,看来往的车辆不多,我还走到桥中间,拍下即将竣工的、要拉起中间一段索桥的主桥墩。到了洪塘大桥的东头,正在打桩的工地里走出一位女性,一看就是随丈夫一起出来劳作的建桥工人的妻子,她告诉我,打桩是辛苦活,而且并不赚钱,工钱取决于打桩的大小和深浅,像他们现在正在打的只有一二十米深,大概也就只能赚几千元。我举着手机问她:"能给你拍一张照片吗?"她说:"不要的,我长得不好看。"我又说,那拍

一张背影吧，她没有回应。

大桥扩建后，原来可以直接从桥上下到绿道的扶梯被拆掉了，我只好沿着半圆形的辅道走到绿道上去，绿道上的树长高了不少，茂盛的树冠基本上可以遮住路面，只是起早锻炼的人并不多，大部分是中老年女性，倒是经过之处我至少遇到两位保洁工人，在那里认真地维护着绿道。不久后我离开绿道，顺着辅道上了橘园洲大桥，折回大学城。因为是周末，桥上行人和车辆也不多，但在桥上垂钓的人还不少，一根根靠栏站立着的钓竿都系着一截红布条，在那里随风轻轻地舞动着。再往前走一会儿，人行道就被挡住了一大半，我知道这里正在修建与乌龙江大道互通的桥路，以连接高新区和国宾馆。本来洪塘大桥扩建也包括互通部分，后来据修桥技术人员介绍，这互通工程被剥离出来了，桥归桥由福州市出资修建，路归路由闽侯县负责，可以想象这一分开不仅会推高造价，而且还可能拖延工期，最后的消息是，洪塘新桥可能不和乌龙江大道互通了，如果这样，新桥过江交通的分流能力就会明显下降了。同属福州市的辖区，因为区县一字之差，好多市区的待遇就享受不到了。实际上，从一个区域的合理布局和整体发展来看，特别是从推动城乡反哺、带动县域经济社会发展来考虑，基础设施和民生供需对接，尤其是交通设施一定要全区域来谋划和投建，相信福州市会在这方面推出更多先进的理念和成功的经验。

肚子有点饿了。过桥后我拐进以前来过的建平村的一家早餐店，这里的锅边糊比较正宗，有着小时候吃过的味道。一碗锅边糊，外加一根油条，扫一扫 4.5 元就拥有了一个带有乡愁的早餐。顺路拐到路边的农贸市场，花了 3.5 元买了一大把宽叶的空心菜，我就回家了。到家时刚好八点半，3 个小时，一共走了 14487 步，拍了 79 张照片。

这次去美国，大女儿给老爸订购了一只意大利制作的咖啡烧杯，小女儿回国时，又给老爸背回一大一小的咖啡豆粉，所以早上锻炼后，都给自己或者烧开水冲一杯，或者用烧杯直接煮一杯咖啡，添上牛奶和蜂蜜后，味道还是挺爽口的。进入夏天后，午餐和晚餐都变得比较简单，像今天，我煮了一小锅稀饭，外加一小袋榨菜、一小碟自己油炸的花生米，还有一大盘用开水捞拌的空心菜，中午和晚上两餐，也吃得美美的。

可能还是留学留下的习惯，中午一般不午休，到了夏天，在福州都是洗免费的桑拿浴，就更不想睡了。下午喜欢给自己准备一小袋岩茶，连续冲上五六次，直到夜里入睡时。临窗品茶看江，关注一下洪塘大桥扩建的进度，随着流水让自己进入对一个问题的思考，腾出一只手接住响铃的手机……把每天的生活一点一点地化过去的复杂为今天的简约，也慢慢地上升为一种善待自己的"道"，它和前面提到的三个"道"其实是相通的，多一些绿色食物，是绿道；多一点水分流通，是水道；再多一点能走就走的自得其乐，就是福道！所有这些简而又简的生活，我们每一个人都可以力所能及、伸手可得的！

福　道

昨日的有福之州又回归她的清新本色，气温回升到 24℃，阳光柔暖，空气轻净，春的气息越发浓郁了。大约一点半，给手机充满电后，我出门了，这次不走乌龙江东岸的十里绿道，而是直奔福道而去。

开车过洪塘大桥，回家过年的建桥工人还没返工，一路车少人静。还是把车停在农大的神蜂学院，然后走路穿过洪山桥，西侧新桥开通后，旧桥被封闭起来要拆旧建新，但除了部分栏杆已被拆掉，整座桥还静静地保持着原样。想着过不了多久，旧桥将从人们的视野中消失，我情不自禁地举起手机，拍下水中相依的老桥和旧桥……

来到离桥不远的国光公园，那里有个福道入口，我第一次走上了这条城市森林步道。福道是福建省 2015 年惠及民生的重点项目，由新加坡著名的 LOOK 建筑设计事务所主导规划设计，以"福荫百姓，道法自然"为基本布道理念，突出"便民、生态、智能"的三大建筑特色。福道试开放于 2016 年 2 月 8 日，三年来已经获得两个建筑设计大奖，一是由芝加哥文艺协会的建筑与设计博物馆、欧洲建筑艺术与城市研究中心联合颁发的 2017 年"国际建筑大奖"，二是 2018 年新加坡总统设计奖。

福道西南连闽江流域，东北接左海栈道，横贯金牛山、梅峰山、后县山、象山等四山脊线，牵连国光公园、金牛山公园、金牛山体育公园、梅峰山地公园和左海公园等五园景观,环线总长约 19 公里,是福州首条亲山近水、览城观景和休闲健身的城市走廊,站高远眺,福道如同从闽水里跃起、穿行在青山翠岭中的一条龙。

便民和环保确实是福道的一大特色,让人无不感到被体贴、和自然融为一体的温暖和踏实。如分段设立 10 个入口最大限度地拉近人与道的空间距离,处处转身就可以进入福道;将悬空栈道、登山步道和车行通道三道对接形成环形系统,串联起十几处自然人文景观,包括杜鹃谷、樱花园、紫竹林、摩崖壁、兰花溪等,并在环线悬空栈道上,增设景观电梯进行接驳,大大缩短绕行时间,提升沿途观景效率;按一定距离设置带雨遮和座席的休息区、卫生间、福道行走示意图,还有重要观景点的举高扩宽清空的设计,都增加了步道行走的惬意和拍摄的发挥空间。尤其值得称道的是,福道主体采用空心钢管桁架组成,步道架空部分按 1:16(即每 16 米长度,只上升或下降 1 米)无障碍通行的标准设计,桥面采用镂空的、缝隙在 1.5 厘米以内的钢铬栅板,既增加步行的柔软感和轻松感,看到脚下林木与花草带来的绿意环绕感,又便于轮椅和保洁车辆通行,还扩展步道下方的植物沐浴阳光和自然生长的空间。另外,福道建设还引用多元智能系统,如森林防火系统、人员预警系统、便民呼叫系统、语音广播系统和安保定位系统等,为市民和游客提供包括免费 WiFi、智能停车、饮料自助销售、实时天气预报等全方位的景区服务。

在我眼里,福道还是一件既依托自然,又与山水媲美的艺术品,她打通了人与自然的历史隔离,一边向自然融入人类的文化魅力,一边给人类灌注自然的生命活力,把人类感恩自然、回归自然、保护自然的新自然主义思想进行了最有艺术品质和风格的展示。如果说闽江水域是福州最有源流的自然名片、三坊七巷是福州最有底蕴的文化名片,那么福道走廊则是福州自然景观与文化风采二者兼具的一张名片。有福之州的福分将越来越取决于自然与文化的完美融合!

一个人的幸福感乃至一个社会的幸福感其实源于三大关系:人与自然的关系、人与人的关系,还有人与自己的关系。从过多追求 GDP 的岁月转变为今天强调可持续发展的时代,和谐的人与自然关系的重建,正在不断增添我们在风和日丽的时候走福道的幸福感;从政府越来越多地把行政资源转化为爱民、亲民和利民的理政思维和行动,到人与人之间拥有更多的爱心和诚信,以及在这个基础上展开更加有效地合作和互助,也正在日益追加我们可以走更多更长福道的幸福感。

现在也一样重要的是处理好人与自己的关系,扩大来自自我平衡和提升的幸福感。我们能不能不辜负自然对我们的恩宠、政府对我们的爱护和我们每一个人都有的自爱,离开麻将桌、离开购物广场、离开卡拉 OK 厅,尤其是离开手机控的互联网空间,自觉地、经常地、携亲带友地步入福道,在那条有福之道上领略大好河山的秀丽、观赏城市发展的景致、体验运动人生的意义、分享健康休闲的快乐。走过一趟福道,我发现自己在发生变化,在一处休息区,看到随地扔了不少垃圾,我没有抱怨,而是拿起放在旁边的扫把去清理干净,遇到单独游走自拍或一家出游合影,我都主动过去帮助他们拍一张美照,我还记住福道上一些路段的护栏已经掉漆生锈、几个入口需要更宽一点的通道和停车场以及开车收垃圾不宜放在游客比较多的时段等,希望通过有效渠道给予反应。每一个人走福道产生的自我愉悦和幸福感是可以放大的,或者产生外部经济的。

国庆长假

随着秋凉的到来,8 天的国庆中秋长假将要离去,带着难以计数的手机照片一起留在我们的记忆里!

感谢发小为假期的第一个夜晚准备了一桌久违的过节乡味,尽管我还没买对他指定的品牌黄醋、粗粒蔗糖,没提供他能尽情发挥的厨具和烹调空间,但空旷的太阳座因为油烟的升腾,因为乡味的飘移,还因为弟子自创诗歌的朗诵、学长学妹的深情对唱,而变得生动丰满起来,有了太阳升起的气势与欢欣,有了与窗外美景一样的五彩缤纷,更有了我们对祖国的深深感恩与祝福!

靠近大姐和小弟家的西海岸成为我们兄弟姐妹今年欢度中秋的地点,虽然包厢略显简朴,也不够宽敞,但几代同堂、合家团圆的亲情家爱、欢声笑语却温暖和感动着在场的每一个亲人,从最年长的大姐,到最年少的叶家第四代,大家都为叶氏家族的发展壮大频频举杯;在医院工作的弟媳妇分享了事业进步与家庭幸福,我们由衷地感谢她给家族带来荣誉和骄傲;在全力照顾大姐夫的大姐告诉大家,"为了让你们的姐夫晚年幸福,我不会自己先倒下的",被深深感动的我们情不自禁地站立起来,向大姐致敬,为大姐和大姐夫健康长寿、天长地久祈福,在外地的亲人也纷纷发来节日的问候,一起祝福整个叶氏家族的健康团结、兴旺发达!

假期的第五个夜晚是学术好友加数十年同事的海归公子的新婚大典,遗憾因为临时变动,不能到现场向一对新人表示最美好的祝福,向同事一家表达最诚挚的恭喜,不过要感谢十五的月亮十六圆的中秋满月帮助传递了我的心意!实际上,对这一场盛大的婚礼,我还心怀一个希冀,那就是我的同事能用别具一格的歌声替代习以为常的家长致辞,因为他在我的情谊印象里,除了学术水平和人格魅力以外,还有可以在国家大剧院唱响的动人歌声!再次恭喜兄弟一家,祝福新人百年好合,幸福一生!

借国庆的豪迈与中秋的月光,我还要感谢弟子的父亲亲自制作的特制香油月饼,感谢弟子从远方寄来的五福果园种植的甜梨,感谢邻居热情分享辛苦海钓的收获,感谢各位亲朋好友同学同事校友从四面八方送来的节日祝福和点赞……有你们一起过节是我的福分,更是我的荣幸啊!

小　年

据百度,小年有不同的概念和日期,北方是腊月二十三,南方是腊月二十四,甚至还有"官三民四船五"的小年之说。小年的民俗活动有祭灶、扫尘、剪窗花、贴春联、做糖瓜、备年货等。

虽然各地把小年过得各有习俗、丰富多样,但对祭灶却有着一样的民间传说和社会功能,即每家每户都有灶王爷,负责看顾家人一年的作为,并在小年的时候上天向玉帝禀报,以定来年的赏罚,所以都在他出行前,祭谢"收买"灶君,并用糖瓜甜嘴,以期上天说好话,入宫降吉福。如宋代范成大在他的《祭灶诗》写道："古传腊月二十四,灶君朝天欲言事。云车风马小留连,家有杯盘丰典祀。……送君醉饱登天门,杓长杓短勿复云,乞取利市归来分。"

在"民以食为天"的生命长河里,备餐的灶间始终占据家居的重要地带,从先人们使用的与天地共欢的"天然厨房",到白天煮饭、夜里取暖、终年不熄的火塘或火炕,空间分离、留火排烟、柴枝禾秆蜂窝煤为燃料的独立老式厨间,一体化、嵌入式、各种电器应有尽有、入户煤气电力供燃的现代化厨房,再到而今回归家居整体环境的敞开式的、从"后厨"到家庭"社交中心"的、星厨套系智能化的新装大厨房,我们在经历舒适化、便利化和多功能化的厨房变革中,感受到经济发展所带来的微观化家庭效用,甚至还产生对老式厨房的情感念旧。是啊,即使到了今天,我还是忘不了拉着风箱、烧着从秋田里收集的秸秆秕谷做饭的那一种惬意和满足;忘不了刚刚留校任教的那几年,在厦门大学芙蓉三看到的已经成家的同事在长长的阳台上一字排开各色简式厨间,面对美丽的芙蓉湖,一边隔空谈论着学术,一边为在校外拿着更高工资的妻子做饭。

今天的小年祭灶,还让我联想到灶务主持的社会性别变化。当年民间有"男不拜月、女不祭灶"的习俗。到了近代,却大多数转由家庭主妇充当祭灶角色。遗憾的是,这一接手,却把女性固化在封闭的方寸厨间,承担起全家的备餐足食的责任。长年累月的灶台服务还出现边际效用递减,家人司空见惯,少了感恩,对女主人因为户外职业发展需要不能尽力而为的表现怨言多了,引发的家务矛盾甚至剧烈到摇晃婚姻关系的稳定。当然,我们也看到这种灶务性别分工的松动和变化,一起下厨房,甚至像福州好男人那样的灶务专司,也越来越常见了,西方似乎走在世界的前列,越来越多的美国家庭主男还成立"奶爸"协会,开办网站,交流传播操持灶务的经验体会。在女性教育背景和职业发展都不断走高的当今,男性回归灶台,承担家庭责任和获取生活乐趣,也必然会成为一种男女平等的家庭常态!

说到祭灶,我们还要注意到厨房现代化与灶台情感效用背离的现实。而今"不能输在起跑线上"的焦虑,让我们都早早把孩子送出家门,转身回家时,才发现空巢夫妻少了在灶台升起烟火的热情;"形而上"的情感追逐,让一些年轻人"闪婚""闪离",连灶台都没搭好,就"弃台"而去,还对以后的灶台搭建心有余悸;还有易购外卖、钟点家政等户外服务对家庭生活的过度介

入，即使拥有设备齐全的现代化厨房，我们也少有生火，利用率越来越低，再加上灶间被互联网空间所替代，灶台共享被手机独乐所替换，沟通情感、融洽关系甚至化解矛盾、提升凝聚的灶台家庭功能也发挥不出来了。

在承续传统习俗、欢度民族节庆的时候，我们似乎还要多一份与祭灶相关的思考，是否对过往一年的灶台建设和运转情况做一个回顾和评价、对爱灶护灶做出贡献的表现给予赞美与表彰呢？是否设立一个筛选机制，对时尚和现代化进行有选择的注入，让灶间和灶台首先被互爱、亲情和平等意识充满呢？是否还要珍惜一个锅灶吃饭的缘分，珍惜在茫茫人海里有人伸手，一起搭伙在共建的炉灶上升起爱的烟火，让这片人间烟火千年不熄，越烧越红火呢?！

祭　灶

农历二十四是南方小年，在我老家闽侯县尚干镇俗称"祭灶"。依然生活在那里的弟弟妹妹邀我回去过小年，担心接近年关一路会拥堵，我提早到下午 3 点多就出发了。

呵，没想到回家乡的路程相当通畅，过洪塘大桥，再一段三环快道，就右接长长的六车道的螺洲大桥和五虎山隧道，很快就进入奔驰大道，回到熟悉的老家了。

尚干镇地处福州城区东南近郊，紧靠当年福建最重要的交通动脉——福厦公路，西连五虎山脉，淘江贯境而过，域内河系发达，素有"七里中心"之誉称。在史记里，汉晋时名上虞，南宋理宗时，尚干镇林氏始祖林津龙官至户部尚书干办，后以官名称尚干。家乡的拌面、扁肉和元宵是八闽名吃，家乡的林祥谦兄长是江汉"二七"大罢工英烈，家乡的林森乡贤是当年民国政府主席……现在家乡又以整车生产到新车展销二手交易为主要业态的汽车城闻名东南！

我在家乡搬了 4 次家，念了 5 年小学，读了 2 年半高中，做了 1 年半文化站工作人员，去了整整 2 年上山下乡，尤其是在恢复高考的第一年经历了

2个半月复习后考上大学……家乡留给我的永远多于我对她的感恩和回报！

在这里,有我与长长石廊、弯弯河道、小小菜地快乐相伴的童年,有我从住在城里暑假才回乡的好看又可爱的邻居小女孩那里获得的第一次心动,有我母亲重男偏爱和大姐悉心照护的双重幸福,有我高中即将毕业时追求喜欢的女同学、在福州市区骑车带人被警察扣下的尴尬,有我在文化站刻印刊出的《祥谦文艺》和定期制作的宣传墙报,有我为祥谦公社篮球女队做总务办伙食的难忘经历,有我从下乡的大队临时借调县委报道组在省电台发表平生第一篇文章的无限喜悦,当然最为重要的还有给我高考带来好运气的妈妈亲手煮的那碗太平面、曾经周末陪伴年迈母亲逛街和看江的小推车……

与家乡留给我这些生命记忆交错在一起的,是对家乡当年作为一个中心村镇的形象与内涵的深深留念……四通八达河道上涨退的水流是清的,盛夏时节可以下水游泳,落潮时分还能摸到小虾蚬子;用石板串起来的是简朴整齐的村镇小街,炊烟升起、人声入户,更觉街巷宽敞;入夜的文化宫与明月一起亮起来,新上映的电影一票难求,过节的地方闽戏连演不衰;塔山脚下的中学、荷塘旁边的小学,校舍古朴、书声琅琅,放学后自己回家的路上一片孩儿安全的笑声……可是如今所有这些都被改变了,每每回乡,漫步其中,看到的是家乡无助的心痛与无奈的表情;与淘江连接的内河要么被直接填埋或水泥板掩盖,要么在垃圾的堆积下变成了一段黑沟;街巷被尽可能占地搭盖起来的各种房屋弄得支离杂乱,被任意延伸出来的摊贩广告挤成不时堵塞的小路;当年的文化宫被富丽堂皇的姓氏祠堂替代,闽戏日趋少演,电影也从这里消失了;小学中学被越盖越高越盖越挤的民居紧紧包围,原来的教育芳草地也少了阳光与水波映照了……

所有这些还改变了我们的乡愁形式与结构,不仅仅是年少乡人认不出"少小离家"的我们,"老大回"的我们也认不出家乡了;现代交通发达让乡愁的空间距离大大缩小了,而乡土文化瓦解却让乡愁的情感内容严重稀释了;还有乡村社会格局失序与空间布局失美也让乡愁少了可以引起许多温馨回放的承载物件与人际结构……

如果说,家乡的未来命运不在于更多的现时发展,而在于对自古形成的通江达海的域内河系疏通一样的对自然环境、社会秩序和文化自觉的重建，那么我们这些"少小离家老大回"的乡愁是不是也需要一种时代的变革呢？我们是否要把"老大回"的乡愁变成"经常回"的乡亲呢？是否要把对家乡的异地思念，变成更多的对家乡建设的就地参与呢？是否要把对家乡事后的批评变成更多的对家乡事前的一起设计和事中的共同跟踪呢？从这个意义上理解，乡村建设的主体缺失最重要的是"少小离家"在异地发展起来的这个乡贤集体的缺失，是他们只是记忆中的乡愁而不是参与式的乡亲的家乡主人意识的缺失！

亲爱的家乡，过年时的季节性乡愁表达一定会被全天候的乡亲与共所替代，我们也一定会通过身体力行让这样的乡村爱情融入我们与家乡连接的文化血脉之中！

感恩家乡！祝福家乡！

乡下过年

昨天中午给太阳座的居室贴上春联后，我就走三环，过螺洲大桥，回乡下和三弟一家过年。

三弟的妻子既是我的弟媳，又是我的妹妹，她妈妈是我的奶妈，小的时候每每过年，我都会去奶妈那里过小年，至今还记得，长得很帅的奶爸总是伸手给我剥蚶。奶爸不仅人帅，而且性格很温厚，还会做一手地道的、能和专业厨师水平媲美的福州菜，弟媳接过这些父传的做菜技艺，让我三弟一直口福满满！当她也端上适度烫煮的小蚶时，我免不了又向她提及小时候一起过小年、奶爸剥蚶的温馨，可是也许那时还小，弟媳说："我怎么没有印象啊！"

吃过年夜饭，困得不行，睡了一会儿才起来看春晚。已经好几年了，要不不看春晚，要不看一会儿就看不下去了，没想到今年看了一个完整版。今年的春晚演唱的歌都很好听，心被震撼的是《少林赋》，耳目一新的是刘涛和黄晓明演唱的《请茶歌》以及伴歌的采茶舞，影响视觉的是过度的 LED 效果和现场包装,还有演出依旧热衷人海战术,把舞台挤得有点拥堵无序。

乡下的过年鞭炮放得很响也很久,一直到春晚结束了,楼下的主街道上还此起彼伏着,和每个家里都散发着春联的墨香,还有升腾着年夜饭的美味,融合成多浓的年味啊!我以为,乡下的过年热情和气氛并没有减退。

早上一起来,弟媳煮了一碗传统的大年初一面食——太平面,线面是我最喜欢的食物,加上弟媳的好手艺,自然是一份最解乡愁的美餐。随后趁着窗外是一派温暖、灿烂的春天气象,我走出室外,走进熟悉的古镇街巷和刚修好的沿江大道,把在这里的过往时光再一次释放出来,融入缓缓流过的淘江水……

三弟现在居住的乡下是妈妈的老家,是位于福州市区南郊的闽侯县尚干镇,这里留着我的幼儿园、小学和高中的教育过程和成长记忆。如《祭灶》一文所述,尚干镇,汉晋时名上虞,南宋理宗时,尚干镇林氏始祖林津龙官至户部尚书干办,后地以官名称尚干。这里水系发达,穿镇而过的陶江是闽江支流,汇入乌龙江后可以直达马尾和台江,自古是七里全境贸易集市中心,商贾云集,被誉为"小福州",而且更为扬名的是长年积淀下来的丰富的文化遗风,包括陶南、陶江书院的书院文化、义姑文化、雁塔文化、陶水文化,还有以林祥谦烈士为代表的"二七"红色文化。其中"欲高门第须为善,要好儿孙在读书"的林氏诗礼传家,以始祖林津龙第五个女儿林五娘为代表的"古来成大义,巾帼胜须眉"义姑性别传统、"头可断,血可流,工不可复"的祥谦大无畏精神的影响最为广大。

我来到原是影剧院的尚干林氏祠堂右侧的小广场,那里站立着被邻里尊为义姑的塑像,乡亲们还给她披上一朵大红花,并择时 2 月 16 日隆重举办义姑文化节。我还走进祠堂,看到在入门前厅那里坐着不少正在闲聊的已经年迈的男性乡亲,我记着,在演戏季节,则是更多的老年女性在那里分享着闽剧乡乐,在母亲还健在的时候,我曾经好几次陪她老人家去看戏,因为母亲是闽剧的戏迷。亲爱的母亲,儿子想您了!

走过一个小巷,我漫步登上安塔山,来到巍然耸立着的雁塔,这里已在 3 年前建成塔山公园。山下本来有一条河,河边是我外公外婆的家,母亲告诉过我,我小时候和表哥在河边玩耍不小心落水,是水性不错的外公把我捞起来的,我唯一的舅妈也是母乳喂养过我的奶妈。现在河被填掉了,但雁塔总是让我心中充满感恩。

下山后,又就近去了母校——闽侯第二中学,也是当年的祥谦中学,陶江和陶南书院就在学校的校园里,一个中学拥有两个古学书院也是全国少有的。有85年建校历史的母校又有新的变化,一座巨大的图书馆楼即将建成。1974年我从这里高中毕业,3年后在这里参加改革开放后的第一场高考,托母校的福,幸运地连接上去厦门大学的求学之路。为报答母校的培育之恩,我期待能到书院和学弟学妹们一起诵读,并希望他们中有更多人能到厦门大学上学!

从母校出来,穿过一小段省道,右拐进入绵延几里的去年年底刚建成通车的淘江北岸江滨大道,昨天下午把车停放在那里了。过去这条沿江线到处杂草丛生、垃圾倾倒,严重影响水质、缩小河宽,现在好了,这些问题解决了,而且还成为尚干镇最优美、最宽敞的休闲去处,成为每年端午节龙舟赛的最好河段。我想这里实施的河长制起到不可低估的作用。

一年开春,就能回到家乡,释放乡愁、分享亲情、表达感恩、寄语愿景,我的心绪与春光一样的喜乐与欢欣。为了越来越好的家乡,为了远在天上的父母,为了爱我的和我爱的你们,我要做最好的自己!

咖啡与茶

在4月底去美的那些天,大女儿上班之前,总是给老爸也现磨一大杯咖啡,还要倒了满出杯来,让我闻着"溢香"开启新的一天。

小女儿5月中旬学成回国度假,不论在外旅游,还是回到福州,每天醒来也要找类似星巴克的地方喝咖啡,否则似乎没法完全醒来,心情也显得不那么愉悦,受她的影响,我们在云南博物馆的有限时间里,却大部分坐在舒适的一楼咖啡厅慢慢品味朱苦拉,喝完后还带走写着"一百年只为一杯咖啡"的特制杯盘。

但是,她们的咖啡习得与趣味还是没能融入留给父亲的女儿亲情里,我依然心怀对远方女儿的思念,沉浸在每天一壶的茶香里。

从匮乏岁月的大热天里边冒汗边喝着不时要吹开浮着的细碎叶片的茶汤，到富起来的时代在舒适的茶室里优雅地完成闻香、含香、落香和回香的茶道；从闽南男人一壶邀群友、围桌说天下的茶聊，到榕城丈夫一杯送体贴、陪妇搭方城的茶侍；从当年以茶入药、喝茶强调的是解渴养生的生理功能，到如今待茶如神、品茶追求的是舒心愉悦的心理效用，不论时空发生多大的变化，对于我们中国人来说，茶树扎进地里的是民族的根系，茶枝露出新绿的是国土的风貌，茶水不断流动的更是如同神州血脉一样的江河溪流的精华。

在我个人经历中，当执盏饮茶时，我总觉得喝的是历史，回味的是过去。我的眼前总会跳出和茶关联的旧时画面：小时候为了补贴家计，和弟弟妹妹一起用旧书报制作的成千上万个用来包装茶叶、盐糖的纸袋；上山下乡的第二年，知青点整体搬上山，专门负责所在大队的一个茶场的生产与经营，让我有机会参与从茶叶种植到茶叶消费完整的茶叶产业流程，那顺着梯形茶田，一锄一锄地除草松土，那沿着山路，一笼一笼地把烘焙木炭挑上山，那利用老式提秤，一篮子一篮子记收采茶女采下的新鲜茶叶，那翻飞的双手，一锅一锅炒熟堆成山一样的茶叶，再捻紧和烘干成细细的茶条……都在茶香的集结和飘散之间成为青春的倩影，谱就知青的华章；到福州任职后，曾带着高职就业评估专家组走进天福茶学院，为产学研结合中培养茶叶的专门人才喝彩，为茶叶产业链向新型服务和附加产品延伸鼓掌，更是把自己与茶叶有缘相随的人生提升到未曾期待过的高度。

面对用矿泉水煮茶升腾起来的气雾，我还以为，我期待喝的是自然，依恋的是原生态。当年在高山茶场的时候，从茶树到茶杯没有几个环节，而且环环都尽可能做到原生，如有机植茶、裸手炒茶和炭火烘茶等，以保持茶叶的天然原味。而今单单从茶叶包装到解装，就有越来越多的程序和对茶叶原汁的多次串味，还有不得不加进来的洗茶去沫的环节也在影响茶叶的原味。我们要调整被过度拉长的生产过程，简化被过度装饰的包装环节，缩减被过度附加的泡茶程序，并把环保和有机理念贯穿到茶叶生产与消费的全过程，确保茶叶来自自然，不失原生，所有与茶叶同生同长的文化，都要以保持和守护茶的自然属性和原生态势为宗旨，背离这个宗旨的一系列人类所为都不能纳入茶文化。

在挑选喝什么茶的时候,虽然已经离不开对岩茶的偏好,但我还希望喝的是入乡的,留味的是接地气的。我们常说,一方水土养一方人,而每一种茶叶更离不开得以生长的一方水土,所以我们喝的是茶叶,品的其实是那一方水土,要真正喝出它的纯味或者乡味,就要置身于那山那水,嵌入那里的茶俗和茶文化。我以为,对武夷岩茶最道地的享用,对武夷岩茶最本真的品味,只能前往武夷岩茶的产地,在山雾萦绕之中,用木炭烧煮九曲溪水,再用具有吸附性的紫砂壶来冲泡。所以,要喝接地气的茶,一是入乡随俗地喝,即亲临产区,用当地的习俗喝当地的茶,在当地酒店茶室喝不如步入农家与乡亲同饮;二是离乡随境地喝,也就是营造当地乡俗的意境,如挂起武夷的图片,听起当地的乐曲,换上武夷人日常泡用的茶具,烧起流淌在武夷山脉的溪水……相信也能喝出一定的"入乡"茶味。

咖啡是西化的儿女亲情,茶水是民族的代际传香。我想,今后会有更多的闲暇,在和两个女儿的亲情互动之中,让茶香漂洋过海,进入西化的生活空间,慢慢突显出她的魅力与滋养、美感与趣味。

生命之桥

作为"桥的故乡"或者"桥的国度"的国人,不时发出"我过的桥比你走的路还长"的自豪,是可以理解,也值得敬佩的。但随着我国桥梁建设进入突飞猛进的当代,也许年轻人会蹦出一句话,今后我们要过什么样的桥,你们会知道吗?

我生命中第一座桥的印象留在闽侯县尚干镇后埕一个古居里,它是几片石条架在穿屋而过的一条内河上的桥,还在念初中的大姐总是第一个起早,先做两件事,淘米下锅煮稀饭,还有端起大马桶摇摇晃晃地走过石桥,倒在石桥那一头的自家粪缸里。夏天涨潮时,我总想从桥上跳入河里纳凉,可是一直到搬离那里都没有跳过一次,倒是落潮时,我许多次踩水来到桥下,钓螃蟹、摸蚬子田螺,偶有收获,童趣盎然!

如果第一座桥记录的是大姐细心照顾众多弟妹的亲情,那么第二座桥则寄托着我的乡愁。"文革"发起后,我们一家也迁回老家——现在的青口汽车城扈屿村,清清的濑江沿村流过,在江上有座明代修建的坂尾石桥,还差一年小学毕业的我有许多和这座桥相关联的乡村生活的亲切记忆:在桥下有过好几次和发小一起裸泳的羞乐;在桥上有过至少两个秋冬的往返,因为我和弟弟妹妹喂养了一群鸡鸭,需要在秋收的稻田里放食,我还要了一块冬季闲田,种上几样可以过年的蔬菜;另外,还有多次过桥再走几里路,就看到大姑妈的大表姐家人,吃到小姑妈蒸的非常好吃的小发糕,用小姑妈自己喂养的土鸡汤浇注的小姑丈手工制作的福州线面。我至今还感到遗憾,几年前没有从这座桥出发,去给小姑妈告别,用一步一步走下的路程去拉长对她老人家的无限思念。

再后来我怀着改革开放带来的幸运、带着一整个家族的期待,走过淘江上的祥谦大桥,去厦门大学读书了。毕业留校后不久又借助我国民航搭建的空中之桥,远赴美国留学。在那里有两座桥也永远珍藏在我的记忆里:一座是连接普林斯顿大学湖边研究生博士后公寓和卡内基湖的铁桥,还有一座是宾夕法尼亚大学校园里东西走向的过街天桥。卡内基湖畔的铁桥既让我们在傍晚接近美丽的湖光野绿,在周末得到垂钓人的游鱼馈赠,又让我们在人生面临重大选择的时候,有个徘徊、缓冲,甚至改变已经做出的决定。宾大校园里的天桥是一座幸运之桥,它连接着学子的梦想,它寄托着家人和母校的祝福,它还记载着校友的眷念与感恩。两个女儿都是宾大毕业生,都在这座天桥上留下匆匆的脚步和忙碌的身影,而且最让人难忘和激动的是今年 5 月 14 日宾夕法尼亚大学第 278 届毕业典礼前的毕业步道行走,天桥是必经路段,陪着身穿学位服的小女儿登桥而过的那一刻,我见证了不仅仅是女儿学成毕业的喜悦与光荣,还有我以前没有看到的女儿所付出的全部努力和辛苦。与其说女儿要感谢父母的养育之恩,不如说为人父母的更要感谢我们孩子的成才之功,天桥的两端互联、双向互通,不正体现了这样的代际观念和家庭思想吗?!

当经济社会快速发展带来大桥数量日益增加,大桥构架日见多样,尤其是旧桥新桥替代加快,过桥路线和方法有了更多的选择,桥的交通功能上升为大家的第一位需求,我们也越来越不可能再像过去那样,一辈子只过一个桥,或者带着感情过一个桥,就近、快过、不收费成了我们共同的通行原则。

显然,桥在我们生命和生活中的理想与现实地位已经拉开距离,我们和桥之间的关系内涵也越发简单了!

尽管这样,我还是建议,在我们的生命记忆和感情格局中,保留一两座桥的位子,也许你不功利单一地对待你走过的桥,那桥也可能会给你带来意外的惊喜与收获。当你不抢道、不违规超越,大桥一定会保障你更安全地过江;当你不往外吐痰、丢垃圾,大桥也一定会确保你更清洁地通过;当你利用周末和节假,带着孩子和配偶,一起行走大桥、了解桥建、观赏江景、表达感恩,甚至进行力所能及的大桥和周边环境的志愿清理与保护,那大桥更会回报你更加持久稳定的跨江过河的服务。

大桥是建桥技术人员和工人的文化创造,它凝聚的不仅仅是钢筋水泥、技术工艺、劳动付出,它还融进了建桥工人的责任、精神和情感。这种人性化的创造需要得到我们人性化的尊重,这种包含人性化投入的桥梁,也需要我们人性化的爱护! 因此,和我们走过的大桥建立感情,把它放在生命记忆中去珍藏,放在日常接触中去爱护,相信这样的社会互动,一定会丰富和美化我们共同居住的这个世界,一定会增加我们起居出行的诗意和安全感!

第八章

社会经纬

凤凰树下随笔集

第 30 个教师节

今天是第 30 个教师节。在不断收到弟子、同行还有来自其他行业的亲朋好友们的节日问候与祝福的温馨时刻,我也心存感恩地回望一路走过来的人生历程,把一个又一个培育过我的老师再现在自己的心里,轻轻地向他(她)们说一声,老师,你们辛苦了,我会用一生的努力感谢你们的!

细数起来,我的人生至少受益于 9 个老师的教诲与厚爱,他(她)们分别是:我生命中的第一个老师——我最最亲爱的母亲,位于尚干镇红星村幼儿园美丽的林老师,还是尚干镇的祥谦小学和善的林老师,青口镇户屿中学的初中班主任林碧珠老师,尚干镇祥谦中学的高中班主任林桐蕃老师,厦门大学经济系计统专业班主任徐兰芳老师,美国犹他大学社会学系硕士研究生导师 Williamgen 教授,美国犹他大学社会学系博士生导师 Lee Bean 教授,还有普林斯顿大学人口研究所博士后导师 Tom 教授。各位老师像经历一场育人接力比赛一样,用他(她)们的爱心、鼓励和指导,让我非常荣幸地拥有一个结构完整,而且是中西结合的现代教育,并学会应该做什么样的人和怎样做这样的人!

尽管在变换的时空中,培育我的老师都不一样,但他(她)们都有一个非常重要的也是特别伟大的相同品质,那就是爱生如子。因为爱,老师对你多了一份人品的信任和人格的尊重;因为爱,老师对你严于要求、宽于自立;因为爱,老师不惜燃烧自己,为了把你的学术之路照亮,把你的内心世界温暖!

亲爱的老师,因为你们的精心浇灌,我现在也学有所成,而且也走上与你们一样的事业路径,这让我多了一个感恩和报答你们的美好机会,那就是像你们一样,为世界的未来多培养和造就一些有爱心和文化教养的人才!所以不论是在你们的面前,还是在我的学生面前,今天的教师节都充满着感恩和责任的双重意义。

谨让我把感恩和祝福送给各位老师,而把责任与努力留给自己,衷心祝愿天下所有老师的教育人生都越发丰富多彩、幸福美满!

为人师表

随着第 33 个教师节的到来,我自己的从教生涯也进入一个逢五的年头,为人师表整整 35 年了!

今天能扛着"人民教师"这一光荣称号工作和生活,在教师节的时候得到学生弟子的感谢和亲朋好友的问候,真的还是要感恩让我实现"长大后我就成了你"美好理想的一路师恩浩荡的中美老师,尤其要感谢已经长眠青山蓝天的第一位老师,我的母亲,没有她用十次的妊娠把我带到这个世界,没有她用许多历史传说和一出出闽剧经典贯穿我的童年,没有她那一碗送我出征高考考场的太平面,我也就没有后来那么多老师引领我走完从乡村幼儿园到美国博士后的现代求学历程,也就没有再后来任教大学的书香生涯。

身为老师,是崇高的。不论是李商隐以唐诗讴歌的,"春蚕到死丝方尽,蜡炬成灰泪始干",还是宋祖英用歌声赞美的,"举起的是别人,奉献的是自己",都把教师"三尺讲台守一生,只为桃李满天下"的职业精神与人生追求写进了一代又一代学有所成的学子心里!

身为老师,也是辛苦的。教学质量与科研产出的两难、身心资源与教研负荷的失衡、严格要求与学生期待管理对立的风险、校外补习与校内教学薪酬悬殊的诱惑、旧城区居住与新校区工作交通拥堵的压力,特别是即使"落红化作春泥",也无法达到一路护花初衷的失落,等等,也把现代老师这个集体放在一个前所未有的职业困惑与社会挑战之中,哪里是出路和如何应对挑战,都还没有现成的答案和明确的方向!

身为老师,还是不能没有爱的!《弟子规》说,"凡是人,皆须爱"。我们不能把老师的爱看作不竭的资源,当社会要求老师把更多的爱释放给学子的时候,我们是否也应该关心他们爱的供给能力与自我需要。老师爱的供给来自自己生产与外部注入,职业崇高与爱生如子都可以内部创爱,在扣除自爱需要以后,去满足学生远离父母后对爱的更多需要,即使这样,来自全社会尊师重教的爱的外部注入也是不可或缺、不可中断的,因为职业的光荣与崇高、教师的母性、父性充满也非常需要社会外部的激励与支持，需要一个建制完善、内容扎实的尊师重教文化与制度和教师爱的自我生产机制的对接与互动！老师爱的供给不力、爱的资源缺乏、自爱不足，都可能影响老师的职业形象，减少现代教育的博爱存量，导致知识与技术、思想与观念可能脱离爱的缰绳，变成与生态环境与人类自身相对立的有害势力！

所以就像孩子的教育是连续的，成人的教育是终身的，我们的教师节也不应是一天的，而应该是每天的、不间断的，我们教师节的节日表彰和重赏，就不是集中在一个教师代表群体，而应该关注和惠及全体人民教师！有了这样尊师重教的文化视野和制度理念，所有会影响教师公共形象和他们爱的饱满的问题和困难，就会进入当地政府与学校管理阶层的双重视野，排上议事日程和实际解决的时间表，在与民生工程结合中，在现代教育制度建设中，让教师看到这些问题和困难解除的希望和每一天改善的效果！

当爱学生和爱老师的双爱能够成为办教育的核心，学校管理层、政府相关部门和社会其他组织能够自觉主动地协同服务于这个核心，相信教师这个爱的化身、象征教育进步意义的形象将会光芒如初，照亮和温暖这个世界的每一个角落！

又一个国庆节

国庆长假已经过去四天了，我几乎都平静、从容地宅在家里，走了最远的就是今天下午，看材料累了，步行穿过洪塘大桥，来到国庆节刚刚建成开放的福州沙滩公园……

节前，我平静地告别染发了，还留下一段话：青发是过去，青白交错是当下，青白全面交接是未来！这是生命规律，遵循它、平静地接受它，甚至充满感恩，这就是生命的伦理！

国庆当天，参加学校第一次举行的国庆升旗仪式，我没有激动，只是衷心地祝愿祖国平安快乐！

这几天，我参加了两次家庭聚会，平静地分享和同学、亲友在一起的放松与亲切。

我还去电影院看了两部电影，先是跟随黄渤和徐峥《心花路放》，还走进汤唯的《黄金时代》，用近 3 个小时的时长走完一代才女萧红 31 年的悲苦人生，我也写了几句话："昨晚看完《黄金时代》，外面由小雨到大雨，挡住了不远的回家路！我还是坚持，爱是女性幸福的源泉，但这个爱首先是对自己的爱惜和呵护，对职业的热情与努力，你自己快乐幸福了，你和异性建立起来的爱的关系才有情感的意义和幸福的内生，你就不会在这个爱的关系中迷失，丢掉人格的尊严，甚至受到精神和肉体的双重伤害！"

其余时间我都在评阅一堆报奖的论文和著作，而唯一远足的就是前面提到的漫步沙滩公园。因为是沙滩公园，我穿上白袜子和耐克鞋，没想到刚想接近金山寺，我就陷入淤泥之中，还好腿脚敏捷立即撤离，否则将越陷越深……最后，我是穿着一双满是淤泥的鞋袜，游览了绵延几公里的沙滩公园。

立足乌龙江东岸，遥望西岸的大学城，我非常感慨，2008 年刚搬进闽都大庄园的时候，我居住的太阳座是沿江最高的建筑物，而今到处高楼林立，不认真辨认，还不容易找到呢！

感 恩 节

一年一度的西方感恩节就要到了，我想，今年最要感恩的是即将过去的 2014！是这一年，我从闽侯二中毕业 40 年，也是这一年，我从美国学成归来 20 年！

为了感谢接受高中教育的母校，我分别参加和主持了闽侯二中 1974 届高中年段和班级的毕业 40 年聚会，还发起了给高中老师过教师节的活动，接着还要回母校设立 1974 届高中校友讲坛和书架；为了感谢回国 20 年来给予关心、支持和提携，甚至不离不散一起走过来的领导同事、亲朋好友们，我不时都在心里一遍又一遍地留记他们的名字和情谊，并用适宜的方式表达越发深厚的谢意！

回国 20 年里，我还为自己的两次重要选择感到欣慰和满足，一是选择留在校园，既能分享这份职业的崇高与宁静，又能报答给我最完整现代教育的各位恩师；二是选择研究女性，这将近 20 年的坚持，让我基本上完成了从重男轻女到男女平等，再到追求两性和谐互爱的性别意识的变化，并把许多研究成果转化为对母爱更深沉的感恩、对女儿更自觉的责任以及对女性更全面的善待。

回首过往，流去的是光阴，留下的是真情！我要把对大家的感恩转化为对你们的祝福，衷心祝愿大家每天都有安康相伴、真爱相随！

劳动节随记

又是一个五一国际劳动节！但是流速越来越快的时光，却改变着节日的内涵、庆祝的形式，甚至过节的人们。

我还是早早地醒来了。劳动节的第一个活动依然是给亲朋好友送去节日的问候与祝福！我还是一人一个问候，不群发，虽然多花一点时间，但这个过程本身就如同亲情友情的溪水流过一样，再次把你温暖与感动……这个世界如此浩大，时间如此悠长，我们却相遇成缘、相伴不断，能不万般珍惜与心存感恩吗？！

住居保洁和衣被洗刷是节日的第二项内容。我拖了楼上再拖一楼，抹了书桌再抹橱柜，洗了衣服再洗碗筷……那一片片清新整洁带来的舒服感，那一盆盆绿色与芬芳传递的花草情意，让你倍感劳动的意义和用心呵护的价值！

我还一身短打，徒步去了永辉超市、上街镇的农贸市场还有几家家用专店，只想买一把喜欢的盛饭装汤的勺子。我一边走路健身，一边分享永辉超市里购物中奖的欢呼、农贸市场里货物满柜的繁荣，一边观看高挂空中的楼盘广告，一边还顺手把路边腰鼓大妈的喜乐留在手机里。

当然，我还不忘微信连接上海和美国费城，和大女儿一起想象小秋秋对妈妈二孩生育的态度和性别偏好，为在美国学医的小女儿正在准备的暑假非洲志愿之行安全嘱咐和平安祝福……

　　和其他朋友一样,我也把不少节日的时间花在微信分享与互动中。实际上,我们应该感谢微信,是它大大扩展了劳动节活动的范围、内容与方式,让我们能够和更多的亲朋好友在更大的空间里同步分享节日的快乐!

　　通过微信,我发现,不少朋友是在书香与写作中欢度劳动节的,如福州的家骅、厦大的忆冷、武汉的平燕:

　　"五一正是读书时! 抚万缕荷风,收一夏翠绿;或倚窗而立,或慵懒半卧;只愿静读,莫如批阅;哪管虫鸣蛙叫,无心溪池涨落;但愿博文而雅,自然修身养性!"

　　"有人说劳动节就要劳动才快乐。这话我认同了,于是,劳动节,我乖乖地坐在电脑前劳动。出版社约的书稿,已经过去了半年。"

　　通过微信,我看到一些朋友在赶路回家和陪伴家人的温馨中,在欢庆爱情生日的挚爱里,在经历生命周期轮换后的感悟中,如厦门的建红、福州的杨晶、鹭岛的杜娟:

　　"走在家乡的小路上,闻着久违的梧桐花香,还得一个半小时才能到家,已然满心欢喜!"

　　"自己下厨纪念我们(婚姻)的两周年!"

　　"二胎好处是,更容易放下对老大的过度关注;随着老二的成长再一次开启父母成长之路;老人们有了新的'玩具',又有被需要感了;最重要的是,老大更懂得解人意,学会轻声慢步,自觉接触前洗手,课余有了新内容即逗妹妹笑……"

　　通过微信,我领略到一些朋友活跃在旅游景点的快乐身影、结伴闺蜜吃喝玩乐的潇洒时光,还有从自家庭院花园收获的花红草绿、瓜果鸡鸭,如厦门的郑老师、南昌的傅教授、福州的朱博士和建华学友:

　　"火热的五一,头脑也发热一把! 说走就走! 登泰山! 体会一下当年杜甫'会当凌绝顶,一览众山小'的小惬意!"

　　"逛街、下馆子、看电影,做钞票的真正主人,享受'速度与激情'的心惊肉跳! 有闺蜜的感觉真好!"

　　"五一节小母鸡也不休息,又孵出 11 只小鸡。"

　　通过微信,我还和不少朋友一样,在欢庆节日的同时,分享对生命和生活更多的感触和领悟，如广西的刘教、兰州的吴舸、福州的张总、福大的徐部长：

"恰到好处，是一种哲学和艺术的结晶体。它代表的豁达和淡然，是幸福门前的长廊。轻轻走过它，你就可以拍打幸福的门环。"

"你给生活意境，生活才能给你风景。"

"不为稻粱谋，不作名利求，择善而从，量力而行——这是真快乐！"

"只要用勤劳播撒智慧与爱的种子，就一定会有硕果累累的明天。"

是啊，只要勤勉地劳动，一切都是可以改变的！远古的体力劳动创造了人类，过去的智力劳动富足了人类，现在和将来的精神劳动将幸福全人类！劳动一定会托起中国梦和世界梦的！

纳　凉

没想到离开近两周的榕城暑气更盛了，用烈日炎炎、热浪滚滚形容今天的福州一点也不夸张啊！

随着汗水任意的流淌，热得有点昏沉沉的思路，却回到过去的夏日。儿时的夏天真的没这么热，最惬意的去暑是到离福清不远的大义乡小姑妈家，那里的后院有一口深井，只要把脚放进刚打上来的井水里，你就会感到入心的凉意。

"文革"辍学回到老家扈屿村，坂尾桥头那支河流是洗去一身热汗的最好地方，那是村里女性不来的河段，桥边一棵大榕树遮住释放热能的太阳，桥上不时有扛着犁、牵着牛或者挑着稻的村民走过，桥下我们把小裤头一扔，如同一群泥鳅一样和河水一道沸腾起来。

在美留学的几年里，最难忘的降暑经历，是坐在租住的别墅后院的台阶上，头顶密密的绿茵，闻着刚刚割过的所散发出来的非常清新的草香，和中国同学边聊天，边把一大罐的冰冻雪碧慢慢喝掉。

1994年回国后，在厦大的暑天纳凉是和海水涨退有关系的，涨潮的时候，向海滩跑来的海浪不断地把海风送过来，让你感到一阵阵凉意，而退潮的时段,渐落的海水把海风也带走了,每到此时,只要有空,我都会到白城海域,躺在人少水浅的海滩上,在遥望星空中忘掉暑热。

如今随着技术进步和收入增加,空调降温成了最普遍的去暑方式,当然经济状况更好的可以就近在海拔比较高的山上买栋别墅周末去纳凉,也可以采取度假的方式在西南或西北地区避过湿热的夏日福州。

但是,也许最好的避暑莫过于改变生活观念和方式的避暑,良好心理和心情的避暑,和谐人际关系的避暑!过度依赖空调只会一边制冷,一边排热,地球不断变暖将给我们子孙后代带来更大的避暑压力,也使长时间待在空调环境中的我们越发难以适应室外的高温。保持一个好心情和平静的心理状态,也能起到低成本的避暑作用,我个人总觉得,越抱怨天气热时,真的就越难忍受。和睦的人际关系和对有趣的群体活动的参与,也会转移我们对暑热的敏感,那天在上海和女儿一家过周末,我们还是在餐厅的露台上共进午餐的……

我想和我的好友们,一起把纳凉的方式改变一下,用更加科学的、更低成本的、更加善待自然的,甚至回归过去不避暑的方式,来度过一个快乐的健康的暑期!

晨　走

最近开始换傍晚锻炼为早起晨走,以避开日益走高的气温对健身的影响!

有几次都是5点左右起早后,一杯凉开水下肚,一身短裤短袖换上,就下楼出发了。先走过2公里长的洪塘大桥,然后或者右拐顺着乌龙江东岸的步道和江边公园再往前3公里,一直走到橘园洲桥下;或者左拐,也是沿着江边步道和沙滩公园再走4千米,直到置身淮安大桥东头广场。

这一走才发现远距离快走的健身效用是非常明显的。感觉最强烈的是身体水源的循环和渗出,真是浑身冒汗、汗流浃背、大汗淋漓啊!还有就是身体血液的循环与通畅,脸色微红、全身微温,通体恢复了弹性与活力。而

感觉最舒服的是原来沉闷重压的头部变轻盈了,偶尔绷痛的两穴变轻缓了,有点迟钝的脑袋变敏捷了!真是,生命绝对在于运动,健身才能悦心慧智啊!

沿江行走还可以观察到隔断时日两岸所发生的各种变化。以前总以为过了农林大学和沙滩公园,步道也就没有了,真的没想到它却一直往前延伸,过了还在扩展的淮安高层公寓群,接第一次走近的闽江与乌龙江的分流小岛,再过已经进入外墙装修的淮安国宾馆和入住人口渐多的半岛别墅区,直抵淮安桥下的观景广场。那天行走淮安半岛时,恰逢雨后雾重,遥看对岸的上街、荆溪,一片片朦胧缥缈,一层层琼台楼阁如同仙境一般!

从洪塘大桥东端往南边行走,你会接近已经油漆一新的金山寺门坊,看到洪塘渡口廉政文化园里写着"江韵廉风"的碑石,读到"露白秋江鸥一梦,月明寒诸雁双归"的洪塘古渡的遗风,领略陆续进入视野的沿江一座座古朴方亭与现代举厅的斜影,还有闻到一直往橘园洲大桥延伸而去的石板绿径、花草树木所散发出来的草香、花香和果香……

还有当你驻足东岸转身遥望乌水西边时,原来沿着国宾大道一字排开的几所大学校园已经被不断拔地而起的新楼盘所遮蔽,当年洪塘大桥西端的最高楼,十层的 V 形太阳座和月亮座,也淹没在更高层的建筑之中,不仔细辨认,还不容易找到它们呢!倒是旗山山脉依然深情地隔江相望,放晴时,满山叠翠流碧,恰似一副绿色挂屏;遇雨时,或薄雾绕腰,或烟雨沐浴,尽显温婉妩媚。

也许最让我兴奋的晨走,是近距离地了解洪塘大桥扩建工程的进展。从三月底开工至今才历时三个月,那日新月异的架桥速度却未曾想到:南北两旁的引桥(也叫作业桥)已经铺设 1500 多米了,占全桥的长度超过四分之三,需要钻井浇注桥墩的工作面已架设 4 个了,很快在乌龙江的水面就会站立起一个又一个桥墩了!让人惊奇的是,偌大的架设引桥现场其实只有 6 个工人,一个专门开起吊车,另外 5 人负责在水底打下越来越长的至少直径半米的钢管、焊接连接钢管的工字形钢条、旋接两排钢管的钢架框和铺成桥面的钢板。他们每天两班轮换,各连续工作 10 个小时,一般是在凌晨 6 点交接,由于引桥越来越长,工人们还用上共享单车做交通工具。随着气温越来越高,他们基本上都是高温作业,因为为了安全,不得不戴安全帽、不得不穿救生衣,这种穿戴都让工人们热气难散、浑身冒汗！高强度作业的建桥工人居然是在闽都大庄园里的闽都食堂用餐的,我希望,因为他们的到来,食堂的食物品种、饮食环境和服务质量都会相应得到改善,让建桥工人吃得好、吃得放心！伟大的建桥工人们,你们辛苦了！

　　显然,为了让乌江两岸亮起来、绿起来和功能多样化起来,成为市民闲暇时间的好去处,成为南台岛环岛游的黄金路段,政府已经动了不少心思,也投入了不少经费。但还是希望,要特别注重事前的规划和设计,从全线、从长远、从日后维护,更从实际效用与游客需求对接的角度来布局和建设,尽可能避免不断变更和反复改建造成财政的浪费与游玩的不便！当然,作为市民和游客更应该珍惜这些公共设施,把乌江两岸的步道和公园当着自己家里的走廊和阳台,变成我们呈现文明素养与公德操守的一个重要地方！

　　让我们一起祝愿新洪塘大桥尽快飞架乌江两岸,期盼有更多的时间行走在江两边的步道上与公园里,与奔流的江水一样舒畅,与高飞的鸥雁一样欢乐,与飘香的四季花海一样五彩缤纷！

慢　一　点

　　出租车 10 分钟把我送过洪塘大桥,55 路公交 40 分钟把我送到福州火车站,等下 D6225 动车就会在 114 分以后把我准点送回美丽的鹭岛……弟子知道后告诉我说:"以后老师出行就喊我送您到车站,用不了 30 分钟就到了。"如果这样,回厦门的时间就可以再缩短到 140 分钟左右……快,加快,以至动车高铁、空中飞行,是我们对当今社会最直接的体验和最深刻的感觉之一。

　　但是,我们也越来越发现,好多慢节奏、有过程的那些从容和留意,尤其是像电影慢镜头推出的美感与慢火熬汤的香味,都在快之中被异化、被丢失了！

　　记得 30 多年前,每回从福州往返厦门求学,那可是都是慢旅啊！既然慢速,心情也放缓下来,和邻座就有了比较长的友好交流,甚至还会互享各自带上的点心水果;对窗外的美景,特别是路过莆仙时伸手就可以摘到的鲜红荔枝,你也多了一份注目观赏的心情……慢,让每一次出旅都是人生能够沉淀下来的经历,都可能成为以后慢慢回味的过往! 快,就如同一闪而过的高铁,再好美景也飞逝而去,什么都抓不到和来不及留下的那种虚化与空置,让人生变得轻飘了!

慢,你就会在离家出门前,再检查一下是否拧紧水龙头、关闭煤气、切断电源、上锁门窗;你就会在逼近十字路口时,留心查看,确保安全通行;你还会在人生重大选择面前或者不测危机突遇时,做出更加理智与有效的抉择与规避。慢一刻还是快一秒,也许就是愉快与痛苦、和谐与冲突、顺利与曲折,甚至是生命延续与断送的惊人差别! 慢,让人生多了一份安全感与希望!

慢,你就会在幼稚岁月中收获更多的父爱母亲,留存更多的少真童趣;你就会完整而深入地品味少年的烦恼,分辨不同求学阶段的师道书香,还有领悟爱与被爱的幸福与责任;你就会在学业、职业、婚姻和家庭之间有序渐进,把一年划分为 12 个月,细化为 48 周,再微分为 365 天,甚至更细切到小时和每分每秒,来从容而流水般地度过……慢,让一样年龄的人生无数倍地拉长了,让一样岁月的生命收获出人意料地放大了!

让我们都慢下来吧:

慢下我们的急性子,和缓的性情会让这个世界充满诗意!

慢下我们的急功近利,数年著一书将要比岁岁推出新作,留下更持久的思想价值,繁荣我们的学术生涯!

慢下我们生命季节转化的速度,不要到了人生晚季才被迫慢下来,其实此前的岁月更值得我们慢慢悠悠地一路走来!

当然,要真真慢下来,更需要我们树立和培育"慢"的价值观和人生观,从文化意识上,把"慢"转化为个人成长和社会发展中的质和好,转化为更多的幸福时光和静好岁月!

自得其乐

自得其乐源自元末明初文学家陶宗仪《辍耕录》:"白翎雀生于乌桓朔漠之地,雌雄和鸣,自得其乐。"朱自清在他的《杂文遗集·蒙自杂记》中,把自然界的自得其乐转换为人间的一道风景:"老头儿有个老伴儿,带一个伙计,就这么活着,倒也自得其乐。"显然,不管是鸟类还是人类,有伴才可能自得其乐。但要真正实现自得其乐,伴侣之间的"和鸣"非常关键,而到了不能靠二人之力相依为命时,朱先生的"带一个伙计"也变得不可或缺。

时至今日,由于人口学和社会学的原因伴侣难寻,即使有幸牵手一方,却不幸终日争吵改了"和鸣"的旋律,加上社会信任度下降、市场劳动力价格上扬,要带一个伙计也不现实,那么我们还能活得自得其乐吗?答案是一定要的,也是可以的。

"一定要"是自得其乐的人生意义和生命功能。英国曼彻斯特大学特里·伊格尔顿教授写了一个通识读本,展示了许多伟大的思想者对人生意义的探索。在我看来,人生意义在于你能力所能及地直抵一切人类努力的伟大目标——获得幸福。当快乐就是幸福,精神上的完善和富足就是幸福,那么自得其乐不就直接承载着人生意义吗?当你不仅自己快乐,还让亲朋对你不用牵挂,让有机会和你互动的人得到人生快乐的启发和感染,那你还放大了人生意义。一个有质量的生命在于健康地长寿,而要实现这个期望,除了良好的有规律和自制的生活方式以外,自得其乐尤为重要,闷闷不乐、抑郁症状要比物质的贫乏、事业的停滞对生命更具杀伤力和破坏性。对于冒着自己生命危险让你在这个世界拥有一次生命机会的母亲,对于一直用各种方式对你伸出友谊之手让你的人生延续到今天的亲朋,甚至对于一路也在不断进取让自己活得无悔的自己,如果你有感恩之心、有道义之诚、有自爱之情的话,你首先要努力做到自得其乐。

要自得其乐,不能没有自我意识和自信定力。把自己看得重一点,你就会自觉地防范和抵挡一切外部因素对你的初次和再次扰乱和伤害,而自信定力在于自知之明后的内心强大，不仅不去攀比，而且对自己的生活选择和生命现状有独立的理解和尊重，珍惜和享受这种人生安排对自己的合适度与舒适感，不轻易失衡，更不自怨自艾。任凭一年四季转换，我心里自有不退去的春天，或者"躲进小楼成一统，管他春夏与秋冬"，让自己拥有一个可以掌控的快乐晴雨表！有不影响健康的山珍海味不错过，但能找回童年欢乐与释放乡愁的一盘正宗的拌面和一碗旧时的牛杂更要经常光顾，自得其乐不在于引领时尚的档次，而在于"孤芳自赏"的风味！

自得其乐还在于培育一种积极的诗情和画意。现在的生活要么深被物质所困，诗情画意皆失，要么人生消极蔓延，负面心绪和情景频频出现在我们的诗句和画板上。所有这一切不仅无济于事，还可能恶性循环，让自己沉溺在一片无助的"苦"海里不可自拔！其实，许多看过去陷入日常化、哪怕不顺利不富有的生活也还是具有美感的，还是潜藏着诗情画意的，当你转换一个角度，尤其是用一种积极的心态去观察，漫天的落叶是和一场秋实同在，一路坎坷是和逆境重生并行，每天里外操劳更是和孩子成长婚姻持续流年变化融合在一起的。积极乐观的心态不仅把诗情画意转为自得其乐，而且还能不断地推出生命的诗情画意。

健康的业余爱好的培育与发展更是有助于自得其乐。人口带着不同地域文化的流动和再组合、互联网带来的跨越时空的功能化和便利性，让我们的生活在越来越多样化的同时，也越来越独处化、对外封闭了。拥有一个提升和富足我们精神生活的业余爱好已经成为我们生命中的必需品和平衡器了。没有业余爱好，有但不健康的业余爱好，都很难产生甚至损伤自得其乐。一个在书桌上舞文弄墨的爱好、一个阳台上建设花草世界的爱好、一个独行山水拍摄美景的爱好、一个走上街头志愿维护公共交通和环境的爱好、一个自发走进贫困村落给留守儿童送去歌声的爱好……都给我们带来自得其乐的新空间和动力源，而且还给自得其乐的对外输出找到新的连接通道。

作为社会，理解和尊重我们的成员自得其乐已成为一种趋势。是否还应该通过先进的文化和制度设立，来支持和引导更多的人获得和享受自得其乐，并把这种积极健康的个人快乐转化为整个社会的幸福感呢？真的值得我们去思考去研究！

共享单车

　　本来就不宽敞的人行道上却杂乱堆满共享单车,城市内河整治时是一辆又一辆被淤泥覆盖的水落车出,而在浩大的大学校园里越来越多的师生以单车代步,甚至在扩建的洪塘大桥工作面上也经常看到建桥工人骑行单车上下班。共享单车既是一些学者称之为"公地悲剧",又在一些区域成了不可或缺的没有污染又健身的通勤工具。

　　说到共享单车,情不自禁地又回到自行车是好多人买不起的"四大件"之一的短缺时代。我第一次骑车的体验是堂舅大方地借车给我去福州城里废旧收购站购买旧书报,那后座一百来斤的旧书报一路晃着车身,也摇落我满脸的汗水。第二次借车进城是载着心仪的高中女同学的一路心跳和到城乡交界处因为骑车带人被警察扣车的一脸慌张。高中毕业上山下乡之前,我有了第三次更令人惊吓的骑车经历,还是借车但这回是带着老爸去永泰葛岭探望小姑妈,那时还是沙路,一不小心我把老爸扔在公路上。那个时候,拥有一部永久牌的单车,穿着刚发下来的工作服,在工厂里一路摇铃而过,就是一个最美的中国梦啊。

　　拥有单车梦是在美丽的厦大校园里实现的。1994 年我从美国学成归来,执教母校,不久两个女儿也都来到厦大,一个上幼儿园,一个读演武小学,我忘了当时花了多少钱买了一部旧车,把女儿前后一放,竟然成了芙蓉园里一道风景线,那一年我好像只写了半篇论文,但却是我至今最温馨快乐的时光。现在这辆车还放在我在厦大白城居所的地下室里,应该找个时间,把它擦亮上油,再在当年经常骑送女儿的路上,好好把和女儿在一起的温馨找回来。

　　到了共享单车的时代,我却没有适时跟上,至今还不懂得如何用手机刷码用车。但我有过一次骑私人单车和两次骑共享单车的经历,一次是在毕业 40 年后鲤鱼洲的高中同学聚会,在老同学的起哄下,我把当年骑车带人被扣的那位女同学又放在后座上,好不容易颤巍巍地把车骑起来,可是没骑

多久就有点骑不动了,真是岁月不饶人,即使现在警察通情达理不拦阻,我带人骑车也骑不了多远了。而第一次骑共享单车是在上海,是大女婿帮我刷开了车,感觉还是挺好的,车好骑而且不需要太用力,一路快踩快行,好像又回到当年比较年轻的时候。第二次用上共享单车完全是应急赶场,和指导的博士生赶着去城里参加一个活动,共享单车的经济性、灵活性和便利性得到了充分体现,骑着单车,自由地穿梭在熟悉的榕城大街小路,在不断超越被堵住的机动车的过程中连车铃的响声也变得特别欢欣!

其实继续舞好"共享单车"这把双刃剑,要比急着走向后"共享单车"时代,更具有中国特色的意义,大学同班同学李文溥教授发表在《经济学家茶座》2017 年第 4 期的文章——《"共享单车"的实证公地悲剧》,就是一个非常有启发的讨论,在闹市、交通主要堵塞路口等,一人一部单车与一辆机动车的人均占路用路的交通效率是非常不一样的,它有着不可替代的解决堵车的独特作用。

我赞成把"共享单车"看成一种准公共产品,甚至就是公共产品,不论是并入公共交通一起供给,还是设立标准购买服务,政府的财政支持和管理介入都是必需的。使用公共产品首先应该有良好的公德做支撑,缺乏公德任意毁坏或无序使用,就要在一定时段剥夺其使用权,或者论价赔偿。其次还是要做好规划和测算,不仅根据精准测算出来的需求量投放,而且还要在投放区域、单车回收周转地点、单车通行的路线以及日常的设备维护等方面,进行科学设计和规划。我以为,共享单车可以由政府买单,免费使用,同时对开车进城上班的人群给予相应的道路占用费负担,一方面可以冲抵共享单车的管理费用,另一方面把机动车挡在一定距离的城区范围以外,使这个中心城区主要依靠地下的地铁、路上的公交与单车来连接,原来的停车场都可以转换功能,用于共享单车的停放和维护。

我以为,公共产品化的共享单车一定会响起多样红利的欢快铃声!

洪塘开工

　　期盼多年的洪塘大桥拓宽改建工程终于入场开工了，看着起重机的吊臂高高举起，日益加剧的盼建心情突然被一种就要失去的空落所覆盖，趁写作休歇的间隙，我来到每天都在眼里的洪塘大桥的施工现场，走进离桥墩最近的江岸，向它默默地表达谢意与难舍之别——三年后，就在这片江面上，新旧洪塘大桥将完成它们的历史性交接！

　　如果没有八闽的母亲河——闽江，也就没有洪塘大桥。发源于闽赣交界的建宁县均口镇，一路汇聚建溪、富屯溪和沙溪三大支流，至福州南台岛（仓山区）分为南北两支，北支为闽江，南支称乌龙江，到罗星塔又复合为一，直至注入东海。洪塘大桥是架在乌龙江上的第二条但最长的通道。第一条是建于1971年9月的乌龙江大桥，随后依次还有由北往南的橘园洲大桥、浦上大桥、湾边大桥、螺洲大桥和乌龙江高速公路及高铁大桥。

　　建于1990年12月的洪塘大桥也是一座公路大桥，东接仓山区建新镇妙峰山麓，西连闽侯县上街镇大学城，行车宽度只有双车道，但桥长1849.5米。由于它的连接，在不拥堵时，福州大学城与市中心城区的距离不到20分钟的车程，是大学城20多万师生和村民往来福州城区的一条通径。

　　早就不堪重负、每天早晚都严重拥堵、而今还对公交车限行的洪塘大桥却留给我许多难忘的记忆。记得是1975年的夏天，高中毕业后在尚干镇文化站做义工的我，到闽侯县城甘蔗镇参加全县文化馆站工作会议，期间我们摆渡过江参观上街镇文化站，这是我第一次来到还没架设起来的洪塘大桥西端，没想到即使跨洋留美快十年，最后却还是回到这里，在洪塘大桥的桥头依江而居。

　　2005年，我离开厦大任职福州，在为自己选区添置新房时，居然一走进洪塘大桥西端的闽都大庄园，就不想离开了，感谢本家的售楼小兄弟，让我有机会与这里的太阳座结缘，从此天天都可以俯瞰洪塘大桥，与它同晴雨共春秋。从2008年搬进新居以来，我在朝东的阳台上，拍下了无数的洪塘大桥,有与乌龙江一起醒来的、与东升旭日交相辉映的、与云雾风雨环绕吹打的、与晚霞渔火月光一样秀美温柔的,还有因为拥堵而有点躁动不安的各显风采与个性的洪塘大桥!

尤其是可以通行公交车的时候,我一下楼出庄园就可以跳上55路,直奔三坊七巷,那里正宗的福建名吃肉燕、鱼丸和锅边糊总是我百吃不厌的美食;我还可以乘坐39路,或者去城里最大的购物中心宝荣城逛街,或者去我小弟家吃一碗弟媳妇烧煮的鸡汤线面! 即使对大车限行之后,只要时间宽裕,我也不开车,一路边浏览江景,边走过洪塘大桥,再坐上绕行过来的公交车悠然进城!

其实桥梁建设既是一项事关民生的工程,又是一种善待民情的文化。事关民生就要密切关注人口规模、流量与流向的变化,适时架桥铺路,构筑便捷快速的过江通道。所以每每在阳台上看到长长的几排车辆争先恐后挤进只有一个进城车道的洪塘大桥,我的心情是着急的,对拓宽改建的诉求也变得越发强烈了! 要感谢主要是厦大年轻校友领军的福州市交建集团有限公司,以项目建设情系千家万户的责任担当,全力加快筹建节奏,终于集结各方力量破土建设了! 而尊重民情则关系到对旧洪塘大桥的处置态度与方案设计。旧桥虽小又堵,但毕竟和大学城人口特别是上街镇村民结下快30年的江桥情缘,洪塘大桥已经成为不少人的情感景观与生命路径,融入许多个人乃至整个家庭的人生故事,甚至没了旧桥,上街人的历史也就从此不完整了。所以我不赞成现在正在施工的方案,把旧桥炸掉,用新桥取而代之。我以为,应该把技术、经济与情感结合起来考虑,把留存历史与追求发展联系起来思量,把旧桥当着一个独立的生命存在,让它与乌龙江流水永远相伴,我们可以把旧桥改造为乌龙江步行廊桥,添加江景观光、上街乡村民俗展示与福州闽乌两江桥梁建设史览胜等功能,成为福州地区独一无二的一座文化名桥!

每一座桥都是一条江河流脉的生命节点,都是沿江经济社会文化发展的历史见证,也都是每天跨江往返人群心中的一道风景线。相信在迎接新的洪塘大桥之时,有越来越多的人和我一样,把旧洪塘大桥搬移到我们的心里,变成我们跨江过海、走向世界的感恩之桥、友谊之桥和幸福之桥!

洪塘第一墩

2017 年 9 月 24 日上午 8 点 30 分，随着起重机的缓缓提转和徐徐放下，洪塘大桥第一墩接住了圆形钢筋构架，陪着它慢慢地落到江底，接着下来就可以浇注水泥了……见证这一重要时刻的有 21 个施工技术人员和工人，还有顶着太阳、站在旧洪塘大桥上往下注目的几位过桥人。施工人员还燃放了大约 16 米长的庆祝鞭炮，从清澈江面升腾起来的乳白色炮烟，融进了洪塘大桥自 1990 年底才开始的生命历程，留在施工桥面的长长的红色鞭花纸似乎在告诉人们，此时离进场开工的 3 月 25 日才过去 180 天。

我国建桥工人和技术确实令人刮目相看。每天进入每个作业面的其实只有 6 个施工人员，其中一位还只是专门开吊车的，也就是这样非常小型化的团队，在过去仅仅半年的工期里，分别在旧桥的两边搭建起几乎贯穿 1.85 公里江面的施工辅桥，并从辅桥向内铺设作业面，从主桥墩的 10 个墩到三个次主桥墩的各 6 个墩，再到数十个小桥墩的各 2 个墩，基本上都下沉了钢管，夜以继日地水下打桩。大桥两端也开始钻孔勘探，为连接过江桥梁做准备……如此的施工规模与进度、如此的人工与技术配比、如此的施工全面铺开与过江交通如常，真的让人惊叹不已！

源于对洪塘大桥扩建的关注，当然还有乌龙江东岸的十里绿道、沙滩公园、湿地公园和水中金山寺的吸引，最近对每天健身做了两个改变，一是从晚练改为晨走，二是从闽都大庄园小区改为过洪塘大桥上乌龙江绿道。如果不是出差或者下雨天，我基本上都会在清早 5 点醒来，略做准备就下楼出小区来到洪塘大桥上。在这 180 天里，我用华为 M9 手机记录了洪塘大桥扩建工程的入场开工和今天的第一个桥墩钢筋构架落水，跟踪了一天又一天的工程进度，聚焦了一些重要的画面，如罕见的女建桥工人、在危险位置上作业的工人、挂在辅桥上的几条长幅的红色标语还有在不同气候条件下的建桥美景等。我以为，我应该是为洪塘大桥扩建过程拍了最多照片的大学城居民！

　　如果没有经过任何人为处理的江河是自然的话,那么跨越她们的桥梁就是文化了!要不要建桥和如何建桥其实都体现了人类对江河湖海这些自然结构的文化意识和思想态度!不建桥、用船渡是对江河的最大尊重,因为保持了江河的原貌和固有生态,并通过船与水的亲近表达人与江河的和睦共生的关系。江中建桥显然伤害到江河,因为免不了要在江河身上打桩立墩,而且还影响水流的通畅,让江河直接承受一座桥梁和大量车流汇聚起来的负重,所以用斜拉桥替代传统的多桥墩大桥,用公交系统替代私家车交通,都是人类对江河的一种自然敬畏和人文关怀!所以在今天上午鞭炮声响起时,我多么希望,这不是一种文化成功的庆祝,而是对江河表达的又一次歉意,因为技术和资金的原因,我们还是无法把对江河的伤害减少到最小的程度!

　　随着第一桥墩的水泥浇注,旧洪塘大桥的历史退身越发逼近了。从 40 多年前摆渡过江,从侯官码头上岸第一次走进上街,到 2006 年初买下和 2008 年入住闽都大庄园后,通过旧洪塘大桥连接大学城和南台岛、城里中心区,再到大约 2019 年底 8 个车道的新洪塘大桥的通车,我深深地感受到和乌龙江和洪塘大桥缘分的分量与意义,这是逝去的时光集结的分量,是留下的生命记忆的意义!

　　感谢你,乌龙江,让我能够伴水而居,每天都会因为你的美景,我心中只留下欢乐与温暖!

　　感谢你,洪塘大桥,让我能够心存内疚与期盼,为了减少每一条江河的疼痛与负重,我们都要多一份对自然的敬畏,并自觉地转化为以生态中心为最高原则的文化创新与进步!

又走洪塘

　　昨夜写作晚睡了,还以为会顺延早晨醒来的时间,没想到还是不到 5 点就醒来了,索性起床下楼,到正在扩建的洪塘大桥上走走。

　　在越发明亮起来的晨曦中,我看到正往桥深处走去的一群熟悉的浦口村老村民,他们每天都不约而同地起早,有的还打着赤脚,在桥上来回走一趟,不知是不是用这种形式来唤起当年建成通车、结束长年摆渡过江的惊喜,来回味和大桥一起慢慢变老的过往时光,或者是表达新桥尽快完工、变拥堵为通畅和凭借新栏观赏江景的祈愿。我还看到一个身体摆动幅度有点大的年轻女性,一路欢快地跑过,也许她正在把逐渐逼近的新旧大桥更替转化为更多的来自晨练的快乐。我更看到骑着共享单车、开着四轮摩托车甚至结伴而行的建桥工人正向各作业区集结,又一天的高温中辛苦劳作即将拉开。我甚至还发现,在通往工作面的引桥上,还有一位也可能是随建家属,她的一身红衣和晨曦、江水交相辉映,给到处都是钢架、桥墩、模板、大型起重机的建桥工地添加了一抹柔软的色彩带去一道居家的温馨。

自去年 3 月底开工以来,洪塘大桥的扩建已经持续了 15 个月或 450 多天了。虽然每天进入作业区的工人并不多,但越发成熟的建桥工艺、高度机械化自动化的建桥工具以及一个工程接着一个工程积累下来的建桥经验,把他们的能耐和效率成千上百倍地放大了,可以说在大桥建设的预算里,单纯劳动力成本的占比在明显下降,而建桥的工期却在缩短,建桥的质量在提升。虽然现在还处于拓宽改建的第一阶段,即在旧桥左右两边建成占总宽幅各三分之一的新桥,但确实已初具规模,正在向全段贯通稳步迈进。

从去年 10 月 16 日,福州洪塘大桥项目部成功灌注第一根钻孔桩以来,除了少数还在搭架或打桩以外,江中的桥墩都在完成基部作业后,一节一节地往上长高,并形成口字形的桥墩架构,口字形的下摆是把两个桥桩连接起来,加大构架的整体性能和支撑力度,口字形的上梁既在上端连接两个桥桩,又承载构成桥面的大约 30 米长的预制桥梁,所以只要把这些长长的桥梁放上去,一桥就飞架乌江东西了。从目测来看,建成后的洪塘新桥不仅拓宽为八车道,而且桥面还会提高两米多,居高临下驱车过江的感觉将更加强烈。

因为改建的洪塘大桥是吊桥与立桥的混合,所以它的桥墩分成三个类别:一是上面提到的两个桥桩连接、彼此距离 30 米的立式桥墩;二是五个桥桩做基础,在接近水面的地方汇合成两个更大的桥墩,这类桥墩一共有四个,从东西两端来承接或拉住吊索;三是最关键的由 13 个桥桩汇聚而成的主桥墩,它要举起吊索,与两边的拉墩一起,把吊桥支撑起来,现在右边的主桥墩已完成基础灌注,待足够固化后,放在引桥上已经预制好的框架一套上,就可以一节又一节地往上浇注主桥墩了,而左边的主桥墩正在完成基础构架铺设,不久也要整体灌注,把 13 个桥桩汇聚成一样巨大的主桥墩。

与此同时,江岸的连接施工也在推进,在乌江西岸,闽都和金桥两边的人行与绿化区域都收进去 15 米左右,围上围堰,加紧打桩,以对接地面与桥面,让两边的新桥最后贯通;在乌江东岸,新桥与三环的互通也在加速建设,现在添堵的红绿灯很快也要被彻底摘掉。

从当年闽江和乌龙江上最长大桥的荣誉,到这些年带病服务两岸交通的坚持,再到一两年后,就要被彻底拆除,永远沉入历史的结局,我想,不论是徒步走过、单车摩托车骑过、坐公交车穿过,还是开着各种车辆更加快速通过,不论是安全快乐过江,还是在桥上遇堵、因为刮擦、追尾甚至对面碰撞而引发的争执或在雨中等待交通警察的处置等,和旧洪塘大桥发生联系的这些岁月和经历也都会沉入历史,成为过往。显然,如果没有旧洪塘大桥,没有它不辞劳苦的连接和一如既往的陪伴,我们过去的跨江日子就会不一样,以往的生活经历与感受也要不同程度地改写。所以在用迫切心情迎接新旧洪塘大桥替代的同时,是否我们应该对在这片江面持守近 30 年的旧桥多一份惜别与感恩呢?

在即将逝去的旧洪塘大桥上留下一张与你同框的照片吧,甚至把家人都拉上,和大桥拍一张全家乐,因为洪塘,我们每天都拉近了回家的路程啊!还有在新桥的突出位置,是否应该立一个石碑,把大桥的过去和现在都细细地刻进去,因为路过洪塘已经成为我们生命中一个重要的记忆!

五 月 红

告别四月天,迎来五月红。春去夏至,气温渐高,即使昨夜风大雨急,今晨出外依然可以短裤薄衫。

对于洪塘大桥扩建工人来说,他们过的是真正的劳动节。作业面上的彩旗,还有"提振精气神,建设新闽侯,争当排头兵""建设乌龙江大道,描绘闽侯新蓝图"的红色标语，一起营造着节日不休假的劳动氛围，两辆大举吊车早在昨晚就向洪塘大桥的西端聚集，上午要把十几根几十米长的钢梁举高架在新桥的桥墩上，而旧桥上依然车水龙马，来往的是快乐度假的人们。

从 2017 年春季开工的洪塘大桥扩建工程，两年来在建桥工人夜以继日的劳作下，那么多根的水下钻孔灌注桩已经全部露出水面，像一排戎装的士兵傲然挺立在江上，用肩膀扛起巨大的六角形钢筋水泥横柱，支撑起长长钢梁连接起来的、宽为 8 个车道的桥面。

据工程技术人员介绍，用钢梁取代传统的钢筋水泥架构，虽然造价高了几倍，但桥梁使用寿命大大拉长了，用新技术浇注出来的钢梁，在和空气化学融合后，会在外部产生一种保护层，加上桥面覆盖，雨水也淋不到，不再需要建成以后的定期上漆保养，而且还便于简易和清洁施工，也在一定程度上缩短施工期。

要承载江中一段吊桥的主桥墩已经上升到 70 多米的设计高度，现在正各自搭起钢架向对方靠拢，到时一个 H 形的、顶部还有园林装饰的主桥墩将成为乌龙江上又一处壮丽的日夜景观！

待两旁的新桥大约今年 8 月建成分流现有的路面交通后，1990 年底建成的旧洪塘大桥，就要在人们的依依不舍之中告别相伴相依近 30 年的乌龙江了，到时只要把两端的六角形钢筋水泥横柱浇结起来，新旧三桥就可以合为一体了。新的洪塘大桥、新的洪山桥加上乌龙江东岸的三环互通，南江滨的互通、北江滨的互通，还有杨桥路上几处车流量最大的交叉路口的高架分流，把上街大学城与福州中心城区的距离大大拉近了，从闽都大庄园去福州火车站又多了一条便捷通道，在闽都大庄园的北大门口，就有通往火车站北广场的 55 路公交车，到时可能只要 35 分钟就够了，而借助地铁 2 号线和 1 号线的对接，大约要用时 1 个多钟头，仅仅从闽都走到最近的地铁口金屿站就要 16 分钟，在下雨、大热天的时候，更是不太便利。

据悉，闽侯县还要沿江修建乌龙江大道（上街段），该道路北起侯官水闸南接高新区后庭水闸，全长约 7 公里。项目采用"堤路结合"方式建设，防洪标准为百年一遇，道路按双向六/四车道规模建设，很快上街大学城片区将新增一条南北走向的交通主动脉。如果还像东岸那样配上绿道或栈道，那可是乌龙江上一段最美丽也最适合休闲的流域。

272

乌龙江大道北端的侯官水闸，也就是旧时官员取道侯官进入福州府的古渡口，当年我就是从闽侯县城甘蔗镇摆渡过江，从这里第一次登陆上街镇。实在没有想到乌龙江水通过上山下乡、入读厦门大学、海外留学，把我都送到很远很远的美国，最后居然还是回到这里，依水而居，不曾再远走了。我一直在探寻，到底是什么力量在暗地里牵引着我，难道当年的随江远流就是为了今天的涨潮而归，难道当年根本就没有离开，因为我把风筝的线头永远系在渡口的石栓上。我想，应该是和出生的青口镇一起的家乡对游子一份割不断的牵挂吧，或者也是所有远走他方的游子对家乡挥之不去的乡愁吧。

要特别感谢家乡的厚爱，待我归来时，不长的时间里，让我亲历了如此巨大的变化，分享了越发便利舒适的生活与休闲条件。10多分钟的步行，就可以到传统的乡村农贸市场买菜，到永嘉天地现代化的电影院看一场电影；15分钟至半个多小时的公交车程就可以进城去走道法自然、闻名中外、含香吐绿、景随人动的福道，去福州最大的商业中心宝龙城逛店购物品味传统美食，去白马路和五四路观看福建省实验闽剧院和芳华越剧团演出的剧目，去三坊七巷的厦门大学福州校友会校友之家茶会校友，去火车站跳上南去的动车回厦大再登讲坛做一场讲座；还有一个小时的机场大巴，就可以连接长乐国际机场，直飞美国去探亲访友。

如果说一年之计在于春，那么一生之计在于勤，而更为重要的是，我们还拥有可以随时让情感回归的乡里故居，可以播撒理想的青山绿水！

微　笑

来美多日，除了目睹蓝天绿地、旧红新翠，还看到时时让人愉悦和感动的微笑。这些微笑如同春风一样，吹绿了美东，吹暖了季节。

半年不见的小太阳，依然保持爱笑的性情，几粒小巧门牙的长成，一脸笑意变得更加生动、浪漫生辉。原来如同花开无声的静笑，现在已经无拘无束地笑出声来。小太阳的微笑，加上友善的贴脸示好、小跑式的走路风格和

273

很有技巧的上下楼梯，还有你在后院干活，他也隔窗舞动着拖把扫把参与，很快消除了我长途飞行的疲劳，添加了在美逗留的欢乐与温馨。谢谢你，可爱的小太阳！

几次前往叶菁读研的宾夕法尼亚大学牙科学院，我都领略到和女儿一样动人的微笑，那就是牙科人的独特微笑！这是一种"笑一定露齿"的微笑，这还是一种"尽显牙齿魅力"的微笑，这更是一种充满"爱牙护牙"健康意义的微笑！

为了持续展示这种微笑，并变成更多人一起露出的微笑，牙科人不仅仅停留在修牙补牙、帮助大家恢复微笑的专业阶段，还通过身体力行的示范、公共宣传的普及，把牙科知识融进大众的日常生活过程中，以形成爱牙护牙的健康意识和习惯。如同一天要刷几次牙、什么时候刷、怎么刷、用什么样的牙刷和牙膏，甚至应该养成什么样的饮食习惯，如最好不要抽烟、少吃有损牙齿健康的饮料和食物、不用牙齿开瓶盖和啃骨头、按嘱定期进行牙齿保健等！所以牙医微笑既是专业素质的一个重要标志，又是医者仁心的一种公共责任，它在很大程度上表明一个牙医的健康劝说与期许，把事后昂贵的治牙补牙和微笑修补转换为事前对露齿微笑的珍惜和爱牙护牙习惯的养成，把为人父母的责任和基础教育的内涵拓展到从小培养孩子健康用牙的意识和行为。

在美几天我还看到对人尊重彼此和善的微笑。很高兴在牙科学院的二楼大诊室有机会与叶菁的导师相遇，他那平易温和的微笑给我留下非常深的印象。叶菁告诉我，由于牙医学成后市场回报率相当高，一般是不留校任教的，大部分先到医疗第一线获取高收入，若干年后部分再转到大学执教，所以牙科学院教职员工的年龄结构是相对比较高的。从谋利市场回归牙科讲坛，并保持牙科本色和仁心微笑，真的是一种境界和情怀！在教授一对一的细心指导里，我以为，既有专业提醒和肯定、过往经验分享和现时案例合作，还有老一辈专家对新一代牙科人的事业传承与精神期盼。在我的请求下，老教授把那和善的微笑留在和叶菁的师生合影里，也留在我对他的敬意与感谢之中！

和老牙医一样温和友善的微笑还出现在宾大一家学生食堂里，我请一位大学生给我和叶菁拍一张合影，他脸带微笑，不厌其烦地拍到我们满意为止,其实看得出他好像要赶去上课的;出现在我游览宾大校园的过程中,在14日举办毕业典礼的体育场,一位工作人员带着微笑,把我引到要找的洗手间,当我发现有通道可以进入体育场时,我只身走进去,在里面忙碌的工作人员不仅没有驱赶,而且还微笑着向我问好致意,让我得以绕场一周,提前拍下我2007年已经来过一次的毕业典礼现场;出现在一早送小秋秋上学的路上,幼儿园的老师用微笑迎接我们的到来,还屈身蹲下来,接受我给她和她的学生拍一张合影,那很自然的一蹲,深深触动了我,"被教育者为上"的理念一下子闪现在我的思绪里。

值得欣慰的是,我也越来越发现,更早出现在我国历史上的这种微笑,正成为一种生产力和稳定器,在降低市场交易成本,促进团队合作发展;在改善人际交往氛围,提高社会运行效率;在突破民生服务瓶颈,增进全民幸福指数。当微笑更具有现代审美意义和形象重塑价值,当真诚的微笑更具有自身的人格魅力和带给他人更多的舒适感与信任度,当感恩和助人的微笑更具有强大的文化感染力和促进社会和谐的心理正能量,那么每一个微笑就是一枚绿叶、一朵鲜花、一片蓝天,净化着我们共同居住的地球;每一个微笑就是一份包容、一份关爱、一份扶助,感化着我们彼此依存的世界!

幸福的放大

这一两天的连续降雨,不仅放低了持续不下的高温,而且还逼浓了秋意,把有福之州提早带进了一年最为舒适的季节。

带着一把雨伞,我出门了,走路去不远的永嘉天地购物中心,到春天国际影院去看一场午间巨幕电影,阿汤哥主演的《碟中谍6:全面瓦解》。在刷会员卡购票时,好像是叫凤凤的年轻服务员,一脸微笑地告诉我:"今天你可以免费观影,祝你生日快乐!"呵,我的生日是在秋意渐近的九月,但还没来啊,春天影院就率先给我送生日礼物了,会员卡还没收回,一阵愉悦,甚至可以说是一种特别的幸福感油然而生,并和秋意带来的舒适一起留在我的脸上和眼光里、荡漾在我的举止言谈中! 观影之中,在美国就喜欢的、现在也已变老的阿汤哥,好像依然那么顺眼,似曾相识的他主演过的那些故事情节和动作设计,也不觉得有重复感,时长近两个半小时的观影过程没有打瞌睡,兴致一直不错。

带着好心情,我步出位于四楼的影城,来到一层的露天广场,走进在美国也常去的汉堡王,很想来个叠三层的汉堡王解一下馋,最后还是忍住,拐到隔壁的 SUPER 比萨店,没想到这里又给我添加了一份幸福感,还是很年轻的服务员说,办个会员卡立即就可以享受会员的优惠价,当我填完个人有限信息后,服务员加了一句:"你好像就要过生日了,请记住,如果当天过来任意消费,我们还会送你一片 9 寸厚底的比萨,祝你生日快乐!"大家一定能想象到我这时的心情和举动吧,我笑容满面地留在那里,很快把一个 9 寸比萨消灭了,似乎味道不如附近的另一家比萨店,但好像越吃越有味,期间还请服务员给我拍了一张照片,希望把那再次被愉悦起来的表情留下。

离开购物广场走在回家的路上,雨后带有积水和泥泞,还有行人和各种车辆交错在一起的道路,好像不像以前那样看得烦心,而多了一份亲切;前面洪塘大桥突然限行,需要绕道,也觉得可以理解,少了怨言;面对面走过的一个个行人好像也变得比较顺眼可亲,一位小姑娘骑着摩托车匆匆过来把我正要走出来的路口堵上,她不好意思地露出微笑,我不仅没有严肃地提醒她,安全比速度重要、礼让比抢占文明,反而送给她一个更加友好的笑意……我突然感觉到,幸福具有明显的溢出效应和杠杆作用,是可以连续传递、不断放大的,就如同掷一枚小石头于水中,它会激起一圈又一圈、一圈比一圈大的涟漪,直至波及整个水面。

哲学家休谟说:"一切人类努力的伟大目标在于获得幸福。""快乐主义"哲学学派认为,快乐就是幸福。心理学者则强调,幸福是人们的渴求被得到满足或部分被得到满足时的感觉,而心理变量将对幸福产生直接影响,其中对幸福的理解、感受能力和传递方式尤显重要。从我今天出门的经历来看,在我们日常生活中一些刚性需要还不能满足的情况下,虽然民生工程的全力推进,甚至不加班文化和制度的建设、消费物价的下调等,都能非常显著地创造幸福,但是我们也不要忽视了,更多的幸福就发生在你我的身边,就在我们的举手之劳之中。一早赶电梯上班,已在电梯里的单位领导不再端着没有表情的脸,而是微笑着给大家打招呼,甚至伸手为大家按楼层,相信不仅会化解掉路上被堵车的负面情绪，而且还会把这种被友好对待的愉悦延伸到上班后将要与各种服务对象的互动中。不同行业之间的服务和被服务关系，其实也存在这种微笑服务、放心服务带来幸福感产生、传递和放大的社会效应。在这个过程中，我们没有实实在在的经济成本投入，也没有耗费各种有限的资源，但却快乐了你我心情、融洽了人际关系、增加了精神层面的获得感，甚至还提高了工作效率、降低了彼此"恶劣"服务造成了各种不必要的损失。

所以在进入新时代的生活节奏里，我们每一个人都可以成为幸福的创造者，通过提升我们的职业信誉和服务质量，通过推广我们的微笑接人和真诚待客，一起来突破越发严重的彼此敷衍甚至恶劣服务，以及互相毁坏心情和挫伤幸福感的社会恶性循环，把每一天的家庭活动和社会参与变成都可以创造幸福、传递幸福和放大幸福的过程。

幸福不幸福真的是始于我们足下，握在你我手中啊！

诚信是福

前天一早进城，去参加一个小型的诚信座谈会，为福建省诚信促进会满满的新年工作计划，为几位老领导的诚信情怀与敬业精神深受感染和充满敬意。会议结束后，手上多了两本福建省诚信促进会办的刊物，而且还在路上看到好多红色的"诚信是福"的宣传画，和灿烂的日光一起温暖了还是冬寒的季节！

据百度收录，诚信最早出自《礼记·祭统》，"是故贤者之祭也，致其诚信，与其忠敬"。诚信是一个道德范畴，是做人的本分，是公民社会的人格"身份证"，是日常行为诚实和人际交流信用的统称。在《孟子·离娄上》里，诚是天之道，天之道就是自然法则与规律，自然界的一切都是真实的，没有虚假，真实是宇宙万物存在的基础，所以天道酬诚；而信则是人之道，是做人的道理或法则，所以人道贵信。在天人合一、人道本于天道的文化思维中，诚又是人之道或做人的法则，即诚之者，人之道也。这样诚与信都归于人之道,都是为人的道德底线和做人的基本操守。

我国有着非常悠久的诚信文化传统,既是中华民族延绵几千年的立祖之本,又是中国共产党创建和富强新中国的立党之本。改革开放还让我们拥有难得的历史机遇,把诚信的文化传统与效率的市场经济进行对接,显示出我们社会主义市场经济的优越性,所以诚信理所当然地被写进了中国特色社会主义核心价值观,成为支撑我国走进新时代、实现中国梦的重要文化力量。

但是,我们不得不承认,这种对接不是自然长成的,还需要一定的制度引导、激励甚至规制,一旦这种引导和激励不到位或者力度不够,诚信文化传统和核心价值力量就有可能没有及时跟进、缺乏融合或者发挥不出应有的作用,反而会在与唯利是图并行的劣币淘汰真币的影响下,连代表着我们做人的根本和底线的诚信传统都被淡忘,遗留在我们匆匆走过的急功近利的路上。在自给自足、熟人约束的封闭社会被生产和服务越发细化分工、人口流动与异地发展越发常态化的开放社会逐步取代后,一个缺乏诚信基础的社会经济运行将不可避免地增加市场交易成本和社会交往风险,并陷入一种彼此担忧甚至互相伤害的恶性循环。假货恐慌、餐桌担忧、网络风险、传销隐患、碰瓷陷阱等问题都需要付出很大的社会代价来治理,一个社会成员的整个生命周期都可能出现危机、不能顺利地进行阶段的转移。事实已经证明,没有诚信,就没有社会安全感,也没有市场效率化,更没有资源互补性,改革开放给我们带来的获得感和幸福感也会被抵消与减弱。

面对不讲诚信的社会现象,我国不仅意识到它的危害性,而且早已多方聚力进行综合治理,其中个人信用记录和失信惩治制度的建立和实施就是一个很有针对性的公共行动,还有全国的"诚信兴商宣传月"和诚信万里行活动,以及各个地方诚信促进会开展的诚信建设工作,都在推动诚信传统和核心价值与市场经济和社会交往的再融合。所有这些诚信行动都表明,我们不仅要找回几千年传承下来的诚信传统,而且还要从诚信制度建设层面提升到新时代背景下的诚信文化重建,转化为对失信深层原因的反思、对诚信民族伦理的修复以及对诚信文化自觉的培育。

新时代诚信文化重建首先要落脚在人生起步的地方——家庭和学校,其次还特别需要社会科学的学术支持。在家庭和学校,家长和教师自身的诚信认识、诚信表现和对孩子的诚信教育尤其关键。父母和老师的不诚实和缺信誉，一方面损伤亲子和师生关系，特别是失去孩子对父母老师应有的尊重，另一方面，长大以后的孩子可能用更为严重的失诚和失信行为冲击社会秩序和人际交往，也可能为了保护自己而刻意拉开与社会的距离，自我封闭的结果是一个碎片化的社会。因此，为人父母和为人师表的诚信教育应该是新时代诚信文化重建的先行领域。

要有针对性地、有效率地进行诚信文化重建，我们还要加强对诚信的多学科研究。从对整个社会诚信现状的客观把握，失诚失信的行为表现、目标人口和文化成因的理论分析，国外诚信建设成功经验的文化借鉴，到对我国目前诚信文化重建的理念和做法的综合评估，都需要有更丰富更可靠的科研产出，来支撑和推进诚信文化的重建行动，特别是诚信如何走进家庭和学校，更需要专业化的、有现实调研依据的激励和指导。推进诚信文化建设不仅是一种热爱国家善待社会的时代责任，更是一项专业性比较强、需要思想和理论支持的社会工程！

生命历程

在北大东大门正对面的中关新园 1 号楼二层科学报告厅，一场以"中国人的生命历程"为主题的"黉门对话"专家论坛正在展开，而东大门里面的北大主校园则到处都飘逸着毕业生的学位服衣袖与学位帽流苏，还有脸上挂着骄傲的喜悦与汗水、胸前摇晃着照相机的亲友们，他们正经历和见证着又一届精英学子生命历程中的一个光荣时刻！

感谢互联网技术，与会者有幸听到身在美国家中的 Glen H. Elder 教授的视频演讲，这位生命历程理论创始学者一生的追求与贡献感动了现场的参会代表，引发了中国学界对这个被列为人类发展的三大基本模型之一的集体关注！

生命历程理论或研究范式主要研究剧烈的社会变迁对个人生命历程、生活路径与发展过程的显著影响，是国际上起始于 20 世纪 60 年代并日趋鼎盛的一种多学科跨学科理论。该理论阐明，每一个人的生命历程都是由四个部分组成的，一是"一定时空中的生活"，哪一年出生和在哪里出生都具有"历史与地域的双重效应"，如出生在城里的"80后"，他们就成为独生子女这样一个独特的人口群体；二是"相互联系的生活"，与父母亲朋所构成的社会关系影响着我们的生命历程，如当年海外关系捆绑了人生中的许多机遇，形成一个特定的生命历程轨迹；三是"生活的时间性"，如全面二孩生育新政如果提前十年推出，就会有更多人成为二孩的父母；四是"个人能动性"，即使我们受制于年龄效应、队列效应和时代效应，每个人还是拥有个体作为的空间，走出与别人不一样的生命历程！

其实与西方相比，生命历程理论对我们中国有着更大的应用价值和分析意义，家国命运、队列归属、时代更替与每一个中国人都有着更加密切的关联，决定着我们的生命历程、生活质量和人生幸福，甚至制约着我们个人能动性发挥的范围与效用。所以与会者都希望北大能成立我国第一个生命历程研究机构。但以我之见，强化我们整个社会的生命历程意识，自觉地尊重、记录、分析与改善每一个中国人的生命历程，可能更为重要！

拥有生命历程意识，就会把它作为家国命运与历史的基本构件，尊重、珍视和善待每一个国人的生命历程，不管他是名人富人城里人，还是凡人穷人乡下人，都值得我们去关注跟踪，去理解爱护！

拥有生命历程意识，还会从小重视生命历程意识与能力的教育与培养，指导我们的孩子认真做好自己生命历程的规划设计、与时推进、记录分析，还有必要的调整与优化，使自己的生命历程与人生理想的实现、人生价值的体现、人生收益的最大化和公益化完美地结合起来。

拥有生命历程意识，更会去建设一个生命历程友好型的社会和支持型的政府。政府这些年不断推出的民生工程和普惠政策，都在显著地改变着我们中国人的生命历程，精准扶贫对贫困人生的救助、公共教育对代际人生的扭转、男女平等对女性人生的重塑、市民待遇对流动人生的善意，等等，都在改变和提升我们生命历程的轨迹、结构与质量，感受到更多的生命尊严、人生意义和生活的快乐！

而我们每一个人也都可以从两方面去发挥自己的"个人能动性"，一是负起责任，努力让自己的生命历程变得更有价值和意义，二是赠人玫瑰，尽可能去善待和助力别人的生命历程,让别人的生命历程因为你的爱心和厚道而多一份平安、顺利与幸福!

开　学

8月15日,中国最好的理工科大学清华开学了。校长在开学典礼中提到的4位新生中,有来自上海、热爱中国古典诗词的武亦姝同学。

8月27日,山东女子学院迎来了5300多位新同学,其中还有占比16.2％的男生,每位新同学都收到一本被称为《大学小书》的"新生入学手册",她们在"学姐对你说"的温馨导引下走进这所女子大学。

9月9日,刚满3周岁的小太阳就要离开家,走进人生的第一所学校,不知道即将到来的那一天,小太阳是不是从此不再穿尿不湿了……

开学,如同开年、开春,它开的是从此贯穿一生、书香不去的读书生涯,开的是从此把童稚和青春融入岁月加快流转的生命历程,开的是从此离家越来越远、乡愁越来越浓的迁徙人生。

在至今的生命经历中,留下最深印记的开学至少有这么几次吧,第一次应该是1978年的初春,从五虎山山后茶场下来的我,还没散去一身的茶香,就拎着爷爷留下的小藤箱,坐上车票7.6元的福厦长途汽车,只身前往南强学府厦门大学开启改革开放后第一届大学生的校园生活,我总觉得,那一次的开学,不只是我的个人求学行为,而是整个家族的开学,因为我走进大学校门那一刻,我们家族没有大学生的历史也就改写了。

第二次深刻的开学印象,是来自创办于1740年的美国宾夕法尼亚大学校园。大女儿以排名前五的高中成绩入读这个常春藤大学,高兴之余用车把家里能用的而且女儿看得上的东西都搬来了,原以为她也会像美国大学生一样,一年以后就会从学校宿舍搬出来,移住周边比较便宜的校外民居,没想到女儿这一开学竟然就在校园里住了四年,一直到毕业,更没想到学政治学专业的她,最后进入德勤从事的是人力资源管理,而且还在母校的附近买下一套公寓,成为还在学校学习的学弟学妹的房东。一样的开学,不一样的毕业后人生,大学四年到底应该怎么把握？女儿的开学引起的是更多的思考。

离得最近的开学印象,是5年前的9月15日代表学校向福建江夏学院2014级新生致欢迎辞,在这篇自己动手写下的共4161字的致辞里,我说道:"感谢你们和你们的父母选择了福建江夏学院,让我们有机会把相逢的今天永远写在你我的生命日记上!"

"在你们当中有我校第一次招录的三位藏族同学,他们分别是美丽的格桑,坚强的仁青四朗和索朗塔杰。我们一起欢迎他们从离天最近的西藏来到离海最近的福州!"

"我想请全体新生一起,把我们最热烈的掌声献给你们的父母,献给爱护和鼓励你们的所有亲人……这是学校给你们上的第一堂课——不忘感恩,学会相爱!"

"亲爱的同学,今天我们相聚在这里,不仅仅是一种欢迎,更是一种参与和见证。我衷心地祝愿同学们带着这样的年轻去拥有你们大学校园的生活,在还没有离开大学校园之前,你们就在为她创造奇迹,谱写光荣! 我将和你们永远在一起!"

教育是人生的翅膀,它决定每一个人在只有一次的生命旅途中飞得有多高有多远。而开学则是给人生安上教育翅膀的誓师盛典。谁来给新生开学、在哪里给新生开学、用什么方式给新生开学,越来越随着时代的进步得到更多的重视、关注和创新。但我以为,所有一切关于开学的思考、设计和具体操作,最好要围绕开学的主人——新生展开,所以每一个学校都有必要组织一个客观地以开学为主题、以新生和老校友为访谈对象的调研,来更有效地对接学校的开学供给与新生的开学需求,以确保举办一个真正是新同学所期待所喜爱的开学典礼。

一个美好的开始还需要随后的整个过程的呼应,这是所有新同学、孩子的父母和办教育的工作者共同的责任与义务。最为关键的是我们的新同学,能否把开学作为一个新起点、一个新承诺和一个新奋斗,把在开学典礼上被点燃的生命热情,变成一个永远举在手里、照亮前行路线的火把,在很大程度上决定着开学的人生意义和教育价值。为了完好地实现一个美好的开学瞬间向不忘初心的求学过程的转换,就如同校长的开学初见要细化为四年比较经常的校长接待日、校长走进宿舍和班级的联系日一样,我们的辅导员、任课老师和各个行政管理部门社团组织的工作人员,更要协同起来,致力服务于新同学,让他们随时随地都有爱的相伴、都有责任的同行;而新同学的父母亲更不能送来了,就走了,就万事大吉了,把家庭教育延伸到校园,进行有效的家校融合和爱的放大应该是要努力去坚持和实践的原则。

把开学放在距离收获秋实不远的初秋,其实就是一个非常好的启示。当一级又一级新同学到来后,都能自觉地把开学的起点和随后的过程诗意地结合起来,一个因为勤奋求学而耕耘出来的秋实人生一定会在不远处向莘莘学子热情招手。

闽侯二中

高中同学在班群里分享了福建省社科院院长南帆先生最近在《雨花》杂志推出的专栏文章——《血性尚干》,让我在阅读中记起他的妻子——尚干女儿林那北,而那北曾是闽侯二中的老师,自然又被思绪拉回到在那里完成高中学业的母校。

这个月的 16 日,在 1974 年夏天告别母校走向社会的那一届校友将举行一次同学聚会,以纪念高中毕业 45 年,以感恩母校在那不读书的年代还教给我们后来能够考上大学的基础知识。

位于五虎山下淘江水畔的闽侯第二中学,是从清末太子太师陈宝琛倡建的陶南书院演变而来的,至今已有 85 年的办学历史。1934 年,由国府主席林森提议,在原陶南书院遗址创办"省立乡村师范",聘请毕业于日本明治大学的林葭藩先生担任校长。随后,历经"私立七濑中学""闽侯初级中学""林森县初级中学""闽侯县立初级中学"等校名更变,在 1955 年正式定名为"福建省闽侯第二中学",并创办高中部。后来在 20 世纪六七十年代又易名为"尚干中学""祥谦中学",直到我们毕业后的第 5 年,即 1979 年又恢复为"福建省闽侯第二中学"。

我母亲是尚干人,我就是南帆所写到的"有点吓人"的尚干外甥,身后都有舅舅的一副大拳头保护着。我外公外婆只生了两个孩子，我唯一的舅舅身材高大但不强悍，拳头不小但更多的是弄笔写剧本，是方圆七里有一定名气的闽剧写手。母亲和舅舅都早早结婚，而且一反外婆的生育模式，皆生了很多孩子，舅舅那边好像生了 10 个，我母亲生了 14 个，在这些孩子当中，大部分都是从闽侯二中走出来的校友，其中我的第三个表哥和表弟相继入读大连海运学院和华南工学院（今华南理工大学），我和最小的弟弟分别考上厦门大学和上海第一医学院（今复旦大学上海医学院）。

记得第一次去母校还是比较小的时候，那是给念高一的大姐送雨伞。遗憾大姐没能把高中念完，她把念书的时间都用来帮助多病的母亲、照顾众多的弟妹，过去的多生往往把早育的女孩变成母亲生育追求的帮手。奇妙的是，大姐后来却成为母校的家属，从外地调回的姐夫就在母校执教。等到我上高中的时候，全家因为一场大水，搬离尚干，回了父亲的老家扈屿村。所以我第一学期和来自扈屿的同学一样走读，一早都要走上数里，还要在林森的故乡凤港摆渡过淘江，赶到学校上课。和大家不同的是，我的书包里不带盛有午饭的饭盒，因为我可以到母亲工作的尚干合作商店会计室用餐。后来，为了更好照顾孩子，我们又移居尚干，腾空的母亲单位二楼成了我们居所，通常是白天响个不停的是算盘拨拉的声音，而到晚上则是此起彼伏的读书声。

闽侯二中的 1974 届高中汇聚了附近多个初中的毕业生，人数多达 400 多人，分成 8 个班，扈屿生源也都被打散了。我被分到一班，俊朗而富有书卷气的林桐藩老师是我们的班主任，也是我们班的语文任课老师，更是同学们崇拜的偶像。还有教数学课、一脸微笑的林敏生老师，教生物课、气质沉稳的薛华老师，教物理课、生性和善的林静琴老师，教化学课、学识明晰的甘澍老师，教政治课、稳健执教的翁振文老师，教英语课、声情并茂的陈冠华老师，教体育课、身材壮硕的林福金老师，以及曾经是大学助教、身影轻捷的年段长郑智新老师，都是校园里一道道值得追随的风景线。也就是在这个教师集体精心培育下，我们这一届当中涌现出不少给母校添加荣誉的优秀校友，如中国工程院院士林东昕，原福建省副省长陈荣凯，闽江学院教授、林森研究专家林友华，原福建画报社社长、散文家叶恩忠，还有不少地方干部、大学教授、企业家以及业余文人，等等，为母校从"文革"休教到改革开放兴教的历史过渡留下一笔重彩,也给乡村振兴、地方发展凝练出一个需要尊崇的道理,那就是聘最强的校长、请最好的教师、建最美的学校、办最好的教育!

在尚干古镇还居住着我的弟妹几个家庭,还有舅舅那边的几个表亲,每隔一段时间,我都觉得有一种从心里积聚起来的拉力,把我往尚干引领,去回家看看。而每次在拌面、扁肉等尚干小吃飘香中抒发乡愁时,我都会情不自禁地走进变化着的闽侯第二中学校园,一个人在那里慢慢地转个圈,拍下几张照片……最近一次返回母校,我看到,就在原来读高中的教学楼旧址,一座更高更现代化的教学大楼拔地而起,位于田径运动场东边、紧依316国道的菜地已经被征用,正在兴建室内体育馆和新校门。虽然为母校的不断翻新感到兴奋,但同时又有一点憾意涌起,如果不同时期添建的楼房书屋都能留下来,进行保护性的修缮和使用,那可是母校近百年办学的历史再现啊。

亲爱的同学,都回来吧!让我们把45年的思念和感恩汇聚成一束鲜花,献给敬爱的老师,献给母校的未来,也献给永远留在这里的青春年华!

云大呈贡

创办于1922年,第二年才开始招生的云南大学,用77年的时间终于把紧依昆明城区翠湖的东陆校园扩展到把一湾泽湖拥入怀中的呈贡校区,总用地面积从原来的535.84亩一下子增加到4551.84亩,约增长了9倍。尽管已经多次漫步东陆校园,我还是在这个夏季才第一次走进她的姐妹校园——呈贡校区。

我是开着学术朋友的车从东门进入,沿着用第四任校长熊庆来名字命名的主干道往前移动,路的两旁都还是工地,开了一会儿靠近云大医院以后,路的左边依次铺开的是四个学生生活区楼群:楸苑、楠苑、桦苑和梓苑,而右边对应连接的是三个教学组团和图书馆:力行楼、格物楼、仰止楼(图书馆)和文汇楼,学生可以就近用餐、上课和去图书馆,减少他们时间相对集中的大流量校园穿梭。过了也许是校园里最大的食堂——余味堂,来到泽湖水边,和校园的另外一条主干道、用第七任校长李广田先生名字命名的广田路相接,并直通北门——云大呈贡校区的正大门。

这东北门一接,我大体把握了呈贡校区的结构,云山是校区的最高处和中心,行政区、教学区和学生生活区基本上是环绕云山展开的,而庆来路和广田路则像内外两条彩带把几个片区紧紧地连接起来,成为一个以学生需求满足为先、布局合理、功能配套、交通便捷、绿化优越的高等教育活动空间。

我个人以为,云大呈贡新校区建设是成功的。除了学生需求优先以外,对岁月积淀下来的旧校区标志性建筑物的仿建以体现"古色今香"的校园再现,借原校长的名字命名道路和给一片现任领导班子种植的树林挂牌以表达初心不变、新旧接力,用东陆、文典和景行三大广场来突出明远楼、仰止楼和云大会堂所呈现的知识、学术和行政的校园核心,还有就近建设教师公寓,减免高房价经济压力和城区郊外远距离奔波之苦,等等,都是可以借鉴和推广的经验。

相对来说,我更喜欢北校门附近的泽湖水域和绿地。湖里各得其乐的各色鱼儿、黑白天鹅和番鸭呈现着一种多样性带来的丰富,还有明净的湖水不时映照着蓝天白云,让围湖而坐的师生和游客犹如置身天水之间。岸边的院士林、中外校长林还有顺着山坡而建的大家名士墨宝碑廊、东陆和风节双亭,更是展示会泽百家的云大气势和至公天下的东陆精神。而最拨动人心弦的是占地宽裕、造型别致、曲韵唱晚、文泽流芳的晚翠园。当你还没迈进月门,"大哉东陆、为国之珍、群英济美、文质彬彬"16 个石刻字早已映入眼帘,然后呈四方形的走廊把你带进最让云大值得骄傲的那段时光,瞻仰那一个又一个硕学鸿儒的风采,聆听那一曲又一曲经典诗剧的吟唱。园外立碑上的《再建晚翠园记》是这样深情回忆的:

> 东陆校区昔有枇杷园,上世纪二十年代始建。园内,枇杷成林、花草繁盛,群贤毕集,人文荟萃。何衍璿、冯景兰、费孝通、方国瑜、秦瓒、杨桂宫、李为衡、姚奠中、刘文典、朱锡厚、诸宝楚、张德光、张友铭、周叔怀、张宗和等硕学鸿儒先后居住其间,多少名篇巨帙著于园中。文法学院院长国学大师胡小石先生题名《晚翠园》,寓《枇杷晚翠》之意。抗战

间，云南大学和西南联大师生在园内组曲社，做同期，唱昆曲，吟诗篇，传扬华夏国粹，彰显必胜信念。名作家汪曾祺先生大文《晚翠园曲会》记述备矣。旧园不存，薪火犹传。呈贡校区，泽湖之畔，再建晚翠园，辟为中华传统文化传习基地，文学大家九旬教授张文勋先生亲笔题名。良辰美景，立石亭轩。屋宇梨园，取法自然。四时花枝，九畹蕙兰。故园新境，礼敬先贤。古韵流芳，山高水远。群英济美，教泽绵延。东陆气象，传奇千年。

默读着碑记，我脑际闪出关于大学的理想图景：她是一个温馨和谐健康上进的家园，大师是这里的家长，行政管理人员是这里的管家，我们秉持家国情怀和传统家训，一起爱护和养育中华民族的莘莘学子，为他们提供被社会认可、未来被国家作为专业人才使用的有质量标准的现代高等教育服务。在这里，行政人员服务学生和服务教师的双服务意识和能力不可或缺，数量充裕、结构合理的大师师德、师风、师学和师趣更是决定家园未来的核心力量，而管家队伍对教育事业的忠诚和勤劳、大师控制对社会的参与把更多责任情怀、精力时间投放在家园文化建设和学子成长成才上，才是办出人民满意大学的希望所在。

学报之缘

这不是一份普通的杂志，她还是一个特别的窗口，既对外展示一个女院的学术风采，让世界知道扎根齐鲁大地上的这片女学杏坛，又对内胜揽国内外的学界风景，让女院了解和跟进女学的时代足迹。

这不是一个简单的工作机构，她还是一支扛起使命的专业队伍，初心把大家从五湖四海聚集到一起，追求把大家从不同学科领域集结到女学旗下。

这不是一片只求收成的地块，她还是一个情感流动的园区，对缘分的珍惜奠定大家互帮互助的伦理基础，对集体温度的渴望激发大家美美与共的诗意情怀。

　　这就是全国学界为数甚少的《山东女子学院学报》! 创刊于 1987 年的女院学报已经拥有 32 年的生命历程,在经历了从出刊初名《妇女学苑》到《中华女子学院山东分院学报》,再到《山东女子学院学报》的数次刊名更改之后,在 2011 年岁末就获得发刊百期的荣誉,而今正进入一个青春洋溢的美好年华。

　　就在上个周四,学报迎来一个非常重要的发展时刻,大家怀着对一届编委给学报留下不能忘却的呵护与提携的深深谢意,把规模为 20 人的新一届编委,其中 17 人为校外编委,请到了女院校园,当校长给每一位具有很高学术地位的新编委颁发聘书的时候,当各位编委畅谈办刊定位和未来展望的时候,当外聘编委登上讲坛与师生分享学术研究收获的时候……这个集体的每一个成员都笑在脸上,喜乐在心里,小编辑部大外编委的制度架构,重实际办刊效用和质量的编委选聘,既是学报的希望,也是对刊物一往情深的学报人的希望!

　　更让人感到温暖的是昨天上午,学报人自发地聚集在一起,向在学报工作近十年的杨主编转岗履新表达留恋与祝福,一束鲜花、一个礼物、一片欢声笑语,是对过往一起走过的岁月的依依不舍,是对杨主编把最好年华献给学报事业的崇高敬佩,是对一直站立在主编身旁柔情军人爱的支持的深深谢意。是啊,在和杨主编在一起的岁月,也是学报发展与共事友情并举的时候,我们一起见证了三位年轻女编辑越变越美的惊艳过程,分享了办公室李主任成为光荣的二孩母亲的女性骄傲,亲历了远距离引进的执行主编从西南高原回归齐鲁大地的厚重乡愁……女院学报自然也重在学术质量,但学报人有女学情结、有性别情义、有人文情怀的女院特质,绝对是办刊质量的重要保障和精神动力。谢谢杨主编把这些情感要素注入每一期学报的字里行间,每一篇文章的组稿过程,让女院学报人逐步形成一个重要的信念,有人文温度的学报,也一定是有学术品味的刊物。

　　记得当年第一次接触刊物是在去上山下乡之前的 1975 年,妈妈通过宗亲关系把儿子安排到祥谦公社尚干文化站担任义务工作人员,后来做了不是主编胜似主编的编辑工作,负责编辑出版《祥谦文艺》,所有的文章包括刊物封面都是用钢笔刻写和油印出来的。今天想起还是要感谢那一段的人生经历,因为它提升了我阅读和写作的兴趣和能力,为后来参加改革开放后的第一次高考夯实了语文基础,但是,非常遗憾,我没有留下一本当年主编的刊物。后来再当主编,是到了 2007 年分管福建江夏学院学报的编辑和出刊工作,并担任了 8 年之久的学报主编,不论是每一期要发表文章的阅稿审稿,还是出面主持一些专栏,都有一种似曾相识的岁月感和存在于岁月流动的逻辑关系之中的亲切感,我们的人生何曾不是一本刊物,用心用情编辑了,一定是至少让自己满意的出版物!

作为《山东女子学院学报》作者和读者的我,是在 17 年前一次学术会议上与时任主编王全宾教授同居一室时,认识了这本女学学报。后来,学报不仅给我打开一个学术窗口,而且还在许多方面拓展了与山东女子学院的合作。当我走进学报编辑室,看到数排书架陈列着自创刊以来的每一期学报,我仿佛也走进了与山东女子学院十几年结缘同行的岁月隧道,许多淳朴、真诚、有情有义、有抱负有使命、以情怀成大事的动人画面又出现在眼前,让我的内心变得更加柔软、让我的努力变得更加富有价值。所以,也要借这个机会,感谢全宾教授让我结识学报,感谢杨主编让我有机会加深对学报的感情,感谢学报拉近了我和女院、女学的情感距离,并有机会和女院师生同行在特色发展的战略路线上。

对以后的编委身份,我相信一定不会辜负它,学术上的继续关注和实实在在的撰稿奉稿将会成为一种情感路径,一直向前延伸! 祝福你,光荣的《山东女子学院学报》!

街区的情感

最早的街区就是一个地理方位及其所拥有的自然资源。随着外来人口的迁入加上自身的繁育,人的基本需求带来生产与交易,街区被赋予一个人口与经济的概念,如民居或集市。再后来承接一段时期的历史变迁和文化衍生,街区又演变为一个历史地段或者更准确一点说,是一个历史文化街区。

但对一个人来讲,他所住过或走过的每一段街区都是他生命历程的组成部分,把生命中最重要的几个街区连接起来,我们不仅可以复原他的人口周期与成长路径,而且还能重现他的情感经历与精神路线!

从这个意义上理解,街区又是一个非同一般的情感时空,只有和它联系起来,我们才有家爱乡愁、同窗情缘,甚至师生、同事、战友与闺蜜的情谊,当然还有也许都期待一生就一次的爱情。

在我至今的生命记忆里,有几个情感街区是永远不会迷失和忘却的,哪怕进行了再大的街区改造和拆迁!

闽侯县扈屿村和尚干镇的主村道,是我寄托家亲与乡愁的街区,没有家乡的街区,也就没有后来的其他街区。我把生命中的第一个哭声留在这里,并以接受母亲几乎绝望的一踢之痛,而彻底改变了她以前只生女孩的生育过程;在这里我还十分不情愿地让岁数大不少的表哥把大姐娶走,从此我们弟妹的母爱丢失了一半;还有就是不断地往返于这里的街区,我完成了初中、高中的学业,并带着一碗鸡蛋线面的母爱实现了终于有人上大学的家族梦想!

美国犹他州盐湖城从犹他大学由高到低一直延伸到市中心的林荫大道,则记录了我在美国留学的主要经历。为了节省美元,我们不时就走路下山,把在超市 Safeway 买的食品菜蔬背到在坡上的住处,然后再做成午餐带到学校去;在那条路上,还有好多次是热情可亲的硕士导师带我们去便宜的海鲜批发市场批量购买,使后续的日子里不时就可以吃到炸鱼或红烧鱼;当然最值得记忆的是,后来买车后的一路兜风、几次风雪中徒步赶往学校参加晨考,还有 1991 年的 6 月,还是沿着这条主干道去参加隆重的毕业典礼,接受校长的博士学位证书授予和拨穗礼!没有在这条林荫大道上的行走,就不可能有后来做博士后研究的普林斯顿大学街区一路风景,也可能就没有最后学成回国后的一个又一个生命新街区的连接与延伸。

以厦门大学白城教师公寓为中心,分别向厦大幼儿园、白城海边、一条街的林家鸭庄和演武小学甚至中山路上肯德基延伸而成的街区构成了一辈子都难以忘怀的我刚回国时的情感生活。从白城到海滨厦大幼儿园的那段也许 200 米不到的路上,让我感受到接送女儿上幼儿园的那种不可替代的父女情与代际乐,小女儿手牵父亲的一脸欢乐与提及幼儿园小朋友的纯真笑意足以柔软你的心怀,改变一个传统男人的幸福结构!在白城海边,一个大浪把小女儿打翻到深水区,简直把我吓坏了,也让我意识到,一个称职的父亲,首先是女儿安全的最坚强守护!在圣诞节的时候,我一人准备了20多个人参加的自助晚餐,只为了看到大女儿满意的笑容和小女儿的快乐;当然,还有整个望海学村和村民们给予我做同事和老师的缘分,收获了无法计数的学术同行、教学互惠的学村情义!

也许我自己也没想到,后来我的情感街区又返回到家乡,落点在离扈屿和尚干不远的福州大学城所在地的闽侯县上街镇!一条国宾大道和两座闽乌大桥——洪塘大桥和洪山桥,把我的工作和生活,把我对城里、老家的往返,紧紧地联结起来了!大女儿大庄园里幸福成婚,并把有福之州的幸福扩展到上海,又有了一对漂亮的儿女;小女儿把高中快毕业时在福建医科大学附一医牙科的一个月体验,戏剧性地演化为在美国宾夕法尼亚大学牙科学院的四年研究生学习,明年春天就要光荣地毕业了!虽然没能把老妈接来一起住,好好地近距离照顾她,但比起在厦门,我就可以每个周末都回去看望老人家,还有好几次在福州或在乡下老家陪母亲一起看她爱看的闽剧……我以为,这次的情感街区的回归是自己对亲情乡情兼顾最好的人生时节,也是自己收获乡亲母爱、手足相亲、父女深情和师生友爱最多的生命阶段!真的,我非常幸运,也非常荣幸!

从情感街区自然过渡到对人生经过的重要街区的感恩,对在这些街区上遇见的亲朋好友的珍惜!我已经把各位亲朋好友及你们的厚爱与需要时的鼎力相助,都珍藏在我的心灵深处,并转化为对你们的一生感恩与祝福!

我相信,因为你们真诚而温暖的爱,这个世界一定会有越来越多的街区让人心柔软、人性善良、人格高尚,并引领大家一直通往那幸福的明天!

里约奥运会

里约奥运会已进入第七天了,我发现自己居然没有收看开幕式,也没有专门端坐在电视机前陪同选手经历一场比赛。但是还是非常感谢微信和借用微信转播、评论赛事的朋友,让我间接了解到泳池王子孙杨指间的泪水和摘金的喜悦、奥运最美女王徐莉佳的人生马拉松、"洪荒少女"傅园慧的赛场性感，还有几乎被中国制造全副武装的里约……

我总觉得，2008 北京奥运会已经把自己对奥运赛事的热情与激昂燃烧到极致了，并把我带入一个相对平静的思考空间：

在排行榜上奖牌总量的背后，我国平均需要多少人为每一个奖牌的获得而拼搏？人均获得奖牌的指标是否应该纳入体育强国的考核体系？

奥运摘金又给运动员自己带来什么样的影响？他们能够顺利地把荣誉转化为自己后续生活的正能量，转化为示范他人的一段永具色彩的励志故事吗？

奥运的胜利是否引导更多的国人更经常地走进各地的体育场馆，把体育健身与这些场馆的更有效利用一起盘活起来，并成为我们日常生活的一个组成部分？

奥运的多样性是否也能够带来各级学校体育教育的多样化、一年一次的田径运动会能够尽快地拓展为包括田径项目在内的学校奥运会，并全力提高广泛参与和持续参与的水平？

政府办体育是我们制度的优越，也是作为中国国民的荣幸，我们有责任配合政府，把我国的体育事业和产业发展带入一个更有公平与效率的新常态，把公共资源的体育投放更自觉地转化为我们更加健康的生活方式，转化为我们更加专业的竞赛技能。我们期待着，下一次的奥运会，只要派出几个省的力量，也能代表国家拿回很多奖牌！

祖国万岁

从 9 月 29 日国庆前的福州游，晚上收看"庆祝中华人民共和国成立 70 周年大型文艺晚会——奋斗吧，中华儿女"，到 10 月 1 日收看隆重的"庆祝中华人民共和国成立 70 周年大会"、盛大的"庆祝中华人民共和国成立 70 周年阅兵式和群众游行"，还有晚上欢乐的"庆祝中华人民共和国成立 70 周年联欢活动"，总觉得自己在视觉上处处都是红色的海洋，在听觉上曲曲都

是《我和我祖国》的旋律,在心绪上步步都是和祖国一路走来的豪迈。能够生为中华人民共和国这个大家庭的一员,真的是可以荣耀一辈子的幸运啊!

几乎和新中国同龄的张艺谋,与其说是为祖国 70 华诞执导联欢,不如说是给自己的生命举办路演,把一生的感恩献给厚爱他的祖国。没有祖国的改革开放和走进新时代,也许张艺谋只是一个早已退休的普通工人。联欢活动获得巨大成功后,张导面对央视记者的采访,激动地说了这样一句话:"国运昌盛,天佑中华!"其实,我们也可以用"吾有今日,国佑艺谋"来描述张导此时的心情,所以就有了一面长 90 米宽 60 米的巨幅国旗在天安门广场上空冉冉升起,有了广场十万群众不约而同地欢呼,祖国万岁!

联想到自己,特别感恩祖国给了我三样东西,从此丰盈着我的生命,成就着我的人生。第一个是物质食粮,给我留下一辈子都不能忘记的"从没东西吃到东西多得吃不下"的历史记忆。小时候的印象是物质供给总是少于人们的需求,好多东西都要凭票限时限量供应,都要到了过节的时候才能吃到。我的不少衣服是从父亲穿旧的衣裳改制的,叫着缝缝补补又三年;偶尔被派去喝新婚喜酒,都不敢放开吃,而是想着怎么及时地把自己的份额夹到盘里,然后打包回去和弟妹分享;过年拿到五毛压岁钱,就是一笔不小的财富。而今祖国像变戏法一样,到处是宽畅的超市、长长的步行街和巨大的购物中心,你想到和没有想到的物品和服务都有,甚至到国外不小心带回来的东西还是祖国生产出口的。这种变化不仅是满足、刺激或提升你的消费,关键的是让你感受到生活在一个能养好占世界人口五分之一的国家的幸运与自豪,对富起来的格外珍惜和不敢挥霍。

祖国给我的第二样东西是精神财富,是一个完整的现代教育。本来还以为,念完小学五年级以后,就是从一个饼店的学徒做到正式工人,没想到祖国的改革开放带来高考制度的恢复和出国留学的开启,让我在接受了 4 年半的初高中教育以后,有幸考上大学,并在毕业留校工作后不久就出国留学,连续在美国拿下硕士和博士学位,做了博士后研究。祖国在教育上对我的厚爱,让我很快成为一名大学教授,从此加入办好人民教育的职业队伍。而今祖国不仅是世界上在校大学生人口规模最大、出国留学生源最多的国家,而且接受留学生的人数和国别结构也都在不断地增长和提升,一个教育大国、强国的发展趋势越发令人充满期待。表面上看,似乎是知识改变命运，但没有祖国重视教育，一切又都是不可能的！

感谢祖国还给我第三样东西，是一个我喜欢而且能做好的工作，即妇女研究。祖国让我从小就近距离地感受到女性的不容易，她们的性别追求还遇到不少需要去克服的文化与制度的障碍。与此同时，祖国还让我接触到不少杰出女性，她们通过对社会的广泛参与，越发体现出女性平等生存与发展的性别意义和社会价值，对她们潜能的挖掘、性别比较优势的发挥越能转化为更加丰厚的经济增长和社会福利增加，都给我留下很生动的印象。尤其是祖国全面铺开并逐步走向世界舞台中央的妇联工作和男女平等事业，更让我体会到，这是全社会的共同责任，还需要男性的性别介入和时代担当。所以从 1996 年开始，我一直在做女性发展研究和男女平等宣传工作，并从中获得越来越深刻的性别启示，未来社会发展主要源于尊重自然和尊重女性的人类和自然、男性和女性的和谐关系的真正建立！

能够由衷地欢呼"祖国万岁"一定是建立在深厚的家国情怀上。我们每一个人都作为家人在家庭这个生命开始的地方，接受家国情怀的启蒙教育，随后我们有了家乡的概念，逐渐把乡愁作为国爱的一种表达，再进入占我们生命长度至少四分之一的家校关系，在这里我们从学校精神、校训、校风还有大学四大功能的追求中，把家国情怀从血脉家风和乡土伦理进一步提升到理论认识和理想抱负，并转为实实在在的对祖国的热爱不减和对国家的责任担当。

只有国运昌盛，才有家的安康与延续，才有家乡的繁荣与发展，也才有学校的健全与提升，我们的生命也才充满意义，我们的人生也才体现价值！让我们一起，把人民共和国巩固好，发展好吧！

第九章

流年似水

凤凰树下随笔集

年　龄

　　越是过年的时候,我们越容易有年龄敏感。童稚的小孩点着压岁钱、穿上新衣服,用燃放烟花爆竹的形式,释放又大一岁了的成长喜悦。高三的学子无暇顾及春来冬去的复苏,用更加紧张的备考迎接和青春一起到来的高考,一次考试成绩的提高远比长大成人重要。待婚的大龄男女在扑鼻的年夜饭香味里,闻到的不是一家难得团聚的欢乐,而是来自父母又一次催婚的压力。晚季的老人一边沉浸于天伦之乐,感叹着时间的加速和一生的短暂,一边计划着来年要把每一天都过出精彩。

　　除了所处年龄段影响人们对年龄的态度,其实我们还可能拥有对年龄的多元理解。对于人口学来讲,出生以后存活多少年日才是年龄的概念,精确计算每一个人至今的生命长度、人口的年龄中位数、育龄妇女的年龄分布等成为人口学者的学科责任。

　　对于生物学和医学来说,一个人的生理发育和健康水平是和年龄相关联的,有着规律性的年龄分布,所以医生和生物学家关心着我们的生理和健康年龄,探讨避免生理构件过速老化、未老先体弱多病的路径。老同学相见说:"你怎么一点都没有变啊。"就是一种生理年龄的评价。

　　在心理学的视野里,年龄是和心理结构密切相关,二者之间也存在着依年龄而表现出来的心理特质。我们说"这个人心理还这么幼稚、不成熟或者装嫩",实际上是这个人心态很年轻,都是对心理年龄的评价。心理学注重从积极心理学的角度来面对年龄的增长,来保持心理年龄的正常分布。

　　年龄对于哲学也是一个重要命题,它关注人们的哲理年龄,善于从三观评价一个的年龄大小,"这个人心态很年轻",就是一种三观意义上的年龄。在年龄哲学家的眼里,接纳和拥有与年轻人一样三观的老人依然处于年轻的精神生命状态,还是一个哲理年龄不大的人。

　　相对于前面各个学科,社会学更在意一个人的社会年龄,即在人与人互动中、在一定的社会文化结构里,给出的一个相对的年龄判断,如他看上去就是比同龄的我们还年轻。因此，不同的社会文化结构就会产生截然相反的年龄评估，最典型的例子就是"男人四十一枝花，女人四十豆腐渣"，毫不掩饰对女性的年龄歧视。带有社会文化色彩的社会年龄有时候还会制造刚性年龄约束及其心理压力，如大龄未婚女性在初婚市场里的人造劣势与恐慌，产生哄抬起来的虚假市场繁荣，如大龄男性低娶心理膨胀，结果导致婚姻市场供求失衡，使不少人人为地缩短了分享婚姻幸福的年龄长度，影响生命周期的正常交接与健康运转。

所以年龄不仅仅是丈量生命长度的单位，它有着非常丰富的内涵与意义，提高年龄意识，从多角度理解和认知年龄，形成积极而健康的年龄观还是值得重视和提倡的。

已经婚育的人口群体，要把精确记住和记载婚生孩子的出生日期与年龄增长作为为人父母一个基本责任，并通过这种记忆，了解和满足孩子在不同年龄段的发育和成长需求，让他（她）成为一个健康快乐的社会公民。而年轻人更要有年龄感恩意识，用尽可能相匹配的各个年龄收获与欢欣报答父母的养育之恩，感谢一路相伴出手相扶的有恩之人。

一样重要的是，我们还要培养多元、积极与平等的年龄观，在每一次年龄增长的节点，通过回眸和展望，通过自律与互控，通过学习与借鉴，延长健康年龄、优化心理年龄、端正哲理年龄，特别是用平等意识善待社会年龄，让年龄变成亲近自然、反哺社会、促进健康、产生幸福的一个生命原动力和一道人生风景线。

高中时光

2019 年 11 月 16 日，一个晴朗温暖的初冬，在左海西侧的龙峰宾馆迎来一波又一波年过 60 的人群，他们都拥有一个用一生去回望的共同身份：闽侯第二中学 1974 届高中毕业生。

也就是这些当年离校时还不到 20 岁的青年，走着走着就都变成爷爷奶奶辈的老人，相约到这里举行纪念毕业 45 年的聚会。在档案室里留下记载的 8 个班 397 个同学里，来了 252 人，聚会参与率高达 63.5％。这是一个恋旧的集体！而在这个集体里，2 班来的同学最多，共 43 人，占到场总人数的 17％，他们应该是最恋旧的班级！

相对于男同学，似乎女同学更加在意这场用 45 年岁月等来的聚会，头发白了，身体臃肿了，都没有阻挡她们换上最喜欢的盛装，脸面皱了，牙齿不齐了，也一样对着老同学笑口大开，一句接一句说着当年同窗轶事，一张又一张地留下今日相聚场景。更让人心存敬意的，是代表各个班级上台致辞的女同学都掏出早已准备好的讲话稿，那话筒传递出来已经陌生的声情，却慢慢地在男同学的心里再现出曾经触动过情感神经的女同学。这又是一个真性情的集体！

源于时间的跨度和空间的集聚，他们除了同窗情谊之外，还有丰富多彩的社会关系，同是一家的姐弟关系，同出一族的表亲关系，同居一村的老乡关系，还有哥哥姐姐们也是同学关系，爸爸妈妈们还是同事关系，等等，如同一个传统的熟人社区一样，互相之间都没有私人秘密，彼此都知根知底、沾亲带故。这还是一个胜似手足的集体！

这次聚会请来了 5 位老师，他们分别是 1 班的班主任、教语文课的林桐藩老师，2 班的班主任、教数学课的林敏生老师，6 班的班主任、教物理课的王树彬老师，8 班的班主任、教英语课的张忠美老师，还有教化学课的林松珍老师，虽然老师都接近甚至超过 80 高龄，但还叫出不少学生的名字，个头高挑的桐藩老师依然英气不减、腰板挺直，有点发福的敏生老师和过去一样谈笑风生，树彬老师仍然保持着当年的书生气质，忠美老师不时还扬起同学们熟悉的善意笑容，而松珍老师更是岁月不留痕，还是当年轻盈清秀的模样。从一早专车把老师从家里接过来，到一个班接一个班和老师合影留念，再到同学们络绎不绝地给老师敬酒谢恩，直至最后把一个个装满最美好祝福的红包递到老师的手上……这更是一个懂得感恩的集体！

桐藩老师被同学们热情地请到台上，让大家再一次聆听老师的教诲。仿佛还是当年俭朴的讲台，仿佛还是聚集着充满敬慕的几十双眼睛的教室，老师依然说着标准的普通话、洋溢着饱满的情怀、飞扬着深厚的文采，把我们从书本带入每一篇所传递的段落大意和中心思想，把我们从教室带向作者所经历的经年往事和异乡故土……谁说我们都进入生命的暮年，在老师身边,我们永远都是求知欲旺盛的年轻学子! 是的,我告诉老师,高中年代虽然已距我甚远,但当年参加国庆征文比赛获得二等奖的奖品——一本1972年由商务印书馆出版的《汉语成语小词典》还一直完好地放在书桌前的书柜上;2班的孟坚同学一再说起,是桐藩老师,"让我考上的是理工大学,却一辈子对文学爱不释手"。

作为这次聚会的牵头人,当年的校团委副书记林小萍同学深情地回顾了筹备过程,不论是为聚会精心准备5分钟开场视频、在现场还忙的满脸汗水的元金同学,为聚会写下动人心扉的第一份通告、今天还担任主持人的少群同学,还是代表班级积极参与筹备的各位同学,在整个聚会过程给大家拍下不少精美照片的孟坚和树人同学,他们都把母校情、师生情、同窗情深深地融入负责的工作中,给毕业45年的同学大聚会献上一份真挚的心意,理所当然地获得大家对他们表达谢意的一阵阵掌声!

不愧是当年作文写得最好、被桐藩老师钟爱有加的孟坚同学,欣然提笔,为等待45年的今天相约,赋诗一首:

> 洗净风尘著碧霞,与君执手共乘槎。
> 指看山水抒秋韵,话说陶南感岁华。
> 懒散可曾煨芋者,勤能何必大名家。
> 青黄红紫皆殊色,不美京都上苑花。

到了聚会结束后的晚上10点52分,孟坚同学发来峥松同学的和诗一曲:

> 青春总爱唱朝霞,齿暮还须惜小槎。
> 富贵何曾添定数,卑微一样度年华。
> 劲牛拓土开荒地,老马回途识本家。
> 执手同窗相慰藉,且将笑脸当礼花。

是的,45年的如歌岁月把同学们又汇聚到一起,还给大家添加了又一个你我都一样的身份——新时代的年轻老人,真是应该"指看山水抒秋韵,青黄红紫皆殊色","执手同窗相慰藉,且将笑脸当礼花"。

感谢闽侯第二中学,从此我们的生命被特别的师恩和母校情所温暖!

感谢各位同学,从此我们都为自己是 1974 届高中毕业生这个集体的一员引以为自豪!

让我们一起,祝福母校声名远扬!祝福老师健康长寿!也祝福你我岁月静好!

幸福记事

尽管依依难舍,2014 还是要和我们挥手告别了!

对我来说,2014 也许承载着更多的难以忘怀的生命印记与幸福页码:

2014 让我有幸再次感受匆匆那年,回到 40 年前高中毕业时的失落青春;连接留学岁月,再现 20 年前学成归来时的风发意气!

2014 让我不劳而获地分享女儿的光荣与骄傲,从法国赛诺非到意大利费列罗,大女儿实现了职业生涯的又一个美丽转身,而小女儿更是从德雷塞尔大学(Drexel University)到宾夕法尼亚大学(University of Pennsylvania),为自己轻轻奏响了一曲求学的励志之歌:本科会计成功地跨大学科对接研究生牙科!

2014 让我一直沉浸在师生情同学爱的细水长流之中,微群 77 计统的欢声笑语,长城上下的快乐同游,海底捞中的红色围裙,几个弟子的博士论文答辩……哪一个情景的回望都让人心存眷恋啊!

2014 让我拥有丰富的讲学机会,从西部青海到东部山东,从首都北京到英雄城南昌,一路说家风建设话男女平等,每每都是又一场令人感动的思想共鸣和又一次自我触动的社会性别再教育。

2014 还让我非常荣幸地得到珮云大姐的厚爱与指导,心里一直充满着对大姐的崇高敬意与深深感激;在初秋的季节,我在福州西湖宾馆得到珮云大姐的接见,当请求是否可以合影留念时,大姐换上一件更喜欢的红色外衣,即使大姐已经离开福建,还通过电话对我一篇关于生育政策的文章进行细心而重要的修正……

现在岁末慢慢梳理过去的每一个日子,留意与岁月并行的每一份情谊和厚爱,心里的那份温暖与感恩越发浓缩成一句话,那就是:因为和你们在一起,这个世界才变得如此美好与亲切,我的生活快乐和生命意义也有了最可靠的保障!

所以,在与 2014 惜别之际,我要把发自内心的感谢和祝福献给各位领导老师、亲朋好友、同事同学,相信 2015 会给我们带来更多的彼此牵挂与关爱,还有满满的幸福与希望!

岁末盘点

再过十几个小时,2015 就要流逝而去了。如同每完成一本书写作以后的留语,这几天都在越发的留念之中,想着和写着 2015 年的后记……

翻开简约的 2015 记事本和留下的丰富照片,我看到了:

2 月 22 日大学同学鹭岛春聚时的青春回归;

3 月 2 日龙岩红土地上家庭建设话题巡讲时基层妇联干部的热情和辛劳;

5 月 31 日厦门大学福州校友会班子新老交接的南强情结;

7 月 1 日最受母亲宠爱的二弟独子喜生闺女的家庭欢乐;

8 月 23 日中国妇女研究会换届大会上当选副会长的性别责任;

9 月 20 日厦门大学芙蓉园里与师生情一起移动的望海红;

10 月 13 日北京人民大会堂里隆重举行的北京＋20(北京第四次世界妇女大会召开 20 周年)纪念大会的时代呼唤;

11 月 11 日在羊城广州福建省和谐社会研究会获得全国社科联优秀学会表彰的集体光荣;

12 月 1 日中共福建省委组织部领导为榕城 10 年任职的难忘经历画上句号的温馨谈话;

还有贯穿一年的给《中国妇女报》新女学周刊的写作热情、对上海大女儿一家和美国小女儿的无限牵挂以及闽都大庄园与福建江夏学院校园之间的朝夕连接……

非常感谢长辈亲缘、领导恩师、同事同学、新老朋友、学缘弟子，是你们的理解与包容、陪伴与分享、鼓励与提携，才让海文拥有如此丰富多彩、时时被感动的 2015！

在这辞旧迎新的美好时刻，请接受我最真挚的新年祝福：幸福 2016！进步 2016！

情系南强

2016 是一个被感恩充满的难忘之年！

2015 年岁末的福州校友会年会上的一个动议，居然成为即将依依告别的 2016 的开年之举。从三坊七巷觅境的第一次筹备会，到母校校友总会小会议室的第一次对接会，再到 4 月 6 日下午的第一次现场彩排，直至当晚的正式演出，由厦门大学福州校友会承办、第一次担任总监制的"庆祝厦门大学 95 华诞全球校友专场文艺晚会——情系南强、花开四海"成功地献给亲爱的母校生日、献给在建南大会堂内外的广大师生和校友们。

接着下来 5 月份的福州校友会庆祝母校校庆暨表彰会，6 月份作为校友代表应邀回到母校给 2016 届学弟学妹毕业典礼做题为"厦门大学幸福学"的致辞以及福州校友会中文分会的宣告成立，10 月份重阳节老校友联谊会，12 月份连续三场大型校友会活动：法律分会隆重成立、艺术分会成立、电子信息分会换届和女校友分会授牌三会联动，还有 2016 年福州校友会年会召开……身为校友对母校的感恩、身为会长对校友工作的责任继续成为贯穿 2016 年始终的情感聚焦与活动重心！感谢母校张彦书记、朱崇实校长和校友总会及相关学院的领导与老师，感谢福州校友，让我们一起见证与分享了对母校感恩如此厚重的一年！

2016 还是离人口学专业最近的一年，不论是 7 月份回厦大与社会学系人口所承办有史以来规模最大的中国人口学会 2016 年年会，还是多次参加人口学的学术会议、创建人口学界互联家园的"人口往事"微信群,都强烈地拉近与人口学相牵近 35 年的情感距离!没有人口学,也就没有我的今天!感谢你,亲爱的人口学与人口学的授业老师、学术同仁和一起勤业共欢乐的学生!

2016 依然把我放在女性研究的路上,感受这一新兴学科的魅力与女性这个伟大集体的美丽!中国妇女研究会年会上的大会发言,沈跃跃会长指导下的"妇女与经济"分论坛的集体研讨,全国妇联厦门大学妇女/性别研究与培训基地成立十周年的温馨庆典,湖南省湖湘大学堂·女性论坛上的专题讲座《现代婚姻:幸福的秘诀》,以及其他各地的女性话题论坛与培训的参与和演讲……都在表达我对中国女性和妇女研究事业由衷的敬意与感恩!由衷感谢珮云大姐、跃跃主席、谭琳书记、原福建省妇联王美香主席、原厦门大学党委副书记陈力文和詹心丽副校长,感谢所有认识和共事的女性朋友,没有你们的鼓励、指导和爱护,也没我从 1996 年开始一直坚持走来的整整 20 年的非常难忘的女性研究经历!

2016 还让我非常荣幸地拥有了一个值得骄傲的小太阳……今年 8 月 20 日光荣诞生的小外孙秋弟……神似外公的小太阳的冉冉升起,不仅照亮我的日常生活,还一直激活我的血脉亲情,想想那天晚上一直不能入睡,半夜第一个回应女儿进入产房的消息,一大早忍着腰痛跳上开往上海的高铁……我都为血脉跨越天地空间的相连能力深深感动!感谢小太阳,感谢小秋秋,感谢女儿女婿,感谢亲家钟教授和夫人,感谢月嫂乐乐,是你们让 2016 充满亲情的力量与感恩的欢乐!

在这即将辞别 2016 的温情时刻,我相信,有 2016 爱的积聚与分享,2017 的幸福、平安与成就一定会如期而至、贯穿其中!谨让我把这样的新年献给大家!

太 平 面

2017 年 1 月 1 日,多云转晴,气温 15℃～19℃,空气质量良好!这是新年第一天的有福之州的天气预报!

第一天,没有早起,也没有用早,躺在被窝里,通过手机对接户外进入又一个年份的大千世界!

10点起床,一番洗漱,穿上红衬衫,再添一套西服,先在朝南的阳台上自拍了一张"新年第一照",然后就悠然出门了,去离闽都大庄园不远的闽清全番饭食府,吃一碗放有两个蛋的番鸭太平面,以期2017人生太平岁月静好!

只一会儿,一位洋溢着温和笑意的闽清嫂就端上热气腾腾的太平面,闻着熟悉的香味,不觉又想起与太平面细细连接下来的温馨往事……

小的时候,一年只有两次才能闻到太平面的香味,一次是中秋前的庆生,还有就是正月初一的迎新,由于都要用一年一岁的漫长光阴去期盼去等待,所以每每吃生日太平面的时候,都充满对母亲总是记得给儿子煮面的感恩,都尽可能延长面香飘逸的时间,去尽情享受温暖的母爱,尽管那对众多更小的弟妹都是一次挡不住的食欲啊!

最让我难忘的一碗太平面,是不善家务和烹调的母亲起大早亲自给儿子煮的,那是给儿子去高考非常隆重的送行。记得,母亲端着满满一碗太平面的表情是很难觉察出来的一种希冀,坐在饭桌正对面看儿子吃面的表情又是无限的慈爱,而收起碗筷送我出门迎考的表情,竟是不给儿子添加任何要求的温和……整个煮面、吃面的过程,母亲只有表情的变化,而没有说一句话! 一场决定我个人命运,其实也是一个家族命运的战斗结束以后,我才醒悟过来,一个母亲对高考儿子的由衷祝福其实都煮进了那一碗太平面里了,细长的线面是1,两个蛋是两个0,那是满分100分啊! 是如此深重的母爱感动了天地,在关键时刻辅助了她的儿子,顺利地考上了大学。一碗太平面,一个大学生,一曲母恩颂!

今天,吃一碗太平面是很容易的事,以前期望两个鸭蛋都要最大的,现在也换成袖珍小蛋了,甚至连庆生的太平面都被插上小蜡烛的西式蛋糕取代了……但是对我来讲,庆生与迎新的时候,我还是特别希望,闻到那熟悉的能产生许多温暖回想的太平面香,因为那样我才离母爱最近,我才认识到每一个新年的到来都是对过去一年自己的勤勉与努力、他人的鼓励与爱护最好的感恩,我才真切地感受到生命的诞生、岁月的轮换,都是从爱启航的,从爱的创造与分享中呈现出意义的!

亲爱的亲朋好友,在这 2017 的第一天,让我们都沉浸在一碗太平面的香味里,用这样古老的仪式,去蓄满我们的情感库区,去丰富我们的大爱河流……一个被爱充满的世界一定是平安的,也一定是幸福的!

"十一"感怀

每每庆祝祖国的生日,总是回想起妈妈爸爸那个时候的过节情景。我们走到大家自己动手打扫干净的街上,流连忘返在用小彩旗、大标语和庆祝国庆的大红条幅或挂牌装饰一新的主要街区和各单位大门口,心里充满着无限的欢欣和激动,虽然不能像现在用手机随时拍照,但那些举国同庆的场景却永远留在我们的记忆里,而随着时光的流过,越发变得清晰如初。当然与此同时,还期盼父母带着我们一起去把凭票购买的包括黄瓜鱼在内的过节食品早点拎回家,国庆节总是一家难得的伙食改善机会,能吃到平常不常吃到的好吃的东西。

昨天我就是带着这些记忆回到老家,和姐姐、弟弟妹妹还有越来越多的子孙后代一起聚餐,庆祝国庆。当年帮助妈妈照顾弟弟妹妹长大的大姐越发年迈了,我们这一代以往经常嘴馋的东西现在不能多吃甚至不能再吃了,同时我们叶家上大学念研究生的子孙越来越多、大家开回家乡的小车越来越好、聚会后掏钱买单的年龄也越来越年轻了,所有这些都在告诉我们,虽然叶家的第二代在慢慢变老,但我们的祖国越来越强大富有了,托祖国的大福,叶家也越来越兴旺发达了。

从老家回来,已是午后的时光。在一片秋意中,和几位来访的厦大校友一起举茶庆国庆。我们先是从礼仪、仪式感和女性美丽的话题切入,谈论随着祖国的现代化,中国女性应该拥有更多地以饱满母性为基础的时尚和持续更长久的身心健康与美丽,这需要用祖国早已启动的男女更加平等甚至女性性别补偿的民生工程来推进,需要更多中国男性在现代化进程中彻底转变传统性别观念来保障。我们希望政界里有更多"温暖了世界杯"的克罗地亚总统科琳娜式的温柔女性，文艺界里有更多德艺双馨、"舞台上的光彩正是我家庭幸福的最自然的表白"的彭丽媛式的精彩女性，学界里有更多让奥斯卡影帝乔治·克鲁尼长跪求婚的阿迈勒式的知性女性，商界里有更多集商业成功、婚姻幸福和性别美丽于一身的伊万卡式的女性。我们还相信，伟大的祖国一定会让中国女性成为这个世界上最受尊重和爱护、拥有最多安全感、获得感和幸福感的女性集体。

作为校友自然把对祖国的爱具体化为对母校的感恩、对即将到来的母校百年华诞的关注，我们又热议起到时献给母校一份什么样的百年生日厚礼，还有如何启动这个厚礼的准备过程。一阵又一阵的热议又把我们送回到都熟悉的情人谷、芙蓉湖和白城那一片海，带回到我们 40 年前因为祖国的改革开放而有缘投入母校的怀抱……

在举国欢庆的节日里，我还去电影院看了一场电影，是张艺谋导演的《影》，看后还是没有留下太多感觉，也许与他同龄的我们这一代人，已经把心里的这片黄土地都种上红高粱了，我们还是喜欢那样充满民族血性和色彩的深沉与激扬，所有的个体生命资源都致力于维护一个至高无上的国家利益。我还伏案为两场省级研讨会征文展开评审工作，阅读着一篇篇论文，我还是觉得，征文的学术门槛应该与时俱进，学科疆界需要适时打通，否则低水平重复带来有限科研资源的浪费，甚至学术研究声誉和权威的走低都很难避免。但是，我还是要为大家的研究投入鼓与呼，由衷地说一声谢谢，营造祖国爱护研究的热情、重视科技创新的文化和制度氛围需要大家的一起参与。

哦，节日里，我依然早起走在正在加快扩建进度的洪塘大桥上。感谢建桥工人，他们没有休假，没有回去和家人团聚，更没有一家出游欢度假日，他们照常挥汗在工地上，把矫健的产业工人的劳动身影与奔腾的乌龙江水交相辉映、与散发出来的电焊火花一起盛开、与节日里格外美丽的朝晖晚霞同挂秋空。一早走过刚好和正在高高桥墩上劳作的几位建桥工人相遇，我说，能给你们拍张照片吗？他们说，为什么要拍照片啊？我回答说，为了真实地纪录他们水上作业的情景，为了真诚地感谢他们节日不休的付出，更要借这个机会祝他们和家人节日快乐！是啊，我们都要好好感谢节日里还在各个岗位上工作的兄弟姐妹们，一个国家之所以伟大，不仅仅是有更多的国人为了国家利益而自愿放弃个人与小家的幸福,而是所有的国人都有丰满的感恩之心,记住这些人,并用更多的赞美与关爱去补偿这些国人。

每一次的国庆节,既是一次引为骄傲与光荣的举国同欢,更是一次需要时能把国家利益扛在肩上的具体行动!

过年拾记

大年三十和正月初一应该是过年的重头戏了,为了除夕和开春,通常是用一年的时间长度来做准备的。

大年三十我就做了三件事:从凌晨 4 点 31 分到初一的凌晨 1 点 05 分,一直都在发送和接受春节祝福的微信;下午 1 点左右开车回到老家青口,在妹妹家参加有四家亲人在一起的年夜饭;晚上 6 点 40 分离开青口回闽都大庄园,一夜看春晚,还有窗外的烟花。

初一没有恋睡,6 点就起来了,先冲个热水澡,换上一件红色衬衫,才开始给自己煮一碗开春太平面,开灶先煮蛋,用筷子可以夹起来后,立即从煮锅里捞出放进冷水里,居然煮了 6 个蛋都没有丁点粘壳。随后开水浇鸭肉,慢火煮鸭汤,少许盐巴和闽江老酒,撒一束长长的福州线面,把一年的美好期许和祝福都煮进去了⋯⋯

从记事到今天,几十个年头过去了,传统过年也发生了巨大的变化,如一起过年的家人少了,几家合烧或外用年夜饭的家庭聚会多了;返乡阖家团聚少了,出国旅游过年多了;小额压岁钱不给了,几百块实体大红包或微信转移支付红包更多了;几代同堂围炉夜话的同欢少了,你我各自埋头手机的独乐多了,等等。

这次回乡过年还看到以前未曾觉察到的改变。如过年氛围开始从家庭内部向社区外部转移,各家各户对过年扫尘、写贴春联、添置碗筷等全家总动员齐动手的热情下降,取而代之的是由基层政府承担的街道、公园等公共区域的清污保洁、张灯结彩,昨天回家乡路途中就碰上好几部现代化的水车在清洗道路,在奔驰大道两旁的树上挂起统一制作的春庆灯牌,在刚落成的七里公园里随处可见的红艳夺目的节日挂件。如果没有那一桌的年夜饭、没有那一台的春晚，留在家里感觉不出春回大地、万物更新啊！

还有过年意义逐渐从家庭集体向成员个人转移，过去那种把过年当着家庭年会、充满集体行动与荣誉的意识与实践在淡化。以前的年夜饭是一根长长的家庭感情线，把大家维系在一起，占据除夕迎春的绝大部分时光，家人一起准备、慢慢分享、尽情合欢，把辞旧迎新的集体情绪融入一桌的丰盛菜肴上、宣泄到一次次的互相举杯中、凝聚到一声声的彼此祝福里。可是今天的年夜饭平常也常用，大量电气化厨具介入压缩了准备过程，加上也不约束一起开桌的时间，年夜饭也就失去集体行动和分享的仪式感和家庭功能，持续的时限也大大缩短了。集体行动性的减弱还影响过年家庭记忆的留存与家庭感情的集聚，虽然手机拍照功能越来越强，但如果不提议，手不离机的大家就不会认真地给过年拍一张美丽的合家欢。也许大家会以为，这是手机肢解了一年才一次春节的家庭凝聚功能，其实，更真实的情况是，我们对春节少了一份作为家庭最重要庆典的理解、敬拜与传承，当我们意识到只有鞭炮齐鸣后，才能举筷，坚持着只有最年长的家庭成员喝足了，才能离桌的习惯，即使手机也是可以成为正面功能的，帮助每一个家庭在过年中多一份集体的笑声、添一个举家同乐的记忆。

春节是中华民族最大也最重要的节日，是我们全球华人的文化符号、集体身份和情感归宿。守护和发扬春节文化，也就是守护和建设我们的精神家园。当收入提高后，我们不时都可以吃上年夜饭，当交通便捷后，我们随时都可以回到父母家，春节的感情价值、家庭功能和文化意义就显得更为重要了！由此看来，虽然春节的过法可能会更加多样化和现代化，但保持春节的家庭和文化功能还是要一以贯之、共同实践的。

闽都十年

自 2008 年 6 月 19 日入住位于闽侯县上街镇福州大学城的闽都大庄园，我在这里的居龄已有整整十年了。打开电脑，回看十年前的乔迁，还有在这里起居的一张张留照,心里装满了都是对过去十年的岁月依恋,对所有亲朋好友一直以来的记挂和照顾的深深感恩!

从 1985 年起始,我把第一个近十年时光留在美国盐湖城和普林斯顿小镇,在遥远的异国他乡看湖,在那里我看到的是盐湖和卡耐基湖的荡漾湖光;把第二个十年光阴留在厦门鹭岛,在美丽的厦大校园看海,在那里我看到的是在宁静的沙滩上一字排开的出早海渔民的鲜活收获,还有接送小女儿上幼儿园的白城路段;再后来我也没想到,是把第三个十年多的日子留在闽都大庄园,在居高临下的太阳座看江,在这里我看到的是被两江环绕的南台岛往事,是天天从眼前流过的乌龙江两岸的变迁。

记得从 2005 年 3 月离开厦大来到福州任职,我在发小的陪同下,一共只看了三个楼盘:香江红海园、金桥花园和闽都大庄园,甚至在红海园都下定金了,但最后还是喜欢上一片阳光灿烂的闽都大庄园,而太阳座朝东面江的高层则是意外的收获。记得那时,我只是为了向售楼小叶表达谢意,特意再去了一趟售楼部,没想到他把我带到了太阳座,一片尽收眼底的开阔江景就把我留在闽都了。

在太阳座,我把慈爱的母亲接来了,希望每天都能腾出时间陪她看江,遗憾的是,老人家还是眷念着那常年生活、可以讲福州话的老家,没住几天就回去了。

在太阳座,我把大女儿叶丰嫁出去了,那还是 2011 年 9 月的时候,几部婚车在一片鞭炮声中把叶丰接走的那一刻,我发现太阳座和我的心都变得空荡荡的。

在太阳座,我还经历了一场惊慌。怀着二孩的叶丰带着小家回来过年,也许太累了,当我做好早餐准备叫她们起床的时候,来自叶丰的呼叫却先在手机上响起:爸爸,我好像出血了。从立即赶往城里的省妇幼保健院,再转到大学城的省中医药大学附属第三人民医院,到最后冒着风险坐动车回之前在上海签约的妇产医院,我比女儿还着急和担心啊!没想到最后保住的是一个爱笑的小男生,带着莫大的庆幸和感恩,我给小外孙取名小太阳,还写下不少关于他的文字。

太阳座居室有东南北三个朝向的阳台。站在东阳台,我看到几乎和厦门岛一样大的南台岛,在那里的市二医院,由我陪同住院、最后没开刀的小弟现在已成为福建省肿瘤医院的外科主任;在那里的三叉街岗亭,我带着高中女同学的自行车被交警扣住了;在那里的湾边渡口,我把父亲准备的年货挑回家的汗水和身影留在轮渡的鸣笛声中;在那里海拔最高的高盖山下,还有我初到福州入职的福建金融职业技术学院的美丽校园。

　　站在南阳台,我看到现在是福州高科技园区的南屿镇,当年父亲供职镇上和双龙村的供销社,在那里的双龙温泉露天池,几块竖起的长条石板,把泡汤玩泉的男欢女笑轻轻地隔开了;在那里通往永泰葛岭的沙土公路上,我骑车带着老爸,一路风尘扬起的都是老爸对我高中毕业后的人生设想。

　　站在北阳台,我看到离鲤鱼洲国宾馆不远的侯官古渡,1975 年的时候我就是从那里摆渡第一次来到上街公社的,没想到经过 40 多年的国内外奔走,我又把人生摆渡到乌龙江边的上街村镇,并把这里作为今后长期居住的家园。

　　感恩的人生是奇妙的,如果没有那一次的谢意表达,我这一生就要和闽都大庄园、和太阳座擦肩错过了。

　　多样的人生是丰盛的,如果没有那一次的南强告别,我这一生也许就要失去临岸而居、日夜看江的机会。

　　知足的人生是幸福的,如果没有这一次对过往拥有的满足,我这一生也许还在到处奔走,推迟进入举步走江边、举茶望江景的闲暇时光。

　　感谢所有留在我闽都十年温馨记忆里的亲朋好友,因为你们的情怀和友谊,我的人生才充满感恩,我的人生变动才富有意义,我的人生历程才有满足感和幸福感。敬请接受我的谢意和祝福吧,好人一生平安、岁月静好!

秋 之 歌

　　过了中秋,随着一年里最后一次季节轮换的逼近,人们越发念秋了。

　　根据气象研究的物候学标准,夏热过后,五天平均气温稳定在 22 摄氏度以下时就算进入了秋季,低于 10 摄氏度时则宣告秋季结束,这个略为缓慢的降温过程分离出 6 个节气,分别为立秋、处暑、白露、秋分、寒露和霜降。

其实,秋可以长也可以短,长的如以年计量的千秋万代,短的如用来祭祀孔子的秋丁。

秋可以大也可以小,大的如辛弃疾的"水随天去秋无际",小的如知秋一叶。

秋可以单色也可以多彩,单色的如唐代卢纶的"斑白秋鬓",多彩的如宋代晏殊的"远村秋色如画"。

秋还可以悲更可以喜,悲的如杜甫《登高》里的"万里悲秋常作客",喜的如刘禹锡《秋词》中的"我言秋日胜春朝"。所谓的女子伤春、男子悲秋不一定都成立。

在我的理解里,秋更是一首情爱之歌,每每走进秋季,我心里涌动的是一份源于血缘的亲情,手里牵着的是一份来自学缘的同窗情师生亲。

爸妈读书甚少,但给我们起的名字都还比较动听,女孩以秋为同一辈分展开,而男孩则以文彼此兄弟相携。把我们众多弟妹带大的大姐叫秋荣,而我妈的第十个女儿则名秋芳,所以在我妈流着眼泪生下的女儿生命里都饱含着她老人家"喜秋"的祝福。大姐秋荣用她青春的付出,繁荣了父母一生操持的家业、荣耀了我们叶氏家族的声名,她不仅承担了照顾弟妹的绝大部分家务,还打消自己上大学的念想,而把弟妹的学业搁在心上,用"解落三秋叶,能开二月花"来形容大姐的奉献再贴切不过的,如今虽然秋鬓斑白、年轮已老,但在我们心里永远是当年不知疲劳的大姐。排行最小的秋芳却把娘家的事务装在心上,想为娘家所想,忙为娘家所忙,如同一枝桂花,于静娴之处,只给他人留芳香,真是"梅定妒,菊应羞,画阑开处冠中秋"啊。巧合的是,我自己的两个女儿也都生在秋天,受父母的影响,我也都给她们的名字注入喜秋的祝福,而今她们也都亭亭玉立于太平洋彼岸,顺顺利利地迈开人生之路。有趣的是,大女儿的两个儿女也还是出生在秋天,大女儿小名叫秋秋,小儿子叫秋弟,相信她们的未来也都会充满喜秋的欢乐与丰盈。

作为改革开放最早的收获,我和同班54位兄弟姐妹虽然是在春天走进厦门大学的芙蓉园,但许多大学的记忆都融入在"海上生明月,天涯共此时"的一片秋色里,跳跃在中秋博饼骰子撒向瓷碗发出的一阵清脆中,即使已挥别母校近40年,那一片秋色、那一阵脆声都会在秋意渐深之中从心里缓缓溢出,我们入读大学是名副其实的秋学啊!后来又去美国留学,也是在秋天的时节,是普天同庆祖国生日的那一天,西方的秋学也在我从秋天开始的生命历程中留下许多喜秋的时光。

再后来以教书为生,更是把自己每一年的秋日当作生命的春天,一年之计在于"秋"啊!秋天是我们新的学年开启之日,秋天是我们迎接又一代新生到来的欢欣之时,秋天还是我们与历届校友久别重逢的幸福时刻,所以对于教师,秋天既是播撒教育的希望,又是收获教育的荣耀,她浓缩了以教为业的生命精华,她还点燃了追求崇高的蜡烛之光,而喜秋将永远是教师用爱、用文化、用以身示范传递出来的对莘莘学子的最美好祝福。

我感谢秋天,因为是你迎接我来到这个世界,让我母亲从此开颜欢笑,也让我拥有众多姐姐的宠爱,还有多个奶娘的哺育,拥有一个天高气爽的欢乐性情和山清水秀的完美追求。

我还感谢秋天,因为是你为我铺开了许多难得的人生际遇,不论是什么样的秋色和秋收,我都永远把你作为生命的感恩节来欢度,当作人生的中秋节来庆祝。

我更感谢秋天,因为是你把我引向杏坛,从此与教书育人这个人世间最美丽的事业为伴,从此拥有一个读书、写书、教书的书香人生。

所以在我的概念里,我的生命没有四季,只有秋天;在我的意识里,我的人生没有悲秋,只有喜秋。

我会珍惜秋天给我的偏爱,用感恩之心一直去唱好秋之歌,去放大与分享秋之喜!

温暖岁月

再过两天,2018就要在一片阴冷中留在我们的生命记忆里!阴,是送别之情深,依依难舍;冷,是气温之差大,更惜暖意!温暖的2018,我们说不出再见啊!

是2018,让27万而今不再年轻的学子纷纷回望40年前的那一场改变命运的考试,从内心深处喊出一片感激之情,感谢你,小平同志!作为这一代群体的一员，我和大家一样，向改革开放举起致敬的手，我还向当年录取我的厦门大学送去感恩的文字！2018 年的温暖是让我们把感恩转换为家国情怀和时代使命，为所有的年轻人都拥有展示才华的机遇、为祖国的社会主义事业发展与繁荣继续发挥我们的余热！

是 2018，让我从此高挂教鞭，为教育人生画上一个感叹号！五月份，从来安静治学的关门弟子，却拿出一篇高质量的博士学位论文，给导师带来又一次为人之师的职业满足！十月份，闽都大庄园迎来望海学村的村民，还有他们的第二代，在炒粉干、鱼丸汤福州传统小吃的香味中，我欣喜地看到，从是生孩子还是读博士的纠结中走出来的女院长自信，从芙蓉园短暂逗留中一举学位、婚姻与生育三得的女博士风采，还有从博士、博士后、教授的不断进取中不放弃婚姻梦想的女学者执着……2018 的温暖是让我体会到从事教育事业那份源远流长的意义。

是 2018，让我终于在相隔 6 年之后，再次踏上美国这一片土地，和女儿一起欢庆她的研究生毕业典礼！整整四年，从本科会计专业转读牙科研究生，我没有一次站立在女儿身边，在她需要的时候，伸出身为人父的一双手，哪怕是从幼儿园、小学、初中、高中和大学本科的每一次毕业典礼，我也没有到场分享女儿用刻苦勤奋的汗水创造出来的荣誉，如果这次再错过了，我真的不知道以后该怎么去面对深深失望的女儿……2018 的温暖是让我感受到拾起父爱时那不可替代的幸福！

是 2018，让我从 1996 起步的女性研究之旅有一个温暖的停靠。从福建省妇女理论研究会常务理事、副会长到会长，从厦门大学福建女性发展研究中心主任到全国妇联厦门大学妇女/性别研究与培训基地副主任，一路走来，初心不改，全都仰仗母校和妇联领导的厚爱与信任，得益于同行、弟子的携手合作，更是致力于中国女性对改革开放事业所做出的历史贡献和性别示范……2018 的温暖是让我有机会借福建省妇女理论研究会换届的时候表达对中国女性的敬意，表达对理解和支持我从事女性研究的朋友们的感谢！

是 2018，让我留下 52 篇近 8 万字的微信文章、近 2 万张手机照片，还有许多次再见老朋友和结识新朋友带来的感怀与欢乐！当在南京师范大学进行学术交流时得知，德高望重的珮云大姐向她们推介我的一篇文章；当在

今年中国妇女研究会年会上，珮云大姐又和我们一起开会研讨时，我心中涌动的都是对珮云大姐的崇高敬意和衷心祝福！当再次走进山东女子学院的校园，紧紧依靠在"爱的雕塑"时，我心怀更加坚定的信念，这个世界依然存有真爱，这个世界也会因为这些真爱而变得更加值得依恋与守护！当经过认真准备，一次次受邀走上讲台时，我从大家的笑声和掌声里，得到的是一样的启示和激励，敞开心扉的善意交流与友好共享，才能充分彰显出知识文化的精神力量，才能重建人与人之间的社会信任，才能形成更加和谐的社会融合和家庭共好……2018的温暖是让我记住这样一个道理：当每一个人都献出一份爱时，我们将得到一个被爱充满的温情世界！

谨让我把这篇微文献给即将离去的2018，相信它将继续温暖很快就要到来的2019！

我还要把这篇文章献给一同走过2018的亲朋好友，感谢大家给我的爱护与感动，恭祝大家元旦快乐，新年有爱！

地铁 2 号线

对于出生于20世纪五六十年代的福州近郊的小镇孩子，心中都有一个梦想，那就是有机会进城去西湖公园划船、工人文化宫看一场大银幕的电影，再去东街口附近的味中味吃一碗原汤的排骨线面。

我小时候两次被委以重任、只身出门的都不是进城，一次是去了马尾镇，还有一次是去了离家大约步行40多分钟的另一个村。记得那还是念小学5年级的时候，父亲让我给在马尾工作的拜把四弟送信，从离尚干中心小学不远的淘江码头上了驶往马尾、福州的轮船，围着五虎山转了一会儿，就进入宽阔的闽江支流乌龙江，在峡南站上下客后，就直接开往闽江与乌龙江合流的地方，那就是俯瞰茫茫大江的罗星塔附近的马尾码头，上岸后，一路顺着父亲给的路线图，好不容易把信函递到四叔的手上，我居然哭起来了，这毕竟是出生以后，第一次一个人离家出外啊！四叔家里的两个小姐姐对我很好，还把一套很精致的、漆着深绿色的大小铁桶玩具送给我，从此我也就有了关于小孩玩具的概念。

另一次是三弟夜里发病,镇上买不到对症的药,母亲要我去隔壁村药店买药,记得路上还要拉起嗓子喊人摆渡过河,然后沿着河边的农田小道再走几里路,第一次一个人走夜路,越走越紧张,越走越害怕,每每风吹草动,总觉得背后追赶你的"人"就要扯住你的衣服了……。回到家,弟弟都把药服下去了,我还一身冷汗,惊魂未定。

到后来,从远房舅舅借来自行车进城采购和拉旧报纸回家制作纸袋补贴家用,还是骑车带着高中女同学和其他同学一起进城,也都没能实现儿时的愿望,毕竟口袋里都没有足够的钱,即使有钱,恐怕也舍不得花。

再后来几乎都是陪着爸爸妈妈坐公交车到峡南,换乘轮渡过乌龙江,到峡北再坐公交车进城,甚至还穿过城区去位于甘蔗镇的闽侯县城,一路的奔波都是为了把在永安煤矿地下挖煤的二弟调到地上、调回家乡工作,还有就是为了我上大学的事。在这些进城的记忆里,好像是有一次,父亲带着我走进味中味,不仅吃到排骨线面,还有一小盘特别香的煎包。

今天,雨过天晴的大学城非常清新美丽。为了给大女儿买一些中药材送去国外,我给当年骑车带她进城的女同学打手机,作为老中医女儿的她后来不仅继承父业治病救人,而且还成了经营连锁药店的一名企业家,她说,位于三坊七巷的瑞来春堂可以买到比较放心的、品质也比较好的药材。所以,我一早背上双肩包,出闽都大庄园北大门,左拐顺着国宾大道,一直往西,大约行走 3000 步,就来到福州地铁 2 号线紧挨着福建江夏学院东南角的金屿站,五一节刚通车的 2 号线一切都是新的,顺着电梯缓缓下去,越发通明如昼,凉快如春,而且处处是亲切的榕城元素,连不时悦耳动听的也是由厦大校友李式耀作曲的赞美有福之州的歌声。

过了金屿,就是福州大学站,接着是董屿—福建师大站,然后在厚庭站过乌龙江,在金山站过闽江,再坐五个站就到了与 1 号线互通的南门兜,转到 1 号线再一站就是东街口,全程大约用时 40 分钟,花费 5 块钱,就把大学城和三坊七巷景区连接起来了。从东街口站的 C 口出来,就可以就近穿过塔巷,来到景区的主干道南后街,左拐走过黄巷、安民巷,到宫巷的斜对面就是瑞来春堂药店。

感谢过去的 70 年,还是进城,现在有多少方式可以选择呀,相对来说,便捷、舒适、从不堵车的地铁应该是首选,其次就是等待洪塘大桥通车后,坐公交车或自己开车进城,甚至还可以偶尔徒步进城,大约两万步就可以从大学城的闽都大庄园来到市区美景福道的另一出口的西湖公园。还是买药,我们可以就近择店购买,也可以互联网邮购,还可以进城找百年老店选购,在瑞来春堂,各种药材琳琅满目、应有尽有,没有你买不到的。

只是有点遗憾,东街口还在,三坊七巷也在保护下重归原址了,而味中味却不复存在了,南后街正宗的同利肉燕,还有原味的鼎边糊,虽然还能呼唤起对儿时榕城的记忆,但永远不能替换从排骨线面汤里悠悠升腾起来的味中味啊!

节前游福州

后天就是祖国的 70 华诞了!趁着在职人口还在上班,我先来一个国庆节前游福州。

从天还没亮透的 5 点 20 分出门,到下午 3 点 25 分回到家,整整游览了 10 个小时,一共走了 28545 步,拍了 274 张照片。

还是走路过洪塘、洪山二洪大桥,来到洪山桥头,坐上 100 路公交车,本想直接去西湖公园,刚好在西洪路看到一幅国庆宣传挂图,上面写着"幸福都是奋斗出来的",我想拍一张照,就临时下车了。顺便就在街对面一家生意很不错的早餐店,吃了一碗锅边糊。

大约 7 点左右来到第一个景点——至今已有 1700 多年历史的福州西湖公园。人还不多,大多数是出来晨练、跳广场舞和打扑克、下棋的附近居民,伴舞的舞曲是熟悉的旋律——《我和我的祖国》。国庆的装饰主要由大小不一的红灯、红旗和红标组成,在西湖大门的南侧站立着蓝红相间的大幅宣传牌,上面写着"热烈庆祝中华人民共和国成立 70 周年"黄色大字,以及 70 周年国庆的标志和华表图案,入园后由悬挂着的一排又一排小五星红旗拉出一条红色通道,把游客送到被节日欢乐气氛包围的一个个景点。在通往游乐场的桥上,遇到一位很会拍照的老者,我们互相帮忙,给各自留下与国旗共荣的美好记忆。

从西湖公园出来,走过通湖路,到和杨桥中路交叉路口一个左拐,就是福州的另一个旅游热点,被称为是福州的历史之源、文化之根的国家 5A 级旅游景区——三坊七巷。与西湖一样,还是以红色为基调,但国旗、红灯挂得更加密集,从西大门一进来,沿着两层长廊就是一面巨大的国旗,特别引人注目和引以为豪。

我没有一个个穿坊走巷,而是越过杨桥路,走进三坊七巷东面的、刚开发出来的另一个古街区——朱紫坊,当时因宋代通奉大夫朱敏功、儒林郎朱敏中、朝请大夫朱敏元、南安令朱敏修兄弟等 4 人居此皆通仕途,朱紫盈门,故名朱紫坊。据记载,这里还是"古福州文化教育院堂集中的地方,从宋太平兴国年间开始到清末止,这个街区内设 3 个孔庙、4 个县学县衙、1 个府学院署。因为学院林立,学子云集,所以成为'路逢十客九青衿'的'弦歌不绝'之地"。更让我敬仰的是,坊内还有母校厦门大学第三任校长萨本栋的故居。

与朱紫坊相接的是府学里长巷,被古墙间隔出来的是一个个后来修复租用的书法、画画、音乐甚至小提琴制作的文化教育院落。走出长巷不远就是福建医科大学的协和医院,再拐出来就是被收拾得干干净净的、位于于山南麓的福州五一广场景区。"五一广场的前身是一片沼泽地,湖塘比邻,莲藕为多。"唐末五代时,闽王王审知以湖为壕,在于山脚下筑起一座形同月芽的城墙,称"月城"。明代驸马都尉王恭修福州府城,基本上还是以"月城"为格局,建有七大城门,其中于山脚下的城门称南门,南门的城外一片开阔地便是现在的五一广场。今天,在毛主席的巨大汉白玉雕像前面,是一排鲜艳的红旗,还有通栏红底黄字:热烈庆祝中华人民共和国成立 70 周年! 在广场的中央是焕然一新的汉白玉旗坛,高高耸立的不锈钢旗杆上,飘扬着鲜艳的五星红旗,在旗坛的东西两侧,是由三面红旗和两条红飘带组成的雕塑,祖国 70 周年生日的标志醒目地嵌在红旗上。

置身五一广场,不由得回想起所经历的每一个逢十的国庆。1959 年的 10 周年国庆我应该是在闽侯县的尚干镇,那是母亲的家乡,那时我才 4 岁;1969 年的 20 周年国庆好像是在我出生的地方,闽侯县扈屿村,那时的我正在一个饼店做学徒;1979 年的 30 周年国庆是在厦门大学的芙蓉园,我感谢祖国给我上大学的机会；1989年的40周年国庆是在太平洋彼岸的美国犹他大学校园，我感谢党的改革开放政策，让我有机会出国留学，从硕士一直念到博士后；1999年的50周年国庆又是在厦门大学，我已经学成归来5年了，还光荣地成为母校的一名教授；2009年的60周年国庆是在福州上街大学城的福建江夏学院校园，感谢党和国家对我的信任，让我有机会成为一名大学副校长。

今年的70周年国庆，还是在有福之州，这些天，我应约给《中国妇女报》写了两篇稿子，分别是《70年的华丽转身：从家庭妇女到职业女性》和《妇女研究：70年与社会发展同步》；给自己换了一张200×90厘米的黄檀木书桌，希望继续靠桌而坐，经常看书写东西，那天帮忙把桌子搬上楼的是来自四川的一对农民工夫妇，虽然每天打工有点辛苦，但他们很和谐快乐，我还给他们拍了两张照片，希望远在家乡的孩子，也能分享父母这份快乐；我还约了住在福州城乡的姐妹兄弟，到时把孩子孙子都带回来，我们在家乡一起为祖国的华诞举杯祝福，并感谢祖国，感谢党，让我们家族和全国人民一样，一起走上站起来、富起来和强起来的幸福之路！

健康2019

2018的最后第四天，一早做着家务事，没想到拖地板时几个弯腰，又把有相当一段时间不错的腰给弄不舒服了。接下来接受一次又一次的蜂毒精推拿，还把原来炒盐热敷改用更加容易操作的多功能矿盐热敷理疗带，而且为配合治疗都尽可能卧床平躺，不久坐、不多站，也不长走，要知道腰好的时候，我可以快走好几公里呢！

腰痛让我只能躺在床上写下2018年的最后一篇微文，提前给亲朋好友送去新年祝福，在一片并不热烈的鞭炮和烟花声中挥手告别温暖的2018。一直到昨天，我才不再花很多时间卧床健腰，还在来往车辆相对稀少的中午时分再上洪塘大桥，在一片繁忙的扩建中，看到久违的蓝天和温暖的阳光。

在过去将近20天里，我还是绑上腰带，忍着腰痛，出门去参加了几个活

319

动,如"张含弓和他朋友们的音乐会:江山如此多娇——毛泽东诗词合唱交响音乐会"和"让爱回家——2019年新年原创音乐会",还有"厦门大学福州校友会2018年年会"。

张含弓是厦大艺术学院的校友,毕业后他把音乐带到有福之州,带头创办福建省"爱在歌声里"音乐公益联盟,不断推出"爱在歌声里"公益活动和"张含弓和他的朋友们"音乐分享会,先后为社会公益演出200余场,曾被省委宣传部授予福建省志愿者十大服务品牌团队。我欣赏这位年轻音乐家纯粹的感恩之心,用音乐传情人生、回报社会的奉献精神,他大爱至上,不炒作不炫耀,始终在音乐殿堂与名利场之间筑起牢牢的栅栏,从这位年轻的学弟那里,我看到音乐的真正魅力是来自音乐人的高尚人格。

"让爱回家"是福建省妇联有史以来第一次举办的新年音乐会,用音乐形式宣传习总书记的"三注重"家庭思想,展示妇联组织独特的工作风采。家是小小国,国是千万家,几千年的家国情怀、家爱情深轻轻地、暖暖地流淌在"望"、"寻"和"归"的三个音乐乐章里,让爱回家,让爱强国,将成为新时代最动听的一曲乐章。

聚集了近500位福州校友的2018年年会用满满的芙蓉情怀迎来了母校厦门大学张荣校长和老师,迎来了关心和支持福州校友会发展的外地校友和在榕各界朋友。为了办好这次年会,校友会成立了临时工作小组,进入小组的各位校友主动认领各项任务,都是利用业余时间加班加点去忙碌去落实,不知多少次在各个校友群里转发和接龙年会通告,不知多少个来得及和来不及向年会捐赠的爱心举动,也不知还有多少没有被披露出来的与年会相连的感人故事和情结,都集中闪现着作为厦大人的感恩传统。乡愁的最好形式是跳上回家的动车,感恩的最好表现是推出爱校的行动。生活在有福之州的厦大人举动又一次说明了这样一个朴素的道理,现代的高等教育首先是爱和感恩的教育!

这次的腰痛让身体憔悴了,但情怀并没有低落,因为有这些活动的感动和感染;这次的腰痛让日子寂寞了,但心灵并不孤单,因为还有许多亲朋好友的关心和爱护。它不仅提醒我们,健康是决定人生幸福的零一分布的参数,而且还告诉我们,什么样的路径才能抵达健康的彼岸。固然具体到日常的生活方式中,我们都有许多可以甚至必须采取的调适,例如严格限制手机使用的时间长度、主动控制高脂肪饮食偏好、努力克服不注重规律性健身和喜欢熬夜的习惯，还有自觉戒烟和减少喝酒、防范过度染发和面部去皱，等等，但把它们抽象升华起来，其实都是一个"爱"字。如果你爱自己，你就不会功利性地对待健康，年轻时用健康赚钱，年老的时候再用钱买回健康；如果你爱亲人，你就不会把健康当儿戏，不然你既不能很好地和他们分享幸福、彼此提供支持，又会给他们增加心理牵挂和生活负担；如果你爱朋友，你就不会置健康而不顾，否则你不仅不能和他们合作共事、担当情义，而且还有可能麻烦他们为你的康复寻找或者整合社会资源。如果你爱社会，你就会更加善待健康，因为这样你才不会去占用过多的公共卫生资源，你才有机会和能力去帮助那些需要关怀的病人。

爱是健康的一个核心维度，同时还是保持或者恢复健康的人生之道。从放弃名利追逐之中找回爱，从克制劣性放纵之中找回爱，从更多以善待人之中找回爱，我们才会把一个健康的 2019 写进你我的生命年谱里！

善待每一个今天

大学同班老大在"望海学村"群里放了一个白岩松最近演讲的片段，还附上一段话："听听白岩松的感言，不管是像我这样的老年人，还是类似叶老师那样的中年人，无论是学村众多的年轻人，还是你们正在养育的孩子们，我们都要追求美好明天，就要从善待每一个今天做起，让自己天天健康着，就不会因明天可能发生的不幸，而怀念昨天有多好！"

从简单的日子记录来看，昨天、今天和明天只是一个时间序列，今天作为时光的连接，就有了已经过去的昨天和即将到来的明天。一旦把人生置放在这个时间序列中，我们也就有了情感和态度，时光转换也就变成了文化承续。如乡愁一般是和昨天相连的，而梦想更多寄托于明天，那么善待今天则是一种倍感珍惜的情怀，也是一种只争朝夕的态度。

人们对于昨天、今天和明天的态度，很大程度上取决于年龄或者处于生命周期的某一个节点。孩子没有太多的人生过往，加上未成年的各种制约，所以他们对昨天眷恋不深，更容易把今天作为通往明天的捷径，期盼快快长大，进入生命的花季。对于年迈的老人，体力、精力和心力都在随着时间的推移逐步减弱，昨天一定比今天好，明天可能比今天更差，他们依恋过去或者尽量表现出不减当年勇，实际上是不愿意接受今天不如昨天的现实；他们善待今天或者尽量拉长今天的时光，实际上是为了推迟明天过早地替代还不错的今天。

正在经历的人生际遇也在影响着我们对昨天、今天和明天的偏好。正在被低质量婚姻折磨的当事人，尤其怀念过去未婚的单身状态，钱钟书先生的婚姻围城论颠倒了今天和昨天的时间秩序，还在不断地推高了进入婚姻关系的年龄。热恋之中的情侣处于今天和明天的时间矛盾之中，他们既想让今天无限拉长，尽情享受热恋的缠绵与幸福，又期盼明天快快到来，一起走上通往二人世界的红地毯。

但是，不论是处于哪一个年龄段，还是正在经历着哪一种人生际遇，生命都是最珍贵的，生命的长度也都是有限的。而组成我们生命的昨天、今天和明天，今天又是最重要、最关键的。富兰克林说过，"今天乃是我们唯一可以生存的时间"。李大钊也说过，"最珍贵的是今天，最容易失去的也是今天"。叔本华还强调，"即使最无足轻重的今天和最无足轻重的昨天相比，也具有现实性这一优势"。耶曼孙更直接表白，"昨天不能唤回来，明天还不确实，而能确有把握的就是今天，今日一天，当明日两天"。不虚度、不快闪每一个今天，善待和过好每一个今天，都是对一次性生命的珍惜，都可能无限地提高和拉长你我生命的质量和长度。

善待今天，首先要善待我们的健康，随便应付、三餐无序，一醉方休、唯美不食，早晚颠倒、手机疯狂，等等，都可能今天就让你难受，而且添加进入更加难受的明天甚至没有明天的生命风险。

善待今天，还要平缓急躁情绪，放慢出行速度，把安全意识时刻放在心上。不抢一秒的淡定、不快一步的从容，都可能给自己也给别人留住一天的快乐和一生的平安！

善待今天，更要淡化结果意识，注重过程美好，把每一个今天过出诗意和美感。提高生活仪式感，讲究每一个细节，力求精致的品质和完美的呈现，尤其是尽量自己动手自给自足或者共同参与一起分享，都会给每一个今天注入一个乘数，成倍地丰富生命在这一天的收获！

当然，善待今天，还意味着我们必须积极乐观地直面挑战，去及时、妥善地解决今天所面临的问题，任何后悔、抱怨、指责或者逃回昨天、坐等明天，都无济于事，甚至还会养成一种过一天算一天的生活惯性，让今天失去可能转折际遇、回归幸福的人生价值。

为了更好地理解今天的生命意义，真正地善待每一个今天，让我们一起记住屠格列夫的一句话吧，"幸福没有明天，也没有昨天，它不怀念过去，也不向往未来，它只有现在"。

后　记

　　惊蛰到来,万物复苏;疫情向好,平安在望。在这样的背景下,敲响键盘为自己的第一本学术随笔写一个后记,确实是一个心生感动、把感恩与祝福献给大家的美好时刻。

　　最初应该是在厦门大学校友、现任《东南学术》执行主编杨建民学兄的渲染下,我也喜欢上了拿着手机写点东西,再配上自己拍摄的照片,推送到朋友圈共享,每每很快就得到大家的点赞和评论,总是放大了微信写作的快乐与幸福。从 2013 年 6 月 29 日推出第一篇微信文章,到 2019 年岁末,在这 6 年半的时间长度里,我一共写了 249 篇随笔,总字数超过 30 万字。

　　从微信写作的数量来看,是和时间的往前推移成正向变动的,即越写越多,从 2014 年的 24 篇一路增加到 2015 年的 33 篇、2017 年的 39 篇,再到 2018 年的 54 篇和 2019 年的 53 篇。再从每一篇的文字长短和配发的照片多少来看,第一篇的微信文章只有一句话,即"祝大家美好周末!",而且也只配一张照片,后来越写越长,最长的应该是《西行记》,共 1 万多字,分成六次推出,配发的照片张数也扩充到 2013 年 9 月 6 日的 4 张、9 月 14 日的 6 张,然后到了 2014 年 4 月 5 日增加到 9 张,并一直保持这样的文照组合。在 2017 年 5 月 10 日推出《马克龙婚恋选择的联想》一文的时候,开始给各篇微信文章加标题,随后在同年的 5 月 24 日还在标题后面加上六朵小玫瑰花。所有这些在朋友圈共享的微信文章都没有添加作者的背景简介,也没有在呈现格式上进行任何进一步加工,为了就是把它只当着寻常的微信交流与分享,成为每天要上农贸市场买菜,要去走路锻炼,或者在街边小吃店和朋友分享一份尚干拌面扁食一样的日常生活片段。在这里首先要感谢所有关注和分享并伸手点赞和评论的朋友圈里的各位亲朋好友,是你们的一路陪伴和鼓励,才有这些一篇又一篇不曾中断的文字和今天能够成章结集的完整留下。

　　而今微信写作和分享似乎已成为自己生活的一个组成部分,一段时间

不写，就好像没有锻炼健身一样，觉得不舒服不畅快，甚至还有点对不起刚刚过去的岁月时日。特别是2018年的时候，我总是很早起床，走过正在扩建中的洪塘大桥，来到沿着乌龙江东岸一路铺开的十里绿道，在江上船过鹭飞、江边草绿花开的景致里，一边走路锻炼，一边放开思想，让身心并行，让情绪和思维激活，也就是在这样由外及里的穿透和多元碰撞下，一下子就有了写作的灵感和冲动，还有可以落笔的话题和展开的逻辑，当我拐上下游的橘园洲大桥，来到建平村旁常来的一家小吃店用完地道的家乡早餐，再走1千多米的村镇小道回到家，一篇近2000字的微信文章很快就可以敲出来，在朋友圈的朋友下午还没下班之前，或者晚上吃过饭以后，就能推送给大家分享。一段大约8公里长的环江走路、一份不到十元的福州早餐、一篇千字以上的微信随笔，再加上数百位的朋友圈点赞和评论，成了自己退休以后的一个新的生活情节，从那里滋生出来的幸福感似乎很难被其他的生命活动所替代。

在这里呈现给大家的，是从所有微信文章当中精选出的166篇，组成25万字的集子，我给这本书取名为"自然、性别与文明——一个女性学男性学者的体验与思考"，整个篇章结构涵盖九个部分，用文明作为一条红线，从自然开端，在性别互动和合作之中，沿着生命周期逐段转换到情感、婚姻、生育、家庭、区域，以至整个社会，最后再用似水流年的方式，对人生做一个动态的回放和总结，以表达个人的感恩与感悟。从这些写作的学科视角来看，我很自然地表现出自己的几个学科背景和后来更多地专注于女性学的学科路径。我是起步于厦门大学的经济学本科，随后去了美国犹他大学和普林斯顿大学，进入人口学和社会学的研究生学习和博士后研究，待我学成归来后，又回到经济学，直到1998年提为教授，特别是2003年我所在的人口研究所和政治学系、社会学系合并成立厦门大学公共事务学院，才全力以赴于女性学的学科建设、妇女地位和婚姻家庭研究以及女性社会学的人才培养。所以，在写这些微文的时候，一直持有一份清醒的女性学学科使命和社会性别意识，不知不觉中就站在女性的性别角度，沉入她们现实的性别处境中，去批评不平等的性别现象，去思考这些现象背后的制度和文化根源，而且还通过多学科之间的比较，以便能更好地去传播女性学这门新兴学科的基本知识，还有她的学科和性别的双重价值。

　　我要感谢厦门大学人口研究所和当时的所长林擎国教授,在1996年的时候把我推荐到福建省妇女联合会,在省妇女理论研究会换届之际成为常务理事,从此铺开了一直延续到现在的妇女研究的学术历程,其中2002年时任福建省妇联主席王美香拨款和厦门大学合作,共建厦门大学福建女性发展研究中心,2006年全国妇联和中国妇女研究会授予全国妇联厦门大学妇女/性别研究与培训基地,还有2013年出任福建省妇女理论研究会会长,2015年被有幸选任为中国妇女研究会副会长,都是我越来越全方位地献身于妇女研究事业的难得契机和重要推动。

　　在这里我要将崇高的敬意献给我们都特别敬重的全国人大常委会原副委员长、全国妇联主席和中国妇女研究会名誉会长彭珮云大姐,诚挚感谢珮云大姐不仅在出席全国性学术会议期间给予我亲切的勉励和指导,而且还对我主编的《女性学导论》和撰写的论文《“单独二胎”生育政策的女性学思考》提出宝贵的修改意见,还有大姐亲自主持的“中国特色社会主义妇女理论与实践研究”、组织推动的女性学对人口学的学科介入和融合、百忙之中拨冗亲自为本书作序,所有这些都成为我学术生命的性别荣幸和精神力量,转化为我一直坚持在妇女研究领域而努力有所作为的重要引领。谢谢珮云大姐,承蒙赐序,引读全书,是我的莫大光荣。

　　在撰写这些文章的时候,我还时时想起全国人大常委会副委员长、全国妇联主席和中国妇女研究会会长沈跃跃,她多次亲临中国妇女研究会年会分论坛现场指导的生动情景,她给予我“叶教授应该给予表扬的”亲切鼓励,特别让我心存温暖与感恩,很受感动和鼓舞。还有全国妇联副主席、中国妇女研究会副会长谭琳教授,以及她分管的全国妇联妇女研究所的各位同仁,长期以来对我的关爱、信任和提供许多难得的参与机会,也都极大地推动我在女性学学科建设和妇女研究发展中去发挥一定的作用,让我一直感激在心。这本集子的推出,还是一个重要的方式,谨向珮云大姐、跃跃会长和谭琳副会长汇报自己在妇女研究领域里的新的尝试及收获。

　　这本书能够写成还离不开包括福建省妇联、新疆维吾尔自治区妇联、云南省妇联、广西壮族自治区妇联、湖南省妇联、湖北省妇联、山东省卫健委等在内的各级政府部门、群团组织和高等院校提供的专题讲座与妇女研究工作参与的机会,因为这些宝贵的机会,使得我能够结合当地的实际情况,拓展对性别平等发展和婚姻关系稳定等社会问题的理论交流和政策探讨,真的要感谢你们的热情邀请和分享在那里的美好时光。在这里尤其要真诚感谢山东女子学院的郭翠芬书记和盛国军校长,谢谢你们的信任与邀约,让我能有机会荣幸地参与到贵校的特色发展之中,在你们的爱护和引导下,让我对山东女院、对齐鲁大地有了更加深入的在学术学科、人文积淀和自然景观上的了解和嵌入,在一定程度上丰富了我的生命体验,拓展了本书关注和书写的地域范围、文化内涵和社会聚焦。

在几年的写作当中,还涉及不少我的亲人老乡、同事同学、新老朋友,甚至刚认识的建桥工地上的工人及其家属,谢谢你们给予我的父爱母爱、手足和代际情缘、乡情友谊,谢谢提供机会分享你们的生命经历和人生收获,一起感悟过往岁月带来的启示和共同展望在未来的日子里可能发生的变迁,所有这些美丽互动和友好分享不仅激励和丰富了我的微文写作,而且还让我感知到这种写作的学术价值和社会意义,在这里,我还要把最美好的祝福献给你们,祝愿你们一生平安,岁月静好!

有人说,序就像钥匙,可以帮你打开一本书的大门;也有人认为,序是书评,更是读书的引导教义。在这里,我还给大家请来另外三位作序人,他(她)们都是我的学术同行者,更重要的是,我们都得到珮云大姐、跃跃主席的鼓励和指导,有着一样的学科情结和学术追求,在细水长流的书香岁月里,结下值得一生去珍惜的友情。他(她)们分别是中国妇女研究会副会长、北京大学党委副书记叶静漪教授,中国人口学会副会长、西南财经大学人口研究所所长杨成钢教授,以及中央民族大学杨菊华教授。本家书记是我的福建老乡,在中国妇女研究会任职期间,给了我很多关心和互勉,感觉既平实又亲切,静漪教授在法学和女性学结合研究方面建树非凡,令人瞩目。和杨成钢教授相识于原北京语言学院,我们一起参加1984年由联合国人口活动基金资助的、人口学青年教师出国英语培训,杨教授不仅在人口学和经济学方面著述丰富,而且还擅长诗歌散文创作,《光明日报》发表过他执笔的《成都赋》。杨菊华教授和我一样,早年留学美国布朗大学,学成回国后一直专注于人口与性别的学术研究,科研成果丰硕,尤其在婚姻家庭研究领域独树一帜,她还兼任全国妇联家庭和儿童工作部副部长。我真诚地感谢各位教授,我很幸运,能在学术路途中和你们相遇,并一直携手同行,有你们妙笔

327

作序,更添写作快乐与意义!

为本书倾注关心和支持的还有珮云大姐秘书陆慧丽、全国妇联宣传部部长刘亚玫、全国妇联妇女研究所副所长杜洁、中国妇女出版社副总编辑廖晶晶和中国妇女报副总编辑禹燕,请接受我对你们的衷心感谢,谢谢你们给我留下温暖的记忆,让写作的日子充满美丽!

厦门大学是我的母校,没有当年在那么多的考生中挑选了我,也就没有后来的叶文振。这次母校又伸出温暖的手,在宋文艳总编辑的亲自关注和热情推介下,在厦门大学出版社"凤凰树下学术随笔丛书"编委会各位编委的厚爱下,这本集子才恰逢这样难得的机遇纳入这套丛书的出版,谢谢文艳,谢谢各位编委,叶文振心存感恩!

我还要感谢刘璐出任这本书的责编,谢谢你为这本书的出版所做出的努力。

谨把这本书献给春天,献给母亲!春暖花开,又一个书香浓浓的岁月!

叶文振

2020 年春于福州